Knaur

Über die Autorin:

Conny Brockway hat Kunst und Literatur studiert und lebt mit ihrem Mann und ihrer Tochter in Minnesota. Bereits für ihren ersten Roman wurde sie mit Preisen ausgezeichnet.

Connie Brockway

Der Kuß des Fremden

Roman

Aus dem Amerikanischen von
Jutta Suthau

Knaur

Die amerikanische Originalausgabe erschien unter dem Titel
A Dangerous Man bei Bantam Doubleday Dell Publishing Group,
New York

Redaktion Birgit Förster

Deutsche Erstausgabe September 1998

Umschlaggestaltung Agentur Zero, München
Umschlagabbildung Thomas Schlück, Garbsen
Satz MPM, Wasserburg
Druck und Bindung brodard & taupin, La Flèche
Printed in France
ISBN 3-426-69002-0

2 4 5 3 1

Prolog

NORD-TEXAS, 1872

»Knallhart, was?« höhnte der Bandit.

»Na klar.« Der »Duke« zielte auf den Kopf des Mannes, doch das war nicht leicht. Das junge Mädchen schlug weiter um sich, während der Ganove sie in der obszönen Parodie einer Umarmung festhielt. Duke knirschte mit den Zähnen, seine Hand schloß sich um den Kolben seines Revolvers, mit dem er zu zielen versuchte, während der Kopf des Schurken immer wieder hinter dem des Mädchens verschwand.

»Im Augenblick siehst du nicht ganz so knallhart aus, Duke«, knurrte der Mann.

»Was du nicht sagst«, gab Duke mit leiser Stimme wie geistesabwesend zurück.

Über den schmutzigen Unterarm hinweg, der ihren Mund verdeckte, sahen ihn die großen, grünen Augen des Mädchens an; sie weinte hemmungslos. Aber wenn er sich nicht ganz täuschte, dann waren es Tränen der Wut, nicht der Panik.

Das Mädel hatte Courage, das mußte er ihr lassen.

»Genau!« krächzte der Kerl. »Denk dran, Duke. Was *ich* sage! Ich! Ich habe die Oberhand hier, das solltest du lieber nicht vergessen.«

Mit enormer Erleichterung, die er sich niemals hätte anmerken lassen, sah Duke, daß das Mädchen allmählich müde wurde. Sie mußte nur ein paar Sekunden stillhalten, mehr brauchte er nicht.

»Ich denk' dran. Nur laß sie endlich los.«

»Wofür hältst du mich eigentlich? Für beschränkt?« fragte der Bandit und riß den Kopf des Mädchens wütend an den seinen heran. Sie stöhnte.

»Nein. Natürlich nicht.«

»Das ist gut. Das ist gut, du Scheißengländer! Du bist der Dumme! Du! Es wird dir schwerfallen, bei deinem Boss das Kopfgeld abzukassieren, das er dir schuldet, wenn du ihm sagen mußt, daß seine Kleine entführt worden ist, was?« sagte er und wich in Richtung Tür zurück. Er zog das federleichte Mädchen an sich heran, um sie als Schutzschild zu benutzen. Sie wußte genau, was das zu bedeuten hatte, und versuchte verzweifelt, sich ihm zu entwinden.

»Mist«, zischte Duke leidenschaftslos. Noch ein paar Schritte, und sie wären verschwunden. Dann konnte sich das Mädchen vom Leben verabschieden – wenn sie überhaupt noch leben wollte, nach dem, was dieser Mann ihr antun würde.

»Genau.« Ein häßliches Grinsen entstellte das dreckige Gesicht des Kerls. »Genau, du hast Mist gebaut.«

»Du kommst hier nicht raus«, sagte Duke leise. Er bluffte, damit der andere einen Fehler machte. Das hatten sie nämlich alle gemeinsam, diese harten Kerle, die wollten immer reden. Und im Augenblick war Reden das einzige, worin Duke überlegen war.

»Von wegen nicht rauskommen. Ich hab' hier 'ne nette kleine Lebensversicherung. Die einzige kleine Tochter deines Arbeitgebers. Ist sie nicht reizend?« Er lachte, während das Mädchen sich wieder wand und nach ihm

trat. Er legte seinen Kopf in ihre Halsbeuge und behielt Dukes Revolver genau im Auge. »Na ja, vielleicht ist sie ja doch nicht so reizend. Aber sie wird dich davon abhalten, mir zu folgen, stimmt's?«
Er zog sie mit sich, während er sich allmählich der Tür näherte. »Laß die Knarre fallen, Duke.« Noch ein paar Schritte, und sie wären weg.
Würde er die Waffe fallen lassen, wären sie beide tot. Er wußte es, und dieser Mann wußte es auch. »Nein.«
Das schäbige Grinsen des Banditen erstarb. »Ich hab' gesagt, laß sie fallen.«
»Und ich hab' *nein* gesagt.«
Es blieb ihm nur eine einzige Möglichkeit: er mußte den Schutzschild loswerden. Es war ein Risiko, aber er hatte keine Wahl.
Ohne mit der Wimper zu zucken, schoß Duke.
Die Wucht der Kugel ließ das Mädchen rückwärts gegen den Kerl taumeln und warf sie beide gegen die geschlossene Tür. Mit einem Stöhnen fiel das Mädchen in Ohnmacht, entglitt dem Griff des Banditen und sank zu Boden. Ungläubig starrte der auf das Blut, das aus der Schulter des Mädchens hervorquoll.
»Du hast auf sie geschossen!« staunte er. »Du bist wirklich ein verdammter Hurenso–«
»Genau«, sagte Duke und gab ihm den Kopfschuß.

Erstes Kapitel

BERKSHIRE COUNTY, ENGLAND, 1878

»Bei Gott, ist das schön, dich wiederzusehen, Perth!« Ein großer, schlaksiger junger Mann begrüßte Hart Moreland, Earl of Perth, überschwenglich, und sprang die Stufen des prachtvollen Landhauses der Actons hinunter. Etwas atemlos gesellte er sich zu Perth.

Hart antwortete mit einem Nicken auf die Begrüßung seines Schwagers Richard Whitcombe, Viscount Claredon. Er zog seine weichen Glacéhandschuhe aus und ließ seinen Blick über das Durcheinander im Hof schweifen. Obwohl das Landhaus der Actons gleich westlich von London lag, zu Pferd eine knappe Stunde entfernt, erweckte das Gepäck, das sich in der Auffahrt stapelte, den Eindruck, als ob das Anwesen am Ende der Welt läge.

Weitere Gäste des Hauses trafen ein. Landauer und Droschken setzten ihre elegant mit Juwelen, Bändern und Rüschen geschmückten Insassen auf den prächtigen, ausladenden Stufen ab, die zu der rosafarbenen Granitfassade führten. Er kannte niemanden von den Gästen. Nicht, daß er es erwartet hätte. Trotz seines adeligen Standes hatte er wenig Kontakt zur englischen Gesellschaft.

»Fanny wird sich freuen, wenn sie sieht, daß du schon hier bist«, fuhr Richard fort. »Wir haben dich seit unserer Hochzeit nicht mehr gesehen – das ist schon fast ein Jahr her. Und ich weiß, daß Beryl und Henley entzückt sein werden, wenn sie kommen, und Annabelle ebenso. Deine drei Schwestern vergöttern dich.«

»Brave Mädchen«, unterbrach ihn Hart. »Und wo steckt denn nun Beryl?«

»Anscheinend mußte Henley wegen irgendeiner politischen Versammlung in der Stadt bleiben.«

»Annabelle ist bei ihnen?« fragte Hart streng.

»Natürlich«, versicherte ihm Richard. »Beryl sorgt dafür, daß das Nesthäkchen der Familie wohlbehütet bleibt, da kannst du ganz sicher sein. *Zu* behütet, wenn du mich fragst. Das Kind ist so scheu wie eine Scheunenkatze.«

»Richard«, meinte Hart kühl, »ich bin überzeugt, daß deine saloppe Ausdrucksweise nicht respektlos gemeint ist, aber es wäre mir sehr lieb, wenn du davon Abstand nehmen könntest, Annabelle mit einer Scheunen- oder sonstigen Katze zu vergleichen.«

Richards freundliches Gesicht wurde ernst. Vielleicht, dachte Hart, war er zu streng mit dem jungen Viscount. Seine Rüge würde Richard – der in seiner Gesellschaft schon immer etwas nervös gewirkt hatte – sicherlich nicht helfen, sich zu entspannen. Aber wenn die nächsten Wochen so verlaufen sollten, wie er es geplant hatte, dann war es unabdingbar, daß Annabelle nur im besten Licht erschien, so daß der Duke of Acton in ihr eine bezaubernde junge Frau sehen mußte, die dem Titel einer Duchess alle Ehre machen würde.

»Natürlich, Perth. Ich wollte niemanden beleidigen«, entschuldigte sich Richard, der sich auf die Lippen biß und verzweifelt nach einem anderen Gesprächsthema suchte. Das wäre allerdings nicht nötig gewesen. Perth fühlte sich mit dem Schweigen ganz wohl.

»Ich hatte gehört, daß du wieder in London bist, aber ich muß sagen, ich hatte nicht erwartet, dich hier zu treffen. Ehrlich gesagt, wundert es mich, daß ich selbst hier bin. Ziemlich erlesene Gesellschaft für einen Landedelmann wie mich. Ich kann mir nicht vorstellen, warum Fanny und ich eingeladen wurden. Und du erst! Ich hätte nicht gedacht, daß du für diese Landhausgesellschaften zu haben wärst.«

»Bin ich auch nicht«, erwiderte Hart knapp. »Beryl schrieb mir nach Paris und bat mich zu kommen. Anscheinend will Acton seiner Werbung um Annabelle Nachdruck verleihen. Beryl glaubt, diese Gesellschaft sei arrangiert worden, um ihre Verlobung bekanntzugeben.«

»Wirklich?« fragte Richard und strahlte glücklich. »Das ist ja schön für unsere Annabelle.«

Hart ignorierte Richards Enthusiasmus. »Mir fällt es schwer zu glauben, daß Seine Hoheit Schritte unternimmt, ohne zuerst mit mir als Familienoberhaupt zu sprechen.« Hart gab durch einen Blick zu verstehen, was er von diesem Versäumnis hielt.

Richard trat verlegen von einem Fuß auf den anderen. »Na ja, Perth, es ist allgemein bekannt, daß du gründliche Nachforschungen über Acton hast anstellen lassen, bevor du ihn auch nur ins Haus gelassen hast, um Annabelle zu sehen. Mit mir bist du ebenso verfahren. Ich schätze, unserem Henley ging es genauso. Deshalb wurde dein Einverständnis vorausgesetzt. Und Acton ist einer der begehrtesten Junggesellen der Gesellschaft – natürlich mit deiner Ausnahme.«

»Mag Annabelle ihn gern?« fragte er und ignorierte Richards schelmische Bemerkung.

»Also – also, ich denke schon, ja«, meinte Richard, während er über diese Frage nachdachte. »Ich glaube, sie hat ihn recht gern. Ich war in dieser Saison nicht viel in Gesellschaft, aber als Fanny und ich in der Stadt waren, schien Annabelle in Actons Begleitung recht vergnügt zu sein.«

Hart nickte besänftigt und schickte sich an, die Treppe hinaufzugehen. Sein Schwager tat es ihm gleich.

»Wo ist deine Frau?« fragte Hart plötzlich.

»Ah, Fanny wird sofort herunterkommen, wenn sie hört, daß du da bist. Sie fühlt sich nicht ganz wohl und wollte sich vor dem Dinner noch etwas ausruhen.«

»Sie fühlt sich nicht wohl?« Hart blieb stehen und wandte Richard einen kühlen, forschenden Blick zu. Der Viscount zog unbehaglich die Schultern hoch, wie ein junger Hund, der gescholten worden war, ohne recht zu wissen, weswegen. Richards Ehrfurcht brachte Hart zur Verzweiflung, doch dann sah er überrascht, daß der jüngere Mann errötete.

»Ich kann es dir genausogut sagen«, meinte Richard. »Obwohl Fanny es eigentlich selber tun wollte. Fanny wird umfangreicher.«

»Umfangreicher.«

»Sie ... An Ostern wird sie mir einen Erben schenken.« Richard hob sein Kinn in unverhohlenem Stolz.

Echte Freude blitzte in Hart auf. *Ein Kind. Das Baby seiner Schwester.* Doch plötzlich spürte er quälenden Neid. Er unterdrückte dieses unwürdige Gefühl wie alles, was er nicht fühlen wollte. »Herzlichen Glückwunsch«, sagte er aufrichtig.

»Danke. Wir ... wir freuen uns riesig!«

Hart mußte fast lächeln über Richards freudige Erregung.

Aber es war nicht seine Art zu lächeln, deshalb bot er Richard statt dessen die Hand, die dieser mit seinen riesigen Pranken packte und begeistert schüttelte. Dann gingen sie weiter die Treppe hinauf.

Im großen und ganzen war Hart zufrieden mit den Gatten seiner beiden Schwestern. Richard war nicht nur der Erbe eines beachtlichen Anwesens, sondern, viel wichtiger, ein ernsthafter junger Mann, der sich mit Hingabe seinem Familienanwesen, seinen Farmen und seiner Geflügelzucht widmete. Er war vielleicht nicht sehr gebildet, aber er hatte ein freundliches Wesen und wünschte sich vor allem ein Haus voller Kinder – Qualitäten, die ihn zum perfekten Ehemann für die häusliche, kinderliebe Fanny machten.

Henley Wrexhall, Beryls Ehemann, führte keinen Titel im Namen, aber er war ein aufstrebender junger Abgeordneter und hatte gerade zum zweiten Mal einen Sitz im Unterhaus errungen. Da er klug und scharfsinnig war und sein Ehrgeiz durch seine praktische Art gemäßigt wurde, war er ein ausgezeichneter Gefährte für Harts älteste Schwester Beryl, deren kultivierte Umgangsformen und Ambitionen der Gattin eines Politikers bestens zu Gesicht standen.

So blieb nur noch Annabelle, seine jüngste Schwester. Einen Mann für Annabelle zu finden, hatte eine etwas umsichtigere Wahl verlangt. Denn es war unklar, welche Ansprüche Annabelle an einen Ehemann stellte.

Sie war sittsam, liebenswürdig und charmant, aber wofür sie sich begeisterte, war Hart ein Rätsel, genauso wie ihre Ziele und Hoffnungen. Sie war zehn Jahre jünger als er, und mit Ausnahme seltener Besuche hatte er nicht miterlebt, wie sie heranwuchs. Er kannte Annabelle nicht so gut wie seine beiden anderen Schwestern. Es war ein Glück, daß sie Acton mochte. Wenn sie gar glaubte, in ihn verliebt zu sein – um so besser. Und noch besser, dachte er streng, wenn Acton in sie verliebt war.

Durch die massiven Flügeltüren am Ende der Treppe betrat Hart das Haus. Die große Diele war voller Gäste – Ladys, die ihre Schmuckkästchen umklammerten, blickten finster ihre Hausmädchen an, und Gentlemen liefen durcheinander, während sie dem Heer der Kammerdiener Anweisungen wegen der Berge von Gepäck erteilten.

»Wie groß ist denn die Gesellschaft?« fragte Hart Richard.

»Eine richtige Versammlung. Ich glaube, es sind über dreißig Gäste. Baron Coffey mit seinen Söhnen ist hier, einige Verwandte von Acton, irgendein alter Major a. D., der Bruder der Herzoginwitwe, ich glaube, er heißt Sotbey. Die Marchants werden erwartet und noch ein paar andere.« Richard zuckte mit den Schultern.

»Aha.«

»Ich habe einen meiner Jungs, äh, Bediensteten mitgebracht, um dir seine Dienste als Kammerdiener während deines Aufenthaltes hier anzubieten, Perth«, sagte Richard schüchtern.

Hart unterdrückte den aufsteigenden Ärger. Richard konnte nicht wissen, wie unangenehm diese freundliche Geste Hart an seine Schwächen erinnerte. *Einen Kammerdiener, der miterlebte, wie er die Kontrolle über sich verlor?* Niemals! »Danke, aber ich komme ganz gut allein zurecht, wie sonst auch.«

»Oh, natürlich«, erwiderte Richard verlegen. »Ich fürchte, es wird ein wenig dauern, bis die Zimmerverteilung geregelt ist. Die Herzoginwitwe ist in der Empfangshalle. Sie hat ein Büfett für die Ankömmlinge arrangiert. Möchtest du mich vielleicht dorthin begleiten?« Richard wies mit der Hand in die Richtung.

Hart nickte, nahm sich jedoch einen Augenblick Zeit, um sich beiläufig die prächtige Eingangshalle anzusehen, vom glänzenden – wenn auch jetzt mit Schmutz befleckten – schwarzweißen Marmorfußboden bis zu den Wandteppichen aus der berühmten Manufaktur von Beauvais, die über dem Absatz der wuchtigen Flügeltreppe hingen. Es war ein sehr gepflegtes Haus. An den strahlendweißen Wänden gab es keine verräterischen dunklen Flecken, die auf den Verkauf eines teuren Gemäldes hingewiesen hätten. Aufwendige Silberkandelaber und erlesene Porzellanschüsseln, angefüllt mit Chrysanthemen, drängten sich auf glänzenden Ebenholztischen.

Sehr gut, dachte er und ließ Richard in den Salon vorausgehen, *Acton weiß seinen Wohlstand zu erhalten.*

»Ist Acton hier?« fragte er. »Ich möchte ihn kennenlernen.«

»Du kennst ihn noch gar nicht?« fragte Richard überrascht.

»Es ist nicht nötig, einen Mann zu sehen, um seinen Wert einschätzen zu können. Tatsächlich können einen Vermutungen, die sich auf die äußere Erscheinung gründen, manchmal unangemessen beeinflussen. Ich nehme an, er ist von untadeliger Erscheinung?«

»Aber ja, vollkommen untadelig.«

Hart nickte und ließ den Blick über die versammelten Gäste schweifen. »Du mußt ihn mir zeigen. Die ältere Dame in dem rubinroten Kleid ist die Herzoginwitwe?«

»Ja.«
»Wärst du so freundlich, mich vorzustellen?«
Richard, der gerade nach dem Gebäck auf dem von einem Diener präsentierten Silbertablett greifen wollte, zog rasch seine Hand zurück. »Natürlich.«
Richard führte Hart durch das Gedränge von gereizt und erschöpft wirkenden Reisenden. Sie standen in Grüppchen beieinander, trieben Konversation, nippten an ihrer Limonade, knabberten Toast und Gebäck und warteten ungeduldig darauf, ihre Zimmer zugeteilt zu bekommen, damit sie sich vor den abendlichen Festlichkeiten frisch machen und ausruhen konnten.
Der wackere alte Mann mit dem angegrauten Backenbart und der steifen Haltung mußte der Major a. D. sein. Der große, ausgezehrt wirkende Herr mit dem üppigen, silberfarbenen Haarschopf, der von zwei ebenso mageren jungen Männern flankiert wurde, war gewiß Baron Coffey.
Plötzlich ertönte eine laute, gebieterische Stimme. Der Diener vor ihnen erschrak und drehte sich zu schnell um. Das Tablett, das er trug, stieß an Harts Ellbogen, und die Champagnerflöten rutschten über die glatte silbrige Oberfläche. Reflexartig ergriff Hart das Tablett mit der einen Hand und fing mit der anderen den aus dem Gleichgewicht geratenen Bediensteten am Ellbogen auf.
»Passen Sie auf, Mann«, herrschte er den verwirrten Diener an. Hart wischte die Weintropfen von seinem Ärmel und richtete sich wieder auf. Er spürte ein Augenpaar auf sich ruhen und blickte sich um.
Eine Frau in graubrauner Reitkleidung am anderen Ende des Raumes betrachtete ihn. Ungeniert zeigte sie sich amü-

siert. Ihr Gesicht – eine reizende Komposition aus großen, dunklen Augen, schlanker Nase und vollen, empfindsamen Lippen – strahlte vor Heiterkeit. Die Farbe ihres Haares konnte er nicht erkennen, da es unter einem kurzen, schwarzen Schleier verborgen war, der vom Rand des modischen Hutes flatterte, der keck auf ihrem Kopf saß. Er stand auch zu weit weg, um die Farbe ihrer eindrucksvollen Augen zu erkennen. Ihm wurde plötzlich bewußt, daß er sie ebenso, wie sie ihn, mit seinem Blick fixierte.
Welch schamlose Kreatur. Sie gab nicht einmal vor, nicht hinzusehen. Sie hielt kühn seinem Blick stand. Anscheinend fehlte dieser Dame trotz ihres liebreizenden Gesichts jeglicher Sinn für Sittsamkeit.
Noch eine Sekunde lang hafteten ihre Blicke aneinander, dann wandte sie ihre Aufmerksamkeit wieder dem jungen Mann an ihrer Seite zu – einem der Erben des Barons, nach seiner hochaufgeschossenen Erscheinung zu urteilen. Der Staub, mit dem die schwarzen Falten am Saum ihres schwungvollen Rocks bepudert waren, zeigte, daß sie eine ebenso lange und beschwerliche Reise hinter sich hatte wie die übrigen Gäste. Wie brachte sie es dann fertig, so frisch auszusehen?
Der Mann neben ihr neigte sich näher zu ihr. Sie sah ihn an, hörte aufmerksam zu und lachte schließlich. Ihre Lippen teilten sich und ihre Augenwinkel bekamen Fältchen. Hart beobachtete sie – gleichgültig, wie er sich selbst einredete. Seinen Schwestern war beigebracht worden, sittsam zu lachen, ein musikalischer Triller mit geschlossenem Mund. Der Mund dieser Frau öffnete sich und enthüllte ebenmäßige, weiße Zähne, ein Grübchen ...

»Hart?«
Aus seinen Beobachtungen plötzlich aufgeschreckt, sah Hart Richard an.
»Wollen wir?« Richard winkte ihn zur Herzoginwitwe.
»Geh du vor«, forderte Hart ihn auf und warf noch einen letzten Blick zurück auf die unbekannte Frau.
Sie sah ihn wieder an, und als sie bemerkte, daß auch er sie anschaute, täuschte sie Schockiertheit vor, als hätte sie seine Gedanken über ihre mangelhaften Umgangsformen erraten und fände es amüsant. Sie warf spielerisch ihren Kopf zurück, schürzte die Lippen und machte ein vorwurfsvolles *ts ts* in seine Richtung.
Wie konnte sie es wagen, sich über ihn lustig zu machen? Sie mit Nichtachtung strafend, drehte Hart sich um und folgte Richard, der sich einen Weg durch die Menge gebahnt hatte.
Richard stand neben der Herzoginwitwe und wartete auf ihn. Sie war eine kleine, uralte Frau, faltig und weißhaarig, mit tiefliegenden, glanzlosen Augen unter hauchdünnen Lidern. Schwache Kreise von Rouge belebten ihre bläßlichen Wangen, und der rosarote Lippenstift konnte die gealterten, schmalgewordenen Lippen nicht verbergen.
Richard räusperte sich. »Eure Hoheit, darf ich Ihnen Hart Moreland, Earl of Perth, vorstellen?«
»Perth, wie liebenswürdig von Ihnen, zu kommen«, begrüßte ihn die Herzoginwitwe in einem krächzenden Sopran. »Wir freuen uns sehr, daß Sie unserer Einladung gefolgt sind. Nach dem, was mein Sohn mir erzählt, wird diese Ehre anscheinend nur wenigen zuteil.«
Ihre höflichen Worte waren nicht frei von Ironie, und

sofort korrigierte Hart seine Einschätzung ihrer Person. Sie mochte wie eine uralte Porzellanpuppe aussehen, aber sie besaß Intelligenz. Sie würde eine achtbare Gegnerin abgeben – und eine noch würdigere Fürsprecherin.

»Die Ehre ist ganz meinerseits, gnädige Frau.«

Sie erlaubte ihm, ihre beringte, mit auffälligen Venen durchzogene Hand an seine Lippen zu führen. »Ihre junge Schwester ist uns recht ans Herz gewachsen, Perth.«

»Das freut mich zu hören. Ich hoffe, sie hat sich liebenswürdig gezeigt?« fragte er und war sich der Antwort sicher.

»Sehr liebenswürdig. Aber wie könnte man an einer so angenehmen jungen Dame nicht Gefallen finden?«

»Allerdings. Ich bin erfreut.«

Sie wollte gerade noch eine Bemerkung machen, als etwas Aufregung beim Eingang sie ablenkte.

»Also bitte!« Ihre dünnen Lippen preßten sich noch enger zusammen und verschmierten ihren Lippenstift. »Die Gräfin Marchant, zweifellos. Sie verlangt sofortige Aufmerksamkeit. Ich denke, ich sollte lieber tun, was ich kann, um ihre verletzte Eitelkeit zu besänftigen. Sie entschuldigen mich, Gentlemen.« Hart und Richard machten eine ruckartige Verbeugung, als sie sich entfernte.

Hart richtete sich langsam auf, während er über die verschleierte Bemerkung der Herzoginwitwe zu seiner gesellschaftlichen Abgeschiedenheit nachdachte. Er war vorsichtig gewesen, immer umsichtig und behutsam, immer korrekt. In den vergangenen fünf Jahren hatte er sein Leben so geführt, daß sich kein einziger Aspekt seines Verhaltens negativ auf seine Schwestern oder ihre Zukunft auswirken konnte.

Richard war unruhig und nervös, reckte seinen Hals hierhin und dorthin, während er sich umsah, und dann beugte er sich näher zu Hart. »Wer ist sie?« fragte er.
»Wer?«
»Die Frau, die du vorhin so angestarrt hast.«
Hart reckte sich, und sein Blick folgte dem Richards dahin, wo die elegant gekleidete Frau in der sich ständig bewegenden, stetig wachsenden Menschenmenge auftauchte und verschwand. Sie bewegt sich zu rasch, dachte er.
Sie untermalte ihre Worte mit lebhaften Gesten ihrer blassen Hände, ihr Kopf wandte sich hierhin und dorthin – flüchtige, muntere Bewegungen –, während sie den Umstehenden zuhörte und antwortete. Und doch, räumte er ein, war da nichts Unangenehmes in ihrer Eile. Sie war so graziös wie eine Tänzerin. Nein, nicht so künstlich wie bei einem Tanz. Sie glich eher einem leichtfüßigen Waldgeschöpf. Einem Beutetier, ergänzte er streng, zu leichtfertig, um die Gefahr zu erkennen, und deshalb fröhlich im Wald herumhüpfend.
Es beunruhigte ihn, daß er so linkisch gewesen war, sich erwischen zu lassen, als er die Frau anstarrte. Wenn sogar Richard sein Interesse bemerkt hatte, dann mußten ihm ja fast die Augen aus dem Kopf gefallen sein.
»Also?« ermunterte ihn Richard.
»Ich weiß nicht, wer sie ist«, preßte er hervor.
»Du weißt es nicht?« fragte Richard.
»Nein«, gab Hart zurück. »Ich weiß, es war unschicklich von mir, sie so ... aufmerksam zu beobachten« – er weigerte sich, den Ausdruck *starren* zu gebrauchen –, »aber ich erhebe nicht den Anspruch, jede Frau zu kennen, die ich zufällig ein paar Sekunden betrachte.«
Richard winkte ab. »Nein. Nein. Nicht weil du sie ange-

stiert hast, dachte ich, du kennst sie. Sie ist so hübsch wie ein neugeborenes Fohlen. Himmel, ich würde sie selber anglotzen, wenn ich Fanny nicht so ergeben wäre.«

Irgendwie, dachte Hart, mußte er Fanny davon überzeugen, Richard seinen ländlichen Jargon abzugewöhnen.

»... Nein, weil sie ständig nach dir fragte, seit sie heute morgen ankam.«

»Was?«

Richard nickte nachdrücklich. »Es ist wahr. Ich hab' selber gehört, wie sie die Herzoginwitwe fragte: ›Ist Lord Perth schon eingetroffen?‹ Fanny erzählte, sie habe sie noch eine andere Dame und einen Herrn fragen hören.«

»Wer ist sie denn eigentlich?«

Richard machte sich keine Mühe, seinen flehenden Blick zur Decke zu verbergen. »Ich weiß es ja eben nicht. Deshalb habe *ich* doch *dich* gefragt.«

Hart runzelte die Stirn. »Na gut, wenn die Dame so erpicht darauf ist, meine Bekanntschaft zu machen, dann darf ich sie nicht warten lassen.«

»Zu spät, alter Junge.« Richard klopfte ihm auf die Schulter. »Sie ist gerade gegangen. Na ja, du wirst sie noch früh genug kennenlernen. Wahrscheinlich ist sie die Tochter irgendeines Krösus oder die Ehefrau eines deiner alten Kavallerie-Kameraden.«

Ehefrau. Sie sah nicht wie eine Ehefrau aus. Aus irgendeinem Grunde war dieser Gedanke sogar unangenehmer als die Vorstellung, daß eine wildfremde Frau nach ihm fragte.

»Wir können genausogut das Geheimnis genießen, solange es besteht«, fuhr Richard fort und ignorierte fröhlich Harts finsteren Blick.

»*Ich*«, preßte Hart hervor, »mag keine Geheimnisse.«

Zweites Kapitel

»Sie ist Amerikanerin«, verkündete Richard triumphierend, als er nach einer kurzen Runde durch den Raum an Harts Seite zurückkehrte.
Die abendlichen Festlichkeiten hatten begonnen. Hart war eine Viertelstunde eher aus seinem Gästezimmer heruntergekommen, da der Gedanke an die unbekannte Frau ihn dazu angetrieben hatte.
Er gab nicht vor, Richards Bemerkung nicht verstanden zu haben. »Nun, das erklärt ihr Benehmen«, meinte er.
»Wie das?«
Hart zuckte mit den Schultern. »Amerikanische Frauen sind unbeherrscht, impulsiv, eigensinnig.«
Richards freundliche Miene nahm einen nachdenklichen, bekümmerten Ausdruck an. »Ich finde nicht, daß sie zu solch einer Einschätzung Anlaß gegeben hätte...«
»Wie ist ihr Name?« unterbrach ihn Hart. Er hatte Erfahrung mit amerikanischen Frauen – der gutmütige Richard nicht.
»Ich weiß es nicht. Die wenigen Leute, die ich gut genug kenne, um sie danach zu fragen, tappen wie wir im dunkeln. Ich kann ja schlecht einen Fremden nach einer Fremden fragen, oder? Das würde dreist erscheinen. Wenn Annabelle eine Herzogin werden soll, dann fange ich lieber an, mich korrekt zu benehmen.«

»Was hast du herausgefunden?«
»Auf Geheiß der Herzoginwitwe war sie anscheinend in letzter Minute auf die Gästeliste gesetzt worden. Das ist zur Zeit sehr beliebt, weißt du. Amerikanische Mädels adoptieren und sie in der Gesellschaft als Anstandsdame begleiten und herumführen. Das ist der letzte Schrei.«
»Das wußte ich gar nicht.«
»Jedenfalls, die Sache ist die, keiner der Männer, die ich kenne, ist ihr bisher vorgestellt worden. Sie warten alle noch auf dieses Privileg. Bezauberndes kleines Ding.«
»Aha«, sagte Hart und verbannte die Amerikanerin aus seinen Gedanken. »Kommt Fanny nicht herunter?«
Richard wurde etwas rot. »Sie kann nicht. Dieses Erben-Produzieren verursacht ihr großes Unwohlsein. Armes kleines Ding.«
Hart betrachtete Richard sorgfältig, um herauszufinden, ob Richard versuchte, einen Scherz auf Kosten seiner Schwester zu machen. Fanny war zwar gutaussehend und lieb, aber in keiner Weise »klein«. Sie war groß und drall und rund. »Ich bin sicher, sie wird es überleben«, sagte Hart.
»Oh, zweifellos, zweifellos. Ich wünschte mir nur, sie müßte sich nicht so elend fühlen. Arme alte Fanny«, antwortete Richard traurig. »Hör mal, da ist ja deine geheimnisvolle Frau.«
Hart schaute auf. Ein paar Meter weiter stand »seine« Frau auf der Schwelle des Raumes.
Dunkelrot. Ihr Haar hatte ein tiefes, dunkles Rot. Die Farbe eines Rothirschfells im Herbst, voll, lebenssprühend und glänzend. Das prächtige, tannengrüne Kleid, das sie trug, wirkte wie eine Hintergrundfolie dafür. Ihre Locken

fielen über den weichen Samt wie seltene Streifen glänzenden Granats, der als Schmuckstein präsentiert wird. Sie wandte sich um, und ihr Blick traf den seinen. Sie hätten genausogut allein sein können. Blattgrün und golden, dachte er, glitzerten ihre Augen wie ein von der Sonne gesprenkelter Weiher im Wald. Bernsteinfarbenes Funkeln eingebettet in dunkle, mahagonifarbene Wimpern – geschwungene, lange Wimpern, so dicht, daß sie aus einiger Entfernung ihre Augen hatten dunkel erscheinen lassen. Sie hielt inne und hob ihr Kinn über den glänzenden seidenen Netzschal, den sie um ihre Schultern geschlungen trug. Es war nur ein kleiner Moment, aber er ließ ihren schlanken Hals länger aussehen. Er erweckte in einem Mann den Wunsch, seine Länge mit den Händen zu messen.

»Da die Herzoginwitwe als ihre Anstandsdame fungiert und sie noch nicht hier ist«, flüsterte Richard, »fürchte ich, wir müssen einfach warten, bis wir vorgestellt werden können.«

Hart hätte gedacht, er hätte inzwischen einige Übung im Warten. Jahrelang hatte er trainiert, geduldig zu sein, niemals voreilig zu handeln, immer auf den günstigsten Augenblick zu warten. Aber jetzt wollte er nicht auf die Herzoginwitwe warten. Die Frau flirtete mit ihm, sie ließ absichtlich ihren Blick über ihn streifen, eine Art Prüfung, auf die eine Frage in Form einer dunklen, hochgezogenen Braue folgte.

»Verdammt«, murmelte er, »irgend jemand *muß* doch wissen, wie das Mädel heißt.«

»Stimmt. Aber ich habe sie noch nie gesehen. Acton und ich bewegen uns kaum in der gleichen Gesellschaft, weißt du. Vielleicht weiß Beryl etwas.«

»Und wo zum Kuckuck sind denn nun Beryl und Annabelle?«
»Sie haben sich verspätet«, erklärte Richard. »Ich hatte es dir schon sagen wollen. Eine Nachricht wartete in meinem Zimmer auf mich, sie werden erst morgen ankommen.«
Keine Fanny, keine Beryl, keine Annabelle. Er könnte genausogut wieder in sein Zimmer hinaufgehen und sich den nicht enden wollenden Abend der forschenden Blikke und Vermutungen ersparen, die sein kurzes Erscheinen in der englischen Gesellschaft ein jedes Mal hervorrief.
Aber dann könnte er auch nicht das Geheimnis um die Amerikanerin lüften.
Mit dieser eigenartigen, leicht fließenden Behendigkeit ging sie an ihm vorbei zur Bibliothek. Dort blieb sie stehen, wandte sich um und sah ihm direkt in die Augen. Sie hob eine Hand und streifte mit ihr am Rand ihres Schals entlang nach vorne, eine offene Einladung, ihr zu folgen. Allein.
Schnell und diskret ließ sie ihren Blick durch den Raum schweifen. Zufrieden darüber, daß niemand sie beobachtete, blickte sie ihn erneut unwiderstehlich an, schlüpfte in die dunkle Bibliothek und zog die Tür hinter sich zu.
Harts Augen verengten sich. Manche Frauen, die ihn sich unsinnigerweise als eine Art kaltblütigen Eunuchen vorstellten und sich durch dieses Bild herausgefordert fühlten, testeten gelegentlich seine angebliche Gefühllosigkeit. Er war sich der Ironie bewußt. In diesem Augenblick reagierte sein Körper so aggressiv wie der eines brünstigen Hirschbocks. Er war erstaunt über die Stärke seines Begehrens. Es war Jahre her, daß ein drängendes sexuelles

Verlangen ihm die Kontrolle über seine Gedanken und seinen Körper entzogen hatte.
»Ich glaube, ich hole mir einen Teller mit einer Kleinigkeit für Fanny«, verkündete Richard. Sein Ton war ganz unschuldig. »Etwas Vanillepudding oder Toast und Tee. Entschuldigst du mich?« Er wartete keine Antwort ab, sondern ließ Hart stehen, der die Tür der Bibliothek eingehend betrachtete.
Er hielt es nicht einmal eine Minute aus, bis er zu ihr ging.

Er sagte sich, er würde herausfinden, woher sie ihn kannte. Aber es war mehr als das. Es gab etwas an ihrer Kühnheit, das seinen Puls beschleunigte. Irgendeine urgewaltige Anziehung, die seinen betäubten Körper plötzlich erwachen ließ. Wenn sie auf ein Rendezvous erpicht sein sollte, dann würde er vielleicht dieses Mal seine Abwehrhaltung aufgeben und ihr den Gefallen tun.
Schließlich war sie offensichtlich eine amerikanische Abenteurerin. Sie könnte seinem Ruf oder, noch wichtiger, den Erwartungen seiner Schwestern nicht ernsthaft schaden. Ein kurzes Vergnügen – das sie höchstwahrscheinlich nicht ausplaudern würde –, und sie wäre wieder auf dem Rückweg nach New York, Boston oder San Francisco, oder woher sie sonst kommen mochte, und er hätte diesen ungewohnten Drang in seinen Lenden befriedigt.
Er öffnete die Tür, trat ein und schloß sie sofort wieder. Er wollte keinen Tumult. Er war schon aufgewühlt genug.
Sie stand neben dem Fenster. Das Gaslicht von den Wandleuchtern ließ sepiabraune Lichtreflexe in ihrem Haar aufblitzen und brachte die seidige Wölbung ihrer Wange zum glänzen. Sie richtete sich auf, als er nähertrat, und

zog ihren Schal enger um sich, als ob ihr kalt wäre. Ihre grüngoldenen Augen fesselten seinen Blick.
»Sie kennen mich?« fragte er.
»Ja.« Es war eindeutig eine Amerikanerin. Sie hatte eine rauhe, tiefe Stimme. Ihre samtenen Lippen bebten. Zitterte sie vor Erregung – oder hatte sie Angst? Abrupt blieb er stehen, enttäuscht und plötzlich uninteressiert. Es war wieder nur ein Spiel. Dies hier war kein echtes Begehren, keine wirkliche Anziehung. Er war nur eine Herausforderung, die sie sich gestellt hatte.
»Sie wollen etwas von mir.«
»Ja.«
»Und was?« Er wollte, daß sie es selbst aussprach.
Sie schluckte und atmete tief ein. Ihre Hände, die den Schal an ihrem Hals umklammerten, sahen weiß aus.
»Ihre ... Hilfe.«
Er schloß die Augen. Ihre Stimme verriet Angst, nicht Leidenschaft.
»Warum?«
»Ihr Ruf, ich will ...«
Also, das war ehrlich. »Nein«, widersprach er leise. »*Sie* können nicht *wollen.* Sie haben gar keine Ahnung, was wollen wirklich heißt.«
Ihre helle Gesichtsfarbe wurde noch blasser. Ihre Verzweiflung rief sein Mitgefühl hervor. Sie hatte nichts getan, was ein Dutzend Frauen in den letzten fünf Jahren nicht auch getan hatten. Sie konnte nichts dafür, daß sie ihn erregt hatte, wo ihn die anderen kaltgelassen hatten.
»Gehen Sie«, sagte er. Er wollte sie nicht hören, wollte nicht sehen, wie sie versuchte, sich mit ihrem armseligen Schal gegen seine legendäre Kälte zu schützen. »Gehen Sie

jetzt. Sagen Sie sich, es ist den Preis nicht wert. Sagen Sie sich, ich bin so kaltblütig wie eine Schlange. Sagen Sie alles, was Sie wollen. Verbuchen Sie es als Erfahrung.«

»Ich verstehe nicht ganz.«

Sie machte ein finsteres Gesicht – aber nicht die kleinste Falte erschien auf ihrer glatten Stirn. Vollkommenheit.

»Gehen Sie einfach«, forderte er sie auf, während seine Frustration im gleichen Maße wuchs wie sein ungestilltes Verlangen. »Bitte.«

»Ich gehe nicht. Noch nicht. Nicht bevor ...«

In Sekundenschnelle war er bei ihr, so flink und geräuschlos, daß ihr der Atem stockte. Sie hob ihre Hände, um ihn abzuwehren, aber er ergriff ihre Handgelenke und zog mit einem Ruck ihr Gesicht ganz nah an das seine heran.

Er fluchte, angewidert von seiner impulsiven Brutalität. Er hatte noch niemals körperliche Kraft angewandt, um einen schwachen Menschen wie sie zu beherrschen. Es rief in ihm Übelkeit und Wut hervor. Und es ärgerte ihn noch mehr, daß ihr anscheinend nicht klar war, wie schwach sie war, wie mühelos er eines der zarten Handgelenke in seinen Händen brechen und sich *nehmen* konnte, was sie so leichtsinnig anbot.

»Nicht bevor was?« fragte er mit absichtlich klangloser Stimme. »Bevor Sie nicht ein bißchen Nervenkitzel bekommen haben?«

»Nein!« rief sie aus und wand sich in seinem Griff. Er konnte sie nicht loslassen. Noch nicht. Aus dieser Nähe konnte er eine weiße Narbe auf einer ihrer seidenen Wangen sehen und jeden ihrer erregten Atemzüge spüren. Da stand er, bleich vor Verlangen, sich selbst verleug-

nend aus keinem anderen Grund als einer falschen Vorstellung von Anstand.
Er hatte gedacht – Gott stehe ihm bei –, er hatte geglaubt, sie wolle *ihn*. Aus irgendeinem verwerflichen Grund tat es weh, daß es nicht so war.
»Nicht bevor was?« fragte er fordernd und schüttelte sie ein wenig.
Ärger blitzte in ihren Augen auf. Sie bleckte die Zähne, und mit einem kleinen wilden Knurren riß sie sich herum und entkam seinem Griff. Ihr Schal verfing sich in seinem Siegelring und wurde von ihren Schultern gerissen. In der plötzlichen Stille schwebte das glänzende Netz zwischen ihnen zu Boden wie das verlorene Federkleid eines vom Pfeil getroffenen Vogels. Er starrte sie an.
Ein paar Zentimeter über ihrem großzügigen Ausschnitt, unterhalb des Schultergelenks, zeigte sich auf ihrer Haut eine kreisrunde, alte Narbe, so groß wie ein Penny.
Er hörte ihre Stimme wie aus weiter Ferne.
»*Nicht bevor* Sie sich angehört haben, was ich zu sagen habe – *Duke.*«

Drittes Kapitel

»Mercy Coltrane.«

»Sie wissen noch meinen Namen«, staunte Mercy. Sein von Natur aus sinnlicher Mund verzog sich fast zu einem Lächeln. Fast. Aber sofort nahm er wieder seinen distanzierten, leidenschaftslosen Ausdruck an.

»Na ja, so viele junge Mädchen habe ich nun auch wieder nicht angeschossen«, gab er zu bedenken. Seine Stimme klang genauso, wie sie sie in Erinnerung hatte: ein ruhiger Bariton, mit einem vornehmen aristokratischen Akzent.

»Oh, natürlich nicht«, sagte sie und ging auf die Knie, um ihren Schal aufzuheben. Sie sah zu ihm auf. Seine magere Gestalt ragte bewegungslos im schwachen Schimmer der Wandleuchter über ihr auf. *Ein dunkler Mann, fast ein Phantom,* dachte sie.

Es war für sie unmöglich zu erkennen, wie er es aufnahm, daß sie ihn wiedererkannt hatte. Sein gelassener Gesichtsausdruck verriet absolut nichts. Als sie sich anschickte aufzustehen, bückte er sich und hob sie mühelos an den Ellbogen hoch. Ohne um Erlaubnis zu fragen, drehte er ihre Hand um und betrachtete ihr Handgelenk.

»Habe ich Ihnen weh getan?«

»Himmel, nein«, antwortete Mercy. Sein Griff war fest, aber keineswegs schmerzhaft gewesen. Er hatte seine Kraft sehr gut unter Kontrolle. Aber einfach alles an dem

Mann schien auf unmenschliche Weise beherrscht zu sein.
Durch ihre Antwort beruhigt, fiel er wieder in aufmerksames Schweigen und wartete mit außergewöhnlicher Geduld darauf, daß sie sprach.
»Ich hatte nicht geglaubt, daß Sie es sind«, murmelte sie und betrachtete ihn eingehend. Als »Duke« hatte er sein Haar im Westernstil lang getragen. Außerdem hatte ein Vollbart sein Gesicht vor den Präriewinden geschützt. Jetzt war sein Haar kurzgeschnitten und streifte nur noch den Kragen seines makellos weißen Hemdes – dickes Haar, braun wie Nerzfell. Und sein kantiger Unterkiefer war glattrasiert, ein breites, leicht gespaltenes Kinn.
»... daß ich es bin?« unterbrach er ihre Betrachtungen.
»In London. Ich sah Sie, als Sie an der Viktoria-Station aus dem Zug stiegen. Ich dachte erst, Sie seien es, aber als ich den Kofferträger fragte, erklärte er, es sei der Earl of Perth.«
»Der *bin* ich.«
»Sie sind auch Duke, der bezahlte Killer meines Vaters.«
»Der *war* ich.«
Sie lächelte, und er trat einen Schritt zurück, als ob ihn ihr Lächeln durcheinanderbrachte. »Na ja«, meinte sie, »Sie können meine Verwirrung bestimmt verstehen. Zuerst war ich tatsächlich sicher gewesen, ich hätte mich getäuscht.«
»Aha. Und darf ich fragen, was Sie veranlaßte, Ihre Meinung zu ändern?«
»Ihre Augen.«
»Meine Augen«, sagte er skeptisch. »Ach, kommen Sie, Miss Coltrane! Sie haben mich nur ein paarmal gesehen,

als ich für Ihren Vater ... arbeitete. Glauben Sie wirklich, daß ich Ihnen abnehme, Sie hätten mich an meinen *Augen* erkannt?«

Sein Ton war überheblich, und sein gnadenlos abweisendes Verhalten provozierte sie allmählich. »Ich bin der Meinung«, erklärte sie arrogant, »daß jeder Mensch sich an das erinnern würde, was er für seinen letzten Augenblick hielt. Wenn dieser vermeintlich letzte *Anblick* die Augen des Mannes sind, von dem man glaubt, getötet worden zu sein, hinterläßt er einen recht nachhaltigen Eindruck.«

Sein Gesicht blieb ruhig, unberührt von ihrem hitzigen Sarkasmus. Sie ertappte sich bei der völlig unangebrachten Überlegung, wie er wohl lächelnd aussehen würde. Er war viel jünger, als sie ihn in Erinnerung hatte – sicherlich war er nicht einmal zehn Jahre älter als sie. Und trotz seiner Größe war er nicht der Hüne in Bluejeans und staubiger Westernjacke und mit dem Cowboyhut tief im Gesicht, an den sie sich erinnerte. Aber seine blaßblaugrünen Augen, zu hell, um sie türkis zu nennen, waren dieselben – wie die Gefühlskälte in ihnen.

Ein kühler Luftzug erzeugte eine Gänsehaut auf ihren bloßen Armen, und sie wickelte ihren Schal enger um ihren Körper.

»Verzeihen Sie, wenn ich Ihr Gedächtnis angezweifelt habe.« Sein Tonfall verriet mehr Verachtung als Bedauern.

»Sie sind entschuldigt«, gab sie kurz zurück und ermahnte sich selbst, ihr Temperament zu zügeln. Sie mußte ihm begreiflich machen, wie wichtig es für sie gewesen war, ihn zu finden und ihm zu folgen. »Wie dem auch sei, ich fragte nach Ihnen. Einige Wochen zuvor hatte ich in London die Herzoginwitwe Acton kennengelernt. Wir hatten bereits Bekanntschaft geschlossen, und ich hing in der Luft. Meine Anstandsdame, Lady Timmons, hatte auf der Überfahrt einen Unfall gehabt und mußte – muß – sich erst wieder erholen. Als ich erfuhr, daß Lady Acton in der Zwischensaison eine Gesellschaft geben würde – ein Fest, zu dem *Sie* erwartet wurden –, habe ich mir ganz unverfroren eine Einladung besorgt.«

»Und warum?«

»Weil ich Ihre Hilfe benötige.«

Die leichte Spannung, die ihn unbeweglich dastehen ließ, wuchs. »Hilfe.«

»Ja. Ich kann Ihnen gar nicht sagen, wie dankbar ich war, Sie zu sehen. Ich hatte keine Ahnung, wohin ich mich wenden sollte, wen ich um Hilfe bitten konnte«, fuhr sie fort. »Als ich Sie erkannte, war es wie eine Gebetserhörung.«

Sein Mund verzog sich zu einem grimmigen Lächeln. »Ich bezweifle, daß der Himmel auch nur irgend etwas zu tun hat mit Dingen, die mich betreffen. Weswegen, darf ich fragen, brauchen Sie Hilfe?«

Sie holte tief Luft. »Wegen meines Bruders.«

Er hob eine seiner dunklen, schrägen Augenbrauen.

»William. Will. Sie haben ihn nie kennengelernt, er war in Boston auf der Schule, als Sie auf der Ranch arbeiteten.«

»Ich habe nie auf der Ranch gearbeitet«, erinnerte er sie und wirkte immer distanzierter. »Ich durchstreifte das Umland und spürte die Feinde Ihres Vaters auf.«

Da war ein Hauch von Selbstanklage in seinem Tonfall, den sie nicht verstand.

»Auf unsere Ranch-Mitarbeiter war geschossen worden«, gab sie zurück.
Er zuckte mit den Schultern. »Weiter – Sie sprachen gerade von Ihrem Bruder. Er sollte damals auf die Ranch zurückkehren, genau wie Sie. Das war doch der Grund dafür, daß Sie dort waren: Ihr Vater mußte Sie und Ihren Bruder aus dem Internat nehmen, um mein Honorar zu bezahlen?«
»Ja«, bestätigte Mercy. Sie hatte keine Lust, diesem gleichgültigen Aristokraten die Geschichte ihres Bruders zu erklären, aber ihr fiel kein anderes Mittel ein, wie sie sich seine Hilfe sichern konnte. »Er kam nicht nach Hause. Er blieb bei Verwandten unserer Mutter im Osten. Texas, die Ranch – unser Leben dort hatte er nie gemocht.«
»Tatsächlich. Sieh mal einer an«, warf Hart spöttisch ein.
»Ich konnte seine Abneigung nie verstehen«, gab sie zu.
»Vielleicht hat sie etwas mit Läusen zu tun ... oder Flöhen ... oder mit hinterhältigen Sandstürmen, die einen blenden, die Haut vom Gesicht scheuern und einem die Kehle mit Sand verstopfen. Oder mit Nächten, so kalt, daß es einen schmerzt, die Augen offenzuhalten. Oder mit einem Land, das mit Menschen bevölkert ist, die einem um den Preis eines lahmen Maultiers den Hinterkopf wegschießen würden.«
Sie starrte ihn an. Sie hörte echte, glühende Emotionen in seiner Stimme.
»Es hat Ihnen nicht sehr gefallen.«
Er gab ein kurzes, krächzendes Lachen von sich. »Sie, Miss Coltrane, sind eine Meisterin des Understatements. Nein, es hat mir nicht sehr gefallen.«
»Aber Sie haben doch sicher gesehen, wie prachtvoll, wie ...«

»Sie wollten mir von Ihrem Bruder erzählen.«
Mercy erschrak. »Ja«, sagte sie leise. »Entschuldigen Sie, aber wenn jemand meine Heimat schlechtmacht, dann möchte ich ...«
»Das ist das Problem mit Euch Amerikanern. Ihr wollt etwas, und Ihr müßt es haben, egal, wie Ihr es kriegt. Sie wollen etwas von mir, also mißachten Sie Sitte und Anstand, gefährden nicht nur Ihren eigenen Ruf, sondern auch den Ihrer Gastgeberin, und bitten mich hier zu einem Rendezvous.«
»Das hier ist kein Rendezvous!«
»Versuchen Sie, das den Leuten zu erklären, die Sie hier eintreten sahen«, hielt er dagegen. »Nein. Sie müssen Ihren Willen durchsetzen. Schließlich ›wollen‹ Sie etwas. Also zum Teufel mit den Folgen. Sie haben keinerlei Sinn für Sittsamkeit. Wenn Sie schon so entschlossen sind, sich zu besorgen, was Sie wollen, warum können Sie das nicht mit weiblicher Liebenswürdigkeit und sanften Worten tun?«
»Mit weiblicher List und Tücke meinen Sie?« Hitzig stieß sie es hervor, und im nächsten Moment bedauerte sie ihren Temperamentsausbruch. Mit reiner Willenskraft erstickte sie den Drang, ihm einen angemessenen Dämpfer zu versetzen.
Sie würde nicht nachlassen. Und was immer auch dieser harte Mann von ihr denken mochte, sie brauchte seine Hilfe.
»Entschuldigung«, sagte er schroff. »Verzeihen Sie. Mein bedauernswerter Mangel an Manieren verrät meinen eigenen kurzen Aufenthalt in Ihrem Land.«
»Oh!«

»Also, ein für allemal, was habe ich mit Ihrem Bruder zu schaffen?«

Sie atmete tief ein. »Will ... er hatte immer sehr viel übrig für feine Gesellschaft, Kultur, für das, was er ›Zivilisation‹ nannte. Zumindest glaube ich das. Wir« – ihr Blick senkte sich das erste Mal in diesem Gespräch – »wir standen uns nicht sehr nahe. Es lag an mir. Ich habe ihn nie verstanden und es auch nicht versucht. Er konnte die Ranch nicht ausstehen.« Sie zuckte mit den Schultern. »Ich liebte sie.«

Sie blickte auf. Warum erzählte sie ihm das? Vielleicht wegen seiner Gleichgültigkeit. Hier würde es kein Mitgefühl geben, falsches oder auch echtes. Aber es würde auch keine Verurteilung geben.

»Vor einem Jahr starb meine Mutter. Will und sie standen sich sehr nahe. Sie liebte ihn innig, und er sie. Er bat damals Vater darum, ihn nach England zu schicken. Er erklärte, er ertrüge es nicht, sich in dem Haus aufzuhalten, das ihn ständig an unsere Mutter erinnerte. Mein Vater stimmte zu. Will sollte drei Monate bleiben, aber aus drei Monaten wurden sechs und aus sechs neun.«

»Er ist seit neun Monaten hier?«

»Zehn«, gab Mercy zurück. »Seine Briefe nach Hause wurden immer spärlicher und ... veränderten sich. Die letzten waren kaum mehr als gekritzelte Bitten um Geld. Was er vorher schrieb, ließ durchblicken, daß er sich in schlechter Gesellschaft befand. Wir haben jetzt seit drei Monaten keinen Brief mehr von ihm erhalten.«

»Ach?«

»Mein Vater lehnte es ab, ihm noch mehr Geld zu schikken. Ich glaube, das ist der Grund dafür, daß er aufhörte,

zu schreiben. Er wollte Vater bestrafen. Sie kamen nie gut miteinander aus.«
»Und Ihnen, die Sie kaum mehr als ein junges Mädchen sind, hat Ihr Vater jetzt erlaubt, hierherzukommen und nach ihm zu suchen?« fragte Hart.
»Nein.« Sofort verteidigte sie ihren Vater. »Nein, Vater glaubt, ich bin hier, um einen Ehemann zu finden.«
In seinen blauen Augen blitzte eine winzige Andeutung von Überraschung auf. »Wie bitte?«
»Einen Ehemann.« Sie spürte, wie sie errötete. Sie wäre nicht so offen gewesen, wenn nicht alles an ihrer Situation zielstrebige Offenheit erfordert hätte. Sie war nicht annähernd so ein ungehobeltes Geschöpf, wie er glaubte – und was zu verheimlichen er sich keinerlei Mühe machte.
»Meine Mutter, Gott hab' sie selig, hatte sich schon immer vor allem anderen ein vornehmes Leben für uns gewünscht. Um ganz ehrlich zu sein – Sie brauchen nicht diesen Blick aufzusetzen, Sie haben es reichlich klargemacht, was Sie von meiner Offenheit halten –, sie wünschte sich, daß wir in die Aristokratie einheiraten würden. Ob es nun Mrs. Ascots Aristokratie in New York wäre oder Ihre englische Variante, hätte keinen Unterschied gemacht.«
Er schwieg, und sie sprach hastig weiter. »Mein Vater verehrte meine Mutter. Aus dem Grunde ließ er uns in Boston zur Schule gehen. Deshalb war er auch damit einverstanden, daß ich hierherkomme und mich von Lady Timmons begleiten lasse, nachdem wir sie letzten Winter in New York kennengelernt hatten und sie mir freundlicherweise ihre Unterstützung anbot. Vater stimmte zu, aber nur, weil Mutter es sich gewünscht hätte.«

»Ah ja, die praktischerweise verletzte Anstandsdame«, spöttelte er.
Sie mußte sich auf die Zunge beißen, sonst hätte sie ihn zum Teufel gewünscht. *Wenigstens,* sagte sie sich mit schwacher Hoffnung, *wenigstens hört er mir zu.* »Die Herzoginwitwe und Lady Timmons sind gute Freunde.«
»Aha. Ihr Vater denkt also, Sie sind hier, um die Hoffnungen Ihrer Mutter zu erfüllen.«
»Ja.«
»Aber in Wirklichkeit sind Sie hier, um Ihren Bruder zu finden.«
»Ja. Ich muß ihn finden. Vater hat damit gedroht, Will zu enterben. Ich muß die beiden wieder miteinander versöhnen.« Ihre Stimme fiel in Flüsterton. »Ich habe es unserer Mutter versprochen. Bevor sie starb, versprach ich ihr, ich würde dafür sorgen, daß Will und Vater sich versöhnen. Aber um das fertigzubringen, muß ich Will erst einmal finden. Ich möchte, daß Sie ihn finden.«
Er wandte sich in einer seltsamen, ungeduldigen Geste von ihr ab, und sie beobachtete ihn, als er wie ungläubig seinen Kopf schüttelte. Im Profil war seine gerade Nase groß und aggressiv. Sein angespannter Unterkiefer sah wie aus Stein gemeißelt aus.
»Da gibt es noch etwas«, sagte sie.
»Ja?« murmelte er.
»Will weiß, daß ich hier bin, ich weiß nicht woher, aber eine Woche nach meiner Ankunft erhielt ich eine Nachricht von ihm. Er bat um etwas Geld und deutete an, daß er in irgendwelchen finanziellen Schwierigkeiten steckte. Ich schickte ihm Geld, wie er gebeten hatte. Seitdem habe ich noch zwei Nachrichten bekommen, jede noch

kürzer, als die zuvor, und in jeder bat er um eine noch größere Summe. Und jedesmal weigerte er sich, mich zu treffen.«

»Himmelherrgott«, fluchte Hart. Sie trat näher an ihn heran, die Rolle der Bittstellerin verabscheuend, aber unfähig, den bettelnden Ton aus ihrer Stimme zu nehmen. Sie brauchte ihn. Sie hatte jeden anderen Weg, der ihr einfiel, bereits ausprobiert.

»Ich habe die Nachrichten aufgehoben, und ich bin im Besitz von Briefen, die die Namen einiger Etablissements erwähnen. Sie können ...«

»Miss Coltrane!« Er drehte sich um. Seine Augen durchbohrten sie von oben herab. Eine Haarsträhne war in seine Stirn gefallen. Sie warf einen dunklen Schattenstreifen über sein mageres Gesicht. Sein Ausdruck war nicht zu deuten. »Was immer ich in der Vergangenheit gewesen bin, jetzt bin ich der Earl of Perth.«

»Das weiß ich. Ich weiß auch, daß sie einst Geld brauchten. Mein Vater ist finanziell vorwärtsgekommen, Mr. Perth ...«

»Hart Moreland, Lord Perth«, korrigierte er mechanisch. »Nennen Sie mich Perth. Oder Hart. Nicht Mr. Perth.«

»Ja, ja«, gab sie zurück. »Jedenfalls ist mein Vater ein überaus wohlhabender Mann und sehr großzügig mit meiner monatlichen Anweisung. Das Geld, das er mir gibt, brauche ich eigentlich nicht, folglich habe ich ein hübsches Sümmchen angehäuft.«

»O Gott«, murmelte er.

»Ihre gegenwärtige finanzielle Lage kenne ich zwar nicht, aber nachdem ich einige Zeit in den baufälligen Schlössern und Herrenhäusern verbracht habe, die Ihr Aristokraten erhalten zu müssen glaubt, kann ich nur annehmen, daß sie besser sein könnte. Ich bin bereit, Ihnen für Ihre Mühe eine stattliche Summe anzubieten.«

»O Gott«, stieß er noch einmal hervor.

Sie schluckte. »Sie brauchen niemanden umzubringen.«

Eine Sekunde lang schloß er die Augen, und als er sie öffnete, leuchteten sie blaugrün im Gaslicht auf. »Ich brauche niemanden umzubringen.« Seine Stimme klang bleiern.

»Nein«, versicherte sie ihm hastig. »Nichts dergleichen. Sie müssen nur Will finden, sonst nichts. Ich erledige dann den Rest. Ich kenne mich in London nicht aus. Ich habe keine Ahnung, wo ich anfangen sollte. Wo ich konnte, habe ich mich erkundigt, aber jedesmal bin ich behindert worden, höflich, aber entschieden.«

»Aha.« Sein Ton hätte sie eigentlich erstarren lassen müssen, aber ihr Anliegen, ihren Bruder zu finden, war zu wichtig, um sich durch eine kühle Stimme und leidenschaftlich glühende Augen davon abbringen zu lassen.

»Helfen Sie mir?«

»Nein«, lehnte er rundheraus ab. »Fahren Sie nach Hause, Miss Coltrane. Gehen Sie zurück nach Amerika. Ich bin sicher, Ihr Bruder ist nur dabei, sich ein bißchen auszutoben, bevor er in den Schoß der lieben Familie zurückkehrt und sich ernsthaft der Aufgabe widmet, Rinder und Kinder aufzuziehen.«

Verwirrt trat sie einen Schritt zurück. Hatte sie nicht klar genug zum Ausdruck gebracht, wie wichtig diese Sache war? Wie konnte sie ihm nur begreiflich machen, daß sie Will nicht verlieren konnte ... daß sie nicht *aufgeben* konnte?

»Sie haben mich nicht verstanden. Will setzt seine Zukunft aufs Spiel. Mein Vater ist ein unglaublich halsstarriger Mensch. Er verzeiht nicht so leicht. Will ist mehr als trotzig gewesen. Er ist ... Vielleicht habe ich nicht deutlich genug beschrieben, wie sehr er sich verändert hat, seit er ...«

»Sie haben *alles* peinlich genau erklärt«, unterbrach er sie. »Gehen Sie nach Hause, Miss Coltrane. Und ich rate Ihnen dringend zu vergessen, daß Sie mich je gekannt haben. Meine gesellschaftliche Stellung darf nicht gefährdet werden. Es ist unbedingt erforderlich, daß meine Vergangenheit auch vergangen *bleibt*. Die Zukunft wie auch das Glück einiger Menschen – Menschen, die mir sehr am Herzen liegen – hängen davon ab. Und die werde ich schützen, Miss Coltrane. Um jeden Preis.«

Sie straffte ihre Haltung und weigerte sich, sich von der Enttäuschung ihren Stolz rauben zu lassen. Es gab also Menschen, die ihm sehr lieb waren. Dieser Gedanke rief Gefühle der Eifersucht in ihr hervor. Wie wäre es wohl, wenn einem so starken und fähigen Menschen so viel an ihr läge? Nun gut, er war nicht der einzige, der Menschen zu schützen hatte. »Ich würde niemals das mir entgegengebrachte Vertrauen verraten.«

»Ich habe Ihnen mein Vertrauen nicht geschenkt«, hielt er ihr vor. »Sie haben es sich gestohlen.«

»Ich werde keiner Menschenseele erzählen, wer Sie wirklich sind. Ihr *Geheimnis* ist bei mir sicher, Lord Perth«, erklärte sie mit überheblicher Würde. »Sehen Sie? Ich kenne sehr wohl die angemessene Anrede. Unsere Schulen im Osten pauken ihren Schülern recht gründlich die englische Heldenverehrung ein. Ich werde mich daran erinnern müssen, daß Ehrfurcht manchmal fehl am Platz ist.«

»Ganz recht. Und jetzt, vergessen Sie mich, und, wenn ich mir die Bemerkung erlauben darf, vergessen Sie Ihren Bruder.«

Sie war nicht geneigt, ihm zu antworten, weder auf seine kaum verhüllte Warnung noch auf seinen anmaßenden Rat. Sie wirbelte herum, und ihr steifer Taftpetticoat streifte rauschend über seine Stiefel hinweg.

»Und wenn Sie diesen Raum verlassen, dann versuchen Sie um Himmels willen, es diskret zu tun. Ich möchte nicht, daß irgend jemand bemerkt, daß wir hier nur zu zweit waren.«

Auf diese Worte hin blieb sie abrupt bei der Tür stehen. Sie griff nach der Klinke und riß die Tür weit auf. Konversation und Licht fluteten herein. Sie sah gerade noch, wie Ärger seine Gesichtszüge verhärtete, bevor er in den Schatten zurücktrat.

Gut, dachte sie. *Lassen wir den Earl ein wenig zappeln!*

Die in der Nähe Stehenden wandten sich neugierig der Tür zu, um zu sehen, wer aus der Bibliothek kam.

»Ich werde ihn *nicht* vergessen«, verkündete sie mit lauter Stimme. »Ich werde ihn finden.«

Viertes Kapitel

Verflucht! dachte Hart. Am liebsten wäre er dem jungen Ding nach draußen in den Salon gefolgt, hätte sie am Arm gepackt und herumgewirbelt und dann ... Er knirschte mit den Zähnen. Statt dessen stand er in den Schatten geduckt da und überlegte, wie er ungesehen aus der Bibliothek herauskäme.

Obwohl er wütend darüber war, daß er sich in eine solche Lage hatte bringen lassen, wurde sein Ärger durch einen Anflug von völlig unpassender Belustigung untermalt. So ein kleiner Teufel. Bietet ihm Geld an, damit er ihren verwünschten Bruder findet und versichert ihm zur Beruhigung, daß er »niemanden umzubringen brauche«. Es gab nur eine einzige Person, die in dieser Gefahr schwebte, und die war gerade außer Reichweite gerauscht.

Gott sei Dank waren ihm all die Jahre der Selbstdisziplin während dieses schrecklichen Gesprächs gut zustatten gekommen. Ihr war entgangen, mit welchem Schock er das junge Mädchen erkannt hatte, das er vor fast sechs Jahren in jener Hütte in Texas angeschossen hatte.

Schock. Eine völlig neue Erfahrung. Er hatte sich immer für erhaben darüber gehalten, auch nur die leiseste Überraschung zu empfinden wegen der boshaften Spiele, die das Leben mit ihm trieb.

Aber auf sie war er nicht vorbereitet gewesen.

Daß sie, ein grünäugiges Gespenst aus seiner Vergangenheit, ausgerechnet in dem Moment wieder auftauchen würde, in dem er dabei war, die Aufgabe abzuschließen, die er sich vor über zehn Jahren gestellt hatte, war ein teuflischer Scherz.

Gerade, als er sich anschickte, die letzte seiner Schwestern in einem Leben zu etablieren, für das er geschuftet, geschwitzt und – *getötet* hatte, da mußte *sie* auftauchen! Mit gold- und grüngesprenkelten Augen und einem lachenden Mund, einer Mähne von rotglänzenden Haaren ... und einer Einschußnarbe in der Schulter.

Ihre Anwesenheit bedrohte alles. Seine Hand ballte sich zur Faust, und er mußte sich zwingen, sie zu lösen. Er mußte sichergehen, daß sie nicht zerstören würde, was er so schwer erarbeitet hatte. Er würde alles tun, um sich ihr Schweigen zu sichern. Vielleicht wäre es so einfach wie das Neinsagen vor ein paar Minuten. Sicherlich war ihr klar, daß seine Drohung ernstgemeint war.

Er sah sich in der Bibliothek um. Jeden Moment konnte ein Neugieriger mit strahlenden Augen hereinspähen, um zu erfahren, mit wem Mercy Coltrane zusammengewesen war. Selbst wenn sie absolut nichts auf ihre Reputation gab, konnte er es sich nicht leisten, mit seinem Ruf so nachlässig umzugehen. Ein paar gewisperte Worte Acton gegenüber, und er konnte Annabelles Verlobung mit ihm vergessen. Die Actons waren furchtbar zimperlich.

Hart schlich zum Fenster und riß es auf. Ein kurzer Blick hinaus zeigte ihm, daß sich die Bibliothek ein Stockwerk über dem gepflegten Rasen auf der Ostseite des Herrenhauses befand. Ohne auch nur einen Augenblick zu zögern, stieg er hinaus, ergriff das Fensterbrett und ließ sich

an der Außenwand hinunter. Eine Sekunde lang hing er entspannt da, bevor er nach unten blickte.
Rosensträucher. Ein ganzes Bataillon von Rosensträuchern bevölkerte die antiken Mauern unter ihm. Er verlängerte die Liste der Flüche, die er seit dem Treffen mit Mercy Coltrane von sich gegeben hatte, um einen weiteren und ließ das Fensterbrett los.

»Hart!« Fanny rief nach ihm, als er am nächsten Tag den Salon betrat.
Es war früher Nachmittag, und der Raum war mit Gästen gefüllt, die auf das musikalische Ereignis warteten, das Acton arrangiert hatte. Mit einem kleinen Stöhnen hob Fanny sich mühsam aus dem Sofa, während Richard ihr zur Seite eilte und sie am Arm hielt. Hart beäugte seine Schwester in stummem Erstaunen.
Fanny war zwar schon immer eine leicht rundliche Frau gewesen, aber inzwischen war sie noch wesentlich runder geworden. Ihre Wangen waren rosig und kugelrund, und ihr Hals war von kleinen Fleischwülsten eingesäumt. In einer herzlichen Begrüßungsgeste streckte sie ihm die Arme entgegen. Nach einem Blick auf sein Gesicht, ließ sie sie jedoch wieder sinken. »Was ist denn mit dir passiert?«
»Passiert?« wiederholte er, immer noch beeindruckt von Fannys angewachsenem Umfang. Er berührte sein Gesicht. »Ach, das. Ich bin heute morgen ausgeritten und achtete nicht auf den Weg. Als ich einen Augenblick lang unaufmerksam war, ging das Pferd mit mir durch einige Zweige.«
»Das sieht übel aus«, meinte Richard und sah sich die

frischen Kratzer, die Hart kreuz und quer übers Gesicht liefen, genauer an.

»Das sieht dir aber gar nicht ähnlich«, wunderte sich Fanny.

»Tja, ich war es aber«, sagte Hart in einem Ton, der ihr deutlich machen sollte, daß sie die Sache besser vergäße.

»Ah, ja. Da es dein Gesicht war, mußtest du es auch sein, nicht?«

Die liebe Fanny. Reizend, liebevoll, aber nicht besonders aufgeweckt. Ihre glänzenden Goldlocken hüpften, als sie wissend nickte. Ihr Busen, ein Berg enggeschnürten Fleisches, wogte in einem eigenen Rhythmus.

»Und dir, hoffe ich, geht es gut heute morgen?« fragte Hart. Sie senkte ihre Augen und lächelte schüchtern. Jedes Fleckchen sichtbarer Haut an ihr bekam einen eigenen rosafarbenen Ton.

»Ja. Bis jetzt, zumindest.« Sie sah auf. »Richard hat es dir gesagt?«

»Ja, Fanny. Ich gratuliere. Ich kann dir gar nicht sagen, wie sehr ich mich für euch beide freue. Euer Kind hat Glück, solche Eltern zu bekommen ... besonders so eine Mutter.«

»O Hart!« Tränen schimmerten in ihren kornblumenblauen Augen.

»Weine nicht, Francesca.« Hart trat ungemütlich von einem Fuß auf den anderen.

»Entschuldige, Hart. Ich weiß, wie sehr dich solche Gefühlsausbrüche beunruhigen, aber dieses Kinderkriegen macht mich so ... emotional!«

»Das sehe ich.«

»Ich verspreche, ich werde nicht mehr weinen.« Sie schniefte und atmete dreimal tief ein. Die Nähte ihres Mieders krachten. »So. Jetzt geht es mir schon besser.« Sie legte ein tapferes, wäßriges Lächeln auf. »Siehst Du? Es wird mir gelingen, eine vollkommen gefaßte werdende Mutter« – sie schluckte – »zu ... zu ... sein!« Sie vergrub ihr Gesicht in dem riesigen Leinentaschentuch, das Richard hervorzog.

»Tu etwas«, forderte Hart ihn auf.

Richard, dessen Blick mitfühlend auf seiner Frau ruhte, rührte sich nicht.

»Oh! Ich, eine Mutter!« rief Fanny aus und schluchzte unkontrolliert.

»Mann, tu doch etwas!« wiederholte Hart etwas energischer.

»Was denn?« fragte Richard. »Sie hat in den letzten Wochen immer wieder geweint. Seit Fanny schwanger ist, habe ich drei Dutzend Taschentücher gekauft. Viel mehr kann ich nicht tun, außer einen netten Vorrat an Tränentüchlein zu halten, verstehst du?«

»Geht es ihr gut?« fragte Hart. »Sie ist doch nicht krank, oder?«

»Nein.« Fanny schüttelte den Kopf. »Ich bin nicht krank. Ich erwarte ... ein ... ein ... *Baby!*«

»Arme Fanny.« Richard tätschelte ihr die Schulter.

»Bring ihr etwas Devonshire-Rahm«, sagte Hart auf eine plötzliche Eingebung hin. »Den mochte sie immer so gerne, als sie noch ein kleines Mädchen war. Hättest Du gern etwas Devonshire-Rahm, Fanny?«

Sie nickte, immer noch schniefend. »Devonshire-Rahm wäre schön.«

»Besorge etwas davon«, wies Hart Richard an.

»Vielleicht können wir Actons Koch dazu bringen, etwas zu finden«, flötete Richard. »Komm mit, Fanny, Liebste. Wir suchen uns ein kleines, behagliches Plätzchen und genießen etwas Cream Tea, wollen wir?«
Hart atmete auf, während Richard seine Schwester hinausbrachte. *Guter Gott,* dachte er. *Wenn sich eine Schwangerschaft derart auf die ruhige, ausgeglichene Fanny auswirkte, was würde dieser Umstand dann erst bei einer Frau wie Mercy Coltrane verursachen?* Sein Gesicht verfinsterte sich plötzlich. *Wie zum Kuckuck kam er denn auf diesen Gedanken?*
Als ob sie durch seine Gedanken herbeigerufen worden wäre, erschien die Frau, der er sein zerkratztes Gesicht verdankte, deren Handlungen – oder vielmehr, deren mögliche Handlungen – ihm das letzte bißchen Schlaf geraubt hatten, auf der Bildfläche, an ihrer Seite die Herzoginwitwe und ein Mann, der vermutlich James Trent, Duke of Acton war.
So sehr er es auch versuchte, Hart war unfähig, sich auf Acton zu konzentrieren, während Mercy in seiner Nähe war. Er begnügte sich damit, seinen möglichen Schwager oberflächlich einzuschätzen. Seine Körpergröße lag etwas unter dem Durchschnitt, er hatte einen gewölbten Brustkorb und rotblonde Locken, die über einem freundlichen, breiten Gesicht zurückgekämmt waren. Harts Blick schweifte von ihm zu Mercy.
Sie ließ sich in nichts anmerken, daß sie sich bereits kannten. Sie sah ihn lediglich mit höflichem Interesse an, während ihr Mund am Rande eines Lächelns bebte. Sie war aufgetakelt mit einem unmöglichen rosa karierten Gewand, der schwere Rock hinter den Knien gerafft, einen

Sturzbach von bläßlichen Spitzen und Rüschen hinter sich herziehend, während sie sich mit ihren zu langen Schritten näherte. Er bemerkte, daß es ein hochgeschlossenes Kleid war, im Unterschied zu den Dekolletés der anderen anwesenden Damen. Machte sie sich immer die Mühe, die Narbe, die er ihr beigebracht hatte, zu verbergen? Seine Kiefermuskeln spannten sich.

Die Herzoginwitwe schnappte einen riesigen Fächer aus Straußenfedern auf, als sie vor ihm stehenblieb. Sie hob ihre schmalen, silberfarbenen Augenbrauen.

»Perth«, grüßte sie ihn. Er nickte ihr zu. Sie drehte sich um und gab ihrem Sohn einen Klaps auf den Arm. »James, darf ich dir Hart Moreland, Earl of Perth, vorstellen? Perth, dies ist mein Sohn, James Trent, Duke of Acton.«

Acton trat vor und streckte seine Hand aus, die Hart ergriff und schüttelte. Dann drehte Acton sich um.

»Miss Coltrane, darf ich vorstellen ...«

»Den Earl of Perth? Das habe ich bereits gehört.« Sie bekam freche Grübchen. »Ja, Sie dürfen ihn vorstellen. Und *ich* stelle mich selbst vor. Mercy Coltrane, Mr. Perth. Ursprünglich aus Texas. Das liegt in den Vereinigten Staaten von Amerika«, erklärte sie. »Und wo sind Sie zu Hause, Sir?«

»Hier und da.« Er war sich bewußt, daß seine Stimme nicht so ruhig klang, wie er es gerne gehabt hätte. Unverschämter kleiner Fratz.

»Perth ist ein eingefleischter Reisender. Er verbringt seine ganze Zeit damit, in der Welt umherzustreifen«, sagte die Herzoginwitwe. »Wir haben großes Glück, daß er seinen letzten Aufenthaltsort verlassen hat, um unserer kleinen Gesellschaft beizuwohnen.«

»Aber nicht doch, Madam. Es ist mir ein Vergnügen.«
»Nun, es freut mich, jemanden kennenzulernen, der so weit gereist ist wie Sie, Sir«, meinte Mercy. »Sie müssen einige interessante Geschichten zu erzählen haben.«
Sie streckte ihre bloße Hand aus.
Er hatte keine Wahl, er mußte sie nehmen. Ihre Finger waren warm, zart und äußerst feminin. Sie *wußte*, daß es sich nicht gehörte, jemandem die Hand ohne Handschuh zu reichen. Sie machte sich über ihn lustig. Er konnte es am kecken Glitzern ihrer Augen und an ihrem trotzigen Kinn ablesen.
Er gab der Versuchung nach, ihre Hand etwas fester als nötig zu halten und, als es klar war, daß sie von ihm einen Händedruck erwartete, sie an seine Lippen zu führen und auf den Rücken ihrer langen Finger einen Kuß zu drükken. *Weich wie Samt* – mit Genugtuung hörte er einen winzigen Schreckenslaut von ihr. Sie entzog ihm ihre Hand.
Diese kleine, amerikanische Barbarin. Sie hätte Glück, wenn sich die Gesellschaft ihre Schamlosigkeit zwei Wochen lang gefallen lassen würde. Als er seinen Blick hob, sah er, daß sowohl die Herzogin als auch ihr Sohn dem Rotschopf nachsichtig zulächelten, als ob sie von ihrem dreisten Auftreten entzückt wären.
»Miss Coltrane«, murmelte er.
»Meine Güte, Sir!« rief Mercy aus und hatte plötzlich ein üppiges Rot auf ihren Wangen. »Was ist denn nur mit Ihrem Gesicht passiert?« In einer theatralischen Geste der Besorgnis bedeckte sie ihre Lippen mit den Fingerspitzen. Hart war sich sicher, daß sie ein Lächeln verbarg, dieses Gör.

»Ein Pferd«, erklärte er mit ruhiger Stimme, »ging mit mir durch einige Zweige, die tief über den Reitweg hingen.«
»Und sie konnten es nicht zügeln?« fragte Mercy, während sich ihre goldgesprenkelten Augen noch mehr weiteten. Sie wandte sich Acton zu. »Euer Gnaden, Sie werden mit Ihren Pferdeknechten sprechen müssen, damit sie den Reitern Tiere geben, die ihrem Geschick angemessen sind. Sonst müssen unweigerlich solche unangenehmen Zwischenfälle geschehen, wie es Mr. Perth ergangen ist.«
»Lord Perth«, korrigierte Hart sie. »Und das Pferd war durchaus meinen Fähigkeiten angemessen.« Verdammt noch mal, sie hatte ihn dazu gebracht, seine Reitkünste zu verteidigen!
Sie hörte auf, Acton mit ihren Wimpern zuzuklimpern, der heftig nickte. Der Herzog sah drein, als ob er im Geiste bereits ein Reittraining für Hart entwickelte. Sie drehte sich wieder um. Ihre Augen glänzten triumphierend. »Sagten Sie etwas, Sir?« fragte sie liebenswürdig.
»Er möchte, daß Sie ihn mit seinem richtigen Titel ansprechen, Miss Coltrane«, erklärte die Herzogin.
»Und der lautet?«
»Lord Perth.«
»Aha«, sagte Mercy, blickte von Acton zur Herzogin und gab ein hübsches Bild der Verwunderung ab. »Also, ich muß zugeben, ich bin schon recht stolz auf mich, daß ich so gut mit Ihrer Hierarchie zurechtkomme. Möchten Sie nicht einfach akzeptieren, daß ich mir die wichtigen Titel merken kann, und meine Unzulänglichkeit bei den unbedeutenden verzeihen?« Sie blinzelte wieder.
Hart spürte einen Reflex in seinem Zwerchfell, es gelang

ihm jedoch, ein Lachen zu unterdrücken. Diesen unglaublichen Wildfang durfte man nicht auch noch ermuntern.

Acton allerdings hielt sich nicht zurück, sondern lachte herzhaft. Mercy, die dreinschaute, als sei es die köstlichste Erfahrung der Welt, ausgelacht zu werden, lächelte Acton an und teilte sein Vergnügen. Sogar die Herzogin gab ein gar nicht damenhaftes Prusten von sich. »Sie sind ein unartiges Mädchen, Perth so zu necken. Er versteht Ihren amerikanischen Sinn für Humor nicht«, tadelte sie.

»Ich hoffe, Miss Coltrane wird mir erlauben, dieses Mißverständnis aus dem Weg zu räumen«, sagte Hart und warf Mercy einen vielsagenden Blick zu.

»Acton«, begann die Herzoginwitwe, deren Blick jenseits der Schulter ihres Sohnes hängengeblieben war, »Mr. und Mrs. Wrexhall sind angekommen. Mit Miss Moreland.« Sie richtete ihre Aufmerksamkeit auf den Eingang.

Tatsächlich waren Harts älteste Schwester Beryl und ihr Ehemann Henley Wrexhall eingetroffen. Sie sahen einander so ähnlich, daß man sie für Geschwister halten konnte. Beide waren mittelgroß und von magerer Statur. Beide hatten brünettes Haar und dunkle Augen, und ihre sich ähnelnden markanten Gesichtszüge verrieten scharfe Intelligenz und eine schnelle Auffassungsgabe. Henley jedoch, fiel Hart auf, sah zerstreut aus, und sein Blick schweifte von einer Seite zur anderen, während er im Vorbeigehen den Anwesenden grüßend zunickte.

Hinter ihnen erschien Annabelle, ein Bild zierlicher Weiblichkeit; der Saum ihres Spitzenkleids bewegte sich kaum, während sie näherkam. Hart spürte eine Welle ihm wohlvertrauten Stolzes. Sie kam ihm vor wie eine hübsche kleine Rosenknospe. Ihr Haar hatte einen rotblonden Ton; als sie klein war, hatte er immer neckend behauptet, es sei rosa.

Seine Schwester Annabelle, eine vollendete junge Dame! Sie spielte recht talentiert Klavier, sie sprach fließend drei Sprachen, und wenn man den schriftlichen Berichten ihrer Gouvernanten und Lehrer Glauben schenken durfte, dann war sie außergewöhnlich gut in Mathematik. Sie würde eine prächtige Herzogin abgeben.

Ihrem durch und durch sittsamen Wesen getreu, stürzte Annabelle nicht etwa in unschicklicher Eile auf ihn zu. Sie bewegte sich langsam und gemessenen Schrittes, mit einem Ausdruck herzlicher Begrüßung in ihrem heiter-ausgeglichenen Gesicht.

»Hart«, sagte sie. »Es ist so schön, dich wiederzusehen.«

Es sah Annabelle ganz ähnlich, keinerlei unpassende Bemerkung über sein zerkratztes Gesicht zu machen.

»Hart, was ist denn nur mit deiner Wange geschehen?« fragte Beryl, sobald sie in Sprechweite war.

Henley blieb hinter seiner Frau stehen, zog die Brauen zusammen und räusperte sich. »Das sieht schmerzhaft aus. Was ist passiert?«

»Ein Reitunfall«, warf Mercy ein.

Keine Manieren. Absolut keine Manieren.

Beryl und Annabelle wandten dem amerikanischen Eindringling forschende Blicke zu, und wieder ertappte Hart sich dabei, wie er sie eingehend betrachtete. Sie sah auffallend exotisch aus in ihrem strahlenden rosa Kleid, kühn und lebhaft. Ihre Erscheinung stand in scharfem Gegen-

satz zu seinen in Pastellfarben gekleideten Schwestern mit ihren lieblichen Gesichtern. Er hoffte, Acton bemerkte es.
Der Herzog trat vor und verbeugte sich äußerst förmlich. »Miss Moreland, Mrs. Wrexhall, Mr. Wrexhall, wir freuen uns sehr, daß Sie eingetroffen sind. Ich hoffe, Sie hatten eine angenehme Reise ohne Zwischenfälle?«
»Ja, die hatten wir«, bestätigte Beryl. Annabelle lächelte schüchtern.
»Darf ich Miss Mercy Coltrane vorstellen?« fragte Acton. »Sie erweist uns die Ehre, unser Gast zu sein, solange ihre Freundin und Anstandsdame Lady Timmons sich von einem Unfall erholt.«
Die Frauen murmelten sich ein »Angenehm, Ihre Bekanntschaft zu machen« zu, und Henley brachte sein »Entzücken« darüber zum Ausdruck, vorgestellt worden zu sein.
»Wir haben dich viel zu lange nicht gesehen, Hart«, klagte Beryl und wandte sich ihm wieder zu. »Wann wirst du nach Hause kommen?«
»Bentwood ist jetzt dein Zuhause, Beryl. Deines und Henleys Zuhause. Ich bin dort nur Gast.«
»Unsinn«, widersprach Henley entschieden, und ein Anflug von schlechter Laune huschte über seine schmalen Gesichtszüge. »Bentwood gehört seit Generationen den Earls of Perth. Wir verwahren es nur zu treuen Händen für dich, Hart, bis zu dem Tag, an dem du deine eigene Braut dort hinbringst. Beryl und mir würde es in der Stadt recht gut gehen. Recht gut.«
»Bentwood braucht jemanden, der ein Auge darauf hat. Ich reise viel zuviel, um es angemessen verwalten zu

können«, sagte er. Es war eine uralte Debatte, und er war beunruhigt darüber, daß Henleys Worte immer noch die Macht hatten, eine kleine, hoffnungslose Sehnsucht in ihm zu erwecken.

Er wagte es nicht, wieder in England zu leben, wie sehr er sich auch nach Bentwood sehnte. Es gab hier zu viele Anlässe, bei denen seine Vergangenheit entdeckt werden könnte. Es gab inzwischen zu viel Kommen und Gehen zwischen Amerika und England. Zum Beispiel Mercy Coltrane.

Er wußte immer noch nicht so recht, was er ihretwegen unternehmen sollte. Wenn sie sehr brav und sehr klug wäre und den Anschein aufrechterhalten würde, daß sie ihn nicht kannte, dann bräuchte er vielleicht überhaupt nichts zu unternehmen.

Um ihn herum entwickelte sich höfliche Konversation, und er neigte pflichtbewußt den Kopf, so als ob er Annabelles leisen Worten zuhören würde. Aber er konnte sich nicht konzentrieren. Mercys Gegenwart belegte sein Bewußtsein zu sehr mit Beschlag.

Er wollte sich ihr nicht zuwenden. Es war auch gar nicht nötig. Er konnte sie riechen, einen Duft, den er in einem kurzen Gespräch kennengelernt hatte, und den er – intuitiv wußte er es – niemals vergessen würde. Es war ein würziger Waldduft. Mercy Coltrane hatte keinen lieblichen Blumenduft an sich.

Ein Bediensteter näherte sich und flüsterte der Herzogin etwas zu. Sie nickte und entließ den Diener, bevor sie sich an ihren Sohn wandte: »Acton, du mußt unseren Gästen mitteilen, daß das Orchester bereit ist. Ich werde nicht dabeisein. Ich bekomme gerade meine Kopfschmerzen.«

Annabelle und Beryl brachten sofort ihre Besorgnis zum Ausdruck und fragten, ob sie irgend etwas tun könnten, um ihrer Gastgeberin Erleichterung zu verschaffen. Mercy betrachtete still die Herzogin.

Die Herzoginwitwe winkte ab. »Vielen Dank, aber Sie können mir am besten behilflich sein, indem Sie keinerlei Aufmerksamkeit auf meine Abwesenheit lenken. Bring unsere Gäste in den Wintergarten, Acton.«

»Selbstverständlich, Mutter«, erwiderte Acton und bot Annabelle seinen Arm an. Mit einem kurzen Blick auf Hart, um seine Erlaubnis einzuholen – die dieser mit einem leichten Nicken gab –, legte Annabelle ihre Fingerspitzen auf Actons Arm und wurde hinausgeführt. Henley räusperte sich wieder – eine nervöse Angewohnheit, die Hart noch nicht kannte –, warf ihm einen kurzen Blick zu und machte eine ausladende Verbeugung vor seiner Frau. Sie hakte sich bei ihm unter, und auch sie gingen hinaus.

Auf diese Weise wurde er mit Mercy zurückgelassen inmitten all der Leute, die in den Wintergarten strömten. Er wandte sich ihr zu und schenkte ihr das Lächeln eines Raubtiers. »Es scheint so, Miss Coltrane, daß man Sie meiner Obhut überlassen hat.«

Fünftes Kapitel

Am besten bleiben Sie bei der unnahbaren Maske«, meinte Mercy und freute sich über den Ausdruck von Verwirrung, den ihre Worte auf Harts Gesicht zauberten.

»Wie bitte?«

»Die bedrohliche Miene ist längst nicht so wirkungsvoll wie diese erhabene Gleichgültigkeit.« Zwar ließ es nicht viel von seinen Gedanken erahnen, aber seine Gesichtszüge strafften sich deutlich. Mit etwas Geduld, dachte Mercy, würde sie ihn innerhalb einer Woche dazu bringen, sie anzuschreien. Und sie wollte ihn zum Schreien bringen.

Sie wollte diese eiserne Fassade durchbrechen und ihn dazu veranlassen, irgend etwas zu fühlen: Ärger, Sorge, Vergnügen. Wenn sie die gutversteckte Menschlichkeit in diesem Mann erreichen konnte, dann würde er ihr vielleicht helfen, Will zu finden.

Aber jetzt noch nicht, dachte sie. Dieser gleichgültige Mann hatte sicherlich keine Ahnung, was Verzweiflung ist. Er wußte wohl nicht, wie es war, enge Angehörige zu verlieren. Er wußte nichts von Versprechungen, die man sterbenden Müttern gab, oder von der Versöhnung zweier Menschen, die man selbst auseinandergebracht hatte.

Er betrachtete sie kühl, und es war offensichtlich, daß ihn

lediglich seine untadeligen Manieren davon abhielten, sie stehenzulassen, während die letzten Gäste den Raum verließen. *Wir wollen ja kein Gerede heraufbeschwören, indem wir eine Dame allein und ohne Begleitung stehenlassen, nicht wahr?* dachte sie.

»Ich gehe nicht zum Hauskonzert, Mr. Perth. Sie brauchen also nicht so dazustehen und sich zu fragen, wem sie mich aufhalsen können.«

»Wenn es Ihnen zu anstrengend ist, mich *Lord* Perth zu nennen, so würde doch ein einfaches ›Perth‹ Sie nicht überfordern.«

Sie zuckte mit den Schultern. »Vielleicht ... Perth.«

Nicht die leiseste Spur einer Emotion. »Wenn Sie nicht der Veranstaltung beiwohnen, die zu arrangieren Ihr Gastgeber sich die Mühe gemacht hat, was haben Sie dann vor? Wollen Sie an Actons zahmen Hirschen Ihre Lassokünste üben?«

Sie lachte, was einen Anflug von Verblüffung über sein Gesicht huschen ließ. *Wie? Lachte denn sonst nie jemand über seine geistreichen Scherze?* »Also, woher wissen Sie denn, daß ich mit einem Lasso geradezu zaubern kann? Aber nein, ich gehe in die Küche.«

»Wenn Sie eine Erfrischung benötigen, brauchen Sie doch nur Ihr Dienstmädchen zu bitten, etwas zu holen.«

»Ich habe kein Mädchen. Wenn es nötig ist, mache ich von einer der Aushilfen der Herzogin Gebrauch. Ich habe noch nie verstanden, warum ständig jemand um mich herumschweben sollte, nur um jeden Fussel hinter mir aufzuheben. Das erscheint mir herabwürdigend. Und ich würde Brenna nicht erniedrigen wollen. Sie ist ein reizendes Mädchen. Sie hat unglaublich viel Haar. Sie hat mir

versprochen, mir mit meiner eigenen Frisur zu helfen, ist das nicht liebenswürdig? Ich meine, diese Frau hat Haare« – sie machte eine Pause und versuchte, Worte für Brennas Haarpracht zu finden –, »Haare im Überfluß. Sie trägt Haarpolster auf ihrem Kopf.«
Er schwieg eine Weile. »Haarpolster?« fragte er, während die Neugier anscheinend seine Abneigung, mit ihr zu sprechen, besiegte.
»Ja«, antwortete sie. »Das sind diese Gebilde, die man wie einen Hut auf den Kopf setzen und dann mit dem eigenen Haar bedecken kann. Einfach erstaunlich. Sie hat mir versprochen, mir mit meinem eigenen zu ...«
»Die Haartracht der Aushilfe ist mir ziemlich gleichgültig«, unterbrach er sie. »Aber was ich Ihnen eigentlich sagen wollte, ist folgendes: Wenn Sie etwas brauchen, bitten Sie eine Bedienstete darum.«
»Ach, das würde keinesfalls genügen. Ich muß einen speziellen Tee brühen.«
»Wie speziell kann Tee denn schon sein?« fragte er. »Actons Koch kann sicherlich einen annehmbaren Aufguß machen.«
Sie ließ sich von ihm in keine Diskussion verwickeln. »Ich gehe jetzt in die Küche.«
»Wissen Sie überhaupt, wo die Küche ist?«
Sie ließ sich nicht dazu herab, diese Frage zu beantworten. Natürlich wußte sie, wo die Küche war. Sie ging an ihm vorbei und war überrascht, als er ihr folgte.
»So groß ist das Haus nun auch wieder nicht«, bemerkte sie über ihre Schulter hinweg. »Ich werde mich schon nicht verirren.«
»Ich fühle mich meinem Gastgeber gegenüber in gewisser

Weise verpflichtet, darauf zu achten, daß keiner seiner Gäste unnötiges Gerede heraufbeschwört. Man sollte nicht sehen, wie Sie allein durchs Haus irren und in sämtliche Räume gucken.«

Sie warf ihm einen empörten Blick zu, und in seinen blauen Augen zeigte sich Befriedigung.

»Tun Sie, was Sie wollen«, sagte sie und marschierte bis ans Ende des Flurs. Sie ging durch die Schwingtür und fand sich augenblicklich in der Küche wieder.

Zwei junge Mädchen saßen auf Hockern und schälten Gemüse. Ein strammer Koch mit Schürze wuchtete eine riesige Pfanne mit prallen Hühnchenbrüsten in einen höhlenartigen Ofen, während ein anderer Koch in einem Kupferkessel rührte. Eine rundliche Köchin, von oben bis unten in Mehlstaub eingehüllt, bearbeitete mit den Händen eine enorme Portion Teig auf einem mit Kratzern und Löchern übersäten Tisch.

Sobald sie eintraten, hielt das Personal in seiner Tätigkeit inne und starrte die beiden schweigend und staunend an.

»Wie geht's, Minnie?« fragte Mercy die Pastetenbäckerin.

»Ah, gut. Gut, Miss«, murmelte Minnie.

Hart blieb hinter Mercy stehen. »Miss Coltrane braucht die Küche«, verkündete er. »Bitte gehen Sie hinaus.«

»Nein, nein. Sie brauchen doch nicht ...«

»Sofort«, befahl Hart.

Die Mitglieder des Küchenpersonals stoben auseinander wie ein Schwarm Hühner und flüchteten durch die verschiedenen Türen aus der Küche, während Mercy vergeblich protestierte. Innerhalb von Sekunden war sie mit Hart allein.

»Sie hätten ihre Arbeit nicht zu unterbrechen brauchen!« Ärgerlich drehte sie sich um.

»Sie werden nicht die Gerüchteküche schüren mit Ihrem unzivilisierten Benehmen. Je weniger Leute von dem absurden Eigensinn, mit dem Sie Ihren eigenen Tee brauen, wissen, um so besser. Glauben Sie etwa, jemand wolle versuchen, Sie zu vergiften? Ich kann Ihnen versichern, ich bin der einzige, der dazu neigen würde oder der letztlich ein Motiv dazu hätte.«
»In *Wirklichkeit* meinen Sie, Sie wollen keine Zeugen *Ihrer* erlauchten Gegenwart unter denen, die sich ihren Lebensunterhalt verdienen müssen.«
»Miss Coltrane«, sagte er langsam, »Sie wissen besser als irgend jemand anderes in diesem Hause von den unvorstellbaren Dingen, die ich getan habe, um Geld zu verdienen – Dinge, die zu tun hier niemals jemand in Erwägung ziehen würde.«
Verwirrt ließ sie ihren Blick sinken. Er war ihr ein Rätsel. Es ergab für sie keinen Sinn – einerseits war er so selbstherrlich, daß er sich darüber ärgerte, in der Küche gesehen zu werden, und andererseits erinnerte er sie an seine Vergangenheit. Jeder Moment mit ihm machte diese Vergangenheit immer unwirklicher. Der magere, sonnenverbrannte Steppenreiter war verschwunden. Er war jetzt der vollendete Aristokrat: unnahbar, gebieterisch und anspruchsvoll.
»Außerdem sind Sie wohl nicht ernsthaft besorgt darüber, die Bediensteten von der Arbeit abzuhalten, oder?« fragte er.
»Doch, natürlich. Ich habe ihren Zeitplan durcheinandergebracht, und jetzt werden sie den Rest des Tages versuchen müssen, das aufzuholen.«
»Betrachten Sie es doch von der Seite, daß ich ihnen unerwartete Freizeit gegeben habe.«

»Ich nehme an, mir wird nichts anderes übrigbleiben«, antwortete sie schneidend, ging zur Speisekammer hinüber und stieß die Tür auf, um den Inhalt zu untersuchen. Fässer säumten die gegenüberliegende Wand des vollgestopften Raumes. Über ihr hingen in Wachs eingehüllte Käseräder, Knoblauchzöpfe und bunte Bündel getrockneter Kräuter. Gewürzdosen, Geleegläser, die wie Edelsteine farbig glänzten, und Baumwollsäckchen mit getrockneten Hülsenfrüchten waren auf den verschiedenen Regalen aufgereiht. Mercy sah sich die sauber etikettierten Keramiktöpfe an, wählte zwei davon aus und nahm einen Kranz getrockneter Blumen von einem Haken über ihrem Kopf.

Sie ging zum Tisch zurück und legte ihre Zutaten dort ab. Nachdem sie sich die Ärmel hochgekrempelt hatte, begann sie, die Blumenblüten von den Stengeln zu trennen.

»Sie trinken aber ein kompliziertes Gebräu«, meinte Hart, der immer noch in strengem Mißfallen dastand und sie beobachtete.

»Ach, setzen Sie sich doch hin«, schalt sie ihn. »Sie können es sich genausogut bequem machen. Es muß ja ermüdend sein, ständig so ein finsteres Gesicht zu machen.«

»Ich mache kein finsteres Gesicht«, behauptete er, aber mit einem inneren Lächeln stellte sie fest, daß er jeglichen Unterton aus seiner Stimme genommen hatte. Er zog einen der Hocker, die die Küchenmädchen benutzt hatten, zu sich und setzte sich.

»Diese beiden Frauen sind wirklich Ihre Schwestern?« fragte sie beiläufig, füllte einen Wasserkessel und stellte ihn auf den Herd.

»Ja.«

»Wer hätte das gedacht?« murmelte sie, während sie an den Tisch zurückging und Kräuter in ein silbernes Tee-Ei füllte. »Die Geißel von Nordtexas wird von zwei liebevollen Schwestern vergöttert.«

Er gab einen verächtlichen Laut von sich. »Es sind sogar drei, aber sie vergöttern mich wohl kaum.«

»Drei?« wiederholte sie und schüttelte den Kopf. »Hier. Wenn Sie mir schon unbedingt Gesellschaft leisten müssen, können Sie sich auch nützlich machen. Mahlen Sie diese Blüten.« Sie reichte ihm Mörser und Stößel, die er anstarrte, als ob sie ihm ein kompliziertes orientalisches Puzzle anböte. »Sie zerreiben sie mit dem Stößel«, ermunterte sie ihn.

Er blitzte sie geringschätzig an, fügte sich jedoch und zerstieß die getrockneten Blüten mit beispiellosem Eifer.

»Warum ist das so schwer zu glauben?« fragte er plötzlich in einem Ton, als ob er eigentlich gar nicht hatte fragen wollen und Mühe hatte zu begreifen, warum er es doch tat.

»Nun«, meinte sie, »in Anbetracht Ihres Rufes – oder eher Ihres *früheren* Rufes – als einer Art seelenlosem Geist der Zerstörung, hätte ich eher angenommen, Sie wären nicht auf natürlichem Wege geboren worden, sondern aus dem Zahn eines Drachen entsprungen ... wie in der griechischen Mythologie.«

Er starrte sie eine Sekunde lang an, und plötzlich geschah das Undenkbare – er warf seinen Kopf zurück und lachte. Er hatte ein wundervolles Lachen: sonor, satt und mitreißend. Und sein Lächeln verwandelte sein Gesicht – jetzt war er jung, sehr jung, und gutaussehend, *äußerst* gutaussehend.

»Sie glauben also, ich sei irgendein mythisches Ungeheuer, hm?« fragte er, und seine blaugrünen Augen glühten vor wildem Vergnügen.

Mythisch. Ja.

»Wie zum Beispiel ein Minotaurus oder ein Greif?« fragte er, während er die Arbeit, die sie ihm gegeben hatte, abschloß.

»Oder wie ein Zentaur.« Sobald sie das Wort ausgesprochen hatte, errötete sie. Der Zentaur war ja eher ein lüsternes Geschöpf als ein kriegerisches.

Verwirrt streckte sie die Hand aus, um ihm die Schüssel abzunehmen. Ihre Finger streiften die seinen, und die flüchtige Berührung elektrisierte sie heftig. Ihr stockte der Atem, und sie zog ihre Hand zurück.

Sie fühlte sich zu Hart Moreland hingezogen. Als Mann.

In all ihren Alpträumen der vergangenen sechs Jahre hatte er eine Rolle gespielt. Jeder Schrecken, der sie aus dem Schlaf hatte hochfahren lassen, hatte sie mit *seinen* kalten, herzlosen Augen angesehen, bevor der Schmerz durch ihre Schulter raste.

Sie hatte »Duke« nie als Mann betrachtet. Er war übermenschlich und gleichzeitig unmenschlich. Mitleidslos, rücksichtslos, und, vor allem, absolut verläßlich. Aus diesem Grunde war sie ihm gefolgt und hatte ihn um Hilfe gebeten. Aus diesem Grunde brauchte sie ihn. Duke »versagte« nie.

Aber sie hatte nie an ihn als Mann gedacht. Und ihr war nie bewußt geworden, daß er jung und männlich war, und daß sein seltenes Lächeln und noch selteneres Lachen unglaublich anziehend waren und ihre Absichten untergruben, indem sie sie seiner zu sehr bewußt machten –

sein Duft, seine breiten Schultern, die schlanke, scharfe Silhouette, die sie am Abend zuvor gesehen hatte. Sie machte ein finsteres Gesicht, als sie den pfeifenden Teekessel holte und einen riesigen Becher mit Wasser füllte. Ihr Atem ging ungleichmäßig, ihr Puls pochte unstet. Sie verspürte den Wunsch, seine Hand erneut zu berühren. Wie ihn das amüsieren würde – das unelegante, taktlose Mädchen aus Amerika, erregt nach dem Earl of Perth schmachtend! Mit dem Rücken zu ihm atmete sie tief ein, um die Fassung zu bewahren. Sie weigerte sich, zur Zielscheibe seines Gespötts oder – noch schlimmer – seines Mitleids zu werden. Selbst wenn es nur ein heimlicher Spott wäre. Sie bezweifelte, daß Hart jemals irgend etwas, was ihm wirklich wichtig war oder was er fühlte, einem anderen Menschen anvertraute, geschweige denn Dinge, die ihn belustigten.

»Ich nehme an, Sie wollen den Tee hier trinken«, bemerkte er gerade.

»Ihn trinken? Ach«, murmelte sie, »der ist nicht für mich. Er ist für die Herzoginwitwe.«

»Sie haben mich wieder einmal völlig überrascht. Ich muß Sie loben. Warum bereiten Sie Tee für die Herzogin? Da Ihnen so viel an den Gefühlen des Personals liegt, dürfte ich Sie darauf aufmerksam machen, daß das Dienstmädchen Ihrer Hoheit zweifellos Anstoß daran nehmen wird, wenn Sie so in ihren Wirkungskreis eindringen?«

»Es ist gegen ihre Kopfschmerzen. Ein Heiltrank. Ich habe das Rezept von unserem Ranch-Koch.«

Er zögerte einen Augenblick, bevor er erwiderte: »Das war sehr zuvorkommend von Ihnen. Erlauben Sie«, er stand auf, »dieser Kessel sieht schwer aus.«

Seine Finger – lang, elegant, eines Künstlers würdig – schlossen sich über den ihren. Obwohl sie es diesmal voraussah, wurde sie von ihrer Reaktion immer noch erschüttert. Eine sinnliche Empfindung durchfuhr sie, ließ ihre Hand zittern und brühheißen Tee über ihre Finger schwappen.
»Mist!« Sie zischte vor Schmerz.
Er machte ein paar lange Schritte zum Spülbecken und griff nach dem Eimer geschälter Karotten, die im Eiswasser lagen. Dann kam er damit zurück und stellte ihn mit Schwung auf den Tisch. Er packte ihren Arm, tauchte ihre Hand in das kalte Wasser und hielt sie darin fest.
»Mist, meine verdammte Ungeschicklichkeit«, stieß sie hervor.
»Ihre Sprache«, mahnte er.
»Was ist damit?« fragte sie mürrisch, verärgert darüber, daß sie so ungeschickt gewesen war, daß seine Männlichkeit sie aus der Fassung gebracht hatte und daß er so kalt und mißbilligend klang. »Es tut weh, *verdammt noch mal.*«
»Sie sind keine Lady, Miss Coltrane.«
»Und Sie sind kein *Gentleman,* Perth!«
»Das macht uns dann wohl beide zu Hochstaplern«, sagte er, ließ ihre Hand los und bot ihr mit gleichgültiger Miene ein trockenes Handtuch an.
»Mich nicht«, erwiderte sie und nahm das Handtuch aus seiner ausgestreckten Hand. »*Ich* gebe nicht vor, eine Lady zu sein.«
Zwischen den dichten, dunklen Wimpern wurden seine Augen kleiner. »Und ich« – er beugte sich näher zu ihr, und sie sah, wie sich seine rautenförmigen Nasenlöcher leicht weiteten, wie bei einem Panther, der nach dem

Geruch der Angst an seiner Beute wittert –, »ich gebe nicht vor, ein *Gentle*man zu sein. Es wäre klug von Ihnen, wenn Sie das nicht vergessen würden.«
Sie starrte ihn an in dem Wissen, daß sie sich fürchten sollte. Tief in seinen eisigen Augen saß ein Schimmern, und die Worte traten in einem tiefen, gleichmäßigen Ton aus seinem Mund, der durch den Mangel an Ausdruck um so bedrohlicher wirkte.
»Treiben Sie keine Spielchen mit mir, Mercy«, warnte er sie. »Lassen Sie auch nicht die geringste Bemerkung über unsere frühere Begegnung fallen. Die indirekten Folgen wären ... unangenehm. Für alle, aber ganz besonders für Sie. Deshalb bin ich Ihnen hierher gefolgt, und um Sie an Ihr Versprechen zu erinnern. Sie sind keine Lady, aber Sie brauchen auch keine zu sein, um sich klug zu verhalten.«
Bevor sie eine Erwiderung formulieren konnte, verschwand er durch die Schwingtür.
Zitternd betupfte sie den nassen Rand ihres Ärmels und löste eine Karottenschale von ihrem Handgelenk.
Er hatte recht. Sie war keine Lady.
Ach, sie hatte eine nette Fassade aufgebaut. Aber sobald sie allein war, nagten in ihrem tiefsten Inneren Rastlosigkeit und Frustration an ihr.
So sehr sie sich auch bemüht hatte, es war ihr nie gelungen, die Lady zu werden, als die ihre Mutter sie so gerne gesehen hätte. Das Wissen darum, daß sie ihre liebe Mutter enttäuscht hatte, schmerzte sie wie eine offene Wunde, war immer gegenwärtig und versah jedes unfeminine Vergnügen, dem sie sich hingab, mit dem Makel des Schuldgefühls.

Sie hatte versucht, Gefallen daran zu finden, mit dem Pferd einen vorgeschriebenen Reitweg entlangzutraben, aber sie hatte den starken Wunsch, über ein wildes Feld mit hüfthohem Gras zu galoppieren. Sie hatte versucht, ein genügsamer Quell der Gelassenheit und Ruhe zu sein, aber sie lachte einfach zu gerne. Sie hatte versucht, sich im Aquarellieren zu üben, aber sie war zu ungeduldig, am Ende verliefen immer alle Farben miteinander.

Es war eine angemessene Metapher für sie – all ihre hellen Farben kollidierten miteinander. Und wenn sie versuchte, sie miteinander zu mischen, dann wurden sie stumpf und häßlich. Weder zart noch kraftvoll, sondern nur trübe.

Sie stand auf. Sie konnte niemand anders sein – die Jahre hatten sie das gelehrt –, aber sie konnte ihr Versprechen halten und, sobald sie Will gefunden hatte, die Kluft zwischen ihrem Vater und ihrem Bruder überbrücken. Schließlich war sie verantwortlich für diesen Bruch.

Sie biß sich auf die Lippe. Mutter war so stolz auf Will gewesen, auf seine Kultiviertheit und sein gutes Benehmen. Aber Vater ... ihr Vater konnte mit seinem intelligenten, geistreichen und kultivierten Sohn nichts anfangen. Außer ihrer innigen Zuneigung für dieselbe Frau hatten sie nichts gemeinsam. Deshalb hatte ihr Vater aus einer nur zu willigen burschikosen Tochter einen Ersatzsohn gemacht.

In Gedanken versunken stellte Mercy Teetasse und Kanne auf ein Serviertablett. Ihr Vater war so stolz auf sie, auf ihre Reitkünste, ihre außerordentliche Fähigkeit im Schießen, ihre Geschicklichkeit beim Angeln. Er hatte sie Will als leuchtendes Beispiel vorgehalten und ihn mit ihren Leistungen aufgestachelt.

Und, Gott stehe ihr bei, es hatte ihr gefallen. Sie liebte die Aufmerksamkeit, die Bestätigung. Sie hatte sich absichtlich zwischen die beiden gestellt und die Kluft vergrößert in der Angst, ihr Vater würde eines Tages Wills Wert und ihre eigene Unzulänglichkeit als Frau erkennen.

Sie mußte es wiedergutmachen. Das einzige, was ihr noch geblieben war, waren Will, ihr Vater und ein Versprechen, das sie halten würde.

Wenn Hart Moreland ihr nicht helfen würde, dann würde sie sich selbst helfen. Er konnte seine dummen Geheimnisse behalten! Sie hatte Zeit. Will lebte schon seit Monaten hier, noch ein paar Wochen würden kaum etwas ausmachen.

Das Geräusch einer Tür, die sich öffnete, zog ihre Aufmerksamkeit auf sich. Eines der Küchenmädchen lugte herein. Das Mädchen machte große Augen, als es das Tablett sah, das Mercy hielt. Sie murmelte eine Entschuldigung und verschwand wieder.

Mercy lächelte, aber ihr Vergnügen hatte einen bitteren Beigeschmack. Sie war keine Lady, aber auch kein texanischer Wildfang mehr. Beide Rollen paßten nicht zu ihr.

Doch mit Hart Moreland hatte sie sich einen Augenblick lang ... als sie selbst gefühlt. Alle Farben waren dagewesen, aber dieses eine Mal hatte sich keine davon zu stark hervorgetan.

Mit dem Tablett in Händen nahm Mercy den Personalaufgang zu den privaten Gemächern der Herzogin. Es schien ihr Los zu sein, Hart Moreland zu kränken, zu beleidigen und zu empören.

Doch dann mußte sie unwillkürlich daran denken, daß sie ihn zum Lachen gebracht hatte.

Sechstes Kapitel

»Ich danke Ihnen«, sagte die Herzoginwitwe und stellte die geleerte Teetasse auf den Tisch neben der Couch. »Aber, so ungehörig es auch ist, muß ich doch gestehen, daß meine Kopfschmerzen wahrscheinlich zum Großteil auf die Vorstellung zurückzuführen sind, zwei Stunden Mozart über mich ergehen lassen zu müssen.«
Sie ist durchaus ein hübsches Kind, dachte die Witwe, als sie Mercys Grübchen sah. Sie hatte ein bißchen zu stark ausgeprägte Gesichtszüge, um wahrhaft schön zu sein, aber sie besaß einen klaren Teint und ebenmäßige Zähne.
»Wenn Sie Mozart nicht mögen, warum in aller Welt haben Sie dann dem Kammerorchester aufgetragen, ihn zu spielen?«
Die Herzogin rümpfte die Nase. Wenn sie auch zweifellos gut aussah, war Mercy Coltrane doch in vieler Hinsicht bedauerlich naiv. »Weil es modern ist und erwartet wird. Sie müssen lernen, dieses Spiel mitzuspielen, wenn Sie sich in der englischen Gesellschaft etablieren wollen, Miss Coltrane.«
Die Witwe seufzte im Geiste. Irgendeine in ihrem tiefsten Inneren verborgene Schalkhaftigkeit mußte dafür verantwortlich sein, daß sie Mercy bei sich aufgenommen hatte. Sie war immer noch überrascht über sich selbst, daß sie die Rolle der Anstandsdame dieser kecken Amerikanerin

übernommen hatte. Mercy konnte einen in ziemlich peinliche Situationen bringen, war allerdings auch äußerst umsichtig und aufmerksam. Sie konnte sich dieses Mädchen zunutze machen.

»Was denken Sie von Annabelle Moreland?« fragte sie. Sie hätte es nie gewagt, mit einer ihr Gleichgestellten so offen zu sein. Aber Mercy hatte den einzigartigen Vorteil, daß man ihr schlichtweg nicht glauben würde, sollte sie irgendwelche vertraulichen Äußerungen weiterverbreiten. Sie war schließlich nur eine Amerikanerin. Wenn Mercy Coltrane eine ihrer Bemerkungen nicht für sich behalten sollte, würde man sie sofort aus der Gesellschaft verbannen.

»Miss Moreland?« fragte Mercy. »Sie scheint eine sehr nette, angenehme und hübsche junge Dame zu sein.«

»Ja«, bemerkte die Herzogin, »das ist wahr.«

»Warum fragen Sie?«

»Ich hatte eigentlich erwartet, mein Sohn käme zu mir und würde Loblieder auf sie singen – in der letzten Saison hat der Junge wirklich kaum etwas anderes getan – und würde mich drängen, mein Einverständnis dazu zu geben, daß er auf dem Ball am Freitag seine Verlobung bekanntgibt.«

»Und das tut er nicht?«

»Nein.« Die Herzogin seufzte.

»Und das enttäuscht Sie?«

Die Herzoginwitwe seufzte noch einmal, und ihre dünnen, gepuderten Wangen fielen leicht ein, als ob sie auf eine saure Zitrone gebissen hätte. »Ich weiß einfach nicht, was ich von Miss Moreland halten soll. Den ganzen Winter habe ich mich darum bemüht, sie näher kennenzulernen, aber sie ist mir immer noch ein Rätsel.«

Mercy neigte den Kopf.
»Sie ist völlig anders als Sie, Mercy«, stellte die Witwe fest, und ihre Worte schienen von einem leichten Anflug von Tadel gefärbt. »Sie tragen alle Ihre Gefühle offen zur Schau und drücken energisch Ihre Meinung zu jedem angesprochenen Thema aus.«
Mercy wand sich. »Aber Lord Acton wollte doch wissen, was ich von Tierzucht halte.«
»Ganz recht. Es ist jedoch am besten, nicht immer alle Fragen zu beantworten, die uns gestellt werden.«
Mercy schlug ihre haselnußbraunen Augen nieder. Sie hatte, bemerkte die Herzogin, ausgesprochen lange und dichte Wimpern.
»Aber ich hatte nicht vor, Sie zu schelten. Verzeihen Sie. Ich fragte Sie nach Ihrer Meinung.«
»Zumindest was Miss Moreland betrifft, habe ich keine«, gab Mercy zurück.
»Das ist das Problem, ich habe auch keine. Man sollte aber eine Meinung haben, wenn es um eine etwaige Schwiegertochter und künftige Herzogin geht, meinen Sie nicht auch?«
»Gibt es irgend etwas an ihr, woran Sie Anstoß nehmen?« fragte Mercy. Sie wollte nur helfen, obwohl sie keine Ahnung hatte, wie sie das anstellen sollte.
»Nein. Ihre Familie ist gutsituiert. Die Morelands sind geachteter und alter Landadel, wie auch die Familie, mit denen sie sich verschwägert haben, die Whitcombes. Und Wrexhall ist ein vielversprechender junger Politiker aus solider Familie.«
»Und Lord Perth?«
»Perth ist mir genau wie seine Schwester ein Rätsel.

Überall, wo es möglich und schicklich schien, habe ich mich nach ihm erkundigt. Sein Vater war ein ziemlicher Verschwender, aber die Mutter war eine Quinton. Bald nachdem das Schiff seines Vaters vor der Küste Neuguineas verschollen war, meldete Perth sich zur Armee. Er war als aktiver Soldat in Nordafrika an der Front.« Die Witwe zog die Stirn in Falten. »Es wäre besser gewesen, wenn er Offizier gewesen wäre, aber er ging schon als junger Bursche zur Armee. Knaben haben so romantische Vorstellungen. Zu schade, daß seine Mutter ihn nicht dazu bringen konnte, zu warten, bis er ein Offizierspatent bekommen konnte.«

Mercy betrachtete sie eingehend.

»Perth erbte die Grafenwürde von einem Verwandten. Ziemlich unerwartet und, wie ich denke, zufällig. Die Mädchen hätten nicht so gute Partien gemacht, wenn Perth lediglich Mr. Moreland gewesen wäre.«

»Es muß ihm auch einen gewissen Wohlstand gebracht haben«, meinte Mercy.

»Nein«, widersprach die Herzogin kühl, von der Erwähnung des Themas »Geld« peinlich berührt. Finanzen waren Männersache. Nicht, daß sie sich für Perths finanzielle Situation nicht interessiert hätte. Sie hatte sich natürlich erkundigt. Aber sie mochte es nicht zugeben, nicht einmal stillschweigend. »Der Besitz war inzwischen sehr heruntergekommen gewesen. Perth ließ ihn wieder vortrefflich herrichten, aber das hätte er nicht mit ererbtem Vermögen tun können. Anscheinend füllte er das Guthaben der Familie mit Einnahmen auf, die aus einigen Investitionen in Ihrem Lande stammten.«

»Aha.«

»Aber ich habe nicht mit Ihnen über Finanzen sprechen wollen, und das ist ohnehin alles, was ich darüber weiß.«

»Es tut mir leid, daß ich Ihnen nicht weiter behilflich sein kann«, bedauerte Mercy.

»Das macht nichts. Ich habe Zeit, mir eine Meinung über das Mädchen zu bilden. Acton scheint auf eine offizielle Verlobung nicht ganz so erpicht zu sein, wie ich gedacht hatte.«

Das Mädchen nickte, aber ihr Gesicht hatte einen besorgten Ausdruck.

»Was ist denn, meine Liebe?«

Mercy zögerte. Ihre dunklen Augenbrauen berührten einander in einem besorgten Stirnrunzeln. »Eure Hoheit, Sie sprachen davon, wie Sie sich nach Perths Vergangenheit erkundigten.«

Die Herzoginwitwe nickte bedächtig.

»Da muß es Leute gegeben haben, mit denen Sie sprachen – Bekannte, die Ihnen Informationen beschaffen konnten ...«

»Ja«, räumte die Witwe ein, mit einem frostigen Anflug in ihren Worten. »Aber ich versichere Ihnen, daß ich sehr diskret war. Ich fragte nur nach, wann und wo es angemessen erschien, und tat es nie auf eine Weise, die unnötiges Gerede heraufbeschwören oder sich ungünstig auf den Gegenstand meiner Erkundigungen auswirken würde.«

»Natürlich«, sagte Mercy hastig. »Die Sache ist die, Euer Gnaden, ich kenne nur so wenige Menschen in England. Nicht mehr als eine Handvoll.«

»Haben Sie einen möglichen Heiratskandidaten erspäht, Mercy?« Die Witwe hob ihre dünnen Augenbrauen und lächelte mit herrschaftlicher Güte. »Ich kann mit Sicherheit herausfinden, welche Zukunftsaussichten ein junger Mann hat, wenn es das ist, was Sie ...«

»Nein. Meine Güte, nein. Ich bin aber auch so ungeschickt.« Mercy schüttelte den Kopf. »Eure Hoheit, ich muß meinen Bruder finden.«

»Natürlich, meine Liebe«, sagte die Herzogin ruhig. »Ich erinnere mich, wie Sie mich nach ihm fragten, als wir uns das erste Mal begegneten. Sagen Sie mir einfach, wo er sich hier niedergelassen hat, und ich werde Ihren Brief morgen vormittag noch überbringen lassen. Es ist sehr schicklich von Ihnen, nicht ohne Begleitung zu einer unbekannten Adresse zu eilen. Was weiß ich, es könnte ein Gentlemen's Club sein!«

»Ich kenne seine augenblickliche Adresse nicht«, erklärte Mercy. »Er scheint sie ziemlich oft zu wechseln.«

»Aha. Nun, das macht die Sache etwas schwieriger. Welches war seine letzte bekannte Adresse?«

»Ich bin mir nicht sicher. Einige seiner Briefe erwähnten Clubs«, meinte Mercy unschlüssig.

»Ah.« Die Herzoginwitwe lehnte sich zurück, faltete die Hände und legte nachdenklich die Zeigefinger aneinander. »Nun kommen wir der Sache schon etwas näher. Welche Clubs, meine Liebe?«

»Ein Lokal mit dem Namen ›Das Pfauenrad‹. Und ein anderes genannt ›Harmonie‹. Ich glaube, da war auch ein Haus namens ›Hound Master‹, das er besuchte – Was haben Sie denn?«

Die Herzogin sank indigniert zurück. »Guter Gott, Mädchen«, rief sie aus, »mindestens einer dieser Clubs ist berüchtigt. Ganz und gar jenseits der Grenzen des Erlaubten.«

Mercy schluckte. Ihre Augen hielten die der Herzogin flehentlich fest.

»Sie müssen verstehen«, gab die Witwe zu bedenken, »ich kann unmöglich Erkundigungen einziehen über einen jungen Mann, dessen Neigungen so zweifelhaft sind.«

»Nein?«

»Nein.« Die alte Dame schüttelte den Kopf. »Ein paar Informationen über Perth in Erfahrung zu bringen, obwohl er ein etwas kühler Charakter ist, erforderte lediglich, eine Handvoll alter Freunde der Familie zu konsultieren. Das ist nicht das gleiche wie die Nachforschung nach einem Amerikaner mit so niederen Neigungen.«

Sie brachte es nicht über sich, sich der Enttäuschung und dem Vorwurf in Mercys Augen zu stellen. Sie schämte sich so sehr, daß sie wegsehen mußte. »Ich bin sicher, das würden Sie nicht von mir verlangen.«

»Natürlich nicht«, murmelte Mercy.

Die Herzogin hatte ihr ganzes Leben lang daran gearbeitet, eine perfekte Lady zu sein. Und einer Lady käme es nie in den Sinn, sich nach Leuten zu erkundigen, die Spielhöllen und Häuser mit zweifelhaftem Ruf besuchten. Eine Lady nahm noch nicht einmal deren Existenz wahr. Und sie war viel zu alt, um jetzt noch die Mißbilligung der Gesellschaft zu riskieren, nachdem sie ihr ganzes Leben damit verbracht hatte, sich an ihre Regeln zu halten. Vor allem nicht einem sozialen Findelkind zuliebe. Sie wollte es nicht, und sie konnte es nicht.

»Wir werden einfach vergessen, daß ich es je erwähnte«, schlug Mercy vor.

»Ja, das werden wir«, stimmte die Herzogin bereitwillig zu, eifrig darauf bedacht, ihre Beziehung wieder auf die

alte Grundlage zu stellen. Sie war an das Gefühl, feige gehandelt zu haben, nicht gewöhnt, und es gefiel ihr gar nicht. Und daß Mercy Coltrane dieses Gefühl hervorgerufen hatte, gefiel ihr noch weniger.
»Ja, das wird das beste sein«, wiederholte sie mit mehr Nachdruck. »Jetzt sagen Sie mir doch, was Sie zum Ball tragen werden.«

Annabelle sank mit einem kleinen dankbaren Lächeln in ihren Stuhl zurück. Die Streicher waren hervorragend gewesen und der Rest des Orchesters mehr als kompetent. Sie sah verstohlen zu Acton hinüber. Er war nicht gerade ein sehr gutaussehender oder überaus geistreicher Mann, aber er war ein unkomplizierter Begleiter, intelligent, ohne intellektuell zu sein; außerdem – was das wichtigste war – war er ein Herzog, der eine Herzogin brauchte. Und sie hatte wirklich vor, diesen Titel zu tragen.
Von ihrem achten Lebensjahr an war Annabelle für genau solch eine Partie erzogen worden. Es war mehr als nur ein Ziel gewesen, es war zum Mittelpunkt ihres Lebens geworden. Aber jetzt, wo sie so nahe am Ziel war, merkte sie, daß sie unsicher wurde. Und – sie machte unwillkürlich einen Schmollmund – sie hatte einen Verdacht, woran das lag.
»Das war wunderbar«, erklärte sie.
»Ja«, gab Acton zurück. »Ich werde dem Dirigenten gratulieren müssen.« Er sah beunruhigt unter den Gästen umher, die ihre Schals, Handschuhe und Umhänge an sich nahmen. »Ich kann Miss Coltrane nirgends sehen.«
»Miss Coltrane?« wiederholte Annabelle. Ihre Hände verkrampften sich in ihrem Schoß.

»Unser amerikanischer Gast«, erklärte Acton mit mürrischem Gesicht. »Ich habe sie Ihnen gerade vorhin vorgestellt.«

»Ah, ja, die Frau in dem ... extravaganten bunten Gewand.« Acton lächelte sie bestätigend an, und Annabelle atmete innerlich auf. Wenn er an ihrer leisen Kritik keinen Anstoß nahm, dann hatte sie vielleicht zu Unrecht ein ernsthaftes Interesse an Mercy Coltrane bei ihm vermutet, und er war lediglich als höflicher Gastgeber um den Schützling seiner Mutter besorgt.

»Extravagantes Gefieder für einen seltenen Vogel, wie?« fragte er.

»Ziemlich exotisch«, murmelte Annabelle, während sie ihre Handschuhe anzog und das Leder energisch über ihre Finger streifte.

»Ah, mehr als exotisch. Sie ist fabelhaft, ein wahrhaft bezauberndes Geschöpf. So energiegeladen und spontan und so ... na ja, *vergnüglich*«, schwärmte Acton.

Annabelle gelang es, einen freundlichen Gesichtsausdruck zu behalten. »Ich bin sicher, sie ist entzückend. Und, wie Sie schon betonten, ziemlich einzigartig.«

»Meine Güte, ja«, bemerkte er, stand auf und bot ihr seinen Arm an. Sie berührte seinen Ärmel mit ihren Fingerspitzen und erhob sich graziös.

Nathan Hillard schlenderte mit einem zerstreuten Lächeln vorbei. Annabelle kannte ihn nicht gut, aber sie war doch überrascht, ihn hier bei solch harmloser Unterhaltung zu finden. Es gab Gerüchte, daß ihm seine Gläubiger auf den Fersen waren. Vielleicht hatte er hier eine Atempause gesucht, in seiner üblichen Rolle als professioneller Gesellschaftsgast.

Wie schade, sein Benehmen war ausgezeichnet und er kam aus einer guten Familie, dachte Annabelle noch, bevor sie sich wieder dringenderen Angelegenheiten zuwandte.
»Das Einzigartige ist so oft bezaubernd. Aufregend, könnte man sagen«, bemerkte Annabelle, während Acton sie nach vorne begleitete.
»Aufregend? Ich muß sagen, das scheint mir eine etwas unpassende Wortwahl zu sein«, erwiderte er, und seine Stirn runzelte sich unter den rotblonden Locken.
»Dann eben anregend«, meinte Annabelle. »Wissen Sie« – sie machte eine Pause, als ob ihr eben erst ein Gedanke gekommen wäre –, »ich finde es recht interessant, daß die anregenden Aktivitäten, denen wir uns hingeben, letztendlich ermüdend werden, während das mit anregenden Menschen nicht unbedingt der Fall ist. Finden Sie nicht auch?« Sie sah ihn von der Seite an. Seine Stirn hatte sich wieder geglättet. Er widmete ihr nur noch geringe Aufmerksamkeit, und sein Blick streifte rastlos über die Gäste hinweg. Absichtlich schweigend verlangsamte sie ihren Schritt. Sie war kein unbedeutendes Geschöpf, das seine eigenen Fragen wiederholen mußte, nur um höflicherweise eine Antwort zu bekommen.
Als er ihr plötzliches Schweigen bemerkte, sah er zu ihr hinunter. Da er bei einer groben Unaufmerksamkeit ertappt worden war, färbte sich sein breites Gesicht backsteinrot. »Bitte entschuldigen Sie, Miss Moreland. Ich hatte Sorge, der Schutzbefohlenen meiner Mutter sei etwas Unangenehmes widerfahren, was sie davon abgehalten hat, uns Gesellschaft zu leisten. Darf ich Sie bitten, Ihre letzte Äußerung zu wiederholen?«
»Ach«, meinte sie leichthin, »es war nichts von Bedeutung.«

Er tätschelte dankbar ihre behandschuhte Hand und führte sie in die Große Halle, wo er einen von Baron Coffeys narbengesichtigen Söhnen herbeiwinkte. Der Bursche kam auf seinen langen Beinen angerannt wie ein eifriger junger Hund. »Carlton hat großes Interesse an – an Ihrer Meinung zu Mozart. Ich, allerdings, kann meine Pflichten als Gastgeber nicht vernachlässigen, ich muß mich nach Miss Coltrane erkundigen. Seien Sie versichert, daß ich Ihnen mitteile, wenn irgend etwas nicht in Ordnung sein sollte. Wenn Sie mich bitte entschuldigen?« Er verbeugte sich schnell, drehte sich um und trabte die Treppe hinauf.

»Ah, Miss Moreland«, sagte Carlton Coffey, vor Freude strahlend. »Nun, lassen Sie mich nachdenken. Mozart. Moh-zart. Ist das nicht ein ungarischer Schreiberling?«

Nur die Jahre strenger Schuldisziplin ermöglichten es Annabelle, ein höflich interessiertes Gesicht zu machen.

Man würde unbedingt etwas wegen Mercy Coltrane unternehmen müssen.

Siebtes Kapitel

»Du kennst doch dieses amerikanische Mädchen, diese Mercy Coltrane?« fragte Beryl am nächsten Tag. Hart zügelte sein Pferd an ihrer Seite. Sie sah mit leuchtenden Augen zu ihm auf. »Sie hat eine Einschußnarbe an ihrer Schulter.«

Ärger und Überraschung ließen Hart erstarren. Hatte Mercy bereits ihr Versprechen gebrochen – oder wollte sie ihn verspotten, indem sie Anspielungen auf ihrer beider Vergangenheit machte? Er schwang sich aus dem Sattel und warf die Zügel einem bereitstehenden Bediensteten zu. Wenn sie verraten hatte, woher sie die Narbe hatte, dann würde er sie garantiert eigenhändig erwürgen.

»Woher weißt du das?« fragte er.

»Ich entdeckte es gestern abend, und heute morgen besaß Lady Jane Carr nach dem Frühstück die Kühnheit, Interesse daran zum Ausdruck zu bringen.«

»Jane Carr scheint ein ungezogenes junges Ding zu sein.« Er warf einen ärgerlichen Blick auf die Männer und Frauen, die unter den herbstlichen Espenzweigen am Rande von Actons Park lustwandelten, und suchte nach dem Gegenstand seines Zorns. Aber er sah lediglich dick angezogene Frauen, die sich um Männer scharten, die mit demonstrativer Feierlichkeit Gewehre verglichen.

Zur nachmittäglichen Unterhaltung sollte ein Wettschießen der männlichen Gäste gehören. Die Damen, nahm er an, waren dabei, um anerkennende Laute von sich zu geben. Nicht, daß er die geringste Lust verspürte, daran teilzunehmen. Er hatte in der Vergangenheit so viel geschossen, daß es ihm noch für ein Dutzend Leben reichen würde ... es sei denn, das Ziel wäre eine Frau mit rotbraunem Haar.

»Ach, vergiß Jane Carr. Sie hat nicht mal ihren tatterigen alten Ehemann mitgebracht. Der springende Punkt ist, daß sie fragte, und Miss Coltrane erzählte es uns in vollkommener Gelassenheit«, erklärte Beryl etwas ärgerlich. »Hast du gehört, was ich gesagt habe?«

»Ja.«

»Ist das nicht das Aufregendste, das du jemals gehört hast?« fragte sie begeistert. Er ignorierte sie und schritt auf die Versammlung von Gästen zu.

»Nun?« fragte Beryl hinter ihm. Verärgert paßte Hart seine Geschwindigkeit dem zierlicheren Schritt seiner Schwester an.

»Faszinierend.«

»Sie geht so ungezwungen damit um«, fuhr Beryl fort. »Sie sagt, sie sei damals von einem – ah, ist das nicht einfach köstlich – von einem *Revolverhelden* angeschossen worden!«

Also wollte sie ihn tatsächlich verhöhnen. Offensichtlich brauchten Miss Coltrane und er noch eine weitere Unterredung. »Beryl –« Er blieb gerade außer Hörweite der anderen Gäste stehen.

»Ich bewundere sie wirklich«, plapperte Beryl weiter. »Ich frage mich, ob sie je irgendwelchen Indianern begegnet ist. Danach muß ich sie unbedingt noch fragen. Ich nehme an, sie hat jede Menge aufregender Abenteuer erlebt. Diese Wunde! Sie ist so groß wie ein Schilling und sieht gräßlich aus. Was müssen das für Schmerzen gewesen sein! Was für ein aufregendes Leben sie gehabt hat, und doch ist sie wirklich die liebenswürdigste ...«

»Beryl, ist das etwa *Klatsch?*«

Abrupt ließ Beryl davon ab, von Mercy Coltrane zu schwärmen. Sie blinzelte ihn verwundert an, so als ob er sie gefragt hätte, Beryl, sprichst du Englisch?

»Nun, ja, Hart«, antwortete sie geduldig, »ich denke, das ist es.«

»Aber Beryl, du *klatschst* doch nicht.«

»Doch, natürlich«, erwiderte sie. »Das habe ich schon immer getan. Ich liebe Klatsch. Na ja, nicht gerade das Geschwätz der Zimmermädchen – es sei denn, es sind die Zimmermädchen von *wirklich* interessanten Leuten. Aber ich liebe es, in alle Neuigkeiten eingeweiht zu sein, es als erste zu wissen, wenn sich ein Skandal abzeichnet. Wer tut was, wo, und« – ihre Augen glitzerten vor Wonne – »mit wem.«

»Guter Gott.«

»Ach, komm, Hart. Du kannst mir doch nicht erzählen, daß du nicht gerne irgendwelche Dinge über andere Leute erfährst.«

»Hast du jemals daran gedacht, daß die Dinge, die Menschen verbergen, oft aus sehr guten Gründen verheimlicht werden?« Eine zufällige Erinnerung flackerte durch sein Hirn: ein Schatten in einer Tür, ein Pistolenlauf, der im Sonnenlicht aufblitzt, der Revolver, der in seiner Hand zuckt, eine Leiche, die gegen eine sich öffnende Tür fällt. Blut. Der Geruch von Schießpulver.

Er wartete und versuchte, seine Furcht zurückzudrängen. Diese Panikattacken wurden oft durch eine zufällige Erinnerung ausgelöst. Es fing manchmal mit einer Anspannung seiner Gelenke an, mit dem Gefühl, daß die Haut über seinen Muskeln schrumpfte, während sein Herz raste, als ob er vor dem Teufel davonliefe. Panische Angst, die aufstieg und jede andere Empfindung überlagerte. Wenn es jetzt und hier passieren würde, dann müßte er zusehen, daß er wegkäme. Er müßte es diskret meistern, ohne irgendwelche Aufmerksamkeit auf sich zu lenken.

»Hart?«

Er wartete noch zwei Herzschläge lang. Nichts. »Es gibt höchstwahrscheinlich triftige Gründe dafür, daß Leute bestimmte Angelegenheiten für sich behalten«, fuhr er fort, als ob nichts gewesen wäre.

»Unsinn«, stellte Beryl fest. »Geheimnisse sollte man am besten lüften. Auf diese Weise verlieren sie die Macht, Schaden anzurichten. Und wenn sie wirklich abscheulich sind, dann ist es das beste, daß die Leute Bescheid wissen. Vorbeugen ist besser als nachsehen.«

Es gab keine Möglichkeit, sie zu überzeugen. Für Beryl waren die Dinge so einfach und klar. *Und so sollte es auch sein,* rief er sich ins Gedächtnis. Er hatte alles in seiner Macht Stehende getan, um die Dinge für sie und ihre Schwestern einfach und klar zu machen. Keine nächtlichen Schrecken, keine verhängnisvollen Entscheidungen, die ihnen jahrelang nachgingen, keine Schatten der Vergangenheit, die jedes Vergnügen trübten. Und doch mußte er gegen diese niedrige Beschäftigung mit Skandalen einschreiten.

»Weiß Henley von deinem – sagen wir Interesse? – am Leben anderer Leute?«

Einen Moment lang umwölkten sich Beryls klare Augen ein wenig, aber dann schüttelte sie den Kopf und lächelte mit erneuter Lebhaftigkeit. »Natürlich. Er liebt seine Informationen genauso wie ich die meinen. Und das sage ich dir«– sie tätschelte ihm spielerisch die Wange –, »meine Fähigkeiten zu ›recherchieren‹ waren für Henleys Karriere schon recht nützlich.« Sie bildete sich etwas darauf ein. Es gab keinen anderen Ausdruck dafür. »Es ist durchaus ein Vorzug für eine Politikerfrau.«

»Nein«, widersprach Hart. »Dein Benehmen, deine Diplomatie, das sind die Eigenschaften, die dich zu ...«

»Der gute Hart.« Sie lächelte ihn an. »Solch ein Lamm. Ja, ja. Es ist alles sehr nützlich – zu wissen, was für eine Verbeugung jedem Mitglied des Oberhauses gebührt und so fort. Aber das ist nur Theater. Ein gut dressierter Pudel könnte das genauso leisten. Ich habe Henley und seiner Karriere mehr zu bieten als ein Händchen, das stark genug ist, um fünfzig Leuten Tee einzuschenken. Das Wichtige ist das, was *nach* dem Tee-Eingießen passiert.« Sie nickte, während ihre Augen über die Versammelten huschten. »Schau, da ist ja Miss Coltrane. Komm mit, Hart, ich bin entschlossen, mich mit ihr anzufreunden.«

»Um Himmels willen, warum denn?«

»Das wird mein Image erheblich aufwerten«, antwortete sie, nahm seinen Arm und zog ihn vorwärts. »Sie entwickelt sich zu einer ziemlich gefragten Person.«

In der Mitte der Gruppe, zu der Beryl ihn führte, stand Mercy Coltrane. Sie war in einen schlichten gelbbraunen Rock und eine weiße Hemdbluse gekleidet, während ein alter, zerknautschter Westernhut ihren Augen Schatten gewährte und ihr prächtiges rotes Haar verbarg. Die kühle Luft hatte Farbe auf ihre vollen Lippen gezaubert. Ein paar einzelne Strähnen glänzenden Haares fielen über den offenen Kragen ihrer Bluse. Sie lächelte wieder.

Immer war sie heiter und munter. Sogar ihn hatte sie angelächelt. Er hatte noch niemals jemanden wie sie kennengelernt. Und sie war – trotz ihrer Fehler – so außerordentlich hübsch.

Ihr Kopf war aufmerksam Acton und einem anderen Mann zugeneigt, einem eleganten blonden Gentleman mit einem Gewehr, das er lässig über die Schulter gelegt hatte. Neben ihr, ein Bild sittsamer Gemütsruhe in einem mintfarbenen Spitzenkleid, stand Annabelle.

»Ah, Mrs. Wrexhall, Perth«, rief Acton erfreut aus, als er sie entdeckte. »Reizend von Ihnen, daß Sie an unserem kleinen Wettschießen teilnehmen. Kennen Sie schon Nathan Hillard?« Er trat einen Schritt zurück und zeigte auf den Mann an Mercys Seite.

»Ich glaube, ich hatte noch nicht die Ehre«, murmelte Hillard, beugte sich über Beryls Hand und nickte Hart zu.

Hart musterte ihn, während Acton sie einander vorstellte. Der Mann war in ein teures Jagdjackett aus Tweed gekleidet, mittelgroß, eher vierzig als dreißig und blond. Er hatte ein interessantes Gesicht. Im ganzen war er gutaussehend, aber einzeln betrachtet widersprachen sich seine Gesichtszüge. Sein Kinn war stumpf, aber seine Nase wies ein attraktives Grübchen auf. Seine Lippen waren voll und weich, seine Augen ungewöhnlich hell. Seine hohe Stirn unter dem dichten blonden Haar zeigte keine Falten, aber tiefe Furchen gruben sich in die Seiten seines breiten Mundes.

»Wird Ihr Gatte sich uns anschließen, Mrs. Wrexhall?« fragte Acton.
»Nein«, gab sie leise zurück. »Henley hat nicht sehr viel übrig für Schießen und ähnliches. Er ist für den Nachmittag zu einem beruflichen Termin nach London gefahren.«
»Verstehe«, sagte Acton. »Nun, dann warten wir einfach auf Ihren Schwager, bevor wir beginnen.«
»Richard?« fragte Beryl. »Richard schießt nicht.«
»Oh.« In der einsilbigen Äußerung, gepaart mit Actons verwirrtem Gesichtsausdruck, schwang leiser Tadel mit. Annabelle warf einen schnellen, beschwörenden Blick in Richtung ihres Bruders.
»Aber Hart ist ganz verrückt nach Schußwaffen«, beeilte sich Beryl zu sagen, als ob sie im Geiste schon sah, wie Acton auf einer Liste von Annabelles Vorzügen einen Mangel vermerkte. »Nicht wahr, Hart?«
»Nein.« Wenn Annabelles Eignung zur Herzogin allein davon abhing, ob die Männer in ihrer Familie mit Gewehren auf irgend etwas schossen, dann konnte Acton sich zum Teufel scheren.
Acton errötete über seine Schroffheit. »Na gut«, meinte er und wandte sich Mercy zu, »sollen wir beginnen?«
Harts Blick sprang zu Mercy. *Womit beginnen? Guter Gott, diese Frau wird sich doch nicht zur Schau stellen, indem sie mit den Männern konkurriert?* Wenn ja, dann konnte sie sich von allen Hoffnungen auf einen Ehemann mit Titel verabschieden, ob sie es nun als ihr Hauptziel betrachtete oder nicht. Männer mochten ihre Frechheit unterhaltsam finden, aber deren Mütter wären ganz entschieden anderer Meinung. Und bei den meisten zu vergebenden Titeln hatten die Schwiegermütter ihre Finger im Spiel.

»Wenn Sie mir die Ehre erweisen würden, mein Gewehr zu benutzen, Miss Coltrane?« Hillard nahm sein Gewehr von der Schulter und bot es ihr an. Sie lächelte und nahm es entgegen.
»Miss Coltrane wird schießen?« fragte Beryl, während sich in ihrer Stimme Bewunderung und genüßlicher Schock mischten.
»Ja«, bestätigte Nathan Hillard, und seine hellen Augen glänzten vor offener Bewunderung. »In Texas gibt es viele Frauen, die vollendete Schützen sind.«
»Ach«, wunderte sich Mercy, »Sie haben mir noch gar nicht erzählt, daß Sie schon einmal in Texas waren, Mr. Hillard.«
»Nein, das war ich auch nicht«, erwiderte er mit einem bescheiden abwehrenden Lächeln. »Nein, leider habe ich nie englischen Boden verlassen. Aber ich habe sehr viel Glück mit meinen Freunden. Sie haben mich mit Geschichten von Reisen in Ihrem Land ergötzt, Miss Coltrane. Ich hoffe, ich werde Gelegenheit haben, auch von Ihnen Berichte aus Ihrem großartigen jungen Land zu hören.«
»Es wäre mir ein Vergnügen, Sir.« Sie trat näher an Hillard heran, während ihr Gesicht vor Freude aufleuchtete. »Texas ist ...«
»Und Sie sagen, Miss Coltrane wird schießen?« Hart konnte immer noch nicht glauben, daß sie so kühn wäre. Die abrupte Unterbrechung brachte ihm einen erschrockenen Blick von seiner Schwester ein. Mercys Blick schweifte zurück zu dem seinen.
»Ja«, sagte Acton. »Miss Coltrane hat meinen inständigen Bitten nachgegeben und sich bereit erklärt, uns ihre Fähigkeiten mit dem Gewehr zu demonstrieren.«

Hart entspannte sich. Sie wollte offensichtlich nur vorführen, wie gut sie schießen konnte. Allerdings war es ihm ein Rätsel, warum es ihn berühren sollte, wenn Mercy Coltrane ihren Namen zum Sinnbild für vulgären Exhibitionismus machte.

»Oh, wie großartig!« schwärmte Beryl. »Ist das nicht köstlich, Hart?«

»Erstaunlich.«

Acton klatschte in die Hände, um die Aufmerksamkeit der anderen Gäste auf sich zu ziehen. Ganz wie es sich gehörte, trat Annabelle zurück, um nicht etwa einen bedeutsamen Platz an Actons Seite einzunehmen. Ihr reizendes Gesicht hatte einen harten, verurteilenden Zug an sich, den Hart noch nie zuvor gesehen hatte.

»Wie Sie wissen, besteht die Lustbarkeit dieses Nachmittags aus einem Schützenwettbewerb der Gentlemen«, verkündete Acton. »Aber zuerst habe ich eine ganz besondere Überraschung für Sie. Miss Mercy Coltrane aus Texas gibt uns die Ehre, uns Schießen im Westernstil zu demonstrieren. Wenn Sie bitte alle gebührenden Abstand zur Allee einnehmen wollen?«

Die Gäste wichen folgsam hinter das wimpelbehangene Seil zurück, das zwischen den hohen Pappeln, die beidseitig den Reitweg säumten, gespannt war. Etwa vierzig Meter entfernt war die Straße gesperrt worden. Hart sah die Allee hinunter und suchte die Zielscheibe. Augenblicklich schweifte sein Blick zurück, voller Unglauben.

Mitten auf dem Weg stand – mit glänzenden, monströsen Hörnern auf dem mit Garn bedeckten und bedrohlich gesenkten Kopf – ein lebensgroßer Büffel aus Pappmaché. Es wäre eine schöne Nachbildung gewesen, wäre da nicht

das rosafarbene Band gewesen, das um den Schwanz aus Schnur gebunden war.
Hart sah zu Mercy hinüber. Verwirrt und entsetzt starrte sie das Ding an. Sie schluckte, sah auf, und ihre Blicke trafen sich. Ihre üppigen Lippen spannten sich, und sie reckte ihr Kinn höher in die Luft.
»Sehr hübscher Büffel, Acton«, lobte Hart und beobachtete Mercy mit Vergnügen. Sie sah entrüstet aus und befürchtete offensichtlich, daß ihr geliebtes Texas der Lächerlichkeit preisgegeben würde. »Mir gefällt besonders der Schwanzschmuck. War das vielleicht Ihre Idee?«
»Nun, ja«, bestätigte Acton und errötete vor Freude.
Hart nickte. »Es läßt das Tier für die Damen weniger furchterregend aussehen. Wie aufmerksam von Ihnen, das zarte Gemüt unserer weiblichen Gäste – zumindest der meisten von ihnen – in Betracht zu ziehen.«
»Worauf soll ich denn schießen, Sir?« fragte Mercy, während sie das rosafarbene Band mit eindeutigen Absichten beäugte.
»Auf den Büffel natürlich, Miss Coltrane.«
»Ja, aber auf welchen Teil des Büffels?«
Acton und Hillard warfen einander ein wissendes Lächeln zu. »Jeden Teil, den Sie gerne treffen möchten, Verehrteste«, bot Acton an.
Der Mann hatte das Format eines Esels erster Güte, entschied Hart mit Abscheu. Selbst ein achtjähriges Kind hätte Schwierigkeiten, das verflixte Ding auf diese Entfernung *nicht* zu treffen. Actons Andeutung, er habe die Sache so eingerichtet, daß Mercy auf keinen Fall danebenschießen konnte, war eine unerträgliche Bevormundung.

»Die Hörner«, rief Hart. »Versuchen Sie, auf eines der Hörner zu schießen, Miss Coltrane.«
Mercys Blick schweifte zu ihm. »Welches Horn, *Mr.* Perth?« Kleine Egoistin. »Das hintere. Ich wette eine Goldmünze, daß Sie das hintere Horn nicht sauber treffen können.« Also, das war nun endlich eine Zielvorgabe, die einen herausforderte. Von hier aus waren weniger als dreißig Zentimeter des Horns zu sehen.
»Ach, komm, Perth«, protestierte Hillard. »Ein Gentleman würde keine derartige Wette mit einer Lady eingehen. Sie hat keinerlei Chance ...«
»Bitteschön!« rief Mercy, und ohne einen Moment zu zögern, hob sie die Flinte und feuerte sie ab. Der plötzliche Knall brachte jegliche Unterhaltung zum Stillstand. Die Köpfe sausten herum, Sätze hingen unvollendet in der Luft, und die Augen wurden größer. Sie starrten auf die Papierfigur. Beide Hörner standen noch auf dem wuchtigen Kopf.
»Es tut mir leid, meine Liebe«, sagte Acton freundlich. »Vielleicht möchten Sie es noch einmal versuchen? Nicht, daß Sie es nötig hätten. Sie können sich das Ziel nach Belieben aussuchen. Den Kopf? Die Flanken?«
Mercy lachte. »Ah, ich habe das Horn getroffen. Ungefähr zehn Zentimeter unterhalb der Spitze, würde ich sagen.«
»Natürlich, Miss Coltrane«, stimmte Acton zu. »Also, möchten Sie es noch einmal versuchen ...«
»Bei Gott, sie hat tatsächlich das verdammte Ding getroffen!« rief eine männliche Stimme ungläubig. Lady Actons militärischer Bruder, Major Sotbey, stand bei dem Büffel und sah sich das Horn an. Er steckte einen Finger durch das Pappmaché und wackelte damit. »Genau durch die Mitte!«

Acton und Hillard staunten Mercy völlig verblüfft an. Sie jedoch sah die beiden nicht an. Eine ihrer dunklen Augenbrauen zuckte spöttisch, und ihr kesses Lächeln gehörte ganz Hart. »Meine Goldmünze, Euer Gnädigkeit – oder heißt es Durchlauchtigkeit? Es sei denn, Sie möchten noch einmal wetten?«
»Wie Sie wünschen, Miss Coltrane«, erwiderte er. »Glauben Sie, Sie könnten das gleiche Ziel noch einmal treffen?«
»Sicherlich«, gab sie zurück und rief den Männern, die das Horn betrachteten, zu: »Meine Herren, würden Sie bitte zurücktreten?« Sie gingen bei den Bäumen in Deckung. Noch einmal schoß sie. Alle drei Söhne von Baron Coffey lösten sich aus der Menge und rannten auf das Ziel zu.
»Genau in der Mitte!« rief einer von ihnen. »Diesmal ein paar Zentimeter höher!«
Mercy lächelte ihn an, schalkhaft triumphierend, bevor sie ihre Wimpern senkte und bescheiden murmelte: »Ich muß heute Glück haben.«
»Ja«, erwiderte er bedeutungsschwanger. »Allerdings.«
Er griff in seine Tasche und war gerade dabei, eine Goldmünze herauszuholen, als er sie sagen hörte: »Möchten Sie nicht einen Wettbewerb daraus machen?«
Dieses eingebildete, selbstgefällige –! »Nein«.
Sie seufzte und brachte es fertig, zerknirscht auszusehen. »Ach, es tut mir leid. Ich hatte einfach angenommen ... Das heißt, ich glaubte, Sie wüßten vielleicht etwas über ... Aber wie töricht von mir. Sie sind kein Sportsmann, nicht wahr? Noch dazu, wenn Ihr Pferd mit Ihnen durchgeht, ich meine, da hätte mir klar sein sollen ...« Sie lächelte entschuldigend und zuckte mit den Schultern.

Er gab ihr die Goldmünze in dem Bewußtsein, daß er es auf eine recht linkische Weise tat, aber sie war die unausstehlichste Frau, der er jemals begegnet war. *Und die aufreizendste,* fügte irgend etwas in ihm hinzu.
Sie nahm die Münze entgegen und ließ sie in ihrer Handfläche auf und ab hüpfen, während sie ihn mit einer Vertrautheit betrachtete, die aus ihrer gemeinsamen Vergangenheit entsprang ... sie *provozierte* ihn, bei Gott!
»Komm, Hart, tu es doch!« bat Beryl. »Du bist doch so geschickt mit Feuerwaffen.«
»Ach, wirklich?« fragte Mercy, und es gelang ihr, vollkommene Ungläubigkeit vorzuspielen.
»Ja, er kämpfte in Nordafrika, wissen Sie. Er war kaum mehr als ein Junge und doch der beste Schütze in seinem Regiment.« Verdammt, Beryl brauchte nicht gerade vor der ganzen Welt seine Vergangenheit auszubreiten. »Er hat unzählige Tapferkeitsmedaillen bekommen. Seine Kameraden betrachteten seine Geschicklichkeit mit Handfeuerwaffen als geradezu übernatürlich.«
»Ah.« Mercy nickte. »Das erklärt sein Zögern, sich auf einen Wettbewerb einzulassen.«
Er war gerade dabei, sich von der Gruppe abzuwenden, als ihre Worte ihn zurückhielten.
»Wie das?« hörte er Annabelle fragen.
»Nun«, erklärte sie, »man möchte ja nicht vergangenen Triumphen durch gegenwärtige Niederlagen den Glanz nehmen.«
Er erstarrte. Unglaublich, daß sie ihn köderte. Unglaublich, aber wahr.
»Oh, ich bin sicher, Hart könnte immer noch ein paar sehr gute Schüsse hinlegen, wenn er nur wollte«, beharrte Beryl.

»Ja, natürlich könnte er das«, pflichtete Mercy auf beruhigende, nicht ganz überzeugende Weise bei.
»Wirklich, Miss Coltrane«, versicherte Beryl. »Er schießt nie daneben.«
»In seiner Sturm-und-Drang-Zeit hat er zweifellos seinesgleichen gesucht. Es tut mir nur leid, daß ich ihn in eine unhaltbare Lage gebracht habe.«
»Was für eine Lage?« fragte Beryl.
»Wenn er verliert, nun ... dann wäre es vielleicht unangenehm für ihn, von einer Frau besiegt zu werden. Wenn er gewinnt« – ihre Stimme triefte vor Zweifel über solch eine Annahme –, »tja, dann steht er als schlechter Gentleman da ...«
»In Ordnung«, schnappte er, wandte sich um und funkelte sie an. Wenn sie sich durchaus in den Kopf gesetzt hatte, sich selbst und ihn ins Gerede zu bringen – bitteschön. Wenn er an ihrem sozialen Abstieg beteiligt war, dann nur deshalb, weil sie darauf bestanden hatte.
»In Ordnung?« Wie konnten so lange und dichte Wimpern nur so schnell klimpern? »Was ist in Ordnung, Lord Mr. Perth?«
»In Ordnung, ich mache mit. Wie könnte ich eine so freundliche Einladung zurückweisen?«
»Aber, aber, Perth! Ein Gentleman im Wettstreit mit einer Lady? Das tut man doch nicht«, protestierte Acton.
»Ach, man könnte doch sicher eine Ausnahme machen?« fragte Annabelle liebenswürdig. »Ich meine, wenn beide Teilnehmer dazu bereit sind und es eine freundschaftliche Art von Wettbewerb ist ...?« Einige der Umstehenden brachten ihre Zustimmung zum Ausdruck.
»Dann erlauben Sie mir, Miss Coltrane, für Sie zu laden«,

bot Nathan Hillard an. Der Mann war aalglatt, er hielt sich ständig an Mercys Seite, und sein Lächeln war übertrieben freundlich. Er würde Gerüchte herausfordern, wenn er Mercy weiterhin so mit seiner Aufmerksamkeit verfolgen sollte. Mercy jedoch machte nicht den Eindruck, als ob es ihr unangenehm wäre. Sie sah erfreut aus.

Sie lächelte Hillard mit ihren Grübchen an, bevor sie unschuldig die anderen anblinzelte. Ihre goldgesprenkelten Augen wurden größer. »Aber natürlich ist es ein freundschaftlicher Wettbewerb!«

»Ich glaube, ich werde mal nach den anderen Damen sehen«, äußerte Beryl nervös, als ihr endlich bewußt wurde, in welch vulgäre Situation ihre eigenen Worte sie verwickelt hatten. Sie eilte davon und verschwand in der Menge.

»Also, wenn Sie wirklich möchten, Miss Coltrane ...« meinte Acton zweifelnd.

»O ja!« versicherte sie ihm. Sie hielt Hart ihre Flinte hin. »Hier, Mr. Perth. Sehen Sie zu, ob Sie auch das Horn treffen können.«

Hart blickte Mercy finster an, befreite sich von seiner Jacke und warf sie einem der Männer zu. Er rollte seine Ärmel bis zu den Ellbogen auf und nahm die Flinte entgegen.

Nur eine Sekunde lang streiften seine Finger ihren glatten, hellen Handrücken. Er konnte nur zu gut ihre Haut fühlen – weich und samtig, vom Herbstwind gekühlt. Es war genauso wie in der verdammten Küche, als er sie dort berührt hatte. Äußerst intensiv. Äußerste ... Anziehung.

»Ich werde versuchen, den Erwartungen gerecht zu werden, Miss Coltrane«, sagte er.

Achtes Kapitel

Mercy rieb ihren Handrücken, während sie Hart zusah, wie er die Funktionstüchtigkeit der Winchester prüfte. Die Stelle, die seine Finger gestreift hatten, fühlte sich immer noch elektrisch geladen an, wie ein harmloses kleines Feuer. *Harmlos?* Es gab nichts an Hart Moreland, was auch nur im geringsten harmlos gewesen wäre.

Er sah finster den Gewehrlauf entlang. Die starken Sehnen an seinen Unterarmen, die nun durch die aufgekrempelten Ärmel entblößt waren, bewegten sich unter der gebräunten Haut, als er die Flinte hob. Seine Handgelenke sahen stark aus. Seine Hände waren wohlgeformt und elegant ... ein blinder Bildhauer sollte solche Hände haben. Kein Revolverheld.

Er blickte flüchtig zu ihr hinüber, und seine saphirblauen Augen schimmerten vor bitterem Vergnügen. Das Sonnenlicht über ihm, von den Blättern gebrochen, durch die ein launisches Lüftchen tanzte, zauberte goldene Lichtreflexe auf sein weiches, braunes Haar und durchzog sein schmales Gesicht mit einem Muster aus flackernden Schatten. Sie sah nach den anderen Gästen: gepflegte, pflichtbewußte, gesittete Damen und Herren. Sie hatten keine Ahnung, daß es unter ihnen einen Verwandlungskünstler gab. Finsternis und Sonnenschein, Licht und Schatten ...

»Das Horn?« fragte er.
»Äh, ja«, murmelte sie und riß ihren Blick von ihm los. »Wenn Sie glauben, Sie können –«
Er schoß.
Er hatte das Gewehr ganz lässig gehoben, nicht einmal bis zur Schulter. Er hatte es nur gehoben und geschossen. Es war nichts Eitles oder Angeberisches daran, lediglich eine Art ruhige, sparsame Anmut.
Mercy hatte den Eindruck, daß er die Flinte nur so weit angehoben hatte, um *nicht* aufzufallen. Sie war sicher, er hätte aus der Hüfte zielen und trotzdem noch das Horn aus Pappe wegschießen können.
»Bravo! Weiterschießen!« riefen mehrere männliche Stimmen.
»Nächstes Ziel?« fragte Hart.
Mercy lachte vor Vergnügen. In seiner Stimme schwang eine Spur von Selbstzufriedenheit mit, ein Anflug von Selbstgefälligkeit, der ihn viel menschlicher und damit anziehender erscheinen ließ. »Sollen wir die Entfernung zwischen Ziel und Waffe etwas vergrößern?«
»Schreiten Sie noch einmal dreißig Meter ab«, rief er in Richtung des Büffels.
Actons Bedienstete in Livree hatten keine Chance. Die Herren unter den Zuschauern, inzwischen gänzlich in dem improvisierten Wettbewerb aufgehend, beeilten sich, das Ziel anzupassen.
»*Ladys* first«, sagte Hart.
»Das Band?« Während sie sorgfältig über den Lauf hinwegblickte, atmete Mercy langsam und gleichmäßig aus, mit dem Gewicht auf dem vorderen Fuß und mit geradem Rücken, wie ihr Vater es ihr beigebracht hatte. Sie drückte

ab. Das Band hüpfte in die Luft und landete auf dem Boden.

»Bravo, Miss Coltrane«, lobte Hart. »Aber Sie haben mir mein Ziel genommen.«

»Bindet es wieder an!« rief Hillard, als er Mercy ein Glas Champagner anbot. »Die Beute geht an den Sieger.«

Mercy lachte, nahm das Glas entgegen und trank einen Schluck, während sie Hillard über den Rand hinweg betrachtete. Er sah aus, als ob er sich über ihre Geschicklichkeit freute.

»Sie besitzen soviel Talent wie Schönheit«, verkündete Hillard mit einem Blick, der so warm wie der von Hart kühl war.

»Ja, nicht wahr?« stimmte Acton zu.

Das Band wurde wieder angebunden und Hart trat vor. Mit ebenso wenig Eile oder Vorbereitung wie bei seinem ersten Schuß feuerte er. Noch einmal flatterte das Band zu Boden, und wieder gab es Beifallsrufe, mit Wetten durchsetzt.

Acton rief einen Diener herbei. »Stellen Sie einen Tisch auf«, wies er ihn an. »Hillard, seien Sie ein guter Junge und nehmen Sie die Wetten an, ja? Wir werden eine Wohltätigkeitsveranstaltung daraus machen.« Er berührte leicht Mercys Arm. »Wären Sie so freundlich, ein paar Minuten zu warten, Miss Coltrane? Einige der Gäste möchten gerne über den Ausgang Ihres Wettkampfs Wetten abschließen.«

»Selbstverständlich.«

»Ich werde natürlich auf Sie setzen, meine Liebe.« Hillards Stimme war leise, aber an dem Ruck, der durch Harts langen Körper ging, war ersichtlich, daß er ihn nur zu gut verstanden hatte.

»Ach, bitte tun Sie das nicht«, gab Mercy zurück, das erste Mal mit einem Hauch von Verdruß in ihrem amerikanischen Akzent. Sie wollte nicht für anderer Leute Geld verantwortlich sein, und aus den kleinen Gesprächsfetzen, die sie zufällig mitbekommen hatte, konnte sie nur schließen, daß Nathan Hillard kein Geld übrig hatte, um es für leichtsinnige Wetten auszugeben.

Hillard zuckte mit den Schultern. »Es ist für einen wohltätigen Zweck. Und außerdem können Sie auf keinen Fall verlieren. Sie haben bereits gewonnen ... unser aller Herzen.«

Seine Worte waren wiederum leise gesprochen, aber etwas in Harts gespannten Gesichtszügen verriet ihr, daß er es gehört hatte, und wenn Nathans Beifall sie berührte, dann vielleicht mehr aus Verlegenheit als aus Freude.

»Vielen Dank.«

Acton winkte Hillard, der ihr einen letzten bedauernden Blick zuwarf und dann ihrem Gastgeber folgte. Sie war plötzlich allein mit Hart. Annabelle stand einige Meter entfernt, einen mißbilligenden Blick auf Actons Rücken geheftet.

»Was nun, Miss Coltrane?« fragte Hart leise. »Noch einmal dreißig Meter? Oder schälen wir einfach nach und nach die Papierhaut von diesem Machwerk, bis nichts als Draht übrigbleibt? Wie lange wollen Sie, daß wir uns zur Schau stellen? Man schließt *Wetten* auf uns ab, als ob wir irgendeine billige Attraktion wären.«

Sein Tadel berührte einen Nerv in ihr. Wieder stieg ihr das Blut in die Wangen, aber nicht vor Vergnügen. Sie fühlte sich von seiner Kritik gedemütigt – wieder einmal war sie das schuldbewußte Mädchen, das dabei ertappt wurde, wie

es die Hosen und Stiefel ihres Bruders trug. Und mit der Kränkung stieg Ärger in ihr auf.
Sie war von der Herzoginwitwe getadelt worden, weil sie um Hilfe gebeten hatte. Sie war von jedem Menschen behindert worden, den sie bei ihren Erkundigungen nach ihrem Bruder angesprochen hatte. Jede Frage hatte die gleiche entsetzte Reaktion hervorgerufen. »Eine Dame fragt solche Dinge nicht. Eine Dame weiß von solchen Orten nichts. Eine Dame zieht nie und nimmer solche Erkundigungen ein.«
Zum Kuckuck mit ihnen allen! dachte sie wütend. Sie hatte kein Verbrechen begangen, indem sie ihre Fähigkeiten demonstrierte, und sie würde sich von diesem Fremden mit den eisigen Augen nicht ihre harmlosen Erfolgserlebnisse nehmen lassen.
»Sie können sich jederzeit zurückziehen«, bot sie an.
»Ich würde nicht im Traum daran denken, die Laune einer *Dame* zu enttäuschen.«
»Miss Moreland«, rief sie Annabelle zu, die wie eine Statue in der Nähe stand. »Würden Sie bitte Ihre Champagnerflöte in die Luft werfen?«
»Wie bitte?«
»Auf mein Zeichen hin werfen Sie sie so hoch in die Luft, wie Sie können«, sagte Mercy angespannt. »Sie *können* doch werfen? Ihr Bruder erlaubte Ihnen sicher, gelegentlich etwas zu werfen, oder?«
Annabelle nickte errötend, und Mercy kam sich ordinär vor. Das Kind konnte ja nichts dafür, daß Hart ihr Bruder war. »Entschuldigen Sie bitte meine Manieren. Würden Sie, bitte, werfen?«
»Sicherlich.«

Mercy hob die Flinte. »Jetzt.«
Das kristallene Glas flog etwa sieben Meter in die Luft. Genau am höchsten Punkt feuerte Mercy. Glassplitter glitzerten für einen Moment am klarblauen Himmel.
»Heda«, rief ein Mann vorwurfsvoll. »Die Wetten waren noch gar nicht abgegeben worden!«
Hart ignorierte ihn. »Wirf das hoch, Annabelle«, rief er, schnappte sich ein verwaistes Champagnerglas und warf es seiner Schwester zu. Er griff nach dem Gewehr, und Mercy gab es ihm mit einem ärgerlichen Ruck.
Bevor er irgend etwas sagen oder die Waffe schultern konnte, schleuderte Annabelle das Glas hoch in die Luft. Die Flinte war mit einem Ruck an ihrem Platz, und das Glas zersprang.
Immer noch verärgert, suchte Mercy nach einem weiteren Objekt, während sie verschwommen die erstaunten Laute wahrnahm, die wie eine Welle durch die Menge schwappten.
»Sie dort, Sir!« rief sie einem verwirrt dreinschauenden jungen Mann zu, der am Rande der Gasse zehn Meter entfernt stand. Zweifellos einer der Söhne von Baron Coffey. »Sie in dem Jagdhut. Ja, Sie, Sir. Werfen Sie doch freundlicherweise Ihren Hut.«
Gebrüll brach aus, während sich die Gäste beeilten, Wetten abzuschließen.
Mercy hob die Flinte an die Schulter. Der junge Mann sah seinen Hut liebevoll an, seufzte und warf ihn in die Luft.

Das Dinner war ausgezeichnet und sättigend gewesen. Drei Stunden lang waren die Gänge in schneller Folge aufgetragen worden: Klare Suppe, Lachskroketten, Erbsen im Schlafrock, Russischer Salat, Taube in Aspik, Tournedos vom Rind, Erdbeercreme mit Meringen und zum Abschluß Käse an Birnen und Aprikosen, frisch aus Actons 400 Meter langem Gewächshaus.

Während die Gänge serviert und jeder Wein dekantiert und genossen wurde, war im Gespräch bei Tisch immer mehr Beifall lautgeworden. Alles drehte sich um das Wettschießen vom Nachmittag.

Die Frauen, die sich nach dem Beifall der Männer und nach dem nachsichtigen, wenn auch gezwungenen Lächeln der Herzogin richteten, hatten Mercy mit Zurückhaltung in ihre Sphäre aufgenommen. Sie überhäuften sie mit Fragen nach ihrem Leben in Texas und gratulierten ihr zu ihrer Geschicklichkeit. Mercy konnte nicht umhin, Hart mit gelegentlichen triumphierenden Blicken zu durchbohren. Er überraschte sie, indem er ihr überlegenes Lächeln mit einem Hauch von Vergnügen aufnahm.

Jetzt, nach beendetem Dinner, plauderten die Frauen, während sie darauf warteten, daß die Männer wieder erschienen, stechend nach Rauch und Brandy riechend.

Annabelle schwebte zu Mercy, offensichtlich besorgt, ihre Annäherung könnte nicht erwünscht sein. Mercy schalt sich insgeheim selbst wegen ihrer vorherigen Grobheit dem Mädchen gegenüber.

»Bitte, setzen Sie sich zu mir, Miss Moreland«, bat sie sie und raffte ihren pflaumenblau und türkis gestreiften Rock, um auf dem mit Kattun überzogenen Sofa Platz zu machen. Mit einem gemurmelten Dankeschön sank Annabelle auf die Polsterkante, die Hände graziös in ihrem Schoß gefaltet.

Mercy brauchte einen Moment, bis sie merkte, daß Annabelle sie verstohlen musterte. Um nichts in der Welt fiel Mercy auch nur ein einziges Gesprächsthema ein, das sie gegenüber einem solchen Ausbund an Tugend hätte anschneiden können. Und sie konnte nicht anders, sie mußte diese Seitenblicke erwidern. Annabelle war so eine vollendete Lady – Mercys Mutter wäre entzückt gewesen, hätte sie solch ein engelsgleiches Geschöpf großgezogen. Die anderen Frauen führten vertrauliche Gespräche und pflegten ihre Freundschaften, während sie und Annabelle dasaßen wie zwei Hühner auf der Stange, die nur darauf warteten, daß eines von ihnen zu gackern anfing. Sie mußten sich doch irgend etwas zu sagen haben.

»Trifft Ihr Bruder eigentlich immer ins Schwarze?« fragte Mercy schließlich.

»Ins Schwarze?« wiederholte Annabelle.

»Beim Schießen. Er verfehlte nicht einmal sein Ziel, kein einziges Mal, egal, auf welche Entfernung, welches Ziel oder aus welchem Schußwinkel.«

»Ach, das. Er ist wohl ein ziemlich guter Schütze.« *Ziemlich guter Schütze*. Ein schwaches Lob von einer liebenden Schwester. Aber Untertreibung wurde in dieser Gesellschaft hochgehalten. Keine unschickliche Aufregung, keine störenden Gefühle ... keine Leidenschaft. Sie wandte ihre Aufmerksamkeit Fanny Whitcombe zu, die, in die Ecke des Sofas gegenüber vergraben, verträumt ein Gemälde der Madonna mit Kind betrachtete.

»Mrs. Whitcombe«, fragte sie, »schießt Ihr Bruder niemals daneben?«

Fanny riß ihren Blick von dem Bild los. Ihre kornblumenblauen Augen schwammen in Tränen. »Ist sie nicht allerliebst?« flüsterte sie.

Allerliebst? dachte Mercy ungläubig. Die dicke Madonna sah aus, als ob sie das entschieden lasziv dreinschauende Kind, das ihr in die Brust zwickte, am liebsten fallen lassen wollte. Nein, das war nicht allerliebst. Ihr schoß der Gedanke durch den Kopf, daß Fanny vielleicht nicht alle Tassen im Schrank haben könnte.

»Ich habe gerade über Ihren Bruder und seine Geschicklichkeit mit Gewehren nachgedacht«, bemerkte sie. »Er ist hervorragend.«

»Gewehre sind gefährlich. Keines meiner Kinder wird jemals mit einer Waffe spielen«, erwiderte Fanny mit bebender Unterlippe.

Mercy sah sie verblüfft an, erschrocken über ihre Vehemenz. »Natürlich nicht. Ich habe an nichts dergleichen gedacht, Lady Whitcombe. Ich habe mich nur gefragt, ob Ihr Bruder schon jemals sein Ziel verfehlt hat.«

»Das weiß ich nicht, Miss Coltrane«, meinte Fanny, während sie ihren Blick – und ihr Interesse – wieder dem Bild zuwandte.

Mercy zog die Stirn in Falten. *Sie wußte es nicht? Er war doch ihr Bruder, oder nicht?* Aber andererseits war Will ihr Bruder, und was wußte sie schon von ihm?

»Ich kann das beantworten, Miss Coltrane.« Es war Harts älteste Schwester, Beryl. Sie war die lebhafteste von den dreien. Ihr breiter Mund, der dem ihres Bruders ähnelte, hatte auch Mitgefühl und einen Anflug von Sorge an sich. »Die Antwort lautet nein.«

»Nein?« lachte Mercy, erfreut über diesen offenen Stolz.

»Nein.« Beryl erwiderte das Lächeln. »Er schießt nie daneben. Niemals. Allerdings«, fügte sie hinzu, »hat er sich, soweit ich mich erinnere, noch nie auf einen Test eingelassen. Ganz im Gegensatz zu heute nachmittag. Sie und er standen im Mittelpunkt der Aufmerksamkeit.«

Mercy wandte ihren Blick ab, unsicher darüber, ob die Bemerkung als Kritik zu verstehen war.

»Oh, bitte entschuldigen Sie, Miss Coltrane.« Beryl kam herbeigeeilt, schob Annabelle etwas zur Seite und setzte sich, während sie Mercys Hand nahm und ihr einen freundschaftlichen Klaps gab. »Ich wollte in keiner Weise andeuten, daß Ihr Betragen ungebührend war. Es war sehr charmant. Besonders, als Sie Hart das Feld überließen, nachdem er die drei Goldmünzen getroffen hatte, die Sie geworfen hatten. Das war sehr anständig von Ihnen.«

»Ich glaube nicht, daß Ihr Bruder ebenso dachte«, gab Mercy zweifelnd zurück. »Er schien gar nicht erfreut zu sein.«

»Ich weiß. War es nicht wundervoll?« fragte Beryl, wobei ihre dunklen Augen glühten. »Hart verabscheut es, bevormundet zu werden.«

»Ich habe ihn doch nicht bevormundet«, protestierte Mercy. »Ich hätte unter keinen Umständen diese drei Goldmünzen treffen können. Ich habe öffentlich zugegeben, daß ich mit mehr Glück als Können die eine getroffen hatte.«

»Hart wird das nie glauben. Er verdächtigt Sie, Sie hätten sich zurückgezogen, um seinen männlichen Stolz nicht zu verletzen. Sind Sie sicher, daß es nicht so war? Sie sind außerordentlich treffsicher.« Beryl legte ihren Kopf auf die Seite.

»Nein«, widersprach Mercy, finster dreinschauend. »Glau-

ben Sie mir, hätte ich die Möglichkeit gehabt, den Stolz Ihres Bruders anzukratzen, dann hätte ich es auch getan.«
Beryl lachte.
»Diese Vorstellung scheint Sie recht zu amüsieren«, bemerkte Mercy. Was für eine Familie war das bloß? Eine Schwester kaum mehr als eine bewegliche Puppe, die zweite eine weinerliche Tagträumerin und diese hier ...?
»O ja, das stimmt«, pflichtete Beryl ihr bei und nickte mit Nachdruck.
»Beryl«, warf Annabelle in leisem, ängstlichem Ton dazwischen. »Solltest du –«
»Annabelle«, unterbrach Beryl, »Fanny sieht ein bißchen kränklich aus.«
Mercy schaute entgeistert drein. Sie hatte kaum jemals eine ... gesünder aussehende Frau als Fanny Whitcombe gesehen. »Ich glaube, du solltest sie auf ihr Zimmer bringen.«
Annabelles goldene Locken hüpften, als sie ihrer mittleren Schwester einen besorgten Blick zuwarf. Fanny blinzelte sie aus ihren wäßrigen Augen an.
»Fanny, du brauchst Ruhe. Geh doch auf dein Zimmer«, schlug Beryl in dem autoritären Ton einer älteren Schwester vor. Fügsam erhob sich Fanny und wankte von der enttäuscht wirkenden Annabelle gestützt davon.
»Also«, meinte Beryl, während sie ihre Röcke glattstrich, »wo waren wir stehengeblieben? Ach ja, Hart. Und warum ich es so sehr genieße, zu sehen, wie er aus der Fassung gerät. Das ist ganz einfach. Ich habe ihn mehr als zehn Jahre lang nicht mehr so viel Gefühl zeigen sehen. Und ich glaube, es ist gut für ihn.«
Mercy zog fragend die Augenbrauen hoch.
»Hart hat immer Herausforderungen geliebt. Er genoß

das Spiel selbst so sehr wie das Ergebnis. Er war ein unvorsichtiger Spieler«, erzählte Beryl, und ihr Gesicht spiegelte liebenswerte Erinnerungen wider, »hitzig, eifrig, sich selbst und seinem Gegner immer noch mehr abverlangend. Es mag vielleicht dreist klingen, aber vor etwa zehn Jahren hätte Ihnen Hart gefallen. Heute habe ich ihn für kurze Zeit wieder einmal so gesehen, wie er früher war. Auch wenn sich diesmal nur seine eigensinnige und selbstherrliche Seite zeigte, habe ich mich doch darüber gefreut.«
Mercy wußte, daß sie kein Recht hatte, danach zu fragen, aber sie konnte nicht anders. »Was hat ihn denn so verändert?« Sie errötete im Bewußtsein, ungeheuer dreist zu sein. »Ich meine ... er scheint ein sehr reservierter Gentleman zu sein.«
»Er war nicht immer so. Mein Vater ... Mein Vater ließ uns in prekären Umständen zurück, als Hart fünfzehn war. Er ging sofort zur Armee. Er schwor, daß es das war, was er wollte, aber ich fürchte, er tat es nur deshalb, weil er unserer Mutter nicht auch noch zur Last fallen wollte. Und dann, als Hart in Nordafrika war, starb Mutter.«
»Das tut mir leid«, sagte Mercy.
Beryl betrachtete sie einen Moment lang, bevor sie lächelte. »Das glaube ich Ihnen, meine Liebe«, murmelte sie. »Also, jedenfalls stand Hart nun da mit drei jungen Schwestern, einem Berg von Schulden und nicht einem Penny in der Tasche. Er nahm das alles sehr ernst – und glauben Sie ja nicht, ich wäre nicht dankbar dafür. Wenn Hart nicht gewesen wäre, würden wir alle immer noch in diesem bröckelnden Ziegelhaufen da oben bei Nottingham leben. Aber Hart war verändert, als er aus Nordafrika

zurückkam ... und ich glaube, das lag nicht nur an der zusätzlichen Verantwortung.«

»Es gelang ihm in diesem zarten Alter, Sie alle zu versorgen?« Mercy mußte einfach nachfragen.

»Nicht sofort, aber bald darauf«, antwortete Beryl. »Er ging bald nach seiner Rückkehr nach Amerika. Er wollte die dortigen Investitionsmöglichkeiten untersuchen. Während er drüben war, erbte er seinen Titel. Nach ein paar Jahren kehrte er zurück.

Hier begann er dann als erstes, Bentwood, das Anwesen der Perths, wiederherzurichten.« Wieder hatte sie dieses seltsame, schiefe Lächeln auf dem Gesicht. »Es gibt nichts, was mögliche Freier so verlockt wie ein Titel, zu dem ein gutgeführtes Anwesen gehört. Außerdem liebt Hart Bentwood. Und doch läßt er Henley das Gut führen. Er kommt nur sehr selten zu Besuch. Merkwürdigerweise.«

»Er war in Amerika?« griff Mercy dieses Thema auf. »Wie viel wußte Beryl wohl von Harts Aktivitäten dort?«

»Ja«, nickte Beryl. »Er arbeitete mit einigen Ranchern in den westlichen Gebieten zusammen.«

So konnte man es natürlich auch ausdrücken.

»Ihr Vater ist doch Rancher, nicht wahr?«

»Ja, in Texas«, erwiderte Mercy.

»Hart war ganz in der Nähe von Texas.« Beryls eindringlicher Blick ruhte auf Mercy.

»Es ist ein großes Land, Mrs. Wrexhall.«

»Nennen Sie mich doch Beryl. Ich bestehe darauf. Ja, es ist weitläufig, sagt Hart. Nicht daß er viel darüber redet. Er erzählt überhaupt nicht viel. Natürlich ist er nicht mehr oft in England. Während der letzten zehn Jahre hat er eine ziemliche Wanderlust entwickelt. Er fehlt mir. Aber ich

habe gehört, daß auch Sie einen Bruder vermissen.« Sie faltete die Hände im Schoß.
»Ja«, bestätigte Mercy ruhig. Ihr wurde plötzlich wieder bewußt, daß sie Will vermißte. Sie hatte es schon fast vergessen..
Ihre Mutter hatte Ambitionen für sie gehabt, aber ihr Bruder war es gewesen, der ihr geholfen hatte, diese zu erreichen, und er hatte es so liebevoll getan. Will war nie eifersüchtig auf sie gewesen. Für sie war er Konkurrenz gewesen, aber er hatte sie nie als Rivalin betrachtet.
Statt dessen war er derjenige gewesen, der ihr diese seltsamen, atemberaubenden Arien nahegebracht hatte, der ihren Sinn für das Absurde mit seinem eigenen klugen und trockenen Witz geschärft hatte, der ihr ein Gefühl für Kunst und Literatur vermittelt hatte. Ihre Augen fühlten sich heiß an und brannten.
Ja, sie wollte ihren Bruder zurückhaben.
»Wissen Sie«, brach Beryl das darauf folgende Schweigen, »ich vermisse den Hart von früher. Ich vermisse den großen Bruder, der mich neckte und mich vor seinen Freunden schamlos blamierte. Schauen Sie nicht so überrascht drein, meine Liebe«, sagte Beryl. »Es gab eine Zeit, in der Hart sehr viel Freunde hatte und einen wunderbaren Humor.« Sie schüttelte ihre melancholische Stimmung ab. »Jetzt wissen Sie, warum ich Ihrer Fähigkeit, dem einen Funken Feuer einzuhauchen, was ich als kalte Asche bereits aufgegeben hatte, applaudierte.«
»Ich bin nicht so sicher, ob Lord Perth da zustimmen würde.«
»Ich glaube, *Lord Perth* hat viel zu viele Leute um sich

herum gehabt, die ihm zustimmen, ihm gehorchen und auf Zehenspitzen um ihn herumtanzen«, meinte Beryl. »Ah, die Herren sind da. Wir dürfen nicht so melancholisch dasitzen. Männer mögen keine sentimentalen Stimmungen. Ich habe unser Gespräch sehr genossen, Miss Coltrane. Wir müssen es fortführen. Bald.«

Neuntes Kapitel

»Wie ich zu diese Einschußnarbe an meiner Schulter kam?« wiederholte Mercy.

Nachdem sie für Harts Geschmack viel zu lange bei importiertem Brandy gesessen hatten, waren die Männer wieder zu den Frauen zurückgekehrt und hielten nun in ihren Gesprächen inne. Einige rückten sogar näher an Mercy heran. Ihre blassen Schultern und ihr Busen waren in das goldene Glühen des Gaslichts getaucht, und die kreisrunde Narbe bildete eine gekräuselte Perle auf sonst makelloser Haut.

Ob diese Haut wohl so weich und warm wie ihre Hand war? Oder vielleicht noch weicher?

»Ich möchte Sie nicht langweilen«, wandte sie ein.

»Oh, ich bin sicher, es ist eine faszinierende Geschichte. Bitte, erzählen Sie sie uns«, bat Beryl.

Seine eigene Schwester, eine Klatschbase. Gott sei Dank hatten sich Annabelle und Fanny zurückgezogen. Wie Hart finster bemerkte, nickte Henley neben seiner Ehefrau mit dem Spatzenhirn zustimmend.

Mercys amüsierter Blick streifte ihn. Er fühlte sich angespannt. Das war absurd. Sie würde ihn nicht bloßstellen. Während ihres Wettschießens hatte sie zu keinem Zeitpunkt eine frühere Bekanntschaft mit ihm auch nur angedeutet. *Bekanntschaft.* So ein zivilisierter Ausdruck für solch ein brutales Zusammentreffen. Na gut, sie mochte vielleicht ein Wildfang sein, aber sie war ehrlich und aufrecht. Sie nahm ihre Versprechen ernst.

»Ja, ach, erzählen Sie es uns, Miss Coltrane!« bat Nathan Hillard. »Wir führen hier so ein langweiliges Leben.«

»Also, das klingt aber ein bißchen zu düster, Hillard«, wandte Henley ein. »Sie können ja wohl nicht behaupten, Ihre eigene Existenz sei ›langweilig‹, Nathan. Dazu kenne ich Sie zu gut.«

Hillard lächelte Henley zu. »Verglichen mit Miss Coltranes Leben ist es das gewiß. Ich habe noch nie hundert Meilen von der nächsten Stadt entfernt gewohnt.«

»Aber woher wissen Sie denn, daß unsere Ranch hundert Meilen von der nächsten Stadt entfernt liegt?« lachte Mercy.

Hillard winkte ab. »Sind denn nicht alle Ranches in Texas so weit von der nächsten Stadt entfernt?« fragte er in gespielter Unschuld, was die versammelten Gäste zum Lachen brachte. »Kommen Sie, erzählen Sie uns etwas.«

Ein überzeugendes Bild von Sittsamkeit und Bescheidenheit abgebend, glättete Mercy ihre Röcke und schüttelte zögernd ihren Kopf mit einem kleinen Lächeln der Entschuldigung auf den Lippen. »Also, ich glaube wirklich nicht –«

»Ich bin sicher, Miss Coltrane würde gerne vergessen, welche unglücklichen Umstände auch immer dazu führten, daß sie angeschossen wurde«, warf Hart dazwischen.

Mercys geneigter Kopf schoß nach oben. Nur einen Moment lang begegneten sich ihre Blicke. Kleine Nadelspitzen der Herausforderung trafen ihn.

»Nein, es macht mir nichts aus«, meinte sie. »Ich würde gerne die Geschichte und die ›unglücklichen Umstände‹

erzählen. Das heißt, wenn Sie sicher sind, daß es Ihre Zeit wert ist?«

Entsprechende Beteuerungen wurden laut. Hart trommelte mit den Fingerspitzen auf seine Armlehne. Die Gruppe versammelte sich um Mercy, die Herren zogen Stühle für ihre Damen herbei und stellten sich hinter ihnen auf. Nach dem hingerissenen Gesichtsausdruck der Söhne von Baron Coffey zu schließen, könnten sie Mercy jederzeit wie Jagdhunde zu Füßen fallen, dachte Hart. Irgendwie gelang es ihnen jedoch, sich zu beherrschen.

»Na gut«, begann Mercy. »Auf Geheiß meines Vaters war ich von meiner Schule in Boston auf unsere Ranch, The Circle Bar genannt, zurückgekehrt. Es ist eine der wildesten Gegenden von Texas, die im allgemeinen als ›the Panhandle‹, der Pfannenstiel, bekannt ist.«

»Wild? Gibt es dort Indianer?« hauchte Beryl.

»Meine Güte, ja«, nickte Mercy. »Aber die einheimische Bevölkerung war nicht annähernd so gefährlich wie unsere weißen Mitbürger. Habgier, fürchte ich, bringt manche Menschen dazu, alle möglichen verachtenswerten Dinge zu tun.«

Hart wartete darauf, daß sie ihn mit einem vielsagenden Blick durchbohren würde, aber sie sprach weiter, ohne sich um ihn zu kümmern. Überrascht stellte er fest, daß sie sich nicht auf ihn bezog. Verwirrt runzelte er die Stirn.

»Das, was der Grundbesitz meines Vaters werden sollte, war jahrelang von anderen Viehzüchtern genutzt worden. Anstatt das Land selbst zu kaufen, benutzten sie es kostenlos, um ihre Herden zu weiden. Als mein Vater die Ranch kaufte, stand das Weideland nicht mehr frei zur Verfügung. So beschlossen sie, meinen Vater von seiner Ranch zu vertreiben.«

»Wie denn?« fragte eine hübsche, dunkelhaarige Frau. Zweifellos war es die neugierige Dame Carr.
Mercy senkte dramatisch ihre Stimme. »Indem sie eine Bande von skrupellosen Mördern anheuerten, um unser Vieh zu stehlen und unsere Cowboys zu terrorisieren. Tatsächlich wurden ganze acht unserer Männer von diesen gemeinen Halunken verwundet.« Kummer dämpfte ihre Stimme. »Zwei davon starben.«
Die Zuhörer schnappten nach Luft. Baron Coffeys Söhne sahen aus, als würden sie gleich davonstürzen, um nach Duellpistolen zu suchen.
Einen Augenblick lang schien es, als ob Mercy nicht mit ihrer Geschichte fortfahren würde. Sie saß still da, mit verkrampften Händen und weißen Knöcheln in ihrem Schoß, ihr Gesicht starr von der Erinnerung an die Tragödie. Hart trat einen Schritt vor. Das war genug.
»Und einer dieser Schurken schoß Sie an, Miss Coltrane?« Nathan Hillards Stimme erhob sich ungehalten über die allgemeine Aufregung und Bestürzung. Seine Hand berührte kurz Mercys Schulter, eine kleine, tröstende Geste, und Mercy sah zu ihm auf. Hart unterdrückte das Verlangen, Hillards Hand von ihrer Schulter zu schlagen. Was ging es ihn schon an, wenn sie die Annäherungsversuche eines Mannes ermutigte, der so alt war, daß er fast ihr Vater hätte sein können?
»War es so?« wiederholte Acton Hillards Frage.
Mercy sollte lieber den Mund halten, dachte Hart, während er ihren Blick beobachtete, der auf Hillards verflucht gutaussehendem Gesicht ruhte. Es gab Fliegen im Raum.
»Nein«, entgegnete sie, und wandte ihre Aufmerksamkeit wieder ihren Zuhörern zu. »Es war der ›Leibwächter‹, den

mein Vater angestellt hatte, um unsere Familie zu schützen.«
»Was?«
Mercy nickte lässig.
»Und *warum* sollte er das getan haben?« fragte Hart trocken.
»War der Bastard – entschuldigen Sie, Miss Coltrane – war dieser Kerl bestochen worden, damit er die Seiten wechselte?« fragte Hillard.
Harts Finger hörten auf zu trommeln. Seine Hände ballten sich zu Fäusten um die Armlehnen herum. »Nun?«
Mercy schaute ihn an, als ob sie gerade erst seine Gegenwart bemerkt hätte. »Oh, entschuldigen Sie, Euer Gnaden, ich wollte Ihnen nicht den Atem rauben.«
Er unterdrückte eine Retourkutsche. Der Rest der Gesellschaft sah ihn neugierig an. Einige der Frauen – die elende Beryl eingeschlossen – kicherten.
»Was Ihre freundliche Anteilnahme betrifft, Mr. Hillard – wenn ich über ihre Frage gebührend nachdenke, muß ich sagen, ich glaube nicht, daß ein Seitenwechsel die Taten dieses Menschen erklären könnte.«
»Also, warum in aller Welt hat er sie angeschossen?« fragte Acton. Hillard machte ein finsteres Gesicht.
»Ich kann nicht behaupten, daß ich auch nur ansatzweise die Motive eines solchen Menschen verstehen könnte.«
»Das will ich hoffen«, betonte Acton mit Nachdruck. Hart sah ihn scharf an. Möglicherweise mußte er seine ursprüngliche Zustimmung zu Actons Werbung um Annabelle noch einmal überdenken. Anscheinend war Acton nicht annähernd so scharfsichtig oder intelligent, wie er gedacht hatte.

»Aber ich kann Ihnen erzählen, wie es dazu kam«, bot Mercy an.
»Ja, bitte«, riefen Baron Coffey und seine Söhne im Chor. Sogar die Gräfin Marchant nickte ermunternd.
»Lassen Sie mich zuerst feststellen, daß ich Texas liebe«, versicherte Mercy. »Meiner Ansicht nach ist es der allerschönste Ort auf Erden. Sein Himmel ist weiter, seine Farben satter, seine Landschaft unendlich großartiger und majestätischer als alles, was ich anderswo erlebt habe oder noch zu erleben hoffe. Daher bin ich mit reinster Freude im Frühjahr 1872 dem Ruf meines Vaters von Boston nach Hause gefolgt.«
»Zu der Zeit warst du in Amerika, Hart, nicht wahr?« bemerkte Beryl strahlend.
»Ja«, bestätigte er.
Mercy warf ihm einen schnellen Blick zu und beeilte sich, fortzufahren. »Meine glückliche Heimkehr war nicht ganz ungetrübt. In der Hoffnung, dem schmählichen Treiben der Bande von mörderischen Schurken begegnen zu können, hatte mein Vater einen Mann angestellt, den er beschönigend ›Vieh-Detektiv‹ nannte.« Ihre dramatische Pause verfehlte nicht ihre Wirkung. Mehrere Frauen drohten in Ohnmacht zu fallen, und die Männer sahen angemessen bestürzt drein über den drastischen Maßnahmen, die ergriffen worden waren. Hart machte ein zynisches Gesicht.
»Ja«, bekräftigte sie, während ihre grünen Augen in dem reizenden Gesicht noch größer wurden. »Er hatte einen *Revolverhelden* angeheuert!«
»Was war das für ein Kerl?« Es war wieder Beryl, die fragte. Himmel, wenn sie sich noch ein bißchen weiter aus ihrem Sessel lehnte, würde sie herausfallen.

Mercy lehnte sich zurück und zuckte mit den Schultern. »Nichts Besonderes«, gab sie in gelangweiltem Ton zurück.
»Ach, kommen Sie«, drängelte Beryl. »Ein solcher Mann! Und Sie haben ihn tatsächlich gekannt! Wie war er?«
»Schmutzig.«
»Oh, erzählen Sie doch mehr«, bettelte eine andere Dame. Wieder zuckte Mercy mit den Schultern. »Er war ziemlich groß, mager und sah hungrig aus, wie ein alter, von Flöhen zerbissener Berglöwe. Er hatte langes, fettiges Haar und eine dunkle Haut, ob nun von der Sonne verbrannt oder durch eine fragwürdige Abstammung verursacht, das weiß ich nicht.«
»Was noch? Was für einen *Charakter* hatte er?« fragte die Herzoginwitwe. Also wirklich. Die ganze Familie legte ein unmäßiges Interesse an Schauergeschichten an den Tag.
»Rauh«, meinte Mercy. »Und kalt. Und erbarmungslos, grausam, rücksichtslos, herzlos. Ohne jegliches Mitgefühl, ohne Milde oder Witz oder Temperament oder –«
»Ach du meine Güte!« murmelte Hart. Mercy stoppte mitten in ihrem Redefluß, um ihn mit einem verletzten Blick zu fixieren.
»Verzeihen Sie, aber ich wurde danach gefragt.«
»Und wir wissen es zu schätzen, daß Sie so freundlich sind, uns etwas mitzuteilen, was ein schmerzhaftes Erlebnis gewesen sein muß«, versicherte Beryl, während sie ihm wegen seines Ausbruchs einen entsetzten Blick zuwarf. Die Herzoginwitwe sah naserümpfend in seine Richtung.
»Entschuldigen Sie, gnädige Frau«, würgte Hart hervor. Wie unvorteilhaft *Mercys* Manieren auch sein mochten, er selbst würde nicht auf solch ein niedriges Niveau hinabsinken. Niemals.

»Bitte, fahren Sie fort, Miss Coltrane«, ermunterte Hillard, wieder einmal um Mercys Schultern schwebend.

»Wenn Sie darauf bestehen. Nun, eines frühen Morgens beschloß ich, auszureiten. Es war kurz vor Sonnenaufgang. Der dunkle Himmel erstreckte sich über mir, während sich die Wolken wie scharlachrote Banner am Horizont entfalteten.«

»Wie schön!« hauchte Beryl.

Mercy schaute sie beifällig an. »Genau, das dachte ich auch. Ich sattelte mein Pony und ritt in Richtung einer Zwischenstation ein paar Meilen westlich von unserem Ranchhaus. Dort wollte ich den Sonnenaufgang betrachten.«

»War das klug?« fragte Hart. »Ich meine in Anbetracht der Lage, in der Ihr Vater war, und all das.«

Mercy gelang es, in ihrer Bestürzung traurig und entzückend zugleich auszusehen. »Nein, Lord Hart, es war nicht klug. Aber ich war nicht mehr als ein Kind, und ein Mädchen noch dazu, und ich war so lange von zu Hause weggewesen. Kinder und Frauen sind impulsive, gefühlvolle Geschöpfe, wissen Sie«, meinte sie bescheiden und entschuldigend – nicht, daß er glaubte, irgend etwas davon träfe auf sie zu. Nicht einen Moment.

Was für ein Haufen ... Mehrere der Männer im Raum schauten ihn finster an.

»Wir handeln nicht immer so willensstark, zielbewußt und umsichtig wie Ihr Männer«, erklärte sie.

»Genau«, schmollte Major Sotbey.

»Ich weiß jetzt, daß es unklug von mir war, aber ich ritt damals aus. Während ich dort einen Moment lang in einer göttlichen Träumerei versunken war, wurde ich von einem widerlichen Straßenräuber angefallen!«

Träumerei. Harts Kiefermuskeln begannen reflexartig zu arbeiten. Diese kühne kleine Lügnerin. Sie hatte sich davongeschlichen, um eine Zigarre zu rauchen, die sie aus dem Arbeitszimmer ihres Vaters gestohlen hatte.

»Gott allein weiß, was er mir angetan hätte, wenn ich mich nicht gegen ihn hätte wehren können«, sagte sie in gedämpftem Ton. »Ein paarmal schaffte ich es fast bis zu meinem kräftigen Pony, aber jedesmal gelang es dem Unhold, mich zu greifen und zurückzuzerren.

Meine Kraft war am schwinden, aber nicht mein Wille. Ich bin mir nicht sicher, ob ich mich hätte durchsetzen können, aber ich wage zu behaupten, daß die Wertschätzung einer Frau für ihre Unbeflecktheit ein starker Antrieb ist.«

»Hört, hört!« brüllte Sotbey. Mercy lächelte ihn bescheiden an.

»Wir kämpften heftig, es war ein tödlicher Kampf, und die Zeit stand still. Und dann« – hier wurde ihre Stimme sogar noch leiser – »erschien der *Revolverheld!*

Der Bandit zog mich als Schutzschild vor sich, aus Angst vor dem Revolver mit den vielen Kerben in der Hand des anderen.«

»Viele Kerben?«

Mercy nickte bedächtig. »Für jeden Mann, den er getötet hatte, eine Kerbe.«

»Und sein Revolver hatte viele Kerben?« fragte die Herzogin.

»Der Griff war kurz davor, abzufallen, so sehr war er mit Kerben durchsetzt.«

»Guter Gott!« brummte Hart. Sie war unverbesserlich! Zu seinem Erstaunen mußte er sich ganz plötzlich sehr beherrschen, nicht aufzulachen. Er hatte lange keinen solchen Unsinn mehr gehört, und daß ein Gör aus Texas das alles jetzt dieser kultivierten Gesellschaft vorkaute ...! Seine Lippen zuckten.

Mercys Blick schoß zu ihm. In ihren grünen Augen schimmerte ruchloses Vergnügen. Ruchlos und schrecklich ... und schrecklich einladend.

»Genau«, sagte sie fromm. »Ich habe auch gebetet, Mr. Perth. Ich mußte, denn ich wußte, der Revolverheld hatte kein Gewissen. Wie ein Hund auf einer Fährte hatte er nur eines im Sinn. Er wollte nur das eine – *Blut*. Und ich war mir nicht so sicher, ob es ihn kümmerte, wessen Blut es war.«

Er schloß die Augen. Wenn er sich noch mehr davon anhören würde, dann mußte er entweder lachen oder fluchen.

»Ich weiß, Perth, es ist schrecklich.« Ihre Augen tanzten. »Es wird sogar noch schlimmer.«

Seine Augen öffneten sich ruckartig. Sie hatte ihn »Perth« genannt – ohne Spott oder Sarkasmus. Sein Name auf ihren Lippen war entwaffnend.

»O nein!« Die Herzoginwitwe schnappte nach Luft.

»Doch.« Mercys Aufmerksamkeit richtete sich wieder auf die anderen. »Der Unhold, der mich festhielt, begann, sich rückwärts aus der Hütte zu schleichen, während er mich als Schutzschild vor sich hielt. Ich spürte, daß er Angst hatte, und er hatte auch allen Grund dazu. Ich habe nie einen furchterregenderen Anblick gesehen als die Augen des Revolvermannes, der uns ansah.« Plötzlich wich aus ihrer Stimme der theatralische Ton und sie verstummte.

Sie hatte tatsächlich Angst gehabt, dachte Hart und fühlte, wie das alte, vertraute Frösteln wieder in sein Herz kroch.

Und sie durchlebte diese Angst jetzt noch einmal. Kein noch so großes schauspielerisches Talent konnte derart die Farbe aus ihren Wangen weichen lassen.

Hatte sie denn wirklich geglaubt, er hätte sie getötet, nur um sicherzugehen, daß er seine Prämie kassieren konnte? Der Gedanke nagte an ihm. Er bekämpfte den Impuls, aufzustehen und es abzustreiten.

»Was war das für ein Blick?«

»So, als ob er uns ... interessant gefunden hätte«, erwiderte Mercy mit nachdenklicher und tonloser Stimme. »Deshalb war es so angsteinflößend. Er sah nicht wütend oder wild aus. Er sah aus, als würde er versuchen, ein Rätsel zu lösen, und als ob er nicht sonderlich besorgt darüber wäre, ob er die Antwort herausfinden würde.«

Was für ein Narr war er gewesen an jenem Abend, als er dachte, sie hätte ihn wegen seiner allseits bekannten Leidenschaftslosigkeit angesprochen. Seine Art ängstigte sie offensichtlich und erfüllte sie mit Abscheu. Aber um ihres Bruders willen hatte sie trotzdem ein Gespräch gesucht.

»Und dann?« fragte jemand.

»Und dann?« wiederholte Mercy. Ihr Gesicht nahm einen nachdenklichen, abwesenden Ausdruck an, als ob sie in die Vergangenheit zurückblickte. »Dann schoß er auf mich.«

»Guter Gott«, murmelte jemand.

»Wollte er Sie töten?«

»Nein.« Ihre Antwort ließ nicht auf sich warten. Hart hatte gar nicht gemerkt, wie er die Luft angehalten hatte, aber jetzt atmete er lange und erleichtert aus. »Nein, er hat mir damit das Leben gerettet. Wenn er mich nicht angeschossen hätte, dann hätte mich der Mann, der mich festhielt, aus der Hütte geschleift, während er mich weiter als Schutzschild benutzte. Sobald er bei seinem Pferd gewesen wäre, hätte er seine eigene Waffe gegriffen, den Revolvermann erschossen und – und mich mitgenommen.«

Hart starrte auf seine Hände, die sich so fest um die Armlehnen gekrallt hatten, daß die Knöchel weiß hervortraten.

»Dann rettete der Kerl doch einfach nur sein eigenes Leben«, meinte Hillard und streifte wieder ihre Schulter mit seinen behandschuhten Fingerspitzen. Hart spürte eine leise Sehnsucht erwachen.

Mit einem leichten Kopfschütteln kam Mercy wieder zu sich. »Vielleicht«, räumte sie ein, und nach einem kurzen Blick zu Hart fügte sie hinzu: »Und doch wirkt Gott auf geheimnisvolle Weise. Vielleicht war er mein Schutzengel.« Sie lächelte, und plötzlich zog sich der Eishauch, mit dem er immer lebte, zurück, schwand dahin und gab ihn frei, ihr Lächeln zu erwidern.

»Was geschah als nächstes?« fragte Beryl.

Mercy lachte. »Muß es denn unbedingt etwas Nächstes geben?«

Beryl errötete.

»Der Revolverheld erschoß den Mann, der mich in seiner Gewalt hatte, und dann ritt er weg. Ich glaube, er verfolgte den Rest der Bande. Ich weiß nicht, ob er sie fand, sie festsetzte oder vertrieb. Jedenfalls wurden wir nie wieder bedroht.«

»Und er ließ Sie einfach dort zurück?« fragte Acton entsetzt.

»Er ritt zu meinem Vater zurück auf die Ranch, der kurz danach mit einem Wagen kam und mich mitnahm. Ich habe mich nur langsam von alldem erholt, aber zum Glück verfehlte der Schuß irgendwelche Knochen oder lebenswichtige Organe. Das also« – sie lehnte sich zurück – »ist die Geschichte, wie ich zu dieser Narbe kam. Ich bitte Sie, schauen Sie nicht so bekümmert drein. Ich habe keinen dauerhaften Schaden davongetragen.«

»Keinen dauerhaften Schaden! Aber, meine Liebe, Sie sind *verunstaltet* worden«, wandte die Herzogin ein.

»Nein, Lady Acton«, murmelte Hart leise vor sich hin. »Sie ist verwundet worden, aber ganz sicher nicht verunstaltet.«

Beryl war die einzige, die ihn hörte.

Zehntes Kapitel

Keuchend wachte Hart auf. Er stemmte sich hoch und stützte sich auf seine Unterarme. Einen Moment lang kniete er mit gesenktem Kopf da, während seine Lunge wie ein Blasebalg pumpte. Dann sank er zurück auf die Fersen und schlang die Arme fest um seinen Oberkörper.

Er hätte damit rechnen sollen. Er hatte vor langer Zeit diese harte Lektion gelernt – jedes bißchen Frieden, das er erlangen konnte, forderte einen schmerzhaften Preis. Elf Jahre lang hatte er darum gekämpft, die bitteren Trophäen loszuwerden, die er in längst vergangenen Kriegen angehäuft hatte.

Eines Tages würde es ihm gelingen, beschloß er eisern. In der Zwischenzeit würde er keinesfalls vor diesem namenlosen Schrecken kapitulieren. Er würde seine Seele von dieser widerlichen Feigheit reinigen.

Er kam mühsam auf die Beine und suchte blind in dem dunklen Raum nach etwas, auf das er sich konzentrieren konnte, irgend etwas, was er benutzen konnte, um ansatzweise seine Selbstbeherrschung wiederzufinden.

»Beherrsch dich, du jämmerlicher Feigling«, murmelte er, halb sich selbst verurteilend, halb flehend. Das Gefühl, das seine Seele streifte, war mehr als nur eine banale Demütigung. Er fürchtete, er könnte eines Tages der Panik erliegen und schreien. Und wenn er einmal damit anfinge, würde er nicht mehr aufhören können.

Er starrte auf den schwach erleuchteten Fleck an der gegenüberliegenden Wand und zwang sich, im Geiste den Fensterrahmen abzuschätzen und den Frost in den Ecken der Glasscheiben wahrzunehmen. Er versuchte, den Krampf in seinen Muskeln, die unsichtbare Faust, die sich um seine Gedärme krallte, und die Einschnürung in seiner Kehle zu ignorieren.

Zumindest konnte er immer noch atmen. Dieser Gedanke bot ihm eine kleine Sicherheit, und er hielt sich dankbar daran fest. Kontrolle – das war die einzige Waffe, die er hatte.

Nach Jahren der Übung sollte er eigentlich ein Experte in Selbstbeherrschung sein, dachte er mit einem Funken rabenschwarzen Humors. Aber es war unmöglich, etwas auszuradieren, was er weder sehen noch hören konnte, was statt dessen ein Strudel von Eindrücken aus seiner Vergangenheit war, die gestaltlose Essenz aller Dämonen, denen er je begegnet war.

Einen Augenblick lang preßte er seinen Kopf mit den Händen zusammen, dann machte er eine verärgerte Handbewegung. Er war eine Memme, einer solchen Schwäche nachzugeben. Gerade jetzt, höhnte er, da er es sich am wenigsten leisten konnte. Um Himmels willen, das waren schließlich nur Hirngespinste, nichts weiter.

Er wirbelte herum und riß seine Kleider vom Ständer. Dann zog er seine Reithosen an, fuhr mit den Armen in die Ärmel eines Batisthemds und schlang eine Krawatte um seinen Hals. Er schnappte sich seinen Reisemantel, der auf dem Koffer lag, und stürzte zur Tür hinaus, während ihm der Rhythmus seiner Stiefelabsätze auf dem dichten Teppich bewußt machte, daß er rannte.

Der Himmel war eine gestaltlose graue Decke. Nebelschwaden waberten zwischen regennassen Baumstämmen hindurch und nisteten sich in den Mulden längsseits des Pfades ein. Hart lehnte sich über den Widerrist des frisch zugerittenen Jagdpferdes, während er es vorwärts trieb und die stillen Dunstlachen zerriß. Der Wallach bearbeitete den Biß, sein Atem ging schwer in der Stille, er kämpfte gegen Harts Kontrolle an.
Hart hielt dagegen. Er gab dem Pferd die Sporen, drängte es vorwärts, bis Schaumfetzen aus dem offenen Maul seine Jakke befleckten und der Schweiß der Flanken seine Schenkel durchnäßte. Erst als er spürte, wie die riesigen Muskeln des Pferdes stärker zitterten als seine eigenen, gab er nach, ließ seine Hände sinken und erlaubte dem Tier, in Schritt zu fallen. Plötzlich stöhnte er, sank im Sattel nach vorne und drückte seine Stirn an den großen, nassen Hals des Wallachs.
»Es tut mir leid«, flüsterte er.
Das Pferd schnaubte ungestüm, warf seinen Kopf herum und rollte mit den Augen, während es auf der Hinterhand dahinjagte.
»Boshaftes Geschöpf«, murmelte Hart. »Ich habe dich halb umgebracht, und doch würdest du dich lieber zu Tode rennen, als dich für einen einfachen Vergnügungsgaul halten zu lassen.«
Grimmig wartete er, starrte auf die dunkle Reihe von Bäumen vor ihm und wappnete sich gegen die Wiederkehr der Angst. Er konnte nicht vor Dämonen davonlaufen, die unmittelbar hinter ihm im Sattel saßen.
Und dann, inmitten der angespannten Stille, während sein Herz in einem dumpfen Rhythmus pochte, hörte er ein leises Rascheln. Er spähte nach vorne.

Nicht weit von ihm entfernt humpelte ihm eine weibliche Gestalt entgegen, die ärgerlich mit einem kahlen Zweig ins Gras schlug. Die ersten Sonnenstrahlen glitzerten auf ihren Schultern und ließen im Gegenlicht um ihr zerzaustes Haar einen geschmolzenen Heiligenschein über ihren vom Schatten verhüllten Zügen schweben. Er legte seinen Kopf auf die Seite und lauschte. Ein gleichmäßiges Summen wehte ihm in der kühlen Morgenluft entgegen.
Mercy Coltrane.
Sie hob ihren Kopf und entdeckte ihn. Die Scham ließ das Blut aus seinen mageren Wangen weichen. Hätte der Himmel ihm doch wenigstens das erspart! Aber Gott schonte Schwächlinge nicht.
»Haben Sie mein Pferd gesehen?« fragte sie und trat näher. Augenblicklich zuckte sie zusammen und blieb stehen.
Er sog tief die Luft ein, während die Sorge um ihr Wohlbefinden sich unter die dröhnenden Phantome mischte, die seine Gedanken bevölkerten. »Warum humpeln Sie?« fragte er heiser. »Sind Sie verletzt?«
»Nein, nein«, versicherte sie ihm. »Es ist alles in Ordnung, im großen und ganzen zumindest. Aber diese elenden Reitstiefel sind nicht fürs Gehen gemacht. Ich werde bestimmt Blasen so groß wie Goldmünzen bekommen. Haben Sie mein Pferd denn nun gesehen?«
Er entspannte sich sichtbar, und sie verzog ihren reizenden Mund und die dunklen, geraden Brauen zu einer schiefen, koboldhaften Grimasse. Sie sah so verdammt unschuldig aus, wie sie so mit geneigtem Kopf dastand und ihr das Haar lose auf die Schultern fiel, und sie hatte keine Ahnung von den Dämonen, die unter seiner ruhigen

Oberfläche tobten und wütend nach Äußerung verlangten. Er nahm jeglichen Ausdruck aus seinem Gesicht.

Sie wippte ungeduldig mit dem Fuß auf den Boden und sah ihn leicht verärgert an. Er hatte schon lange niemanden mehr provoziert – vielleicht manchmal erschreckt, gelegentlich eingeschüchtert oder auch gegen sich aufgebracht ... aber es war nie dieser bloße Unmut gewesen. Es war neu für ihn, so zwanglos behandelt zu werden. Es war geradezu Balsam für seine Seele.

»Nun? Hat die Katze Ihre Zunge gefressen? Oder haben Sie heute morgen so viele reiterlose Pferde gesehen, daß Sie herauszufinden versuchen, welches davon meines war?« Keck zog sie eine Augenbraue hoch.

Und während er sie so anstarrte und die gleichgültige Art sah, mit der sie seine äußere Erscheinung hinnahm – obwohl, wie er wußte, sein Haar zerwühlt und sein Gesicht vor Anspannung fleckig war –, reagierte jedes Überbleibsel, jede Spur des Jungen, der Hart einmal gewesen war, auf den lockenden Ruf ihrer jugendlichen Leichtigkeit und Ungezwungenheit, während der Mann, der er jetzt war, gleichzeitig auf ihre unergründliche und ungekünstelte Weiblichkeit reagierte.

Warum, fragte er sich selbst, warum mußte er sich gerade jetzt ein Verlangen eingestehen, das schon in ihm erwacht war, als er sie das erste Mal gesehen hatte? Vielleicht, so räumte er mit einem traurigen inneren Lächeln ein, vielleicht war er einfach zu erschöpft, um es weiterhin zu leugnen. Was machte es schon aus, wenn er sich nicht länger die Wohltat einer Lüge gönnen konnte? Es änderte gar nichts.

Sie betrachtete ihn aufmerksam, und ein Hauch von Sorge stand in ihrem Gesicht. Oder war es Argwohn? Vielleicht wurde ihr in diesem Moment erst bewußt, daß sie ganz allein miteinander waren. Der Gedanke traf ihn mit bitterem Vergnügen. *Zu spät, Miss Coltrane,* dachte er, während er fragte: »Was ist passiert?«

Der Unmut in ihrem Gesicht machte einem wahrhaft bekümmerten Ausdruck Platz. Sie seufzte und warf ihren Zweig weg. »Ich wünschte, ich wüßte es. Ich bin ...« Sie schaute zu ihm hoch und holte tief Luft. »Ich bin aus dem Sattel gerutscht und heruntergefallen.«

Er lachte, erstaunt nicht nur darüber, daß sie ihm ein Lachen abgerungen hatte – ausgerechnet jetzt –, sondern auch darüber, daß das Vergnügen das Verlangen nicht verdrängte, sondern sogar noch vergrößerte und seine fleischlichen Gedanken noch pikanter machte. Und sie waren wirklich fleischlich.

Sein verschleierter Blick glitt über ihre Gestalt, bemerkte, wie die Jacke die Rundung ihres Busens nachzeichnete und wie der Reitrock ihr Gesäß umschloß. Zum Glück wußte sie nicht, was für Gedanken er hatte oder wie sich sein Körper in Erwiderung auf ihr tiefes, köstliches Lachen spannte.

Sie lächelte, erfreut darüber, daß sie ihn zum Lachen gebracht hatte. So leicht, spottete er über sich selbst, war sie imstande, alle Bande der Selbstbeherrschung, mit denen er sich an seine Zurechnungsfähigkeit gebunden hatte, in Fetzen zu reißen.

»Das werden Sie wohl nicht für sich behalten, oder?« fragte sie schelmisch.

Er lächelte träge und stieg ab. Es war ihm unmöglich, sie nicht zu necken.

»Das hatte ich nicht vor.« Sie warf ihren Kopf zurück, und ihr Haar wogte dicht und glänzend über ihre Schulter.

Er wollte eine seidige Handvoll davon nehmen und in seiner Hand wiegen. Er wollte einen Schlammspritzer von ihrer Wange wischen und dann die liebliche Wölbung ihres Halses mit seinem Finger entlangstreifen.

Er wollte sie schmecken.

Sein Begehren verwirrte ihn. Er hatte niemals Sex zur Schmerzlinderung benutzt. In Nordafrika, Neu-Mexiko und auch in Texas hatte er Männer gekannt, die ihr Überleben auf diese ursprünglichste Weise feierten. Er hatte nie zu ihnen gehört.

Der Tod – egal, ob er ihn einem anderen Menschen zufügte, oder ob er ihm selbst gerade entkommen war – hinterließ in ihm immer ein überwältigendes Gefühl der Leere; da war nichts mehr in ihm, was er geben konnte, und da war nicht einmal mehr die Fähigkeit in ihm, etwas anzunehmen. Aber jetzt, während er Mercy Coltrane ansah, wogte das Verlangen durch seinen Körper und zersplitterte den stillen, kalten Kern, den er so eisern bewacht hatte.

Er riß seinen Blick von ihren spöttischen goldgrünen Augen los. Wenn er sie einen Moment länger anschaute, würde er sie berühren. Und er würde noch mehr tun. Er brauchte seine Selbstbeherrschung nicht zu überprüfen – er war auch so schon genug geprüft. Allerdings war – wie er erstaunt bemerkte – die rasende Panik zurückgegangen. Sie war jetzt nicht mehr als ein leises, ängstliches Pochen. Er sah sich um, vermied, sie anzuschauen, und begriff schließlich, was er sah.

»Was ist mit Ihrem Reitknecht?« fragte er. »Wo ist er denn?«

»Was für ein Reitknecht?« murmelte sie und wandte ihren Blick ab.

»Was ...?« Er zog die Augenbrauen hoch. »Sind Sie ohne Begleitung unterwegs?«
»Ich reite jeden Morgen aus.« Sie sagte es trotzig – und blickte dabei zu Boden. »Ohne Reitknecht. Ich könnte es nicht ertragen, wenn jemand jeden Schritt, den ich tue, beobachtete.« Sie sah auf und winkte sofort mit ihrer bloßen Hand ab, seinen Protest im Keim erstickend. Ihre Finger sahen wund aus. Sie mußten kalt sein. »Lady Acton weiß Bescheid, Sie brauchen also nicht so mißbilligend dreinzuschauen. Sie hat es als Bestandteil meiner amerikanischen Exzentrizität akzeptiert.«
Irgendein mißbilligender Laut mußte ihm entwichen sein, während er gedankenverloren ihre Hände betrachtet hatte, denn sie rümpfte die Nase. »Ich bin diskret. Ich husche immer ziemlich früh hinaus, damit ich zurück bin, sittsam in ein Morgengewand gekleidet, wenn Ihre erhabenen Freunde erwachen.«
»*Ziemlich früh?*« fragte Hart, ärgerlich darüber, daß sie so wenig auf ihre Person achtete, ganz zu schweigen von ihrem Ruf. »Es ist noch nicht einmal sechs Uhr. Wenn ich Ihnen nicht zufällig begegnet wäre, müßten Sie stundenlang zu Fuß gehen. Auch wenn das hier nicht Texas ist, gibt es doch Gefahren, die auf törichte, impulsive junge Frauen ohne Begleitung warten.«
»Das war ein unglücklicher Zwischenfall. Wenn Sie glauben, ich sollte in meinem Zimmer bleiben und über mögliche Gefahren erzittern, die mir begegnen könnten, sobald ich die Nase in den Wind halte, dann denken Sie noch einmal gut darüber nach. Die einzige Gefahr, der ich jetzt gegenüberstehe, besteht darin, daß mich diese Blasen vom Tanzen auf Actons Ball abhalten könnten«, sagte sie.

»Außerdem – warum sollte man einen wundervollen Morgen im Bett verschwenden, nur weil möglicherweise irgend etwas Unangenehmes passieren könnte? Offensichtlich haben Sie das auch nicht getan.«

Ihre Worte kamen ihm zu nahe. »Interessiert es Sie wirklich, was mich im Bett halten würde?« fragte er mit leiser Stimme. Sie errötete und schaute weg.

»Das war unnötig«, bemerkte er und verfluchte sich selbst dafür, daß er sie so unfair behandelte. »Verzeihen Sie mir. Wir müssen sehen, daß wir zurückkommen. Hier, ich hebe Sie hinauf.«

»Auf Ihr Pferd?«

»Das hatte ich vor, ja.«

Sie beäugte zweifelnd den nervösen Wallach. »Und was dann?«

»Dann bringe ich Sie zum Haus zurück.«

»Wenn Sie das sagen.«

Sie humpelte zu dem Pferd und ergriff den Sattel. Er beugte sich vor und hielt die Hand so, daß sie ihren Fuß daraufstellen konnte. Sobald sie den Saum ihres Rocks hob, scheute der Wallach, schnaubte und tanzte und legte seine Ohren flach an den eleganten Kopf.

»Ich glaube, er mag Frauen ebensowenig wie sein Reiter«, murmelte Mercy, ließ ihren Rock fallen und trat zurück.

»Warum sagen Sie so etwas?« fragte Hart ehrlich überrascht, während er mit den Zügeln schlug, um das störrische Tier zu bändigen.

»Ach, nichts. Nur so ein Ausdruck. Vergessen Sie es.«

»Ich mag Frauen sehr gern.«

»Wenn Sie es sagen.«

»Ich kann diese Phrase nicht ausstehen, besonders, wenn sie von Ihnen kommt; sie riecht nach Unehrlichkeit.«

»Entschuldigung. Ich wollte Sie nicht beleidigen. Vielleicht mögen Sie – und Ihr Pferd – nur mich nicht.«

»Sie haben mich nicht beleidigt«, sagte er. »Sie irren sich ganz einfach. Ich bewundere Frauen. Ich bewundere Sie. Nur ...«

»Tatsächlich?« Ihre Augen weiteten sich vor Unglauben. Sie glänzten vor aufrichtiger Freude. Anscheinend freute sie sich darüber, daß er gesagt hatte, er bewundere sie. Was für eine außergewöhnliche Vorstellung. Der Schlaf mußte ihn um seine Sinne gebracht haben.

»Sicherlich«, sagte er und führte das Pferd an ihre Seite zurück. »Sie sind ehrlich. Sie sind intelligent. Und Ihre Sorge um Ihren Bruder – wenn auch fehl am Platze – ist sehr lobenswert.«

»Ach.« Ihre Enttäuschung war deutlich zu spüren.

Was wollte sie denn hören? Daß er gestern abend auf dieser verflixten Party wie auf Kohlen gesessen hatte, weil er nicht wußte, was sie wohl als nächstes sagen würde? Daß er darauf gewartet hatte, daß sie ihn ansähe, damit er ihren Blick aufsaugen konnte wie ein vernarrter Teenager?

Sie hatte sich von ihm abgewandt und machte sich am Sattel zu schaffen. Ihr Nacken sah flaumig und verletzlich aus. Er räusperte sich. »Sollen wir es noch einmal versuchen?«

Sie versuchten es schließlich nicht nur einmal, sondern mindestens noch fünfmal, und jedesmal scheute der widerspenstige Wallach vor ihr. Am Ende drehte sie sich um, die Hände in die Seiten gestemmt und das Kinn entschlossen vorgereckt. »Sie werden mich mit zu sich in den Sattel nehmen müssen. Ich kann wirklich nicht laufen, und er läßt sich einfach nicht von einer Frau reiten.«

»Na gut«, stimmte Hart zu, als das Pferd die Zähne bleckte und Mercy noch einmal täuschte. Er schwang sich in den Sattel und hielt ihr die Hand hin. Sie zögerte einen Moment, bevor sie sie nahm. Er hatte recht gehabt, ihre Haut war rauh und kalt. Sie sprang hoch, während er sie zog. Er griff um ihre Taille und setzte sie seitlich in seinen Schoß.

Ihr Gesäß schmiegte sich vertraulich an ihn. Der feine Duft von Regen und Farn, untermalt von Seife, stieg ihm in die Nase. Sie war warm und wunderschön gerundet.

Als er den Wallach sachte antrieb und sich auf einen sehr langen Ritt einstellte, spürte er, wie eine ganz andere Art von Panik seinem Körper übel mitspielte als die, die ihn aus seinem Zimmer vertrieben hatte.

»Wie haben Sie Ihr Pferd verloren?« fragte er schließlich und brach damit nach mehreren Meilen das Schweigen. Sie waren jetzt in Sichtweite des Hauses, und doch konnte er diese konzentrierte Nähe keinen Moment länger ertragen.

Jeder Schritt, den das Pferd tat, ließ ihr Gesäß sanft gegen seine Lenden schaukeln, ihre zarten, aber starken Schulterblätter drückten sich an seine Brust, ihr Duft ... Er mußte sich von all dem ablenken. Es war unerheblich, daß sie in untadeliges Kammgarn gehüllt war. Er reagierte, als ob er nacktes Fleisch auf seinem Schoß hatte.

Was wichtiger war – es war offensichtlich, daß sie sich in seinen Armen genauso unbehaglich fühlte wie er in dieser Situation –, obwohl die Gründe für ihre Unruhe nicht

unterschiedlicher hätten sein können: ihre entsprangen ihrer Sittsamkeit, die seinen sinnlicher Begierde. Und doch wollte er ihre Qual lindern und fand in diesem Wunsch einen Beweis seiner eigenen Scheinheiligkeit.
»Mercy?« fragte er noch einmal mit einem Hauch Verzweiflung in der Stimme. »Was ist passiert?«
Sie sah ihn von der Seite an. »Ich glaube, es war ein Wilderer«, murmelte sie.
Er zog die Stirn in Falten. »Was wollen Sie damit sagen?«
»Ich hörte einen Schuß. Mein Pferd ging durch, und ich fiel herunter. Ich« – sie guckte ihn unter ihren dunklen Wimpern hervor an – »hatte nicht aufgepaßt, wohin ich ritt.«
»Und niemand kam, um nachzusehen, was geschehen war?«
Sie schüttelte den Kopf, und ihr kühles, samtweiches Haar streifte seine Lippen. »Ich rief, aber niemand antwortete. Ich nehme an, sobald er merkte, daß ich unverletzt war, rannte er davon.«
»Vielleicht«, murmelte er und dachte über ihre Worte nach. Ein Wilderer? Mit Ausnahme der Vögel und des Wilds, das Acton selbst aussetzte, war das Land leergejagt, da es zu nahe bei London lag.
»Es macht ja nichts, oder? Es ist ja im Grunde nichts passiert« – sie warf ihm einen boshaften Blick zu –, »solange ich tanzen kann, und dazu bin ich wild entschlossen, selbst wenn ich barfuß gehen muß. Sicherlich ist das genau das, was Sie ohnehin von mir erwarten würden.«
Darauf wußte er keine Antwort, und sie war einen Augenblick still, bevor sie sich umdrehte und ihm feierlich in die Augen sah. Der Wallach, schnell beleidigt, brach seitlich tänzelnd aus. Sie stützte sich mit einer Hand an seiner

Brust ab. Er konnte jeden Finger genau spüren – ihren linken Daumen über seinem Herzen, den kleinen Finger, der sich durch das Baumwollhemd hindurch in seine Brustwarze eingrub. Er bekam einen trockenen Mund.
»Ich ... ich möchte Ihnen danken«, sagte sie. »Sie waren bei weitem freundlicher zu mir, als ich es verdiene. Ich kann mir nicht denken, warum ich der Versuchung, Sie zu provozieren, nicht widerstehen kann.«
»Nein?« murmelte er. Ihre Hand lag auf seinem Brustkorb, der sich schnell hob und senkte.
»Nein. Und«, gab sie schmollend, aber pflichtbewußt zu, »mir ist klar, daß Ihre Vorschläge nur zu meinem Besten dienen sollen.«
»Ich handle nur aus untadeligem Wohlwollen«, gab er zurück, während er die verschiedensten Gefühle über ihr Gesicht huschen sah und ihr Mißtrauen Heiterkeit wich.
»Ich denke, ich hätte Sie wirklich nicht in die Bibliothek locken sollen«, gestand sie in besänftigtem Ton.
»Nein.« Er neigte seinen Kopf, um sie besser hören zu können. Durch diese Geste kam er ihr noch näher. Er konnte jeden Atemzug spüren und jede einzelne zimtfarbene Sommersprosse auf ihrer Wange erkennen.
»Und ich hätte eine Bekanntschaft, die sie nicht wollten, nicht erzwingen sollen.« Noch eine gehauchte Entschuldigung.
Ihre Lippen waren leicht geöffnet, und er erhaschte einen kurzen Blick in das dunkle Innere ihres Mundes. Seine Augenlider sanken tiefer, um die Stärke seiner Anziehung und den Gegenstand seines Interesses zu verhüllen. Die List war nicht sehr erfolgreich, denn er konnte sehen, wie sich ihre Augen weiteten, als sie seine Absicht erkannte.

»Nein«, antwortete er.
»Ich bin ungerecht gewesen«, flüsterte sie und blickte ihn unverwandt an, ihre Augen, in deren Tiefe sich Verwunderung mit Überraschung mischte, nur eine Handbreit von den seinen entfernt. Und doch ... wich sie nicht zurück.
»Zweifellos«, sagte er, und seine Lippen berührten die ihren. Ihr Mund bebte unter seinem. »Das hier«, sagte er und zog seinen Kopf zurück, »ist sehr unklug.«
»Zweifellos«, wisperte sie, während sie immer noch in seine Augen starrte. Törichtes Mädchen. Sie war nicht mehr zu retten.
Er schlang einen Arm um ihre Taille und zog sie näher an sich heran. Mit der anderen Hand drehte er ihren Kopf näher zu sich, neigte ihr Gesicht und führte ihren widerstandslosen Mund an den seinen.
»Und äußerst gefährlich«, murmelte er, bevor er ihre Lippen erneut mit Küssen bedeckte.

Elftes Kapitel

Sie sollte irgend etwas sagen, dachte sie benommen, als Hart schließlich ihren Mund freigab. Irgend etwas Raffiniertes, kalt und zynisch. Etwas, das ihm zeigen würde, daß sie ebensogut wie er diese Spielchen beherrschte. Darum ging es hier doch, oder? dachte sie. Eine Lektion für die naive Amerikanerin? Das hatte er wohl gemeint, als er sagte, das hier sei gefährlich.

Aber um nichts in der Welt konnte sie auch nur ein Wort herausbringen. Sie wurde völlig von den Gefühlen, die er in ihr weckte, mitgerissen. Hilflos blinzelte sie in seine aquamarinblauen Augen; sie waren kühl und unergründlich. Er blickte eindringlich auf sie herunter. Sein Gesicht war eine unergründliche Maske, nur sein geröteter Hals verriet, daß er überhaupt von dem Kuß berührt worden war.

Sie öffnete den Mund, um zu sprechen. Sein Blick fiel gierig wie der eines Raubtiers auf diese winzige Bewegung. Sie hörte, wie er die Luft einsog, sah, wie sich seine Nasenlöcher weiteten und spürte, wie sich die Brustmuskeln unter ihrer Hand bebend anspannten.

»Göttlich«, hauchte er, und dann küßte er sie wieder mit seinem warmen und fordernden Mund, während seine Arme sie immer näher an sich heranzogen.

Sie war wirklich naiv, dachte sie und schlang ihre Arme

um seinen Hals. Denn die paar Küsse, die sich schüchterne Cowboys von ihr gestohlen hatten, hatten niemals diese ... *Leidenschaft* hervorgerufen. Seine Inbrunst beängstigte sie, aber gleichzeitig erregte sie sie auch und weckte ihren Appetit.

Mit jeder Liebkosung ihrer Brüste und ihres Bauches erfuhr sie die Macht ihres eigenen Begehrens. Sie war ganz dem Verlangen, das er erweckte, verfallen, und als sich sein Mund über dem ihren öffnete, gerieten ihre Gedanken in völlige Verwirrung.

Verwundert bemerkte er, daß sie sich ihm nicht verweigerte. Und egal, ob sie sich an ihm festhielt, weil sie nicht wußte, woran sie sich sonst klammern sollte, oder weil sie es wollte, er war dankbar dafür. Denn mit jedem Augenblick, in dem er sie näher an sich zog und die reizenden, samtigen Lippen küßte, ließ sie sein Begehren Feuer fangen, und sie beantwortete sein leidenschaftliches Flehen mit ihrem eigenen, preßte sich an ihn, legte ihre Hand um seinen Hinterkopf und zog seinen Mund an den ihren.

Ihre Lippen ließen voneinander, und seine eigene leidenschaftliche Reaktion auf ihre Freigebigkeit machte ihn schwindelig. Er schwang sein Bein über den Sattel, und während er sie an sich gepreßt hielt, sank er mit ihr zu Boden. Immer noch versuchte er, sie noch näher an sich zu ziehen, indem er sich besitzergreifend über ihren Körper beugte, der sich an ihn schmiegte, und er begriff, daß die einzige Möglichkeit, ihr noch näher zu kommen, darin lag, mit seiner Zunge in ihren warmen, feuchten Mund einzudringen. Und der war so süß, so leidenschaftlich ...

Vorsichtig streifte ihre Zunge die seine. Er reagierte hungrig, und mit Zunge, Lippen und Händen bat er um mehr.

Sie gab ein leises Stöhnen von sich. Es war nur ein winziger Laut, aber ein Laut der Hingabe, und er weckte sein Gewissen wie nichts anderes es vermocht hätte. Er nahm seinen Kopf zurück und blickte auf ihr gerötetes Gesicht hinunter.

Vertrauensvoll hatte sie sich ihm ganz und gar ausgeliefert. Egal, was sie ihm in ihrer Leidenschaft anbieten würde, er würde nicht mehr nehmen als das, was sie anbieten sollte, ungeachtet dessen, was er brauchte. Abrupt stellte er sie auf die Füße.

Sie blinzelte verwirrt, wie sie so mit geöffneten Lippen dastand. Über den Rücken wallte ihr Haar, von seinen Händen gelöst, die sehnsüchtig darauf warteten, sich wieder in diesem kühlen Samt zu vergraben. Er zwang sich dazu, ergeben dazustehen. Er würde sie nicht noch einmal umarmen.

»Meine Güte«, flüsterte sie.

»Allerdings«, gab er zurück, überrascht darüber, daß er sich so hatte hinreißen lassen von einem einfachen Kuß und ein paar nicht ganz keuschen Umarmungen, und unsicher darüber, wie sie seine Äußerung auffassen würde.

»Also haben Sie Ihre Behauptung bewiesen«, sagte sie mit abgewandten Augen und hochroten Wangen. »Sie hatten recht.«

»Wovon sprechen Sie?«

»Ich bin so gewöhnlich, wie Gott eine Frau nur erschaffen kann, und eine Jungfrau bin ich anscheinend nur aus mangelnder Gelegenheit.« Er hatte demonstriert, wie leicht er sie zur Hingabe bewegen konnte – das tat weh, und sie wollte sich dafür revanchieren. Ihre Worte trafen ihr Ziel, und er wurde sichtlich blasser. »Ihr Argument ist durchaus angekommen, Sir.«

»Und was für ein Argument meinen Sie?« fragte er mit heiserer Stimme.
»Daß ich nicht in der Lage bin, auf mich selbst aufzupassen. Daß ich ganz besonders auf mich aufpassen muß, da ich Impulsen ausgeliefert bin, die ganz und gar nicht damenhaft sind. Weil ich – wie Sie ganz geschickt gezeigt haben – keine Dame bin.«
»Nicht damenhaft?« Er klang ehrlich verwirrt.
»Ja. Ich bin mir sicher« – sie unterdrückte einen Schluchzer –, »ich bin mir sicher, daß Ihre Schwestern niemals in dieser Weise auf den Kuß eines Mannes reagiert haben.«
»Ich habe keine Ahnung«, antwortete er bestürzt.
»Na gut, aber ich. Sie hätten sicher nicht diese Gefühle, die ich hatte, als ich Sie küßte. Diese Gefühle *hat* eine anständige Frau einfach nicht.«
»Sind Sie sicher, daß Sie nicht auf den Kopf gefallen sind, als Ihr Pferd Sie abwarf?«
»Machen Sie sich nicht über mich lustig! Ich habe viele Bücher über schickliches Benehmen und ... und andere weibliche Tugenden gelesen, und sie sind sich alle einig; eine anständige Frau läßt sich nicht von den ... Annäherungsversuchen eines Mannes erregen.« Und jetzt stiegen ihr die Tränen in die Augen. Ärgerlich wischte sie sie weg und sah ihm mit so viel Würde, wie sie aufbringen konnte, ins Gesicht, während ihr klar wurde, daß sie seine Küsse niemals würde vergessen können.
Er schüttelte den Kopf. In seinen hellen Augen war ein Anflug bitterer Traurigkeit, Verzweiflung und Sehnsucht. Wie konnte sie jemals sein Gesicht ausdruckslos finden? Ständig spiegelten sich in seinen Gesichtszügen die subtil-

sten Emotionen, man mußte lediglich genau darauf achten.
Er streckte seinen Arm nach ihr aus, und sie dachte, er wolle sie wieder in seine Arme schließen. Sie wäre darin versunken. Sie neigte sich schon nach vorne, um die erwartete Umarmung zu erwidern, aber er legte nur einen Finger unter ihr Kinn und hob ihren Kopf.
»Sie sind einfach entzückend und vollkommen natürlich«, sagte er, als er endlich verstand, worum es ihr ging. Sie hatte geglaubt, er hätte sie geküßt, um ihr eine Lektion zu erteilen, um ihre Verletzlichkeit zu demonstrieren und ihre Minderwertigkeit an den Tag zu legen. Er konnte sie nicht in diesem irrsinnigen Glauben lassen. »Jeder normale Mann wäre begeistert zu entdecken, daß er mit seinem Kuß mehr als nur Neugier in Ihnen wachrufen kann. Eine Lady zu sein heißt nicht, für Vergnügen unempfänglich zu sein, Mercy, egal, was die Schreiberlinge der Gesellschaft zurechtphantasieren.«
Als sie nichts darauf erwiderte, ließ er seine Hand sinken, trat einen Schritt zurück und warf einen Blick in Richtung des Herrenhauses. Er hatte keine Zeit, um sie zu überzeugen, und er konnte an den roten Flecken auf ihren Wangen erkennen, daß sie ihm nicht glaubte und hartnäckig an irgendeiner dummen Vorstellung festhielt, die Leidenschaftslosigkeit mit Weiblichkeit gleichsetzte.
Enttäuscht zerrte er am Zügel, um den Wallach näher heranzuholen. Jeden Augenblick konnte jemand aus dem Fenster schauen und sie sehen, und dann hätte er Mercy wahrhaftig ruiniert. Obwohl er ihre natürliche Reaktion bewunderte, wußte er doch nur zu gut, daß die Gesellschaft *un*natürlich war und daß Mercy beschlossen hatte,

nach den Regeln der Gesellschaft zu leben – für wie lange auch immer. Sie mußten sich beeilen.
»Sie brauchen sich keinerlei Vorwürfe zu machen. Es war allein mein Fehler, Mercy«, sagte er. »Was auch immer geschehen ist, habe *ich* herbeigeführt. Ich habe eine Lage ausgenutzt, in der Sie sich eigentlich darauf hätten verlassen können müssen, daß ich mich wie ein Gentleman verhalte. Ich bitte Sie um Verzeihung.«
Sie sah ihn überrascht an. »Sie übernehmen die ganze Verantwortung für unser ... für mein ...«
»Dafür, daß ich Sie geküßt habe, ja«, sagte er knapp, während in einem der oberen Fenster in Actons Haus ein Licht aufflackerte.
»Sehr nobel«, sagte sie und zog die Stirn in Falten. »Und was ist mit meinem Anteil an unserem Kuß? Ich war wohl das« – sie suchte nach einem Ausdruck und fand einen, aber der schien sie nicht sehr glücklich zu machen –, »das unwissende Opfer?«
Seine Brust spannte sich. »Wenn Sie es so sehen«, antwortete er nachdenklich.
»Nein!« rief sie aus. »Ich mag vieles sein, Hart, aber ich bin kein unwissendes Opfer! Ich habe Ihren Kuß erwidert, falls Sie das nicht bemerkt haben sollten.«
Er starrte sie an, während plötzlich Freude in ihm erwachte. »Nun ja, ich glaube schon, daß ich es bemerkt habe.«
»Gut.« Sie wurde wieder rot, und er wollte sie so schrecklich gerne wieder in seine Arme nehmen. »Ich bin eine gleichwertige Partnerin bei dem, was hier vorgefallen ist – wenn auch unklug, wie Sie mir versicherten. Wissen Sie, ich habe nie behauptet, ich wolle eine Lady sein.« Mit

Nachdruck strich sie ihre Röcke zurecht. »Und jetzt«, schniefte sie, »schlage ich vor, daß wir aufhören, darüber nachzudenken, wer mehr Schuld daran hatte.«
Er nickte lächelnd. »In Ordnung. Wir sollten lieber wieder ins Haus zurückkehren, bevor unsere Abwesenheit bemerkt wird.« Er schwang sich in den Sattel und reichte ihr die Hand, die sie faßte, und er hob sie vor sich in den Sattel.
Sie war eine Schwindlerin, dachte sie, und so gewöhnlich, wie sie es schon immer befürchtet hatte, und Hart hatte gerade versucht, ihr das auszureden. Sie wußte sehr wohl, daß Hart sie mit Ausnahme dieser nächsten paar Minuten nie mehr im Arm halten würde, und sie wollte in diesen kurzen Augenblicken so viele Empfindungen wie nur möglich erleben, weil sie noch nie zuvor so viel und so intensiv gefühlt hatte und sich nicht vorstellen konnte, das jemals wieder zu erfahren.
Also lehnte sie sich an seine muskulöse Brust, vergrub sich unter seinem offenen Mantel und seufzte leise. Durch sein dünnes Batisthemd hindurch heizte die Wärme seines Körpers ihre Wange auf. Sein Herz schlug wild unter ihrem Ohr. Sie schmiegte sich noch näher an ihn, und sein Arm hielt sie noch fester.
»Sobald wir zurück sind, vergessen wir, daß es geschehen ist, ja?« fragte sie.
»Nun«, erwiderte er ruhig, »ich glaube nicht, daß ich das versprechen kann.«

Mercy dankte Brenna für ihre Hilfe beim Aufknöpfen des Abendkleides und begleitete sie zur Tür. Sie war zu angeregt, um schlafen zu können, aber auch zu sehr in Gedanken vertieft, um mit der Magd zu plaudern. Sie war etwas verwirrt darüber, daß Brenna so lange aufgeblieben war und auf sie gewartet hatte. Es war spät, längst nach Mitternacht, und sie war eine der letzten gewesen, die die Gesellschaft verlassen hatte.

Sie war ein vorbildlicher Gast gewesen. Nicht einmal die anspruchsvolle Lady Acton hatte an ihrem Betragen etwas auszusetzen gehabt. Sie war unterhalten worden und selbst unterhaltsam gewesen. Sie war offen, aber nicht indiskret gewesen. Sie war schlagfertig gewesen, ohne sarkastisch zu sein. Und sie hatte gelächelt. Himmel, und wie sie jeden angelächelt hatte! Ihre Wangen taten davon weh.

Sie seufzte und ließ die Schultern hängen. Sie hoffte nur, daß Hart Moreland ihr kultiviertes Auftreten bemerkt hatte, und ihr Eigenlob verflüchtigte sich nun in einer Welle sarkastischer Ehrlichkeit, denn sich selbst hatte sie ganz gewiß nicht ihre Vorbildlichkeit bewiesen. Den ganzen Tag hatte sie kaum an etwas anderes als an seinen leidenschaftlichen Kuß denken können und an seine zärtlichen Finger, wie sie über den Schichten von Kleidern ihren Körper streichelten. Sein Mund war warm und ...

Ungeduldig warf sie ihre Stola über einen Stuhl, und während sie zum Spiegeltisch hinüberging, löste sie den lockeren Nackenknoten, zu dem sie ihr Haar gebunden hatte. Sie setzte sich und streifte ihre Schuhe ab.

Sie hatte sich so sehr bemüht, genauso locker wie Hart auf den Zwischenfall zu reagieren. Was war denn schon ein Kuß für einen Mann von Welt, noch dazu für einen wie Hart? Also hatte sie geflirtet und gelacht und gehofft, Hart würde nicht merken, wie sehr sie dieser Kuß erschüttert hatte. Aber Hart Moreland wußte, was er getan hatte. Sie konnte es an seinem wissenden Lächeln sehen, das sie ständig zu ignorieren versucht hatte.

Und dann, kurz nach dem Dinner, als sie vor lauter Heiterkeit, Liebenswürdigkeit und kultiviertem Benehmen sprühte, hatte er sich zurückgezogen und sie der Gesellschaft überlassen, die sie so geflissentlich betört hatte. Sobald er den Raum verlassen hatte, war alles öde und langweilig geworden, die angeregte Unterhaltung war spröde geworden, die Fröhlichkeit erschien krampfhaft. Selbst Nathan Hillards weltläufiger Esprit konnte nicht mehr bezaubern.

Abwesend und beunruhigt saß sie da und bürstete ihr Haar aus. In der Art, wie Nathan sie beobachtet hatte, war lediglich ein Echo von Harts Feuer gewesen. Sein vertrauliches Lächeln war Welten von Hart entfernt gewesen. Harts Lächeln war amüsiert und wehmütig gewesen, das von Nathan Hillard herzlich, anerkennend und zärtlich ... Nathan Hillard war ein gutaussehender und eleganter Mann. In den Augen ihrer Mutter wäre er der perfekte Fang gewesen. Ein Schauer überlief sie, und sie legte die Bürste beiseite; dabei fiel ein Briefumschlag um, der gegen das untere Ende des Spiegels gelehnt war.

Beiläufig drehte sie ihn um. Ihr eigener Name auf der Vorderseite fiel ihr ins Auge. Sie riß den Umschlag auf, zog das einzelne Blatt heraus und begann zu lesen. Es gab keine Anrede.

> Ich brauche Geld, Mercy. Dringend. Ich bin in Schwierigkeiten, aus denen ich nicht alleine herauskomme. Liebste Schwester, tu das für mich, besorge

mir Bargeld, mindestens 5000 Pfund. Laß mich nicht im Stich, ich flehe Dich an. Es ist äußerst wichtig. Diese Männer sind Rohlinge, die machen vor nichts halt. Ich kann Dir eine Woche geben – ich glaube, ich kann sie davon überzeugen, mir so lange Zeit zu lassen, um das Geld zu besorgen. Ich melde mich dann bei Dir.

Will

Blind griff sie nach dem weggelegten Kuvert und drehte es um, suchte nach einem Anhaltspunkt dafür, wo es herkam. Nichts.

Ihre Gedanken überschlugen sich. In den anderen Nachrichten hatte er lediglich um kleinere Summen gebeten. Das hier war schrecklich. Die Handschrift war kaum mehr als ein Gekrakel, wirr, wie von einer geängstigten Hand geschrieben. Selbst das herzliche »Liebste Schwester« klang gezwungen, gar nicht nach Will.

Hart hatte sich geirrt. Das war nicht nur ein junger Mann, der über die Stränge schlug. Will war in ernsthaften Schwierigkeiten. Es klang, als ob sein Leben in Gefahr wäre.

Und sie hatte ihn vergessen!

Sie bedeckte ihr Gesicht mit den Händen, schockiert und voller Schuldgefühle darüber, wie schnell sie den Grund ihres Aufenthalts in England aus den Augen verloren hatte. *Du warst so sehr mit Hart Moreland beschäftigt, daß Du Will ganz vergessen hast.*

Hastig und verärgert stand sie auf. Sie mußte Will finden, bevor ihm etwas zustieß. Was wäre, wenn er diese Männer nicht überzeugen könnte, ihm für die Beschaffung des

Geldes eine Woche Zeit zu lassen? Sie mußte etwas tun, und zwar jetzt! Sie konnte nicht in Actons sicherem Herrenhaus herumsitzen, Petits fours essen und Scharaden spielen, während ihr Bruder in Gefahr schwebte, möglicherweise sogar in Lebensgefahr.

Sie lief suchend herum, als ob sie in den luxuriösen Räumen eine Lösung finden könnte. Sie hatte jede andere Möglichkeit ausprobiert. Sie konnte nicht zu Acton gehen. Selbst wenn er bereit wäre, ihretwegen der Mißbilligung seiner Mutter die Stirn zu bieten, aber was konnte er ihr hier auf seinem Anwesen schon bieten außer etwas Trost? Sie brauchte keinen Trost. Sie brauchte Hilfe.

Sie brauchte Hart.

Der Gedanke, ihr Versprechen zu brechen, schnürte ihr die Kehle zu. Aber sie erstickte das Schuldgefühl, denn im Augenblick konnte sie sich den Luxus edler Grundsätze nicht leisten. Sie würde nicht zulassen, daß ihr Bruder in Gefahr geriet.

Sie öffnete die Tür zum Korridor einen Spaltbreit und lugte hinaus. Der schwach beleuchtete Flur war leer, alle schliefen. Sie atmete tief ein und bot ihre ganze Entschlossenheit auf. Harts Zimmer war am Ende des Ganges gelegen.

Sie schlüpfte durch die Tür und schlich den Flur entlang. Ihr Herzschlag dröhnte in ihren Ohren, teils in Furcht davor, entdeckt zu werden, teils bange davor, was Hart tun würde, wenn er erfuhr, was sie wollte.

Sie fand seine Tür und drehte den Knauf, der keinen Laut von sich gab. Es war nicht abgeschlossen. Leise stahl sie sich hinein.

Sie blinzelte und versuchte, sich an die spärliche Beleuch-

tung zu gewöhnen. Helle Flammen flackerten in der Feuerstelle und warfen große Schatten an die Wände. Der Rest des Zimmers war in Dunkelheit getaucht. Sie suchte nach Hart.
Mitten in dem geräumigen Zimmer stand ein riesiges, leeres Bettgestell aus Ebenholz. Kein Fältchen war auf der Bettdecke aus dunklem Brokat zu sehen. Auf einer schwarzen Bank aus Walnußholz stand ein großer, geöffneter Koffer. Ein paar Kleidungsstücke lagen über dem offenen Deckel. Ihr Blick glitt weiter zu einem abgenutzten Köfferchen, einem Paar Stiefel und ein paar Toilettenartikeln auf einem Tisch. So wenig hatte er auf seinen Reisen bei sich. Und dort, an der hinteren Wand, in der dunkelsten Ecke des Raumes, lagen eine ordentlich gefaltete Decke und ein Kopfkissen.
Seltsam. Sie zog die Stirn in Falten und trat einen Schritt vor.
Der Geruch von Sandelholz und Brandy warnte sie einen Augenblick, bevor sie ihn aus dem Halbdunkel auftauchen sah. Eine drahtige Gestalt in einem offenen, weißen Oberhemd und schwarzen Hosen, eine weiße Fliege lose um seinen starken Hals hängend, breite Schultern und schmale Hüften, dichtes, glänzendes Haar und kristallene Augen. Hatte er die ganze Zeit dort gestanden und sie mit diesem unnachahmlichen Blick beobachtet? Der Gedanke ließ sie zurückweichen.
»Was zum Teufel machen Sie denn hier?« fragte er.

Zwölftes Kapitel

Er konnte es nicht glauben, daß sie hier in seinem Zimmer war, mitten in der Nacht, im Haus seines möglichen Schwagers. Sie mußte doch wissen, daß sie durch ihr Kommen die Zukunft seiner Schwester aufs Spiel setzte. Ein Makel, ein Fehltritt, der im Flüsterton mit seinem Namen in Verbindung gebracht wurde, und Annabelle konnte sich von James Trent, Duke of Acton, verabschieden.

Er schüttelte den Kopf und versuchte, seine Gedanken zu ordnen. Er wünschte, er hätte nicht so viel Schnaps zu sich genommen, nachdem er Actons Dinnertafel verlassen hatte. Actons Tafel? Unsinn! Er war vor Mercy Coltrane davongelaufen, vor ihrem Lächeln, ihrem weichen, runden amerikanischen Akzent und vor der Tatsache, daß nichts davon für ihn bestimmt war. Alles hatte ganz Nathan Hillard gehört.

Der Schnaps mochte seine Gedanken umnebelt haben, aber die Eifersucht, die sich seiner Vorstellung einbrannte, hatte überhaupt nichts Verschwommenes an sich. Es gab ganz und gar nichts Oberflächliches an dem Verlangen, das ihr Kuß hinterlassen hatte.

Und nun stand sie hier, eine schlanke Gestalt in einem Nachtgewand, das sich mit den Schatten vermischte, mit dem Rücken gegen die geschlossene Tür seiner Suite gepreßt, ihr Gesicht von Dunkelheit verhüllt.

Sie sagte kein Wort. Er konnte ihr ängstliches Atmen hören. Er starrte sie an und verdammte sich selbst dafür, daß er sie nicht hinauswarf.
»Was gibt's?« Seine leise Stimme klang durch den Raum. In der Feuerstelle knackte ein Holzscheit, und die sprühenden Funken beleuchteten kurz ihr Gesicht. Sie sah entschlossen aus. Eine Frau, die bekommen würde, was sie wollte.
Aber sie will dich nicht. Der Gedanke stachelte ihn auf, und er reagierte mit Ärger auf seine eigene verräterische Sehnsucht. Er nahm ihr übel, daß sie dieses Verlangen in ihm weckte, daß sie ihn dazu brachte, Annabelles Zukunft für ein paar Minuten mit ihr aufs Spiel zu setzen.
»Ich komme wegen des Angebots, das ich neulich machte«, sagte sie.
Er gab ein unschönes Lachen von sich. »Sind Sie gekommen, um zu sehen, wen Sie anheuern wollten?« fragte er in hartem Ton, mit einem bitteren Lächeln im Gesicht. »Ist das nicht die amerikanische Art? Niemals die Katze im Sack kaufen.«
»Nein«, flüsterte sie schwer betroffen.
War er zu roh? Zu aggressiv? War es nicht das gewesen, was die Coltranes von ihm gewollt hatten – Aggression? Gewalt? War das nicht das, worum es bei ihm immer ging, immer gegangen war?
»Ja. Natürlich«, sagte er. Er zog sein Hemd mit einem Ruck aus der Hose, während seine Augen keinen Moment von ihrem Gesicht wichen. Er riß sein Hemd auf, entblößte seine Brust, streckte seine Arme mit den Handflächen nach oben aus und drehte sich um die eigene Achse, um sich wie auf einem Tablett zu präsentieren.

Er wollte ihr in die Augen sehen, denn er wollte wissen, was er sehen würde, wenn sie *seinen* Körper betrachtete. Bewunderung? Gleichgültigkeit? Verachtung?
Aber er war so feige wie scheinheilig. Selbst wie er so dastand – wie ein Tier, das vor einem Kauf begutachtet wird – hatte er Angst. Er hatte Angst, es würde keine Anerkennung geben, er würde ihren Beifall nicht bekommen. Angst davor, daß Hillard der bessere Kandidat war und daß sie weggehen würde.
Er war fast achtundzwanzig und hatte so selten mit einer Frau geschlafen, daß er sich an jedes Mal bis ins kleinste Detail erinnern konnte. Achtundzwanzig Jahre, und sein fast mönchisches Leben war für ihn nie mehr als nur etwas ärgerlich gewesen. Aber seit er Mercy zum ersten Mal gesehen hatte, hatte sich der Ärger zu einem nagenden Schmerz entwickelt, zu einer tiefen Wunde, die er nicht schließen konnte.
»Ich bin nicht gekommen, um ... Ich bin hier, weil Sie mir helfen müssen. *Bitte,* Hart!«
Ihre offensichtliche Furcht machte ihn mit einem Schlag nüchtern. Er begrub sein inneres Feuer und bedeckte es ganz mit Asche – wie ein zischendes Scheit im Schnee. Er drehte sich um, weil sie nicht sehen sollte, wie ihn ihre Worte verletzten. Natürlich war sie nicht seinetwegen gekommen. Natürlich nicht.
»Verzeihen Sie«, bat er und lachte bitter. »Diese Worte scheine ich stündlich zu Ihnen zu sagen.«
Er hörte sie schlucken. Sie trat vor und in den flackernden Feuerschein. Ihr Gesichtsausdruck war unsicher, ihre Bewegungen zaghaft. Ihr Haar hing wie ein rubinroter Umhang um ihre Schultern.

»Ich werde Ihnen nicht weh tun. Ich werde Ihnen nicht näher kommen«, sagte er, und seine Stimme war heiser vor Scham. Narr. Ungeachtet der zärtlichen, wachsenden Inbrunst, mit der sie heute morgen seinen Kuß erwidert hatte, war ihr die Art von Verlangen, an die er sich in letzter Zeit gewöhnt hatte, nicht vertraut. »Was wollen Sie?«
»Es geht um Will.«
»Ich sagte Ihnen schon, vergessen Sie ihn.«
»Ich habe eine Nachricht von ihm bekommen, er braucht Geld.« Sie hielt ihm mit den Fingerspitzen ein Blatt Papier hin.
Er nahm es, las und gab es ihr zurück. »Und? Er braucht Geld. Ich kann gar nicht sagen, wie viele solcher Briefe ich schon gelesen habe.«
»Von wem?«
Er überging die Frage. »Es hat keinen Sinn, darauf einzugehen. Es wird immer wieder neue Briefe geben. Weitere dringende Bitten. Das ist Erpressung, Mercy«, sagte er, plötzlich recht müde.
»Dieser hier ist anders, verzweifelt. Er ist in ernsthaften Schwierigkeiten, ich weiß es.« Ihr Ton war flehend.
»Vergessen Sie ihn, Mercy.« Er nahm ihren Arm, drehte sie um und schob sie vor sich her zur Tür. »Ich wünsche Ihnen eine schöne Zeit hier. Genießen Sie den Aufenthalt auf dem Land. Fahren Sie nach London, und gehen Sie ins Theater ...«
»Zum Teufel mit Ihnen!« Sie riß sich los, wirbelte herum und sah ihm direkt ins Gesicht. Ihre Augen, so nahe an den seinen, glühten vor Intensität. »Hören Sie mir gut zu! Mein Bruder braucht Hilfe. Ich werde ihm helfen, und Sie werden mich dabei unterstützen.«

»Nein, das werde ich nicht.«
»Doch.« Sie atmete tief ein. Ihre Stimme war leise, aber durchdringend. »Wenn nicht, dann werde ich all diesen Leuten hier erzählen, daß Sie einmal ein Revolvermann waren.«
Sie wartete auf einen Ausbruch von Gewalt. Sie hatte es zu weit getrieben, und das wußte sie auch. Aber ihr fiel kein anderer Ausweg ein. Sie brauchte ihn, und Sie würde jeden Preis bezahlen, den ihre Taktik erforderte.
Seine strengen Gesichtszüge verschlossen sich augenblicklich und wurden leblos. Seine Reaktion war so gering, daß sie genausogut eine Indianersprache hätte sprechen können. Der Feuerschein bildete seinen mageren, muskulösen Körper ab, wie Rauhreif auf Granit. Seine Kälte war fast zu schmecken. Lediglich seine glänzenden Augen waren lebendig.
»Ist das eine Drohung?« flüsterte er.
Sie schluckte. »Ja.«
Sein Gesicht bekam einen angespannten Ausdruck. Zu ihrem Entsetzen merkte sie, daß er lächelte. »So viel ist Ihr Wort wert«, sagte er.
»Für solch eine wichtige Sache würde ich mein Wort tausendmal brechen.«
»Da haben Sie sich vielleicht eine *Sache* ausgesucht, Mercy.« Das Wort stand zwischen ihnen, spöttisch und abschätzig. »Was für eine Sache? Vielleicht ist Ihr Bruder ein Verschwender, der zu viel gespielt hat.« Er kam einen Schritt näher, während sie ihren Platz behauptete. »Oder vielleicht nur ein jämmerlicher Süchtiger, der mit den Entzugserscheinungen kämpft.« Er hob seine Hand und streifte mit seinen Knöcheln ihr Kinn entlang. »Oder

irgendein anderes wertloses Miststück, das zu viel getrunken oder gespielt oder herumgehurt hat. Schöne *Sache.*«

Ihre Lippen bebten. »Es ist mir egal, was Sie sagen. Egal, was Sie denken. Ich weiß nur, daß Sie mir *helfen werden*, ihn zu finden.«

»Ach ja?« flüsterte er. Ihre Haut war weich und seidig. Er kannte schon zu gut ihre Beschaffenheit, die anmutige Zartheit des Knochens darunter. Sie zitterte. Der Puls pochte heftig in ihrer Halsschlagader.

»Ja.« Er konnte sie kaum hören.

»Ich bin ein rücksichtsloser Mann, Mercy. Ohne Gewissen. Ich hatte gedacht, das wäre Ihnen inzwischen klar, besonders nach diesem Morgen.« Seine Stimme floß über sie hinweg, leise und gefährlich, wie das Schnurren eines Luchses. »Und ich bekomme immer, was ich will. Sind Sie sicher, daß Sie sich mir in den Weg stellen wollen, Mercy?«

Sie schwieg.

»Sie sollten sich fürchten.«

»Das tue ich.«

»Gut«, sagte er. »Gehen Sie wieder ins Bett.«

»Nein.«

Er zog die Stirn in Falten, seine Rechnung ging nicht auf. Das sanfte Streicheln an ihrem Kinn hörte auf. Seine Finger streiften über ihren Hals hinunter. Mit einer Hand umspannte er seine Breite und legte seine starken Finger um ihren Hals. Er übte keinen Druck aus, überhaupt keinen. Seine Berührung war eine grauenhafte Nachahmung von Sanftheit. Sein Blick war fast ruhig. Es war viel schlimmer, als wenn er sie gewürgt hätte. Das Potential zur Gewalt war an sich schon Gewalt, das war ihm bewußt.

»Ja, ja, ja«, flüsterte, wimmerte sie. »Ja, ich habe Angst vor Ihnen, ist es das, was Sie hören wollen? Aber ich brauche Sie. Es gibt sonst niemanden. Sie können Will finden.« Die Worte brachen aus ihr heraus. »Er ist irgendwo in London. Sie können in einer Stunde die Innenstadt erreichen. In einer seiner letzten Nachrichten erwähnte er ein Lokal mit dem Namen Pfauenrad. Sie wissen, wo Sie suchen müssen. Sie kennen die Häuser, wo diese Leute ein und aus gehen.«

»Tue ich das?« War das ein Hauch von Bitterkeit, der kaum wahrnehmbar hinter all dem tödlichen Drohen verborgen war? Er ließ seine Hand sinken.

»Zumindest können Sie etwas herausfinden. Ich dagegen hätte keine Chance. Sie *müssen* es tun.«

Dann berührte sie ihn. Sie legte ihre flache Hand auf seine nackte Brust und erfüllte ihn mit tausend unausgesprochenen Sehnsüchten, während sie die ganze Zeit mit ihrem inständig flehenden Blick – ohne jede Spur von Begehren – seine Augen festhielt. Er starrte auf ihre Hand, begierig nach dem Anblick ihrer zarten Finger auf seiner Haut. Sie hatte keine Ahnung, was sie ihm antat. Das einzige, was ihr bewußt war, war ihr Bedürfnis, ihn zu überzeugen.

»Eine Woche«, sagte sie, »das ist alles. Ich bitte Sie nur um eine Woche, bis er mir schreibt, wohin ich das Geld schicken soll.«

»Warten Sie einfach auf seine nächste Nachricht.« Irgendwie schaffte er es, seine Stimme unpersönlich klingen zu lassen.

»Aber wer weiß, in einer Woche könnte er noch viel tiefer in Schwierigkeiten stecken als jetzt! Was ist, wenn er sich irrt und diese Leute, wer immer sie auch sind, was immer sie wollen, keine Woche mehr warten wollen? Was, wenn sie das Geld in drei oder vier Tagen haben wollen?«

»Die werden ihn nicht umbringen, Mercy. Man bringt niemals jemanden um, der einem Geld schuldet. Ich muß es schließlich wissen.«

»Sie könnten ihn verletzen.«

»Wahrscheinlich.«

Seine Äußerung rief bei ihr ein unwillkürliches Seufzen hervor, und sie wankte. »Du lieber Gott, ich kann nicht danebenstehen und zulassen, daß er verletzt wird – nicht, wenn ich etwas dagegen tun kann. Verstehen Sie das nicht? Sie würden für ihre Schwestern das gleiche tun.«

Sein Schweigen war Antwort genug für sie.

Sie biß sich heftig auf die Unterlippe. Wenn sie zu bluten anfinge, wäre er verloren. Er würde die Zukunft seiner Schwester verkaufen, erkannte er mit Abscheu vor sich selbst, nur um Mercy davon abzuhalten, sich die Lippe durchzubeißen. Sie sah ihm in die Augen und straffte sich.

»Egal«, sagte sie, »Sie werden gehen, und ich werde Sie bezahlen. Ich habe es zugesagt, und ich werde es tun. Und wenn Sie ihn nicht suchen, dann werde ich bei Acton und seiner Mutter eine Bemerkung über Ihre Vergangenheit fallenlassen. Vielleicht auch bei Ihren Schwestern ... Wissen sie überhaupt, auf welche Weise Sie das Familienvermögen verdienten? Ich hatte nicht den Eindruck. Sie

werden gehen. Morgen abend werden Sie anfangen zu suchen.«
Er wich vor ihr zurück, als ob ihm vor ihr graute. Er schritt zur Tür und riß sie auf. »O ja, ich werde gehen.« Mit einem leisen Schluchzen ging sie an ihm vorbei in den düsteren Flur. »Und Sie werden ganz gewiß dafür bezahlen.«

Dreizehntes Kapitel

Er war tatsächlich so töricht gewesen zu glauben, daß sie ihr Wort halten wollte. Er war mehr als naiv gewesen: leichtgläubig. Wie lange hatte sie sich an ihr Versprechen gehalten? Gerade mal vierundzwanzig Stunden. Mit verschränkten Armen stand er lässig an die Wand des Salons gelehnt da.

Sein Blick hatte Mercy schon den ganzen Morgen, den ganzen Tag verfolgt. Er ignorierte die neugierigen Blicke der anderen Gäste, die auf den Beginn der nächsten Runde von Scharaden warteten. Seine Mundwinkel hoben sich zu einem zynischen Lächeln, als sie wieder einen ängstlichen Blick in seine Richtung warf. Natürlich war es Hillard, der schließlich ihren Arm nahm und sie hinausgeleitete. Zu schade, dachte Hart bitter, die Runde hatte gerade eine meisterhafte Spielerin verloren.

Jetzt, da sie hinausgegangen war und ihm das alberne, aber unwiderstehliche Vergnügen, ihr ein wenig Angst einzujagen, geraubt hatte, wurde Hart unruhig und sah aus dem Fenster. Einen angenehmen Abend hatte sie ausgewählt, um ihn nach ihrem Taugenichts von Bruder suchen zu lassen.

Über Nacht war das Wetter stürmisch geworden. Vom Himmel prasselte kalter Regen gegen die Fenster, riß das weinrote Laub von den Bäumen und bearbeitete den Bo-

den in einem wilden Staccato. Die Natur spiegelte haargenau seine Laune wider. Den ganzen Tag hatte er gegen die Anziehungskraft angekämpft, die die amerikanische Erpresserin auf ihn ausübte. Den ganzen Tag lang hatte er sich eingehämmert, daß sie ihn benutzte. Aber es hatte alles nichts geholfen.
Es war ihm nicht gelungen, seine Reaktion auf sie zu ignorieren, weder die Versteifung in seinen Lenden, wenn er die Bewegung ihrer Lippen betrachtete, noch die Verhärtung seines Herzens, wenn er an ihre Lüge dachte. Er hatte seine Selbstbeherrschung zu rasierklingenscharfer Genauigkeit geschliffen und konnte doch das Verlangen, das dieses hübsche, verlogene amerikanische Mädel in ihm wachrief, nicht kontrollieren.
Er drehte sich um und winkte einem Diener, der ihm ein Glas Sherry brachte. Er hatte sehr wohl die Absicht, Will Coltrane zu finden, und wenn ihm das gelänge, dann würde er ihn am Schlafittchen herschleifen und Mercy vor die Füße werfen. Wenn es eine Gerechtigkeit gäbe, würde sie dann vielleicht endlich sehen, wofür sie ihre Ehre verkauft hatte: für einen gierigen Jungen mit einem Appetit, den er sich nicht leisten konnte.
Er leerte sein Glas und wollte gerade gehen, als aus dem Billardsaal der Klang von Männerstimmen drang. Er hielt inne. Acton und seine Vertrauten hatten sich stundenlang dort drinnen verschanzt gehalten. Stunden, in denen Hart Annabelle gesehen hatte, wie sie mit feierlicher Miene jedem Schritt der Herzoginwitwe folgte.
Er hatte seine jüngste Schwester ansprechen wollen, aber er war von dieser ... *Situation* mit Mercy abgehalten worden. Actons Stimme, die aus dem anderen Raum her-

überklang, erinnerte ihn wieder an seine Absicht. Er dachte daran, Annabelle zu suchen und sie zu fragen, was zum Kuckuck mit Acton los war, aber durch die Distanz, die das Alter und die vergangenen Jahre zwischen ihnen geschaffen hatten, konnte sie so etwas durchaus in Verlegenheit bringen. Was wußte er denn schon wirklich von Annabelle?

Er schaute sich nach einem Mitglied seiner Familie um, das ihn über die stagnierende Werbung Actons aufklären konnte. Richard und Fanny hatten sich während des Lunchs auf ihre Zimmer zurückgezogen, nachdem beim Anblick von gefüllter Forelle und Aal in Aspik Fannys Gesichtsfarbe ins Grünliche gewechselt hatte. Vorher schon hatte Beryl einige führende Gastgeberinnen der Politik in ein abgelegenes Gemach gewinkt. Also war nur noch Henley übrig, der auf der anderen Seite des Raumes Tee schlürfte und einem von Baron Coffeys Monologen zuhörte.

Hart fing Henleys Blick ein und winkte ihn zu sich. Mit mürrischem Gesicht entschuldigte sich Henley beim Baron und kam herüber.

Währenddessen betrachtete Hart ihn genauer. Hart war ein Jahr lang nicht in England gewesen, und dieses Jahr war für Henley nicht leicht gewesen. Sein breiter Mund hatte einen verdrießlichen Zug an sich, der nicht ganz neu zu sein schien. Sein Blick glitt durch den Raum, und sein Lächeln war zu schnell, um spontan zu sein: es zeugte von Voraussicht.

»Hart, ich hatte noch keine Gelegenheit, dir zu danken für alles, was du sowohl für Beryl und mich als auch für meine Karriere getan hast«, begann Henley. »Ich bin mir dessen genau bewußt, was ich dir schulde. Ich weiß, daß mein Weg im Unterhaus geebnet worden ist ...«

»Es war mir ein Vergnügen«, unterbrach ihn Hart und winkte ab. Henley wurde rot.

»Ich will wissen, was hier los ist, verdammt noch mal«, sagte Hart. Henley sah ihn erschrocken an. Das Rostbraun, das ihm in die Wangen gestiegen war, verflog, und sein Gesicht wurde fahl. Er befeuchtete seine Lippen. Zumindest diesmal wichen seine dunklen Augen Harts Blick nicht aus.

»Wovon sprichst du?« fragte er und setzte seine Teetasse auf einem Tisch in der Nähe ab.

»Annabelle. Was ist denn bloß los mit ihr und Acton?«

Henley seufzte kaum hörbar. »Ah, Annabelle.«

Es gab einen seltsamen Anflug von Enttäuschung wie auch Erleichterung in seinem Ton. Was war denn nur mit diesem Mann? »Ja, Annabelle«, sagte Hart. »Beryl machte mich glauben, daß Acton ernsthaft interessiert war, daß eine offizielle Verlobung bevorstand, und dann komme ich an und finde nichts dergleichen vor. Acton erweckt keineswegs den Anschein, als ob er jeden Augenblick um ihre Hand anhalten könnte, und Annabelle wiederum verhält sich ganz merkwürdig, anstatt die Anmut in Person zu sein.«

»Tatsächlich?«

»Ja. Kannst du mir das erklären? Ich bin schließlich nicht nach England zurückgekehrt, nur um an einer Landhaus-Gesellschaft teilzunehmen.«

»Nein?« fragte Henley etwas schroff. Aber er senkte seinen Blick, bevor Hart etwas darin lesen konnte. »Nein«, murmelte er, »natürlich nicht. Und wir hätten dich auch gar nicht darum gebeten. Wir wissen ja, was du willst und was wir dir schulden.«

»Was ihr mir schuldet?« wiederholte Hart. Das war schon das zweitemal, daß Henley diesen Ausdruck gebrauchte. Du lieber Himmel, er benahm sich wie ein Bediensteter. Er verhielt sich tatsächlich wie jemand, der um eine Referenz nachsuchen wollte. Hart war nicht zu solchem Unsinn aufgelegt. »Du sagst merkwürdige Dinge, Henley. Ihr schuldet mir gar nichts ... mit der einen Ausnahme, daß ihr mich über die Bewerber um die Hand meiner jüngsten Schwester auf dem laufenden haltet. Und selbst das ist mehr Beryls Aufgabe als deine. Ich möchte schlicht und ergreifend wissen, wie die Dinge stehen.«

Henley nickte und gab seine kampfbereite Pose auf. »Ich weiß es nicht«, sagte er. »Wir alle hatten gedacht, Acton stünde kurz davor sich zu erklären, und Annabelle schien hocherfreut darüber zu sein. Aber seit wir angekommen sind, ist Annabelle noch unterwürfiger als sonst, und Acton war eher zweideutig als zurückhaltend. Es scheint, als ob irgend etwas – oder irgend jemand – Zweifel in ihm geweckt hätte.«

»Irgend jemand?« fragte Hart.

Henley atmete tief ein. »Er ist offensichtlich ganz hingerissen von Miss Coltrane.«

Acton, Hillard, Major Sotbey ... Hart selbst. »Verdammt noch mal.«

Henley wand sich. »Na ja, sie ist eine faszinierende Frau.«

»Ja, nicht wahr?« gab Hart trocken zurück. Erst hatte sie ihn erpreßt, und jetzt zerstörte sie Annabelles Zukunft als Duchess of Acton. Was hatte sie denn getan, um Actons

Aufmerksamkeit zu wecken? Hatte sie auch *sein* Schlafzimmer mitten in der Nacht aufgesucht?
Der hellen, brennenden Eifersucht folgte ein feinerer Schmerz. Sie konnte doch wohl nicht zu träumen wagen, daß jemand mit Actons Ahnengalerie jemals um ihre Hand anhalten würde. Solch eine Illusion zu nähren würde sie nur unglücklich machen.
»Was hat sie denn getan?« fragte er.
Henley sah überrascht auf. »Getan? Gar nichts, nach meinem Dafürhalten. Sie ist ganz einfach völlig anders als Annabelle, anders als alle unsere englischen Damen. Ich glaube, Acton findet sie ... erfrischend.«
»Erfrischend«, sagte Hart. »Du meinst ungewöhnlich.«
»Ja.«
»Und weil sie *ungewöhnlich* ist, wird ihr der Hof gemacht. Meine Güte, Acton wirkt wie ein dummer Junge«, sagte Hart angewidert. Er wandte sich von Henley ab und blickte durch das regennasse Fenster. »Hat er denn noch nicht begriffen, daß die Faszination des Neuartigen lediglich auf mangelnder Erfahrung beruht?« murmelte er. »Was passiert, wenn Mercy ihm vertraut wird? Er benimmt sich, als ob sie ein Spielzeug wäre, kein menschliches Wesen.«
»Wenn du das Ungewöhnliche so verachtest, warum suchst du es dann ständig?« fragte Henley. »Warum reist du so viel, wenn nicht, um Neues zu erfahren?«
Einen Moment lang hatte Hart Henleys Anwesenheit vergessen. Sein Schwager beobachtete ihn neugierig, und das erinnerte Hart daran, daß er Henley einmal für sehr aufmerksam gehalten hatte – obwohl er auf dieser Gesellschaft noch nicht viel davon an den Tag gelegt hatte.

Nichtsdestotrotz wollte er Henleys Sympathien nicht dadurch erwecken, indem er ihm erzählte, wie sehr er seiner vielgerühmten Reisen überdrüssig war. »Das ist ganz und gar nicht dasselbe. Man kann Sehenswürdigkeiten wieder verlassen, ohne emotionalen oder sozialen Schaden anzurichten.«

»Aha.«

»Also«, sagte Hart, gar nicht erfreut darüber, daß er so persönliche Gedanken preisgegeben hatte, »wir können nur hoffen, daß Acton wieder zur Vernunft kommt.«

»Ja«, sagte Henley.

»Und wenn er das tut, werden wir sehen, ob Annabelle noch an ihm interessiert ist. Du mußt Beryl bitten, Annabelles Meinung über diese Sache herauszufinden.«

»Das werde ich.«

»Wenn du mich jetzt bitte entschuldigst ...?« Er nickte knapp und ließ seinen Schwager stehen, der ihm über den Rand seiner Teetasse hinweg nachsah.

Vierzehntes Kapitel

Während des Dinners beobachtete Hart, wie Mercy ihre Aufmerksamkeit zwischen Hillard und Baron Coffeys jüngstem Sohn teilte. Er war zu weit weg, um hören zu können, was sie sagte. Als Earl of Perth war er recht weit oben an der Tafel plaziert worden, Mercy dagegen, ohne Titel und nicht einzuordnen, hatte man ans andere Ende gesetzt.

Er hätte sich darüber freuen sollen. Da unten konnte Mercy nicht mit Annabelle um Actons Aufmerksamkeit konkurrieren. Allerdings bemerkte er, daß der Blick des Herzogs mehr als einmal in Mercys Richtung wanderte. Er konnte es ihm nicht übelnehmen.

In schimmernden, nachtblauen Samt gekleidet, der ihren Busen und ihre Hüften elegant umspielte, sah sie hinreißend aus. Breite, ringelblumenfarbene Bänder säumten die engen Ärmel, hielten die schwere Schleppe zusammen und ließen einen granatfarbenen Brokatunterrock hervorschauen. So raffiniert das Kleid auch war, im Vergleich mit dem Putz, den die anderen Damen angelegt hatten, wirkte es fast schlicht und streng.

In einem seiner Anfälle von Zynismus fragte Hart sich, ob sie sich so zurückgehalten hatte, nur um ihre Einzigartigkeit hervorzuheben. War sie sich dessen bewußt? Spielte sie damit? Er schüttelte den Kopf, als ihm ein

Nachtisch aus in Rum eingelegten Aprikosen angeboten wurde.
»Nein, tragen Sie es ab«, sagte die dunkelhaarige junge Matrone zu seiner Rechten, als die Bedienung ihr das gleiche reichen wollte. »Ich kann keinen Bissen mehr vertragen, wie gut Actons Koch auch sein mag. Ist er nicht ausgezeichnet, Lord Perth?«
»Sehr«, sagte er und wandte sich ihr aufmerksam zu. Er hatte sie bisher kaum wahrgenommen. Aber da sie ihn jetzt angesprochen hatte, verlangte es die Höflichkeit, sich auf die erforderliche Konversation einzulassen.
»Ich gäbe viel um einen gesunden Appetit, aber ich fürchte, meine gesundheitliche Verfassung ist zu heikel, um Gaumenfreuden wirklich zu genießen.« Die Frau – war es nicht Lady Carr? – schaute zu Mercy hinüber, und Hart folgte ihrem Blick. Mercy, die nicht bemerkte, daß sie beobachtet wurde, schob ein Stück Kapaun in ihren Mund. Die Johannisbeerglasur blieb an ihrer Unterlippe hängen, die sie mit ihrer Zungenspitze ableckte. Er spürte, wie sich sein Körper belebte.
»Sie sind weit gereist, nicht wahr, Lord Perth?« fragte Lady Jane.
»Ja, gnädige Frau«, antwortete er und wehrte sich dagegen, Mercys Lippen, Augen und ihre eleganten Schultern anzuschauen, die von dem nachtblauen Samt umschlungen wurden.
»Zweifellos haben Sie seit unserem letzten Zusammentreffen viele außergewöhnliche Dinge gesehen.«
»Ja.« Guter Gott. Waren Sie sich überhaupt je begegnet? Er versuchte sich zu erinnern. Ja, natürlich, auf Beryls Hochzeit vor drei Jahren. Er erinnerte sich an ein Mädchen

mit einem süßen Gesicht, das auf bezaubernde Weise von seiner ersten Saison in der Gesellschaft begeistert war. Die letzten drei Jahre hatten keine Spuren in ihrem Gesicht hinterlassen. Es gab nichts, was ihre Züge verunstaltet, aber auch nichts, was sie besonders anziehend gemacht hätte. Er verwünschte sich selbst dafür, daß er sie unwillkürlich mit Mercy vergleichen mußte.

»Haben Sie auch den Fernen Osten besucht?« Sie neigte ihr herzförmiges Gesicht. »Ich war schon immer fasziniert vom Altertum. Leider hat Donald etwas dagegen, ins Ausland zu reisen.« Sie guckte ihn an, um zu sehen, ob er ihr zuhörte. »Donald ist mein Ehemann.«

»Da kann ich ihm gratulieren.« Hart neigte den Kopf. »Dann sind Sie wohl frisch verheiratet?«

»O nein, ich bin jetzt schon ganze zwei Jahre verheiratet.«

»Dann sind Sie ja kaum über die Flitterwochen hinaus«, sagte Hart galant und beobachtete, wie ihre Wangen ein leichtes Korallenrot annahmen. »Und wo ist ihr glücklicher Ehemann?«

»In Schottland, bei der Jagd.« Sie schlug die Augen nieder und betupfte ihre makellosen Lippen mit dem leinenen Tuch. Er hatte noch niemals jemanden auf so graziöse Weise essen sehen, und das sollte etwas heißen. »Donald ist immer auf der Jagd. Er ist völlig versessen darauf. Aber ich würde viel lieber etwas über Ihre Reisen hören. Waren Sie in östlichen Ländern?«

Er nickte.

»Ich habe gehört, daß in Ägypten wahre Wunder ausgegraben werden«, sagte sie.

Sie war eine vollendete englische Lady: Ihr Gesichtsausdruck war ausgeglichen, ihre Stimme ruhig, ihre Erschei-

nung einwandfrei. Wenn sie sprach, fuchtelte sie nicht mit den Händen durch die Luft, um ihre Worte zu unterstreichen, wie Mercy das tat, sondern legte sie sittsam in den Schoß.
»Viele wunderbare Dinge, Lady Jane«, antwortete Hart. »Es gibt Grabstätten in Ägypten, in denen immer noch die Schätze verborgen liegen, die vor dreitausend Jahren dort begraben wurden.«
Sie bekam große Augen. »Und Sie haben sie gesehen? Hätten Sie die Liebenswürdigkeit, mir davon zu erzählen? Ich brauche dringend etwas Ablenkung.«
Ein volltönendes und köstliches Lachen stach ihm in die Ohren. Es kam von Mercy, die auf die Bemerkung eines Tischnachbarn reagierte. Der Klang ihres Gelächters erinnerte ihn daran, daß sie gestern über etwas gelacht hatte, was er gesagt hatte. Er war überrascht gewesen, daß sie aus seinen Worten Witz herausgehört hatte, wo andere immer gleich Spott vermuteten.
Aber das war vor ihrer Erpressung gewesen. Bevor sie ihm ihren Willen aufzwang, bevor sie ihr Versprechen brach. Und nachdem sie zugelassen hatte, daß er sie mit offenen Lippen küßte, nachdem er die honigsüße Wärme ihres Mundes geschmeckt und seine Hände das Gewicht ihrer Brüste gespürt hatten ...
Mit eisernem Entschluß lächelte er Lady Jane Carr an. Die arme Frau, die sich ohne Zweifel einsam ohne ihren Mann fühlte. »Es wird mir ein Vergnügen sein, eine so wunderschöne Dame so gut zu unterhalten, wie ich nur kann«, sagte er. Er schwor sich, die unvernünftige Neigung seines Herzens zu ignorieren und verbrachte den Rest des Abends damit, auf Teufel komm raus unterhaltsam zu sein.

Der magere Dreikäsehoch von Stallbursche, der für Hart den frisch zugerittenen Wallach gesattelt hatte, kam ihm am Eingang zum Stall entgegen. Er hatte ein freches Grinsen auf seinem breiten Gesicht.
»Warum bist du denn noch auf, Junge?« fragte Hart und warf einen Blick auf seine Taschenuhr. Es war schon fast elf Uhr nachts.
»Ich mach' nur meine Arbeit, gnä' Herr. Um diese Zeit ist der Stall recht beliebt.« Er blinzelte und machte ein verschwörerisches Gesicht. »Seeehr beliebt.«
Hart unterdrückte den Drang, den Jungen auszufragen. Er wollte bis Mitternacht in London sein. »Ich brauche ein Pferd. Etwas Schnelles, aber nicht diesen Teufel, den du mir gestern gegeben hast.«
»Freilich, gnä' Herr. Aber Sie wollten doch etwas Feuriges«, sagte der Junge vorwurfsvoll. Er trabte die Reihe der Boxen entlang und kam umgehend mit einer Rotschimmelstute zurück, die an ihrem Zaumzeug zerrte.
Hart schwang sich in den Sattel und gab der Stute die Fersen. Der Bursche sprang zur Seite und führte das Pferd zum Stalltor.
»Wenn Sie die östliche Ausfahrt nehmen, kommen Sie nach einer Meile auf die Straße nach London. Falls Sie die Namen einiger Nachtclubs brauchen sollten, kann ich Ihnen helfen«, bot der Junge frech an.
»Das Pfauenrad. Kennst du das?«
»Pfauenrad, sagen Sie? Wenn es das Haus ist, an das ich denke, dann fahren Sie am besten zum Cambridge Circus«, sagte der Junge zweifelnd und fing die Münze auf, die Hart ihm zuwarf. »Aber es ist kein angenehmer Ort, mein Herr.«
Draußen raubte ihm der kalte Wind den Atem, während

er in einen eisigen Nieselregen blinzelte und die Nacht, den Regen und Mercy Coltrane verfluchte. Als er sich der Vorderfront des Herrenhauses näherte, löste sich eine dunkle Gestalt auf einem hellen Pferd aus dem Schatten eines tropfenden Tannenwäldchens.

Unwillkürlich wallte Freude in ihm auf, dicht gefolgt jedoch von Entrüstung. »Was zum Kuckuck machen Sie denn hier?« fragte er.

Mercy Coltrane sah unter dem Rand ihres albernen, zerbeulten Westernhuts hervor. Ihre in Lederhandschuhen steckenden Hände hielten die Zügel straff.

»Na?« hakte er nach.

Als Antwort zog sie aus dem Herrenmantel, den sie trug, ein in Papier gewickeltes Päckchen hervor und warf es ihm zu. Er fing es mit einer Hand auf.

»Da drin sind zweihundert Pfund Sterling«, sagte sie heiser.

Dieses elende Geschöpf! Sie glaubte tatsächlich, er würde das für Geld tun – Na ja, was ging es ihn schon an, was sie glaubte? Mit einem Ruck stopfte er das Päckchen in seine Manteltasche. In Ordnung, er würde es behalten, und wenn auch nur, um ihn an das zu erinnern, was sie in ihm sah, wenn sie ihn anschaute. Keinen Liebhaber, sondern einen bezahlten Revolvermann.

»Ah.« Er konnte der Versuchung nicht widerstehen, ihr ein wenig ihre niedrige Meinung von ihm heimzuzahlen. »Mein Honorar. Gut. Sind Sie sicher, daß alles drin ist? Ich werde es erst später zählen, wissen Sie.«

Sie nickte mit vorgeschobener Unterlippe.

»Also, nur damit wir uns richtig verstehen, Sie sagten, ich brauche niemanden zu töten?« fragte er.

»Nein.« Selbst in der Dunkelheit konnte er sehen, daß sie blaß wurde.
»Na gut.« Er seufzte vor übertriebener Enttäuschung, aber dann hellten sich seine Gesichtszüge auf, so als ob ihm ein erfreulicher Gedanke gekommen wäre. »Aber ich nehme an, ich muß zumindest jemanden anschießen, oder? Das kommt doch häufig vor in diesen Angelegenheiten. Soll ich ihn verstümmeln oder nur außer Gefecht setzen?«
»Nichts davon! Sie sollen niemanden anschießen, verletzen, verstümmeln oder töten. Sie sollen nur meinen Bruder finden.«
»Na ja, das nimmt der Sache aber ziemlich ihren Reiz, nicht wahr?« fragte er trübselig.
Sie blinzelte ihn an, und ihre Augen weiteten sich vor Überraschung. »Sie necken mich ja«, sagte sie.
»Tatsächlich?«
»Ja.« Vor Staunen blieb ihr der Mund offenstehen, und plötzlich erinnerte er sich nur zu gut daran, wie ihr schlanker Körper sich angefühlt hatte und wie die Musik ihres Herzschlags seinen eigenen pochenden Puls kontrapunktiert hatte.
»Vielleicht«, erwiderte er und war sich sehr gut dessen bewußt, wie gefährlich es war, Mercy Coltrane zu necken. »In Ordnung, Mercy. Sie haben das Geld pflichtgemäß ausgehändigt. Sie können jetzt zurückgehen.«
»Nein, ich reite mit Ihnen.«
Es hätte ihn eigentlich nicht überraschen sollen. Aber sie besaß die unangenehme Gabe, ihn immer wieder zu überraschen.
»Nein, Sie kommen nicht mit. Sie gehen ins Haus zurück.«

»Das tue ich nicht. Ich lasse Sie nicht nach London reiten und mein Geld für Schnaps ausgeben, um dann im Morgengrauen zurückzukommen und mir zu erzählen, Sie hätten Ihr Bestes versucht.«
»Sie glauben, das würde ich tun?« fragte er leise.
Sie senkte den Kopf, um ihr Gesicht zu verbergen. »Ich bin nicht bereit, dieses Risiko einzugehen«, murmelte sie.
»Das werden Sie aber müssen«, sagte er barsch und ritt an ihr vorbei.
Sie trieb ihr Pferd vorwärts und paßte seine Gangart dem des seinen an. »Schauen Sie, Hart«, flehte sie, »ich *muß* doch mit Ihnen reiten. Wenn Sie Will finden, was werden Sie zu ihm sagen? Wie würden Sie ihn ansprechen? Ich muß einfach dabeisein.«
Er machte sich nicht die Mühe, auf dieses Hirngespinst zu antworten. Er würde Will ohnehin nicht finden. Zumindest nicht heute nacht. Natürlich würde er ihn suchen, klar, aber ein Mann, der sich ziellos in Soho herumtrieb, konnte eine halbe Ewigkeit lang verschwunden bleiben und wäre genauso schwer zu finden wie die sprichwörtliche Nadel im Heuhaufen.
»Ich habe mich wie ein Mann angezogen.« Ihre Worte überstürzten sich. »Ich werde mich daran halten, das verspreche ich. Und ich werde mich zurückhalten.«
Er zügelte sein Pferd und drehte sich um. Ihr Pferd wieherte, als sie es neben ihm zum Halten brachte. Er sah sie verächtlich an. Der Mantel verbarg ihre Figur, und ihr Haar hatte sie unter ihren Hut gestopft. Es half nichts.
»Seien Sie nicht töricht«, sagte er. »Niemand, der bei klarem Verstand ist, würde Sie für einen Mann halten.«
»Dann für einen Jungen.«

»Oder für einen Jungen.« Ihre Haut war zu zart und zu glatt. Ihre Lippen waren zu weich und üppig, ihre dunklen Augenbrauen zu schön geschwungen, als daß sie einem männlichen Wesen hätten gehören können.

»Es ist dunkel«, bat sie. »Ich werde auch draußen bleiben.«

»Vergessen Sie es.« Er drehte sich um und wollte Abstand gewinnen, als sie plötzlich hinübergriff und die Zügel seines Pferdes knapp unter dem Biß faßte.

»Nein.« Ihre Stimme hatte ihren flehentlichen Ton verloren. Ärger und Hartnäckigkeit waren an seine Stelle getreten. »Verdammt. *Verdammt noch mal!*« sagte sie. »Sie sollten das verstehen. Gerade *Sie* müßten das doch verstehen. Er ist mein Bruder, Hart. Mein einziger Bruder. Denken Sie an das, was Sie für Ihre Schwestern taten und riskierten.«

»Sie wissen gar nicht, wovon Sie sprechen«, fuhr er sie an.

»Ein Narr kann sehen, was Sie für sie getan haben, selbst wenn er nur die halbe Geschichte kennt«, zischte sie zurück. »Die Kleider, die Gesellschaft, Bentwood ... Sie haben alles geopfert, damit sie die Art von Leben haben konnten, für das sie Ihrer Meinung nach geschaffen waren, nicht wahr? Lady Acton hat mir erzählt, wie Ihr Vater Ihre Familie verließ, ohne Ihnen die entsprechenden Mittel zurückzulassen, um sich selbst zu versorgen. Beryl hat mir den Rest erzählt. Hart, ich weiß, was Sie getan haben.«

»Sie sind nicht nur eigensinnig und halsstarrig, Sie sind auch noch melodramatisch.«

»Ich habe recht«, sagte sie rundheraus.

Hart gab dem Wallach die Knie. Sie weigerte sich, die Zügel loszulassen, und er wollte sie nicht berühren, um ihren Griff zu lockern.

»Für mich macht es keinen Unterschied«, sagte sie. »Ich weiß, ich habe Sie betrogen. Ich gab Ihnen mein Wort und habe es nicht gehalten. Aber ich hatte keine andere Wahl.«

Er gab einen heftigen Laut der Verachtung von sich.

»Ich hatte keine andere Wahl«, beharrte sie. »Nur weil ich eine Frau bin, heißt das noch lange nicht, daß ich meinen Bruder nicht genausosehr liebe wie Sie ihre Schwestern. Ich fühle mich meiner Familie gegenüber nicht weniger verpflichtet als Sie der Ihren. Es ist nicht einfach so, daß ich meinen Bruder nicht im Stich lassen *will* – ich *kann* einfach nicht anders.«

»Sie haben ihn nicht im Stich gelassen«, sagte er hölzern. »Sie haben *mich* angeheuert.«

»Nein, ich muß mitkommen«, entgegnete sie. »Wenn Sie in diesem Aufzug erscheinen« – sie zeigte auf seine grobe Bekleidung –, »dann wird er womöglich denken, Sie arbeiten für die Männer, die ihm etwas antun wollen. Dann wird er erschrecken und davonrennen, und die Hoffnung, ihn zu finden, wäre gänzlich dahin.«

Ihre Worte waren vernünftig, zu vernünftig. Er konnte an ihrer Logik nichts auszusetzen finden, obwohl er sie sehr gerne kritisiert hätte. Er betrachtete sie, diese Frau, die zuviel und viel zuwenig wußte, die ihn anflehte und fast noch im selben Atemzug Befehle austeilte, die ihn erpreßt und ihm ihren Willen aufgezwungen hatte, die ihr Wort gegeben und es dann gebrochen hatte. Die unter seinen Küssen dahingeschmolzen war und es danach anscheinend vergessen hatte. Sie schaute ihm tief in die Augen.

Verdammt noch mal, sie hatte recht. Er hatte für seine Schwestern weit mehr getan, als nur sein Wort zu brechen. Er hatte ihretwegen getötet.

»Sie werden dort warten, wo ich Ihnen zu warten auftrage, kommen, wenn ich Sie rufe, und Sie werden hinter mir bleiben, und, vor allem anderen, sich ruhig verhalten.«
»Ja«, hauchte sie. Ohne ein weiteres Wort trieb er sein Pferd an und trabte aus dem Schatten des großen Hauses auf die Ausfahrt.
Hoch über ihnen fiel ein heller Vorhang geräuschlos wieder über das dunkle Fenster.

Fünfzehntes Kapitel

Mercy wand sich auf dem zerschlissenen Ledersitz der Kutsche. Ihr gegenüber sah Hart aus dem Fenster. Ihre Pferde hatten sie in einem seriös wirkenden Mietstall am Rande von Soho zurückgelassen, wo Hart die Kutsche genommen hatte. Seit sie Actons Anwesen verlassen hatten, hatte er nichts mehr gesprochen.

Er war immer noch ärgerlich auf sie, wahrscheinlich sogar wütend. Aber nachdem sie den ganzen Tag seiner kalten Feindseligkeit ausgewichen war, war sie es müde, Angst zu haben. Sie hatte sich noch nie zuvor von einer bedrohlichen Haltung einschüchtern lassen – nicht einmal von jemandem, der so gefährlich aussah wie Hart Moreland. Denn hätte sie es zugelassen, hätte sie ihre Kindheit in Nord-Texas nie überlebt.

Sie seufzte und zog den staubigen Vorhang weg, der vor dem schmuddeligen Fenster hing. Sie befanden sich bereits mitten in London – einem London jedoch, das sie während ihres kurzen Aufenthalts hier noch nicht zu Gesicht bekommen hatte.

Hohe Straßenlaternen verbreiteten ein unangenehmes, schwefelartiges Licht auf dem nassen, schwarzen Straßenpflaster. Menschen, viel mehr Menschen, als sie sich zu dieser späten Stunde hätte vorstellen können, liefen in dieser unheimlichen Beleuchtung umher. Die Männer waren sehr unterschiedlich: Arbeiter in groben Stiefeln, deren Jacken sich über einige Lagen von Hemden und Pullovern spannten, Händler und Büroangestellte, die vorbeieilten, feine Herrschaften in Zylindern und schwarzen Umhängen und mit Stöcken, deren Silbergriffe glänzten, während ihre Augen den dichtbevölkerten Gehsteig absuchten.

Es gab genauso viele Frauen wie Männer, aber diese hatten alle etwas Vulgäres an sich, das Mercy zunächst nicht so recht identifizieren konnte. Es war mehr als nur ihre Kleidung, obwohl sie alle dick angezogen waren: schmutzige Wollröcke, Petticoats mit Volants besetzt, die über robusten Stiefeln und gestrickten Strümpfen nach oben rutschten. Nur die gelegentlichen Stückchen zerfranster Spitze und hellen Silbers, die die ungehörig entblößten Hälse und Dekolletés verzierten, deuteten auf ihren Beruf hin. Und doch war es nicht ihre Kleidung, die sie einander ähneln ließ, sondern die Apathie ihres Gesichtsausdrucks, die sich so mißtönend von ihren lauten, rauhen Stimmen abhob, mit denen sie lärmend um die Aufmerksamkeit der umherstolzierenden Dandys konkurrierten.

»Wo gehen die nur alle hin? Wo wohnen sie?« fragte Mercy.

»Meinen Sie das ernst?«

Ihr war nicht bewußt gewesen, daß sie gesprochen hatte, bis sie Harts zynische Antwort hörte. Sein Gesichtsausdruck war in der dämmrigen Kutsche nicht recht auszumachen, aber sie hörte deutlich den Sarkasmus in seiner Stimme.

»Ja«, gab sie zurück. »Ich habe noch nie so viele Menschen gesehen und so eine schäbige Gegend.«

»Das ist noch gar nichts.«

Sie schaute wieder hinaus. Einige junge Männer lungerten vor einem halbverfallenen Eckgebäude herum, lehnten an einem Fenster, das »Bester Whiskey« verkündete, und spotteten über die Vorbeigehenden. Es waren schmutzig und gewalttätig aussehende Kerle. Als ein Hund vorbeischlich, warf einer von ihnen eine Flasche nach ihm und lachte dreckig, als er aufjaulte und in einen dunklen Gang humpelte.

Es war ihr nicht klargewesen, wie bedrohlich ein Ort wie dieser war. Hart und ihr konnte hier etwas zustoßen, ohne daß jemand zu Hilfe kommen würde. Keiner würde sich darum scheren.

Sie schluckte. »Sie haben doch sicher eine Knarre dabei, oder?«

Er starrte sie an.

»Eine Knarre, ein Schießeisen ... Sie wissen schon, einen Revolver«, sagte sie ärgerlich.

»Ich weiß, was Sie meinen. Nein, ich habe keine ›Knarre‹ dabei. Das hier ist nicht Texas, Mercy. Hier tragen die Männer nicht so selbstverständlich Waffen mit sich herum.«

Sie warf ihm einen verdrießlichen Blick zu. »Noch größere Dummköpfe«, sagte sie. »Glücklicherweise bin ich vorbereitet.«

Er war gerade dabei, den Vorhang zuzuziehen, als ihn ihre Worte plötzlich erstarren ließen. »Was?«

»Ich habe einen Revolver in meiner Manteltasche. Einen 38er Colt.«

»Verdammt noch mal!«

»Ich dachte, ein Gentleman flucht nicht«, sagte sie liebenswürdig.

»Ich habe Ihnen doch gesagt, ich bin kein Gentleman.«
»Das sehe ich.«
»Und es wäre klug von Ihnen, das nicht zu vergessen«
»Das werden Sie ohnehin nicht zulassen.«
»Was zum Kuckuck soll das denn nun wieder heißen?« fragte er und hatte den Revolver offenbar schon wieder vergessen.
»Ts, ts, ts, schlimmer und schlimmer«, sagte sie und war sich bewußt darüber, daß sie dabei war, das Raubtier in ihm zu reizen, aber sie konnte nicht anders. Ihr wurde klar, daß ihr sein Ärger lieber war als seine Kälte. »Das soll heißen, daß ich mir vollkommen darüber im klaren bin, was Sie von mir denken.«
»Das bezweifle ich.«
Sie ließ sich nicht dazu herab, auf diese unverständliche Aussage zu antworten. Ihr Mut nahm zu und schlug anscheinend in Torheit um. »Und Sie brauchen mich auch nicht noch einmal daran erinnern, daß Sie ein gefährlicher Mann sind. Das zieht nicht.«
Seine schönen Augen wurden kleiner. »Und was soll das heißen?«
»Die Gefahr ist eine Springflut oder eine Herde panisch flüchtender Rinder oder ein Tornado oder ein Steppenfeuer. Gefahr bedeutet es, wenn man auf der flachen Prärie von einem Gewitter überrascht wird oder von fünfhundert Apachen in Kriegsbemalung«, sagte sie hochnäsig.
»Und was ist der springende Punkt?« fragte er.
»Ich *kenne* die Gefahr, Perth. Und sie hat *keinen* englischen Akzent.«
Er brach in herzhaftes Gelächter aus. Seine Augenwinkel

bekamen Fältchen, und seine Zähne glitzerten in dem schwachen Dämmerlicht der Kutsche. Sein Lachen war unwiderstehlich, viel gefährlicher als sein Zorn.

»Touché«, sagte er. »Ich werde Sie nicht weiter langweilen.«

Er lehnte sich zurück und lächelte. »Und vielleicht brauche ich auch nicht zu fluchen.«

Der Wagen wurde langsamer, und der Kutscher rief zu ihnen hinunter: »Cambridge Circus in einer Minute.«

»Großartig«, murmelte Hart. »Und wohin jetzt?«

»Sie wollen sagen«, sagte sie langsam, »Sie wissen nicht, wo das Pfauenrad ist?«

Er seufzte. »Nein.«

»Aber Sie waren doch sicher schon einmal ... Ich meine, ein Mann ... Sie sagten doch, junge Männer schlagen über die Stränge ... Ich hatte angenommen ...« Sie hörte auf zu stottern.

»Es gefällt mir ganz und gar nicht, Mercy, Sie Ihrer interessanten Vorstellungen über mich zu berauben, aber wie ich schon zu erklären versucht hatte, habe ich in den letzten sechs Jahren jeden Kontakt mit Häusern wie dem Pfauenrad *gemieden.*«

»Tatsächlich?«

»Ich habe ein langweilig tugendhaftes Leben geführt, seit ich Texas verlassen habe.«

»Das tut mir leid.«

Er lachte wieder. »Was tut Ihnen leid – Ihr Irrtum oder meine Tugend?«

Hitze stieg ihren Hals hinauf und in ihre Wangen. Das amüsierte Glitzern in seinen Augen verschwand, und seine Maske kalter Gleichgültigkeit war wieder da, als der

Wagen ruckend anhielt. Hart stieß die Tür auf und sprang hinaus. Er warf dem Kutscher ein paar Münzen zu, während Mercy ihren Kopf durch die Tür streckte und nach dem Trittbrett suchte. Bevor ihr bewußt wurde, was geschah, umschlangen seine großen Hände ihre Taille. Er hob sie mühelos und gewandt hoch. Einen zeitlosen Augenblick lang hielt er sie über sich in der Luft, während sein Blick den ihren suchte.

Ihr Herz pochte dumpf. Ihre Finger verkrampften sich auf seinen Schultern. Sein Mund öffnete sich, als ob er etwas sagen wollte, und dann berührten ihre Füße den Boden. Er trat von ihr weg und blickte die Straße hinunter.

»Da drüben«, murmelte er und zeigte auf einen schwach beleuchteten Eingang in einer backsteingemauerten Nische. Hoch oben in der schweren Tür gab es ein bleiverglastes, buntes Fenster in der Form eines Pfauenrades.

Er zog sie an sich und vorwärts. Er roch nach maskulinem Moschus und warmem, staubigem Leder, aber sein Atem war frisch. »Denken Sie daran, Sie sagen nichts, Sie stellen keine Fragen. Sie tun *gar nichts,* außer in meiner Nähe zu bleiben.«

Sie nickte, und er ging zu der Tür. Sobald er klopfte, öffnete sie sich. Ein bulliger Mann mit dickem Hals, unbändigen schwarzen Locken und fleckigen Zähnen stand vor ihnen.

»Wieviel?« fragte Hart.

»Kommt ganz drauf an, wasse woll'n«, antwortete der Mann im breiten örtlichen Akzent, während seine kleinen Augen die beiden gelangweilt musterten. »Ein Zimmer für Sie und den Jungen macht zwei Pfund. Das Raucherzimmer kostet Sie eines. Nur reinkommen macht fünf Schilling.«

Wortlos gab Hart dem Mann zehn Schilling. Der Mann trat beiseite, damit die beiden vorbeigehen konnten. »Meinetwegen. Sie können sich's immer noch anders überlegen.«
Drinnen schwebte eine bläuliche Wolke aus beißendem Dunst über dem engen, unmöblierten Korridor. Er wurde von geschlossenen Türen gesäumt. Am anderen Ende führte eine steile Treppe in ein schwarzes Rechteck hinunter. Hier und da drang Gelächter herauf.
»Ich kann nicht glauben, daß Will hier war. Es muß noch irgendein anderes Pfauenrad geben«, protestierte Mercy.
»Sie haben versprochen zu schweigen.« Hart griff sie am Arm und zog sie nahe an sich heran. Sein Gesicht hatte einen entschlossenen und harten Ausdruck. »Kein Wort mehr«, flüsterte er in strengem Ton. »Kein einziges.«
Abrupt ließ er sie los und schritt den Flur entlang, während jeder Zentimeter seiner geschmeidigen, angespannten Gestalt seinen Ärger verriet, und sie beeilte sich, ihm zu folgen. Er öffnete die erste Tür und schob Mercy vor sich her.
Sie blinzelte in den Rauch, der ihr in die Augen stach. Die mit Parfüm überladene Luft schnürte ihr die Kehle zu. Der Raum war üppig möbliert, heruntergekommen und unsauber. Die vergoldeten und mit rotem Plüsch ausgestatteten Möbel machten einen vernachlässigten Eindruck. Die dichten Orientteppiche waren mit Zigarrenasche übersät, und die stumpfen und klebrigen Tische waren zerkratzt und hatten Brandflecken.
Die wenigen anwesenden Männer waren alle mit einer Art Abendgarderobe herausgeputzt. Gestärkte weiße Hemden und steife Kragen, schwarze Fracks und teure Seidenkra-

watten. Einige schauten herüber und widmeten sich dann wieder ihren Drinks.
Sie sahen nach einer einigermaßen wohlhabenden Gesellschaft aus. Aber sie wirkten alle etwas benommen, gedankenverloren oder geistesabwesend.
Mercy sah zu Hart hinüber. Seine kühle Maske war ihm abhanden gekommen. Er sah wütend aus, sein Blick war hart und seine Kiefermuskeln angespannt. Er schob sie vor sich her auf eine kleine Theke zu, hinter der ein lächelnder junger Mann mit glänzenden schwarzen Haaren und von Akne gezeichneten Wangen stand.
»Brandy«, sagte er.
Der junge Mann musterte Harts magere Figur, seine zerschlissenen Stiefel und seinen schweren, zerknitterten Mantel.
»Erst bezahlen«, sagte er.
Wortlos knallte Hart eine Fünfpfundnote auf den Tisch. Der junge Mann grinste und füllte zwei Gläser. Seine dünne weiße Hand näherte sich dem Geldschein. Hart schnappte ihn am Handgelenk und hielt ihn mit eisernem Griff fest. »Wenn du mir eine Auskunft gibst, gehört er dir.«
Der junge Mann seufzte. »Kann ich nicht machen. Ist gegen die Hausregeln. Frag nie nach dem Namen, nenne keine Namen. Außer meinem eigenen, Ned«, sagte er und sprach jedes Wort ganz deutlich aus.
Hart knallte eine weitere Fünfpfundnote hin. »Ich will keinen Namen.«
Ned leckte sich die Lippen, und sein Blick schoß zur Tür. »Was wollen Sie denn wissen?«
»Ein Amerikaner ist hiergewesen. Sein Name ist William Coltrane. Er ist jung und sprachgewandt. Ist er hier?«

Mercy hielt den Atem an. Der Mann deutete ein Kopfschütteln an.

Erleichterung durchströmte sie. Sie hätte wissen müssen, daß Will nicht in ein Haus wie dieses gehen würde …

»War er hier?«

Ein Nicken. Ihr Magen krampfte sich zusammen.

»Wann?«

»Zuletzt vor ein paar Monaten. War eine Weile Stammgast. Hab' ihn seitdem nicht mehr gesehen.«

»Ein Stammgast?« fragte Mercy.

Hart warf ihr einen wütenden Blick zu, aber sie hätte ihren Mund nicht halten können, nicht um ihr Leben. Wo in Gottes Namen war Will da hineingeraten?

Zum erstenmal schaute Ned sie direkt an. Ein kleines, einschmeichelndes Lächeln entblößte kleine, gelbe Zähne. »Ja, Jungchen«, sagte er. »Ein Stammgast. Ein ›hophead‹.«

Er blinzelte und Mercy fuhr zurück und stieß gegen Harts Seite. Er war fest und warm und ignorierte sie. Lediglich die Venen, die an seinem Hals hervortraten, deuteten an, daß er etwas fühlte.

»Weißt du, wohin er ging? Wo er sich aufhält?«

»Nein«, antwortete Ned, seine Augen auf die beiden Geldscheine geheftet. »Ich habe nie danach gefragt.«

»Wir haben noch mehr Geld, viel mehr«, warf Mercy ein.

Blitzschnell wand sich Harts Arm um sie, preßte sie an seine Seite und raubte ihr damit den Atem.

Ned schürzte die Lippen. »Nun sag mal«, sagte er, »du bist aber kein Junge. Du bist doch ein Püppchen …«

»Das geht dich nichts an«, schnitt Hart ihm das Wort ab. »Weißt du noch irgend etwas?«

Ned zuckte mit den Schultern, anscheinend immer noch

bereit zu helfen, aber einen Moment lang glitt sein Blick hinter die beiden. Seine Lippen verzerrten sich nur ein wenig, etwas Hartes blitzte in seinen Augen auf, und dann lächelte er sie wieder an. »Er hatte sich in der letzten Zeit mit ein paar feinen Pinkeln eingelassen. Vielleicht ist er aufgestiegen, wenn Sie wissen, was ich meine«, sagte er plötzlich ganz gesprächig. »Sie könnten es bei einigen der Häuser am Red Lion's Square versuchen. Schöne Häuser sind das dort. Sie bezahlen für das, was Sie bekommen. Oder« – er machte eine Pause, und sein Blick glitt wieder über sie hinweg nach hinten.

Abrupt drehte Hart sich um. Er griff nach Mercys Hand und ging mit großen Schritten auf die Tür zu, während er sie hinter sich her in den düsteren, engen Flur zog. Er blieb stehen und sah umher.

Von dem schwarzen Rechteck an dem einen Ende perlte ein Kichern herauf. Er ging wieder vorwärts, während sein wasserblauer Blick die geschlossenen Türen absuchte.

Sie stolperte keuchend hinter ihm her. Sein Griff war schmerzhaft. Plötzlich tauchte der bullige Türhüter vor ihnen auf, versperrte ihnen den Weg, und hatte auf seinem öligen Gesicht ein Grinsen, das nichts Gutes verhieß.

»Mist, er ist so ein Kleiderschrank«, hörte sie Hart sagen.

»Zu groß?« hauchte sie ängstlich.

»Viel zu groß«, murmelte er und zog sich langsam mit ihr zurück.

»Sehr gut, wie Ratten in der Falle«, sagte Ned hinter ihnen, diesmal ohne den feinen Mittelklasse-Akzent. »Jetzt, Jungs, nehmt ihr das Mädel, und ich nehm den Zaster.«

Hart machte einen Satz zur nächsten Tür und griff die Klinke. Er öffnete die Tür, gerade als Ned und zwei andere

Kerle den Flur entlangkamen. Er schob Mercy hinein, sprang hinter ihr her und warf die Tür zu. Die schwerfälligen Fußtritte vermehrten sich, als die Männer draußen zu rennen begannen. Er schnappte sich einen Stuhl und rammte dessen Lehne unter die Türklinke.

Mercy rannte zu dem geschlossenen Fenster auf der anderen Seite des Raumes und rüttelte daran. Nichts rührte sich. Im Nu war Hart neben ihr. Mit einem Stöhnen riß er das Fenster auf und blickte hinaus. Er sah immer noch wütend genug aus, um Steine zerbeißen zu können. Er hob sie hoch und hielt sie mit den Füßen voran aus dem Fenster. Um sie herum krachte zersplitterndes Holz.

Er ließ los, und sie fiel.

Sie fiel ungünstig, kam auf Schotter auf, zerriß sich dabei ihre Hosen und schürfte sich die Handflächen auf. Keuchend krabbelte sie gerade auf die Knie, als ein schwerer Körper gegen ihre Schulter fiel und sie zurück auf den Weg warf. Sie wandte den Kopf – es war Hart.

»Verdammt noch mal«, knurrte er, seine Hand unter ihrem Arm, »stehen Sie bloß auf, und rennen Sie!«

»Ich versuch's ja!« Sie taumelte und stolperte noch zweimal, bevor es ihm gelang, sie aufzurichten, während sich ein Kraftausdruck auf ihren Lippen formte.

»Wohin soll's gehen, Alter?« fragte Ned, und seine atemlose Stimme hallte hohl durch die enge und nasse Gasse.

Leises Kichern antwortete auf seine Frage. Sie sah auf. Vier Kerle standen in dem fahlgelben Licht am Ende der Gasse. Sie drehte sich um, und ihr Herzschlag setzte aus. Sie konnte nirgendwohin laufen. Am anderen Ende der Gasse war eine glatte Backsteinmauer.

Sechzehntes Kapitel

»Ich sagte, laufen Sie!« rief Hart ärgerlich.

»Genau«, schnappte Mercy. »Schlagen Sie vor, daß ich zu dem großen Ochsen laufe, oder wäre es Ihnen lieber, ich renne zu unserem lächelnden Freund mit dem öligen Haar?«

»Das ist nicht die rechte Gelegenheit für Sarkasmus«, gab er zurück.

»Sie haben wieder recht«, sagte sie zynisch. »Noch einmal, und wir müssen uns nach einer Trophäe umsehen.«

»Hören Sie«, sagte er und hielt ihr einen Finger unter die Nase, »wenn Sie nicht so wild darauf gewesen wären, ganz Soho davon in Kenntnis zu setzen, daß wir Bargeld bei uns haben, dann säßen wir nicht in dieser Klemme.«

Er hatte wieder recht, aber es machte sie nur noch wütender. Sie wäre nicht überrascht gewesen zu erfahren, daß er *absichtlich* auf ihr gelandet war, als er aus dem Fenster sprang.

»Wenn *Sie* von vornherein die richtigen Fragen gestellt hätten ...«

»Also«, sagte die Riesengestalt von Türsteher mit verwirrter Stimme, »ihr zwei habt wohl nicht mehr alle Tassen im Schrank?«

»Völlig bekloppt«, sagte einer seiner Begleiter.

»Die zanken sich wie ich und meine Alte, dabei sind sie

nur einen Schritt vom Sensenmann entfernt«, fügte ein anderer hinzu.
»Ach, haltet die Klappe!« fuhr Hart sie an.
»Ihr Dummköpfe!« fauchte Ned, drängelte sich an den Männern vorbei und ging auf die beiden zu. »Die schinden doch nur Zeit und hoffen, daß die Bullen auftauchen. Also, hier läßt sich bestimmt kein Bulle sehen, *Bürschchen*«, höhnte er, zog einen kurzen, dicken Knüppel aus seiner Gesäßtasche und ließ das dicke, schwere Ende in seiner Handfläche auf und ab schwingen.
»Gott, ich hasse Schlägereien«, murmelte Hart und warf Mercy einen vernichtenden Blick zu. »Und diesmal laufen Sie lieber, wenn ich ›laufen‹ sage«, schob er nach.
Dic Kerle schlichen vorwärts mit entschlossenen Gesichtern, teilten sich in zwei Gruppen und flankierten Hart und Mercy. Ned stolzierte voraus und verringerte schnell den Abstand.
»Keine Bewegung!« rief Mercy und fummelte in ihrer Manteltasche herum. Sie achtete darauf, daß ihre Stimme fest war und jedes Wort genau zu hören war. Es war der gleiche Ton, den sie benutzte, wenn sie einen Kojoten verscheuchte, der das Hühnerhaus auskundschaftete. Es hatte den gleichen Effekt.
Oder vielleicht war es auch der Anblick des Colts, den sie aus ihrer Manteltasche zog, der die Gruppe – Ned eingeschlossen – plötzlich zum Stehen brachte. Es war ja auch gleichgültig. Den Kerlen fiel die Kinnlade herunter, und ihre Augen weiteten sich vor Unsicherheit. Sogar Hart starrte sie an.
»Sie hatten vergessen, daß ich ihn dabeihabe, stimmt's?« fragte sie ihn.

»Ja, zugegebenermaßen.« Sie hätte schwören können, daß er kurz reumütig lächelte.
»Und« – sie sprach weiter zu ihm, während ihr Blick auf die scharrenden, finster dreinschauenden Schurken ein paar Meter vor ihnen geheftet war – »ich nehme an, wir können mit einiger Sicherheit sagen, daß wir unseren Standpunkt bezüglich der Notwendigkeit, in London eine ›Knarre‹ dabeizuhaben, überdacht haben?«
»Hm.«
Die Männer blickten Ned fragend an, was sie weiter tun sollten. Aber Ned war anderweitig beschäftigt. Er starrte so gebannt auf die Pistole zehn Zentimeter von seiner Stirn entfernt, daß er schielte.
»Also«, sagte sie zu den Kerlen und beobachtete Neds schwitzendes Gesicht, »wenn ihr nicht herausfinden wollt, was eine amerikanische *Dame* tut, wenn ihr Schurken mit unangenehmen Absichten begegnen, dann schlage ich vor, ihr zieht euch zurück.« Sie schickte ein Dankgebet zum Himmel dafür, daß sie nicht vor Angst stotterte. Ungeachtet ihrer ruhigen Hand fühlten sich ihre Knie an, als ob sie jeden Augenblick zu schlottern anfangen könnten.
Die Kerle versuchten, sie einzuschätzen. Mercy senkte den Pistolenlauf demonstrativ auf einen anderen Teil von Neds Anatomie.
»Ach, sie würde doch nie ...« fing der Ochse zu sprechen an.
»Doch, sie würde!« zischte Ned.
»Das glaube ich auch«, sagte Hart unterstützend.
Die anderen Männer sahen noch nicht überzeugt aus. Sie seufzte dramatisch. »Schaut, selbst wenn ihr bereit seid, Ned zu opfern – und nach meiner kurzen Begegnung mit

ihm könnte ich euch ganz gut verstehen –, diese Dinger« – sie wedelte mit dem Revolverlauf, und Ned gab einen würgenden Laut von sich – »sind gräßlich laut. Und ich wage zu behaupten, Pistolenschüsse sind doch so selten hier, daß selbst ein ganz und gar nicht neugieriger Polizist wird nachforschen müssen.«

»Sie hat recht!« rief Ned. »Verschwindet!«

»Ach, Mist«, knurrte der Ochse und drehte sich mit trüber Miene um. Ohne ein weiteres Wort oder einen Blick zur Seite polterte er an seinen Spießgesellen vorbei. Die anderen scharrten noch ein bißchen auf der Stelle, bevor sie ihm nachgingen.

»Und jetzt beweg dich, Ned, und zwar in angemessenem Tempo.« Mercy deutete zum Ausgang der Gasse hin. »Und glaub bloß nicht, du und deine Freunde, ihr könntet uns nachschleichen und uns in einem günstigeren Moment erwischen. Percy« – sie zeigte mit dem Kopf in Harts Richtung und fand befriedigt einen überraschten und ungläubigen Ausdruck auf seinem Gesicht – »ist ein berüchtigter und gefährlicher Mann. Ich würde keine Verantwortung übernehmen für das, was er tut, wenn er auch nur *glaubt*, daß ihr etwas ausheckt.«

Ned machte ein finsteres Gesicht, warf jedoch einen besorgten Blick zu Hart hinüber. Sich in seine Rolle ergebend, fletschte dieser die Zähne.

»Naaa gut«, lenkte Ned ein; seine Schultern und seine herausfordernde Pose fielen augenblicklich in sich zusammen, und nun sah er genau nach dem aus, was er war: ein junger Mann mit schlechter Haut, zu viel Haaröl und – trotz seiner sorgfältigen Imitation des Benehmens der Mittelklasse – ohne Hoffnung, jemals aus den

schäbigen Straßen herauszukommen, die ihn hervorgebracht hatten. »Ned Bright ist kein Dummkopf. Wir haben es versucht, und es hat nicht geklappt. Nix für ungut, was?«
Mercy mußte fast lachen über die unglaubliche Frechheit des jungen Mannes. Aber das Lachen verging ihr bei dem Gedanken an seinen harten, abwägenden Blick und die Zungenspitze, die seine Lippen befeuchtete, als er entdeckt hatte, daß sie eine Frau war. Jetzt waren sie am Ausgang der Gasse. Hart bedeutete ihnen, zu warten, schlich vorwärts und schaute sich nach allen Seiten um, bevor er sie weiterwinkte.
Ned wollte gerade an Mercy vorbeigehen, aber Hart hielt ihn am Arm fest. Der Mann zuckte zusammen. Hart sah ihn ungerührt an, jeglicher Ausdruck war aus seinem Gesicht gewichen. Ein arktischer Wind wäre Balsam gewesen im Vergleich zu diesem harten Blick.
»Wo ist er? Wo ist Will Coltrane?«
»Ich weiß es nicht, ich schwör' es«, sagte Ned und wand sich. »Sie wissen doch, wie sie sind. Sie kommen und gehen. Willyboy hatte einen ziemlichen Appetit. Manche erwischt es eben so. Und ich habe Ihnen vorhin die Wahrheit gesagt. Ich würde beim Lion Square schauen. Chinesenhäuser, höchstwahrscheinlich.«
Hart stieß ihn auf die Straße hinaus. Ned lief los und rannte, bis er vom dunklen Alkoven des Pfauenrads verschluckt wurde.
»Ich glaube, wir sollten ...«
»*Sie* sagen gar nichts«, schnitt Hart ihr das Wort ab.
»Aber ich ...«
»Noch ein einziges Wort, und ich schwöre bei Gott, daß

ich Sie hier zurücklasse«, stieß er hervor, bevor er einen Wagen herbeirief, der gerade um die Ecke bog. Er kam ruckend zum Stehen, Hart schob sie unsanft vorwärts, drängte sie in das muffige Wageninnere und schlug die Tür zu.

Sobald sie allein in der verhältnismäßig sicheren Dunkelheit der heruntergekommenen Droschke saß, brach Mercys Furcht durch, die sie während der letzten halben Stunde in Schach hatte halten können. Sie zitterte unkontrolliert.

Sie hätten umgebracht werden können.

Sie konnte immer noch umgebracht werden, dachte sie. Sie wäre nicht überrascht, wenn Hart sie erwürgen würde. Und was war bei dem Abenteuer herausgekommen? Der Name eines weiteren Etablissements wie diesem und die Verheißung, mit einem weiteren Beweis für die Entwürdigung ihres Bruders konfrontiert zu werden. Gott, was war nur aus Will geworden?

Und als sie vor ihrem geistigen Auge ein Bild von dem habgierigen Blick und der hinterhältigen Art von »Ned« mit dem Gesicht von Will sah, barg Mercy ihr Gesicht in den Händen und weinte.

Er mußte ihr einfach eine Höllenangst einjagen, beschloß Hart, während er draußen stand und dem Fahrer Anweisungen gab. Aber wenn er ihren verdammten Bruder finden sollte, dann müßte es ohne ihre riskante Begleitung geschehen.

Mit Schrecken bemerkte er, daß er tatsächlich dabei war, Will für sie aufzutreiben. Ihre Anhänglichkeit und wilde Entschlossenheit hatte seinen Respekt gewonnen, trotz ihrer Lügen, Manipulationen und – er biß die Zähne

zusammen, als er das dicke Bündel Geldscheine in seiner Innentasche spürte – sogar trotz ihrer verdammten »zweihundert Pfund Sterling«.
Nichtsdestotrotz konnte sie nicht noch einmal mit ihm gehen. Obwohl er einräumte, daß sie heute nacht die Situation gerettet hatte, wäre er ohne sie in solch eine Situation gar nicht erst gekommen. Sie war zu sehr erpicht auf irgendwelche Hinweise bezüglich Wills Aufenthalt. Sie hatte noch nicht gelernt, geduldig zu sein, wenn sie mit ihrem Herzen bei der Sache war.
Er hoffte, sie würde es nie lernen.
Er warf dem Fahrer ein ganzes Pfund zu als Anreiz, sie schnell zum Mietstall zurückzubringen, und ging um die schlechtgefederte Droschke herum. Er mußte ihr so viel Angst einjagen, daß es ihr nicht im Traum einfallen würde, ihm noch einmal zu folgen. In dieser Gegend konnte ihr etwas zustoßen.
Er ballte die Faust an seiner Seite und machte ein düsteres Gesicht. Ihr würde sicher etwas zustoßen, sobald ihr flinker Verstand Neds Slang enträtselte und ihr klar wurde, daß ihr Bruder ein *hophead* war. Ein Opiumsüchtiger.
Er hob eine Schulter, als ob er eine ungleiche Last auf dem Rücken besser verteilen wollte, hielt an der Wagentür inne und starrte sie an. Er konnte ihre Sorge nicht lindern, aber er konnte wenigstens ihre körperliche Unversehrtheit bewahren.
Er stählte sich, um die Rolle des Tyrannen zu spielen und sie davon zu überzeugen, daß er eine wesentlich größere Bedrohung darstellte als irgendein begriffsstutziger Koloß oder ein Süchtiger mit verfaultem Gehirn und einem öligen Lächeln, und riß die Tür der Kutsche auf.

Sie weinte.
In einem einzigen Atemzug entließ seine Lunge alle Luft. Er kletterte hinein und zog die Tür hinter sich zu. Sie bemerkte es nicht. Sie war nach vorne gebeugt, und ihr schmaler Rücken bebte. Ihr Haar hing dunkel und wirr unter ihrem Hut hervor und verhüllte halb ihr Gesicht, während sie ihre abgehackten Schluchzer mit ihren Händen dämpfte.
»Mercy«, sagte er sanft und hilflos.
Wenn sie es gehört hatte, dann zeigte sie es jedenfalls nicht. Er wußte nicht, was er tun oder sagen sollte. Aber er konnte nicht dasitzen und sie weinen sehen, um nichts in der Welt. Er strich über ihren gebeugten Nacken.
Ohne Zögern wandte sie sich ihm zu, warf sich ihm an den Hals und schlang die Arme um ihn, als ob sie ihn nie mehr loslassen wollte. Ihr feuchtes Gesicht lehnte sich heiß und klebrig an seinen Hals. Handlungsunfähig starrte er auf das dunkle Haar, das über seine Brust fiel.
Noch nie zuvor hatte eine Frau in seinen Armen Trost gesucht. Teufel, er war noch nie von einer Frau umarmt worden, ohne daß es dabei um Sex gegangen wäre. Und er war weiß Gott in den letzten drei Tagen so wild wie ein jungfräulicher Heranwachsender gewesen. Aber jetzt nicht.
Jetzt spürte er nur dieses überwältigende Bedürfnis, sie zu beruhigen, ihren Schmerz zu lindern und sie vor Kummer zu beschützen. Er wollte sie halten, als ob er dadurch ihre Pein in sich aufnehmen könnte. Es war ein erschütterndes Gefühl. Sein Hals tat weh, und sein Körper beugte sich wie ein Schutzschild über den ihren.
Er strich ihr sachte übers Haar, und seine Finger zitterten

auf dem dicken Umhang. Sie schmiegte sich näher an ihn, und er legte verlegen seine Arme um sie. Als sie ihn nicht abwehrte, zog er sie noch näher. Sie war hinreißend nachgiebig in seinen Armen, ihr feengleicher Körper schmal, zart gebaut und doch unglaublich stark, und als ihr Atem seine Haut fächelte, stockte der seine.
Er hatte keine Worte. Die Zärtlichkeit, die sie seiner arktisch kühlen Seele entwand, machte ihn sprachlos. Er hatte kein Recht, sie so zu halten, und er wußte es – selbst wenn sie es nicht wußte. Und doch, dachte er mit einem Funken schwarzen Humors und noch schwärzerer Selbsterkenntnis, daß es nichts auf der Welt gab, was ihn zum Loslassen hätte bewegen können.
Einige lange Minuten weinte sie und legte all ihre Energie in den Kummer, bis sich allmählich ihr Atem beruhigte und sie sich entspannte, hilflos und erschöpft. Wie ein Dieb rieb er seine Wange gegen den zart geformten Kopf, der sich an seinen Hals kuschelte, und gab der Liebkosung den Anschein, als ob er sich anschickte, sie von sich wegzuschieben. Sie murmelte etwas Unverständliches und drückte sich näher an ihn heran. Er schluckte und gab auf.
Er gab sich völlig dieser ungewohnten Rolle hin, zog sie ganz auf seinen Schoß und drückte sie zärtlich an sich. Sie stieß einen Seufzer völliger Erlösung aus.
Sein Kopf fiel zurück gegen die fleckige Kopfstütze aus Leder. Während er versonnen die schwarze Decke über sich betrachtete, nannte er sich selbst einen Narren, obwohl er gleichzeitig hoffte, der Fahrer würde seine Anweisung zur Eile ignorieren.

»Wir sind wieder zurück.« Harts Stimme weckte sie aus dem Schlaf, und Mercy hob ihren Kopf. Die wunderbare Wärme, die sie umgeben hatte, war verschwunden. Es war kalt. Zitternd sah sie sich um und versuchte, ihre Augen an das dunkle Innere der Droschke zu gewöhnen.
»Der Mietstall?« fragte sie mit schlaftrunkener Stimme.
»Nein, Actons Anwesen.«
»Aber die Pferde ...«
»Sind hinten am Wagen angebunden.« Seine Stimme klang gleichgültig. »Wir sind am Tor.«
Sie hatte es vergessen, er war ja ärgerlich auf sie. Ungeachtet dessen, daß er ihr erlaubt hatte, in seinen Armen Zuflucht zu finden, machte sein distanzierter Ton deutlich, daß es nur eine zeitweilige Zuflucht gewesen war. Diese Erkenntnis ließ ihr erneut die Tränen in die Augen steigen.
Du Närrin, dachte sie. Er küßt dich, und du bietest dich ihm fast an. Er tätschelt dich tröstend, und du wirfst dich ihm an den Hals. Und wenn er dich nicht auf den Boden fallen läßt, dann denkst du gleich ... dann hoffst du ...
Sie wandte ihren Kopf ab. Sie würde ihn nicht noch einmal in Verlegenheit bringen. Sie würde nicht noch einmal in seiner Gegenwart weinen.
Er öffnete die Tür und sprang vom Wagen. Sie richtete sich mühsam auf, immer noch etwas desorientiert. Bevor sie irgend etwas tun konnte, hob er sie hoch, trug sie zu ihrem Pferd und setzte sie in den Sattel.
Er war ein sanfter Mann, fuhr es ihr durch den Kopf, trotz all seiner Gefährlichkeit. Seine Hände verweilten eine Sekunde, um sicherzugehen, daß sie richtig saß.
»Alles in Ordnung?« fragte er.

Sie nickte.
»Wie werden wir Sie ins Haus zurückbringen?« murmelte er und schwang sich in seinen eigenen Sattel.
Er wartete nur darauf, sie loszuwerden, ihre Doppelzüngigkeit und Erpressung loszuwerden, ungeduldig, sie aus seinem Leben verschwinden zu sehen. Ja, er hatte zwar gesagt, daß er sie bewundere, aber nur widerwillig, so wie man einen Kojoten wegen seines unnachgiebigen Opportunismus bewundert.
Mehr war sie nicht für ihn – ein Kojote, der sein Herrenhaus heimsuchte, dachte sie verzweifelt. Und wie könnte sie ihm das übelnehmen? Sie stand für alles, was er vergessen wollte: Gewalt, Betrug, Vulgarität.
Um Himmels willen, dachte sie mit einem fiebrigen Lachen, sie war dabei, den Earl of Perth zu erpressen! Was erwartete sie denn von ihm? Eine Einladung zur Oper?
Mit dem Handrücken wischte sie ihre Wangen trocken.
»Ich habe vorgesorgt«, sagte sie und trieb ihr Pferd weg von ihm und von allem, was sie nie zu bekommen hoffen konnte.

Siebzehntes Kapitel

Miss Coltrane, ich hoffe, Sie haben gut geschlafen?«

Mercy erschrak beim Klang von Henley Wrexhalls Stimme. Sie war müde und unsicher und von einer überwältigenden Sehnsucht erfüllt, Hart zu sehen. Eine Sehnsucht, die sie zu verdrängen suchte.

»Ich hatte eine äußerst erholsame Nacht, Mr. Wrexhall«, antwortete sie. »Und Sie?« Er hatte sein übliches höfliches Lächeln auf dem Gesicht, aber es war eine forschende Note in seinen Augen, die ganz und gar nicht angenehm war. Hatte er sie letzte Nacht hereinkommen sehen?

Unsinn, dachte Mercy. Brenna hatte sie durch den Dienstboteneingang hereingeschmuggelt. Keine Menschenseele hatte eine Ahnung. Sie würde ihre Reputation darauf wetten. Und das war tatsächlich, was sie getan hatte.

Er trat von einem Bein auf das andere. »Ausgezeichnet.«

Warum, fragte sie sich, *haben Sie dann Ringe unter den Augen?* Ihr eigener Spiegel hatte ähnliche dunkle Stellen enthüllt, als sie sich am Morgen hastig frischgemacht hatte.

»Ein schöner Morgen, nicht wahr?« fragte sie auf der Suche nach einem Konversationsthema. Wrexhall war, wenn sie sich recht erinnerte, ein Mitglied der Liberal Party und ein aufsteigender junger Politiker. Diese Erinnerung half ihr allerdings auch nicht weiter. Sie hatte absolut keine Ahnung von Englands Politik.

»Ihr Schwager scheint heute morgen abwesend zu sein.«

»Ich nehme an, er kümmert sich um Fanny«, erwiderte Henley. »Das nimmt inzwischen seine ganze Aufmerksamkeit in Anspruch. Ich glaube allerdings nicht, daß er es ihr übelnimmt. Richard hat Menschenansammlungen noch nie gemocht, er ist auf seinem Anwesen viel glücklicher.«

Richard? Natürlich, der andere Schwager fiel Mercy auch wieder ein. »Dann genießt Mrs. Wrexhall diese Hausgesellschaften?« fragte sie. »Da hat sie Glück, so einen verständnisvollen Ehemann zu haben.«

»Meine Güte, nein. Die Aussicht auf Partys strengt Fanny immer sehr an. Sie macht sich immer Sorgen, jemand würde von ihr erwarten, daß sie etwas Kluges sagt.«

Mercy zog überrascht die Stirn in Falten. »Warum haben sie denn dann die Einladung überhaupt ...« Sie hielt inne, beschämt über ihre Taktlosigkeit. »Entschuldigen Sie.«

Henley lächelte, und diesmal gelangte das Lächeln auch bis in seine Augen, ein sarkastisches Glitzern zwar, aber mehr, als was er sonst anderen zeigte. Normalerweise spannten sich nur seine Wangenmuskeln etwas an, und dieser Gesichtsausdruck war so allgegenwärtig wie bedeutungslos.

»Ist schon in Ordnung«, sagte er.

»Als ich Sie nach Ihrem Schwager fragte, sprach ich eigentlich von Lord Perth.«

»Oh.« Seine dunklen Augen wurden trübe. »Ich weiß leider nicht, wo Perth steckt. Wahrscheinlich ist er mit seinen Intrigen beschäftigt.« Wenn sein Lächeln ein Ver-

such war, den kritischen Ton aus seinen Worten zu nehmen, dann war der Versuch mißglückt. »Nicht daß wir Perth gegenüber undankbar wären«, fuhr er schnell fort, »aber es wäre vielleicht das Beste, wenn Annabelle mit einiger Gewißheit eine ... dauerhafte Verbindung eingehen soll, daß sie selbst dann bei deren Entstehung die Hauptrolle spielen würde.«
Mercy starrte ihn verwirrt an und hatte keine Ahnung, wie sie auf solch eine außergewöhnliche Bemerkung reagieren sollte. Das Erscheinen von Nathan Hillard auf der Bildfläche half ihr aus dieser Verlegenheit.
An diesem Morgen schien er gut gelaunt zu sein, ausgeruht und strahlend. Sein goldenes Haar war auf Hochglanz poliert, seine Kleidung war elegant und dezent. Er war ein sehr gutaussehender Mann, dachte sie ganz objektiv.
»Miss Coltrane«, begrüßte er sie, »ich hoffe, Sie hatten eine angenehme Nacht? Ich hoffe, Ihre morgendlichen Ausritte fordern nicht ihren Preis. Sie müssen daran denken, daß wir hier nicht so früh zu Bett gehen, wie auf einer Ranch üblich. Passen Sie auf sich auf, meine Liebe.«
Seine Besorgnis war leicht eigennützig. Mercy errötete beschämt unter seinem musternden Blick.
»Sehr angenehm, danke, Mr. Hillard.« Das war schon der zweite Mann, der sie etwas zu genau betrachtet hatte. Sie würde Brenna um etwas Puder bitten müssen, um ihre Augenringe abzudecken.
Henley, offensichtlich erleichtert, von seinen indiskreten Bemerkungen abgelenkt worden zu sein, hieß Nathan mit einem Klaps auf den Rücken willkommen. »Nathan, ich hatte noch gar keine Gelegenheit, mich bei Ihnen für Ihre

Unterstützung letztes Jahr in den Wahlbezirken zu bedanken.«
»Henley, es ist mir nicht nur ein Vergnügen, sondern auch eine Pflicht, alles zu tun, was ich kann, um die wirtschaftlichen und sozialen Bedingungen in unserem Land zu verbessern. Und Ihr Eintritt ins Unterhaus ist sicherlich ein Schritt in diese Richtung.« Es war eine wirklich anerkennende Äußerung, aber anstatt Wrexhall zu erfreuen, schien sie einen gegenteiligen Effekt zu haben. Er wurde puterrot.
Hillard wandte sich Mercy zu. »Und wie haben Sie vor, diesen strahlenden Tag zu verbringen, Miss Coltrane?«
»Ich habe noch nicht darüber nachgedacht«, gab sie zurück. Außer Hart zu finden und ihren nächsten Schritt zu planen, hatte sie noch nichts vor.
»Ah. Na ja, vielleicht könnte ich Sie ja für einen Ausritt über Land begeistern, oder für eine Fahrt nach Fair Redding? Es ist eine höchst malerische Stadt.«
»Vielleicht ein andermal, Sir.« Sie hatte heute anderes zu erledigen. So angenehm das wahrscheinlich wäre, sie konnte es sich nicht leisten, auf ihr eigenes Vergnügen Zeit zu verschwenden, während Will sie brauchte. Der Vorschlag klang verdächtig nach einer Atempause.
Henley prustete. »Und was weißt du schon über malerische Städte, Nathan? Ich gebe zu, ich bin überrascht, daß du überhaupt hier bist. Ich hätte nicht gedacht, daß das Land etwas für dich sei.«
»Das kommt ganz darauf an, wer sich auf dem Land aufhält«, erwiderte Hillard, und seine leuchtenden blauen Augen ruhten auf Mercy und verschlangen sie fast.
»Sie müssen doch die Geschäftigkeit von London vermis-

sen, Nathan«, fuhr Henley fort – entweder war ihm Hillards Bemerkung entgangen, oder er ignorierte sie. »Die Vergnügungen, die Partys, die Gesellschaft ...«
»Ich hatte vergessen, daß sie Ihren ständigen Wohnsitz in London haben, Mr. Hillard«, sagte Mercy. »So viele der Leute, die ich kennenlernte, haben sowohl eine Adresse auf dem Land als auch in der Stadt, und ich muß gestehen, ich finde das alles sehr kompliziert.«
»So viele der Leute, die Sie kennenlernten, haben die Mittel für zwei Wohnsitze«, sagte Hillard mit einem reuevollen Lächeln.
Sofort brannten ihre Wangen vor dem Ausmaß ihres Fauxpas. »Bitte entschuldigen Sie, Mr. Hillard«, rief sie aus.
»Nicht nötig, Miss Coltrane. Die Umstände bezüglich meines Wohnsitzes sind lediglich eine vorübergehende Angelegenheit. Wer weiß, vielleicht besitze ich nächstes Jahr vier Landhäuser.«
»Und warum würden Sie das wollen?« fragte Henley ohne sein übliches Lächeln. »Viel zuviel Arbeit, wenn Sie mich fragen.«
Die Bitterkeit in seinen Worten war gut zu hören, und Mercy wurde daran erinnert, daß die Wrexhalls auf Harts ererbtem Anwesen lebten, das Henley während Harts ausgedehnter Reisen verwaltete.
»Nur zu wahr, Henley. Ich habe nicht den Wunsch, Immobilien mein *eigen* zu nennen, ich möchte sie lediglich ab und zu benutzen.«
»Leben Sie gern in London, Mr. Hillard?« fragte Mercy, während eine Idee in ihrem Kopf Gestalt annahm. Vielleicht brauchte sie Hart gar nicht in ihre Pläne hineinzu-

ziehen. Offensichtlich war Hillard ... an ihr interessiert und könnte daher geneigt sein, sie zu unterstützen.
»Nathan ist ein Herumtreiber«, sagte Henley. »Er kennt jeden Menschen, jedes Ding und jeden Ort in London.«
»Kaum«, wehrte Hillard ab. »Ich genieße einfach die Gesellschaft meiner Mitmenschen. Ich bin – ich gebe es zu – ein soziales Wesen.«
»Vielleicht sind Sie in der Stadt meinem Bruder begegnet, Mr. Hillard.«
»Ihrem Bruder?« Hillards glatte Stirn legte sich in Falten. »Ach ja, der geheimnisvolle Will. Ich erinnere mich, daß Sie ihn erwähnten, als wir in London einander vorgestellt wurden. Sie waren sehr entschlossen, seinen Aufenthaltsort herauszufinden. Und haben Sie den Verschwundenen gefunden?« fragte er.
»Nein, noch nicht.«
»Oh! Verzeihen Sie meinen leichtfertigen Ton, Miss Coltrane. Ich hatte angenommen, daß Sie ...« Er hielt inne und hob entschuldigend die Hände. »Es tut mir leid, sagen zu müssen, daß ich nicht das Vergnügen hatte, Ihren Bruder kennenzulernen. Wie lange ist er schon in der Stadt?«
»Er ist seit fast einem Jahr in England. Ich vermute, er hat die meiste Zeit davon in London verbracht.«
»Sie vermuten?« fragte Henley. »Sie meinen, Sie wissen es nicht?«
Mercy versuchte zu lächeln, war sich aber bewußt, daß es ihr nicht recht gelang. »Nein, ich weiß es nicht. Anscheinend schlägt er über die Stränge, wie junge Männer das gerne tun – zumindest hat man mir das gesagt«, fügte sie mit einem düsteren Gedanken an Hart hinzu.

»Ich möchte ihn daran erinnern, daß er eine liebende Familie hat.«
Nathan betrachtete sie mit Beifall und Zärtlichkeit. »Dürfte ich so dreist sein, mich für Sie nach ihm zu erkundigen?«
»Oh, das würden Sie tun?« fragte sie eifrig und lehnte sich vor. »Ich wäre Ihnen so dankbar.« Sie dachte daran, die Namen der Häuser zu nennen, in denen Will verkehrte, aber sie erinnerte sich an die anrüchige Atmosphäre des Pfauenrads und an den noch anrüchigeren Mann an der Bar und ließ es bleiben. Es könnte Hillard ein schlechtes Bild von Will vermitteln und ihn veranlassen, sein Angebot zurückzunehmen.
Vielleicht würde es schon helfen, wenn sie ihn einfach unter seinen Bekannten fragen lassen würde. Er könnte jemanden kennen, der jemanden kennt ... Schließlich waren viele der Männer im Pfauenrad so elegant gekleidet wie die Herren hier.
»Mit dem größten Vergnügen«, sagte Hillard. »Aber ich fühle mich verpflichtet, Sie darauf hinzuweisen, daß es, wenn Ihr Bruder nicht gefunden werden möchte – besonders ein Bursche, der entschlossen ist, sich unabhängig zu machen«, fügte er mit einem nachsichtigen Lächeln hinzu, »– wenig Hoffnung gibt, ihn zu finden. London ist eine große Stadt.«
»Oh, ich werde ihn finden«, sagte Mercy hartnäckig. »Egal, wie lange es dauert, ich werde ihn finden. Er ist mein einziger Bruder, wissen Sie. Ich *muß* ihn finden.«
»Ich möchte wetten, daß Sie mit solcher Entschlossenheit Erfolg haben werden«, erwiderte Hillard mit leiser, nachdenklicher Stimme.

»Worauf wetten Sie gerade, Hillard?« Acton grüßte sie. Mercy drehte sich um und sah, wie ihr Gastgeber sich mit seinem in ein Lächeln getauchten breiten Gesicht zu ihnen herunterneigte. Annabelle Moreland schwebte an seiner Seite, ein entzückender Anblick, in fliederfarbenem Musselin mit winzigen, orchideenfarbenen Satinschleifen.
»Sie werden Miss Coltrane doch nicht zu einem weiteren Schützenwettbewerb herausfordern?« fragte Acton in einem derben Ton.
»Guter Gott, nein«, sagte Hillard. »Ich hätte keine Chance.«
»Gut. Ich habe nämlich gerade den Wildhüter getroffen, und ich habe ein eigenes Anliegen an Miss Coltrane. Ich ließ ihn gestern rund dreihundert Fasane in der Wiese aussetzen. Heute« – er rieb sich die Hände – »wäre fabelhaftes Wetter für ein Nachmittags-Schießen.«
»Ich jage leider nicht, Acton«, sagte Henley.
Acton sah ihn an, als ob er gerade erst seine Anwesenheit bemerkte. »Oh, Wrexhall. Das ist ganz in Ordnung. Aber für die von uns, die jagen, wird es herrlich sein.« Er wandte sich Mercy zu. »Ich hoffte, Sie würden uns mit Ihrem Können sowie mit Ihrer reizenden Gesellschaft erfreuen, Miss Coltrane.«
Mercy suchte nach einem Grund, ablehnen zu können. Seit sie Hart in dieses Wettschießen gelockt hatte, war Acton ihr glühendster Verehrer geworden. Es war etwas ermüdend, seinem übertriebenen und romantisierten Bild von ihr entsprechen zu müssen.
»Werden die anderen Damen dabeisein?« fragte sie.
Er lächelte. »Oh, keine der anderen Damen kann hoffen, es Ihnen gleichzutun, Miss Coltrane. Ich bin sicher, sie werden zufrieden sein, vom Wagen aus zuzuschauen.«

Nicht, wenn Annabelle ein Beispiel dieser Zufriedenheit wäre, dachte Mercy. Das junge Mädchen betrachtete sie kühl. Über den undurchdringlichen See ihrer heiteren Ausgeglichenheit lief eine deutliche Welle der Unzufriedenheit.
»Schießen Sie, Miss Moreland?« fragte sie.
»Nein, Miss Coltrane. Ich bin keine Sportlerin«, sagte Annabelle.
»Natürlich nicht, Miss Moreland«, sagte Acton. »Vielleicht könnten Sie und einige der anderen Damen ein *déjeuner alfresco* arrangieren?«
»Sicherlich. Möchten Sie mit Käse und Früchten beginnen?« gab das Mädchen schnippisch zurück. »Und welches Getränk? Limonade? Heiße Schokolade? Vielleicht möchten Sie, daß ich darauf achte, daß das Leinen richtig gebügelt ist?«
Überrascht sah Mercy sie an.
»Ach, das wird nicht nötig sein.« Actons Mund sah ein wenig schlaff aus.
»Und zum Hauptgang?« fuhr Annabelle fort. »Fleischpasteten oder Würstchen im Schlafrock?«
Mercy hätte schwören können, daß ein zierlicher Fuß ungeduldig unter den vier Lagen von Spitzen und Rüschen wippte.
»Das ist alles in Ordnung«, quäkte Acton und räusperte sich. »Was immer der Koch liefert.«
Wrexhall grinste. »Ich selber habe eine ziemliche Vorliebe für Wurst, Belle«, sagte er.
»Ich werde es sofort veranlassen.« Annabelle wirbelte herum, und ihre bauschigen fliederfarbenen Röcke wogten, als sie davonschritt, wahrscheinlich um ihren Bruder über diese Beleidigung zu informieren.

»Wenn die Herren mich entschuldigen wollen«, sagte Mercy und sah Annabelle nach, wie sie durch die kleinen Gruppen von Menschen ging.
»Natürlich, liebe Miss Coltrane«, sagte Acton und machte eine Verbeugung. »Wir sehen Sie dann später.«
»Ja«, murmelte sie und paßte auf, durch welche Tür Annabelle hinausging.
»Dann werden Sie schießen?« fragte Hillard, als sie sich zu gehen anschickte.
»Ja, ich nehme an.« Sie würde Annabelle aus den Augen verlieren, wenn sie sich nicht beeilte. »Guten Tag, die Herren.«
Sie eilte durch den Raum und kam gerade in dem Moment in den breiten, hellen Flur, als Annabelle um die Ecke biegen wollte.
»Miss Moreland!« rief Mercy.
Offensichtlich wollte das Mädchen nicht mit ihr reden, aber es wäre lächerlich gewesen vorzugeben, daß sie sie nicht gehört hatte. Sie waren die einzigen Menschen im Flur. Sie war stehengeblieben, hatte sich aber noch nicht umgedreht. Mercy konnte die Anspannung in ihrem schmalen Rücken sehen.
Die guten Manieren obsiegten. Annabelle wandte sich um, eine goldene Augenbraue leicht fragend hochgezogen. Sie wartete, bis Mercy nahe genug war, um in normaler Lautstärke mit ihr reden zu können. Ein Punkt für Annabelle, dachte Mercy sarkastisch.
»Miss Coltrane?« fragte sie höflich. »Sie wünschen? Vielleicht möchten Sie noch etwas auf die Menüliste für das Lunch setzen?«
Mercy lachte, und Annabelles schöne Augen wurden größer.

»Nein, Miss Moreland. Ich suche Ihren Bruder. Ich habe ein – ein Buch, das er sich leihen wollte.«
Es war keine sehr phantasievolle Lüge, aber Annabelles gute Erziehung hielt noch stand, wenn auch nur an einem seidenen Faden. »Ach ja?« gab sie zurück. »Nun, dann müssen Sie leider bis später warten, um es ihm geben zu können. Er ist nicht im Hause.«
»Nicht im Hause?« Noch einmal nachzufragen war unverzeihlich vulgär, und wenn Annabelle nur ein Jahr älter als sie gewesen wäre, dann hätte sie Mercy ganz sicher eine Zurechtweisung erteilt, die sie offensichtlich nur mit Mühe zurückhalten konnte. Mercy dankte Gott für die englischen Gouvernanten!
»Ja«, antwortete Annabelle. »Beim Frühstück heute morgen erwähnte er, daß er den Tag über in London sein würde. Geschäftlich. Möchten Sie *noch* etwas wissen?«
London, dachte Mercy. *Er war losgezogen, um Will alleine zu finden. Verflixter Kerl, er hat dich wie einen lahmen Hund zurückgelassen.*
Der Gedanke traf sie tief. Und das, nachdem sie ihm klargemacht hatte, wie wichtig es war, daß sie selbst mit Will sprach. Nachdem er sie im Arm gehalten hat. Nachdem sie dachte, er könnte Gefühle haben ... Sie weigerte sich, dem Gedankengang weiter zu folgen.
»Nein, Miss Moreland«, sagte sie schwach.
»Es war mir ein Vergnügen«, gab Annabelle zurück und ging mit einem letzten überlegenen Blick von dannen.

»Treffer!« rief Major Sotbey, als der Fasan in einem Wirbel von Federn vom Himmel stürzte. »Großartiger Sport, was?« fragte er Mercy strahlend.
»Köstlich«, erwiderte sie mechanisch.
»Das ist eine schöne Waffe, die Sie da haben, Ma'am«, sagte er.
»Danke, Major. Ja, sie ist schön, nicht? Es ist eine Winchester.«
»Sie haben Ihr Gewehr aus Amerika mitgebracht?« fragte der Major.
»Nein, Sir. Seine Hoheit hatte sie in seiner Sammlung. Er gab sie mir nach dem, äh ... Wettschießen zwischen Lord Perth und mir.« Harts Gesicht blitzte durch ihren Kopf. Sie verdrängte es. Er hatte sie zurückgelassen. Jetzt gerade war er in London, um nach Will zu suchen, während sie hier herumstand, nutzlos und verlassen.
»Ach ja?« Die Stimme des pensionierten Majors bekam einen interessierten Ton.
Mercy fixierte ihn mit ernstem Blick. »Ja, Sir. Als *Trostpreis* für die Verliererin.«
»Sie haben aber in Wirklichkeit gar nicht verloren, oder?« fragte der Major. »Sie haben nur Perth das Feld überlassen.«
»Nein, Sir. Ich gab auf, weil ich seinen Schießkünsten nicht gewachsen war.«
»Nun, junge Lady, Acton werden Sie schwerlich davon überzeugen können.«
»Mich wovon überzeugen, Major?« Lord Acton war an ihrer Seite erschienen.
»Sie davon zu überzeugen, daß Miss Coltrane hier nicht die beste Schützin im ganzen County ist.«

»Nur zu wahr«, erklärte Acton. Er strahlte Mercy an. »Miss Coltrane, sie haben noch nicht geschossen. Fehlt Ihnen etwas? Gefällt Ihnen Ihre Waffe nicht?« Sein Gesicht wurde lang.

»Nein, ganz im Gegenteil, Lord Acton. Es ist eine sehr schöne Waffe. Alles ist sehr ... gut organisiert«, erwiderte sie.

»Ich weiß, was das Problem ist«, sagte Acton mit einem Fingerschnippen. »Diese Kameraden sind so sehr darauf bedacht, Sie zu beeindrucken, daß Sie Ihnen ständig in der Schußlinie stehen.«

»Nein, wirklich, das ist nicht der –«

»Achtung, Gentlemen!« rief er. Die anderen Teilnehmer an der Jagdpartie hielten inne in ihrem langsamen Gang durch das hüfthohe Gras, das immer noch sommerlich grün war. »Jetzt lassen wir mal Miss Coltrane ran, ja?«

»Das ist nicht nötig«, protestierte Mercy, aber Acton war fest entschlossen, ihr Können vorzuführen.

»Natürlich ist es das«, hielt er dagegen. »Bleibt stehen, Jungs.«

Die anderen Männer folgten seiner Aufforderung, schulterten ihre Gewehre und warteten geduldig darauf, daß sie etwas schoß. Mercy unterdrückte einen resignierten Seufzer, entsicherte ihr Gewehr und watete ins Gras hinaus. Acton würde sich nicht zufriedengeben, bis sie nicht wenigstens einen Fasan geschossen hatte.

Sie sah über ihre Schulter hinüber zu dem mit Eichenbäumen bestandenen Hügel, wo offene, mit farbenfrohen Bändern geschmückte Kutschen mit noch mehr aufgeputzten Damen postiert waren. Annabelle hielt sich ein wenig abseits der Wagen und beobachtete alles mit diesem ausdruckslosen, kalten Blick, der dem ihres Bruders so ähnlich war.

Mercy betrachtete sehnsüchtig die entspannte, heitere – zum größten Teil jedenfalls heitere – Gruppe. Sie schlürften Punsch, knabberten Gebäck und summten durcheinander wie herbsttrunkene Bienen, wogegen sie über Hügel und Höhlen von Nagetieren stolperte, während die Treiber gut dreißig Meter vor ihr liefen.

Wegen der Sonne kniff sie die Augen zusammen. Morgen würde sie Sommersprossen haben. Es sei denn, Brenna hatte auch dagegen irgendein magisches Mittelchen.

Plötzlich kam zu ihrer Rechten ein Fasan aus einem Stechginster-Dickicht herausgeschossen und flatterte heiser kreischend in die Luft. Mit einem Anflug von Bedauern hob Mercy ihre Flinte an die Schulter. Zumindest war es ein sauberes Ende. In einem Moment auffliegen, im nächsten leblos zu Boden fallen.

Sie zog ab.

Ein ohrenbetäubender Knall erschütterte ihre Trommelfelle. Ein Schmerz schoß durch ihre Hände in die Arme. Die Welt wankte unter ihr.

Und dann war sie es, nicht der Fasan, die zu Boden fiel.

Achtzehntes Kapitel

Hart ging um den Stall herum und auf die Vorderseite des Hauses zu. Müdigkeit verlangsamte seinen Schritt. Er hatte einen ganzen Tag in London verbracht und in zahllosen Gin-Häusern, »Privatclubs« und Kaschemmen die stickigen Dunstschwaden eingeatmet, und trotzdem war er auf der Suche nach William Coltrane kein Stückchen weitergekommen.

Der Gedanke an Mercys geschmeidigen, jungen Körper, so zart und verletzlich, wie er sich in seine Umarmung schmiegte, rief eine tiefe Sehnsucht in ihm wach. Er unterdrückte sie. Jetzt würde es nichts geben, was sie von ihm wollen könnte, außer vielleicht seinen Kopf auf einem Tablett.

Der Gedanke rang ihm ein bedauerndes Lächeln ab. Sie würde ärgerlich genug sein, um zu fauchen, weil er sie zurückgelassen hatte. Nicht daß er irgendeine andere Wahl gehabt hätte. Da er sie nicht dazu hatte bringen können, ihr so viel Angst einzujagen, daß sie freiwillig zurückblieb, hatte er sich einfach davongeschlichen. Sobald sie entdecken würde, daß er wieder zurück war, würde sie ihm zweifellos eine Kostprobe amerikanischer Giftigkeit angedeihen lassen. Er zog sein Tempo an. Wenn sie auf einer Szene bestehen würde, dann würde er sie nicht enttäuschen. Er freute sich sogar darauf. Ihre Energie, ihre Leidenschaft hatten magnetische Wirkung.

Er schnüffelte an seinem Ulstermantel. Selbst nach einer Dreiviertelstunde an der frischen Luft hing immer noch ein schwacher Opiumgeruch daran. Er begann, sich aus dem Mantel zu winden, und zog eine Grimasse, als er spürte, wie die Stichwunde über seinen Rippen gegen diese Behandlung protestierte. Er sah an sich hinunter. Das Hemd unter dem verhüllenden Mantel war durch Blutflecken ruiniert. Seine Gedanken umwölkten sich bei der Erinnerung an die zwei Männer, die er bewußtlos in der schmutzigen Straße von Soho hatte liegen lassen.

Sechs Jahre lang hatte er nicht einen Finger gewaltsam gegen jemanden erhoben, und dann erschien Mercy Coltrane auf der Bildfläche und weckte jeden niederen Instinkt, den zerstört zu haben er geglaubt hatte. Er hatte einem jener Männer mit genausowenig Reue das Handgelenk ausgerenkt, wie er seinen Toast mit Butter bestrichen hätte. Und, Gott helfe ihm, er würde Schlimmeres tun, wenn die Situation es erfordern würde. Wenn *sie* ihn brauchte.

Unter der ruhigen Oberfläche lag immer noch ein gefährliches Raubtier auf der Lauer, das die Gitterstäbe der Selbstbeschränkung prüfte, an den Gräben entlangschlich und auf die Gelegenheit, sich zu befreien, wartete. Er schloß die Augen. Sie drängte ihn zu einer fatalen Vereinigung von Vergangenheit und Gegenwart, eine flüchtige und explosive Mischung aus Impuls und Tat.

Er trat ins Haus in der Absicht, jegliche Unterhaltung zu vermeiden, fand jedoch die Eingangshalle dicht bevölkert vor. Irgendeine Störung hatte Actons Gesellschaft aufgeschreckt. Damen mit weißen Gesichtern warfen verstohlene Blicke die Treppe hinauf, besorgt dreinschauende

Herren falteten die Hände auf dem Rücken und murmelten.

»... katastrophal«, hörte er Baron Coffey sagen.

»... in meinem ganzen Leben so was noch nicht gehört.«

»... konnte nicht glauben, daß das verdammte Ding explodierte!«

Sprachen sie vom Soufflé des Pastetenkochs? fragte Hart sich bitter, während er sich einen Weg zur Treppe bahnte. Er hatte einen Tag unter den Armen und Verlorenen Londons zugebracht und brachte keinerlei Sympathie dafür auf, was für eine Katastrophe auch immer die Vergnügungen der Partygäste für einen Augenblick unterbrochen haben mochte.

»Die arme Miss Coltrane ...« sagte Lady Carr gerade.

Er blieb stehen, drehte sich um und schaute sie so finster und wild an, daß sie einen Schritt zurücktrat. »Was ist mit Miss Coltrane?« fragte er, während sein Puls sich beschleunigte.

»Haben Sie es nicht gehört?« fragte sie.

»Nein, sonst hätte ich nicht gefragt«, fuhr er sie an. »Was ist nun mit Miss Coltrane?«

»Ihr Gewehr ... der Lauf explodierte, als sie schoß ...«

»Wo ist sie?«

»Man hat sie in ihr Zimmer gebracht. Aber Sie können nicht ...«

Er drängelte sich an ihr vorbei und nahm kaum ihre indignierte Reaktion wahr. Er sprang die Treppe hinauf, immer zwei Stufen auf einmal nehmend, mit hämmerndem Herzen, angespanntem Körper und einer ungeheuren Dringlichkeit, die seinen Schritt bestimmte.

Im Flur des Obergeschosses löste sich Beryl aus einer

Gruppe von Damen und kam ihm entgegen, ihr mageres Gesicht voller Mitgefühl. Sie streckte die Hand aus, um ihn zu stützen.

»Ich weiß, daß sie dir etwas bedeutet …« begann sie.

»Geh mir aus dem Weg.«

»Mein Gott, Hart, du kannst doch nicht einfach …«

Er schüttelte sie ab, ging im Sturmschritt zu Mercys Tür und griff nach dem Knauf. Angst ließ seine Hand zittern. Gott, laß sie nicht verstümmelt sein. Laß sie nicht tot sein. Er riß die Tür auf.

»… ich bitte Sie, Lord Acton, Ihren Wildhüter nicht zu entlassen«, sagte Mercy gerade.

Sie lebte.

Er schloß die Augen, sank fast auf die Knie und kämpfte darum, die gesegnete narkotisierende Kälte wiederzugewinnen, weil er diese Gefühle nicht spüren wollte. Weil er nicht vor Erleichterung aufschluchzen wollte. Er zwang sich, die Augen zu öffnen, und blickte sich im Zimmer um.

Hillard und Acton hockten auf niedrigen Ottomanen neben einem Bettgestell mit geschnitzten Verzierungen, in dem Mercy lag, gegen ein halbes Dutzend Kissen gebettet. In der Nähe des Fußendes saß Lady Acton in einem Ohrensessel. Alle drei starrten ihn mit offener Verwunderung an. Aber Mercy … ihre Hände hoben sich ihm entgegen. Es war nur eine winzige Bewegung, nur ein paar Zentimeter, aber sie war vielsagend.

Beinahe ergab er sich dem überwältigenden Bedürfnis, ihrem unausgesprochenen Flehen zu entsprechen.

»Hart«, flüsterte sie.

Er ignorierte sie und wandte sich unwirsch an Acton.

»Was zum Kuckuck ist denn passiert? Man sagt, es gab eine Explosion.«
»Ja.« Der Herzog beeilte sich, aufzustehen, verärgert und rot vor Schuldgefühlen. »Der Lauf ihres Gewehrs zerbarst. Zum Glück wurde sie von der Wucht nur hingeworfen. Der Arzt versichert mir, daß sie wohlauf ist ...«
»*Nur* hingeworfen von der Wucht?« fragte Hart fordernd. »An solch einem Schock sind schon Männer gestorben, Acton.« Sein Blick glitt über das Gesicht des anderen Mannes.
»Schau, Perth ...« begann Nathan Hillard. Und warum war der hier?
Hart ignorierte ihn. »Wessen Gewehr war es?«
»Es war ihr eigenes.« Acton wurde noch röter. »Das heißt, das, welches ich ihr geschenkt hatte.«
»Guter Gott«, fuhr Hart ihn an. »Prüft Ihr Wildhüter nicht Ihre Waffen, bevor sie ausgegeben werden?«
»Perth, es war nicht seine Schuld«, sagte Mercy.
»Doch, es war seine Schuld, Miss Coltrane«, sagte Lady Acton. »Sie sind unser Gast, und deshalb sind wir für Sie verantwortlich. Ich bin nachlässig in der Ausübung meiner Pflichten gewesen. Wie nachlässig« – ihr herrischer Blick traf Hart – »wird erst jetzt deutlich. Ich kann Ihnen nicht sagen, wie sehr ich unsere Nachlässigkeit bedauere.«
Mercy rührte sich unter den gerüschten Decken. »Das Gewehr war in Ordnung«, beharrte sie. »Ich habe vor der Jagd selbst seine Funktionstüchtigkeit überprüft. Es war voll funktionsfähig.«
»Aber, meine Liebe«, flötete Hillard, »bestimmt gab es irgendeinen kleinen Defekt, der dem Amateur entging, den aber der Wildhüter hätte bemerken müssen.«

»Nein«, sagte Mercy mit einem eigenwilligen Zug um den Mund. »Ich bin kein Amateur, Mr. Hillard. Ich bin mit Feuerwaffen sehr gut vertraut. Das mußte ich auch sein. Es gab nichts Ungewöhnliches an diesem Gewehr, als ich es zum Laden zurückgab.«

»Eine nicht auszumachende Schwäche im Metall vielleicht?« meinte Hillard. »Oder die Patronenhülse war nicht richtig geladen?«

»Das muß es sein«, sagte Mercy mit einem dankbaren Lächeln. »Und da es nicht auszumachen war, trägt niemand die Schuld dafür. Wie ich schon sagte, bitte, entlassen Sie den Wildhüter nicht.«

»Wenn das Ihr Wunsch ist, meine Heldin«, sagte Acton. Hart spürte, wie sich seine Lippen anspannten.

»Das ist es.« Sie sah zu Hart hinüber. »Es tut mir leid, daß Sie in solch eine Aufregung zurückgekehrt sind, *Mr.* Perth. Ich hörte, Sie waren in London. Geschäftlich.« Der Glanz in ihren Augen wurde etwas stärker.

Ah, dachte er, *sie weiß, wo ich den Tag über war und will mich ausfragen über das, was ich herausgefunden habe.* Sie hatte ihren Unfall bereits als belanglos abgetan und war nun wieder begierig, Neuigkeiten über ihren Bruder zu erfahren.

Aber selbst, wenn sie mit der Erklärung für die Explosion ihres Gewehrs zufrieden war, er war es nicht. Acton besaß schließlich nur die allerbesten Handfeuerwaffen.

»Ich hoffe, Ihre Reise war ertragreich?« fragte sie, richtete sich im Bett etwas mehr auf und schaute ihn finster an.

»Nicht besonders.«

»Wie schade. Es lief nicht gut?« fragte sie.

Die anderen im Zimmer blickten sie verwundert an.

»Der Erwartete kam nicht.«
»Ah. Sie werden Zeit finden *müssen*, um mir davon zu erzählen«, sagte sie. »Ich bestehe darauf. Ich bin so sehr an englischen Geschäftspraktiken interessiert.«
Nein, er würde keine Zeit finden, um ihr irgend etwas zu erzählen. Er würde keinen Augenblick mehr allein mit Mercy Coltrane verbringen. Sie erpreßte ihn – selbst wenn er ihre Gründe dafür verstand. Sie war ein Hindernis für die Verheiratung seiner jüngsten Schwester – selbst wenn sie sich dessen nicht bewußt war.
Aber vor allem bedrohte sie das Ergebnis all der Jahre, die er damit verbracht hatte, die Kälte zu produzieren, die sein Herz eingeschlossen hielt, all die Jahre, die er versucht hatte, diese wilden, barbarischen Tendenzen zu unterdrücken. Mit ihr allein zu sein war einfach ein zu großes Risiko.

Draußen im Flur glich Beryl ihren Schritt dem seinen an. »Guter Gott, Hart. Ich hätte dir doch gesagt, daß das Mädchen wohlauf ist, wenn du nur die Geduld aufgebracht hättest, zuzuhören. Was in aller Welt, glaubst du, müssen Lady Acton und ihr Sohn gedacht haben, als du so in Mercys Zimmer gestürmt bist?«
»Das ist mir völlig egal«, antwortete er.
Sie schnappte seinen Ärmel und hielt ihn fest. Sie sah sich um. Sie waren ein gutes Stück von den interessierten Blicken der anderen entfernt, die sich um Mercys Tür gruppierten.
»Nun, dann solltest du lieber anfangen, dich dafür zu interessieren«, sagte sie mit leiser, angespannter Stimme. »Deine Handlungen könnten sehr leicht Annabelles Zukunft gefährden.«

Er knirschte mit den Zähnen. Sie hatte recht. Er hatte sich wie ein lächerlicher und taktloser fahrender Ritter benommen. Die Herzoginwitwe fragte sich sicherlich, was ihm das Recht gab, in Mercys Zimmer zu stürmen und sich so besitzergreifend zu gebaren. Mercy – wie auch Annabelle – würde unter seiner übereilten Handlung nur zu leiden haben.

»Wie konntest du nur, Hart?« fuhr Beryl fort. »Acton ist immer gleichgültiger geworden, und Annabelle ist außer sich vor Qual, das arme Lamm.«

Er kniff die Augen zusammen. Er würde die Verantwortung auf sich nehmen, aber es war Zeit, daß einige Dinge geklärt würden. »Wenn Annabelle außer sich vor Qual ist, dann ist es jedenfalls keine erkennbar andere Gefühlslage als ihr Ausdruck von Frohlocken.«

Beryl stockte der Atem. »Hart –«

»Nein, nicht ›Hart‹. Annabelle. Guter Gott, Beryl. Wenn das Mädel eine Schwäche für diesen aufgeblasenen Dummkopf hat, dann hat sie eine verdammt seltsame Art, es zu zeigen. Sie tappt herum wie ein farbloser Geist.«

»Hart, was ist in dich gefahren?« fragte Beryl, besorgt und ängstlich. »Das klingt gar nicht nach dir. Annabelle ist ein liebes, reizendes Kind.«

»Vielleicht möchte Acton aber eine Frau heiraten«, sagte er, während sich seine Gedanken sofort wieder auf Mercy konzentrierten.

Sie blinzelte ihn bestürzt an. »Bitte, Hart, sei nicht so. Denk daran, du bist das Familienoberhaupt.«

»Nein, Beryl«, sagte er bestimmt, »Henley ist das Familienoberhaupt.«

»Ja, natürlich«, sagte sie und wurde hellrot. »Aber du hast immer ... alle Dinge geregelt. Annabelle braucht deine Hilfe.«

Annabelle. Er mußte an sie denken.

Er war erschöpft, in seiner Seite verspürte er einen pochenden Schmerz, er stank nach Opium, und Mercys Bild erfüllte jeden seiner Gedanken. Mercy, die sich seinen Armen überließ. Mercy, wie sie ihn anlachte. Mercy, trotzig und wild. Mercy, blaß und schmächtig inmitten von weißen Spitzenkissen. Sein Blick wurde finster. Irgend etwas an der Explosion des Gewehrs störte ihn. Lächerlich. Erst ein Schuß in den Wäldern und nun das. Es waren eben Unfälle. Sogar zweimal innerhalb weniger Tage. Selbst Mercy konnte so etwas passieren.

Er mußte sie aus seinen Gedanken verbannen. Wie sehr er auch immer mit Mercy beschäftigt war, es enthob ihn nicht seiner Pflicht gegenüber seinen Schwestern. »In Ordnung, Beryl. Ich werde es irgendwie wieder richten. Die Dinge glätten.«

Sie nickte, und ihre offensichtliche Erleichterung war von Zufriedenheit begleitet. »Und, Hart, da gibt es noch etwas ...« Ihr Blick glitt von dem seinen weg.

»Ja?«

»Henley. Er hat Probleme.«

»Welche Art Probleme, und wo ist Henley überhaupt?«

»Politische Probleme«, antwortete sie. »Deshalb war er heute und gestern weg. Er war in der Stadt, um sich mit verschiedenen führenden Parlamentariern und einigen seiner Wähler zu treffen.« Ihr Mund kräuselte sich unglücklich. »Ach, Hart, die nützen seine Hingabe schrecklich aus. Manchmal gehen diese Treffen bis weit in den Abend hinein. Oft muß er über Nacht in der Stadt bleiben.«

Henley hatte politische Termine in London? In der Zwischensaison? Das war höchst unwahrscheinlich. Niemand blieb in der Stadt, wenn das Parlament nicht tagte. Aber ein Blick auf Beryls angespanntes Gesicht genügte, und er wußte, daß sie es glaubte.

»Und was möchtest du, daß ich tue?« fragte er.

»Ich möchte, daß du deinen Einfluß geltend machst und Henley den Weg ebnest, damit er nicht so hart arbeiten muß. Daß du dafür sorgst, daß er die richtigen Leute kennenlernt.«

Er schüttelte den Kopf. »Wie ich dir schon gesagt habe, Beryl, ich kenne nicht die richtigen Leute. Ich habe keine Beziehungen, Beryl, was immer du auch glaubst. Ich bin ja kaum im Lande.«

»Aber du bist der Earl of Perth«, beharrte sie hartnäckig. »Die Leute hören auf dich. Selbst Henley sagt das.«

Er kniff wieder die Augen zusammen. »Hat Henley dich gebeten, dieses Anliegen vorzubringen?«

»Nein«, gab sie zurück und sah ihm nicht in die Augen. »Nein. Es wäre mir unangenehm, wenn er es wüßte. Es war meine Idee. Der Schwager des Earl of Perth zu sein hat Henley immer ein gewisses Image verliehen. Ich dachte ... das heißt, ich hoffte, du wärst bereit, dich aktiv für ihn einzusetzen.«

»Beryl«, sagte er matt, »meine Einmischung würde nichts nutzen. Henley ist ein brillanter Kopf. Er wird aus eigenem Verdienst Erfolg haben oder auch nicht.«

Ihre feinen, intelligenten Gesichtszüge bekamen einen

Anflug von Resignation. »Wie du meinst, Hart«, murmelte sie, und ging mit hängenden Schultern und einem völlig unglücklichen Gesicht davon.

Henley Wrexhall, dachte Hart, würde einiges erklären müssen.

Neunzehntes Kapitel

»Also«, fragte die Herzoginwitwe, sobald sie die anderen aus Mercys Zimmer hinausgeschoben hatte, »was hatte das alles zu bedeuten?«

»Was?« fragte Mercy.

Die Herzogin kniff ihre dünnen Lippen so fest zusammen, daß sie fast verschwanden. »Spielen Sie mir nicht die Unschuldige vor, junge Dame. Nichts läuft so, wie ich es vorgesehen hatte. Der Earl of Perth stürmt hier herein und verlangt in höchst besitzergreifender Art Erklärungen. Nathan Hillard sieht aus wie ein kleiner Junge, dem man seine Süßigkeit weggenommen hat, und mein eigener Sohn, nachdem er diese erlesene Hausgesellschaft organisiert hat, tut nichts, überhaupt nichts, um seine Werbung um dieses junge Mädel abzuschließen.

Und dann die Whitcombes, die sich in ihrem Zimmer eingeschlossen haben – ich kann Ihnen gar nicht sagen, was für unanständige Spekulationen das auslösen muß; dann bekommt die junge Annabelle Moreland unerklärlicherweise nicht nur ein Rückgrat, sondern auch noch ein stählernes, und Beryl Wrexhall besucht jede Veranstaltung ohne Begleitung ihres Mannes. Und alles dreht sich um Sie, Miss Coltrane. Ich werde das nicht zulassen.«

»Ich weiß bestimmt nicht, was Sie meinen«, murmelte Mercy, während sie den Spitzenrand ihres Bettjäckchens fältelte und ihre Gedanken noch bei der ersten Anklage der Witwe verweilten. Zweifellos hatte Harts kühnes Benehmen sie in Schwierigkeiten gebracht. Und doch stieg eine verräterisch freudige Erregung in ihr auf. Es gefiel ihm vielleicht nicht, aber ihm lag etwas an ihr.

»Haben Sie etwas getan, was Sie nicht hätten tun sollen?«

Die Frage der Herzogin traf sie unvorbereitet. Sie ließ den Saum des Bettjäckchens fallen. »Nein!«

Die Herzogin sah sie scharf an, bevor sie murmelte: »Nun, passen Sie auf sich auf! Ich habe eine Verpflichtung Ihnen und Lady Timmons gegenüber. Und ich muß ihr nachkommen ... egal, wie schmerzhaft es ist.« Sie hob ihr Kinn und fixierte Mercy mit einem seltsamen, trotzigen Blick. »Ich hatte gehofft, dies vermeiden zu können, aber es ist offensichtlich, daß wir *uns unterhalten* müssen. Sie, Miss Coltrane, brauchen Führung.«

Sie haben gar keine Ahnung, wie sehr, dachte Mercy, als sie kleinlaut erwiderte: »Ja, Eure Hoheit. Ich bin dankbar für jede Belehrung, die Sie die Freundlichkeit hätten, mir anzubieten.«

Die Witwe seufzte. »Sehr hübsch, Kind. Ich bin sicher, Ihr Verhalten den Herren gegenüber war genauso umsichtig.« Sie sah Mercy mit einem Blick an, der klar machte, daß sie sich dessen keineswegs sicher war.

Die Erinnerung daran, wie sie in Harts Schlafzimmer geschlichen war, ließ Mercy die Hitze in die Wangen steigen. Die Augenbrauen der Witwe zogen sich nach oben. »Meine Güte«, hauchte sie. »Schlimmer, als ich erwartete. Wir müssen retten, was zu retten ist.«

»Eure Hoheit, wirklich, Sie mißverstehen ...«

»Ich bin eine ältere Frau, Mercy. Ich habe ein langes Leben

gelebt, in dem ich gesehen habe, wie viel zu viele Frauen ruiniert wurden, weil sie ihrem Herzen die Oberhand gaben.«

Mercy schaute sie fragend an.

»Wir Frauen, Mercy, sind von Natur aus törichte, sanfte Geschöpfe«, dozierte sie. »Wir sind formbar, vertrauensselig, und unseren romantischen Gefühlen ausgeliefert. Ganz und gar naiv und kindlich, völlig unfähig, unser eigenes Schicksal in die Hand zu nehmen.«

»Ach so«, murmelte Mercy. Sie konnte in dem Vortrag der Herzogin fast die Stimme ihrer Mutter hören. *Fügsamkeit, Mercy, ist unser Geschenk an die Welt. Es ist die Pflicht einer Frau, den harten Pragmatismus der Männer mit unserer angeborenen Sanftheit zu mildern.* Aber wie oft, fragte sich Mercy, verkleidete sich simple Unfähigkeit als Sanftheit? Mit Nachgiebigkeit würde man Will sicherlich nicht finden und heimbringen können. Doch dieser Gedanke schien Verrat an ihrer Mutter zu sein.

»Mercy, versuchen Sie, mir zuzuhören. Ich spreche nur zu Ihrem Besten. Als Amerikanerin sind Sie doppelt benachteiligt. Ihre weibliche Sentimentalität wird durch Ihren amerikanischen Leichtsinn noch verschlimmert.«

»Madam?«

Die Witwe machte ein angewidertes Gesicht. Sie fand diese direkte Art zu sprechen offensichtlich geschmacklos, aber genauso offensichtlich empfand sie sie als nötig. »Ihr amerikanischen Mädchen seid so keck und unverfroren, so temperamentvoll und doch so *unschuldig*«, sagte die Herzogin, irgendwie selbst überrascht. »Besonders im Vergleich zu unseren ruhigen, bescheidenen englischen Mädchen. Sicherlich sind Sie ermutigt worden, Ihren über-

schwenglichen, labilen Gefühlen in diesem exzessiven Ausmaß nachzugeben.
Nicht, daß Sie nicht vollkommen charmant wären, meine Liebe«, fügte sie hinzu, »und ich möchte Sie nicht verletzen, aber Sie wollen doch eine Lady sein, nicht wahr?«
Wieder waren die Worte ihr so vertraut, und doch schien es Mercy, als ob sie sie zum ersten Mal richtig hörte. Vielleicht deshalb, weil dies nur die Herzoginwitwe von Acton war, die da sprach, und nicht ihre Mutter, und so konnte sie zum ersten Mal hinter der Enttäuschung den Inhalt hören.
Ihre Mutter hatte ihr Leben in der Hoffnung verbracht, Mercy würde die Träume wahr machen, die sie selbst aufgegeben hatte. Aber jetzt, da sie der Herzogin zuhörte, fiel Mercy auf, daß ihre Gastgeberin ihrer Mutter sehr ähnlich war. Keine von beiden hatte ihre eigenen Hoffnungen aufgegeben. Sie hatten sie ganz einfach auf ihre Kinder übertragen.
Mercy hatte die Last dieser Träume fraglos angenommen und war von Anfang an daran gescheitert, sie zu erfüllen. Schon immer war sie sicher gewesen, daß irgendeine ihr innewohnende Eigenschaft – etwas Unwürdiges und Unweibliches – dieses Versagen verursacht hatte. Aber vielleicht war das gar nicht wahr. Vielleicht hätte ihre Mutter nicht von ihr erwarten sollen, Ziele aus zweiter Hand zu erreichen.
Darüber wollte sie noch einmal nachdenken. Sie war erstaunt, als sie bemerkte, daß sie anstatt eines Schuldgefühls eine Art Erleichterung, ja Befreiung verspürte.
»... aber Ihre Überschwenglichkeit könnte unangenehmes Gerede heraufbeschwören«, sagte die Herzogin gerade.

»Unsere englischen Gentlemen könnten Sie mißverstehen. So wie es dem Earl of Perth offensichtlich – und vielleicht auch meinem eigenen Sohn – passiert ist. Und was machen Sie dann, meine Liebe?« fragte sie.
»Ich habe nichts Unanständiges getan«, sagte Mercy zerstreut, immer noch überwältigt von ihrem neuen Gedankengang.
»Wüßten Sie es überhaupt, wenn Sie es getan hätten?« fuhr die Witwe fort. »Die Gesellschaft ruht auf subtilen Nuancen, Miss Coltrane. Vielleicht haben Sie unwissend die Aufmerksamkeit oder Erwartungen dieser Herren ermutigt.« Mercy sah sie an. Der Blick der Herzogin wankte nicht. »Ich sage das nur ungern, aber ihre Erwartungen können keine sein, die Ihnen gefallen würden.«
»Ich verstehe nicht.«
»Was ich gesagt habe.« In ihrem Ton lag ein Anflug bitteren Triumphs. »Sie dürfen auch nicht für einen Moment glauben, daß Ihr Charme und Reichtum Generationen von Exklusivität und Abstammung überwinden würde.«
»Gnädige Frau?«
»Ich bin gezwungen, unangenehm derb zu werden«, sagte sie, und ihr Gesicht zog sich vor Abscheu zusammen. »Acton findet Sie lebendig, anregend und faszinierend. Etwas anderes war nicht zu erwarten. Er hat kaum Kontakt gehabt mit Frauen Ihres Hintergrundes und hat folglich alle Anzeichen dafür entwickelt, daß er in Sie vernarrt ist. Aber hören Sie gut zu, meine Liebe, letzten Endes ist er immer noch der Duke of Acton.«
Mein Gott, dachte Mercy, sie warnt mich vor Acton. Vor diesem gutmütig-derben, rückständigen, reizend inkom-

petenten Mann! »Eure Hoheit ...!« rief Mercy peinlich berührt aus.
Die Herzogin hob die Hand und winkte ab. »Es ist mir egal, daß der Sohn des Duke of Manchester eine amerikanische Erbin geheiratet hat. Sein liederliches Benehmen hatte es ihm ohnehin bereits unmöglich gemacht, eine anständige Engländerin zu heiraten. Ganz zu schweigen davon, daß seine Mutter im Varieté mit dem Prinzen Cancan getanzt hat.« Sie rümpfte die Nase über ein inneres Bild, das sie beleidigte. »Was konnte man dann schon von ihrem Nachkommen erwarten? Aber das ist hier nicht der Fall, Mercy. Acton hat makellose Vorfahren und eine Tradition zu bewahren.«
Mercys Sinn für Humor rettete sie in letzter Minute. Die Witwe hatte sich ein wenig zurückgelehnt und beobachtete sie scharf, wenn auch voller Mitgefühl, offensichtlich in der Erwartung, Mercy würde wehklagen vor Verzweiflung, daß sie nicht ihren Sohn heiraten dürfe. Mercy konnte solche mütterlichen Gefühle einfach nicht enttäuschen.
»Oh!« Es gelang ihr, ein Lachen in einen zittrigen Atemzug umzumünzen, und sie neigte ihren Kopf mit bebender Unterlippe.
»Ich weiß, meine Liebe«, sagte Lady Acton. »Aber es mußte gesagt werden. Man kann nur hoffen, daß Ihr Herz noch nicht zu sehr engagiert ist. Acton kann äußerst charmant sein.«
Mercy schniefte. Dreimal Schniefen schien angemessen.
»Ich bin ratlos, gnädige Frau. Aber ich werde ernsthaft versuchen, meine ... Enttäuschung zu überwinden.«
Die Herzogin war unruhig und nervös. Das war für sie so

untypisch, daß Mercy abrupt zu schnüffeln aufhörte. »Da gibt es wohl noch etwas, Madam?«

»Ja.« Die alte Dame richtete sich auf, rückte ein wenig nach vorne und saß aufrecht wie eine Königin, gefaßt und selbstherrlich da. Sie sah Mercy direkt in die Augen. »Weiterhin bin ich durch meine Verpflichtung als Ihre Gastgeberin und Anstandsdame gezwungen, Sie davor zu warnen, daß auch der Earl of Perth kein möglicher Kandidat für Sie ist. Ungeachtet seines außergewöhnlichen Benehmens vor ein paar Minuten.«

Die Worte der Herzogin überrumpelten Mercy. Sie hatte nicht erwartet, daß Träume, die noch gar keine rechte Gestalt angenommen hatten, Träume, so zart und zerbrechlich, daß sie ihr selbst noch kaum zu Bewußtsein gekommen waren, so brutal aufgedeckt und hinweggewischt würden. Sie konnte sich gegen die Worte dieser Frau nicht verteidigen, sie konnte nur deren strenges Gesicht anstarren und fühlte sich ausgelieferter und verletzlicher als je zuvor.

Das Blut pochte dumpf in ihren Schläfen. Das Zimmer schien plötzlich zu groß und zu kalt. Sie hätte das vorhersehen sollen, aber sie war so entschlossen gewesen, sich etwas vorzumachen, jeden Moment in Harts Gesellschaft als etwas Eigenständiges zu erleben, ohne Vergangenheit oder Zukunft, und sich zu weigern, sich die Gefühle einzugestehen, die bei jeder Begegnung mit ihm wuchsen.

Liebe.

Gott stehe ihr bei, sie war in Hart Moreland verliebt, in einen Mann, dem Titel und Privilegien und die englische Gesellschaft so wichtig waren, daß er zehn Jahre seines

Lebens damit verbracht hatte, ihr um seiner Schwestern willen zu dienen.

Närrin, dachte sie bitter, daß sie sich eingeredet hatte, Hart läge etwas an ihr, und vor Freude gebebt hatte, als er in ihr Zimmer gestürmt war. Sie versuchte, die Erinnerung daran, wie sein Herz an ihrer Wange geschlagen hatte, zu verdrängen, die Erinnerung daran, wie seine Arme sie mühelos hochgehoben hatten, an den Duft von Tabak und Wolle, und daran, wie sich seine Lippen mit den ihren vereint hatten mit etwas, das sie törichterweise Verlangen genannt hatte ...

»Vielleicht hat Mr. Hillard die Vorstellung, eine dauerhafte Verbindung mit Ihnen einzugehen, Mercy«, fuhr die Herzogin nach einer Weile fort. Mercy war kurz davor, zu weinen. »Er ist schließlich ein enger Freund unseres Prinzen, eines Mannes, von dem man sagt, daß er in junge Amerikanerinnen ziemlich vernarrt ist. Und Hillard hat keinen Titel, auf den er Rücksicht nehmen müßte.«

Und dann kamen ihr die Tränen, heiß und bitter und unaufhaltsam. Mit abgewandtem Gesicht wischte sie sie weg und starrte zum Fenster hinaus.

»Meine Liebe«, sagte die Herzogin, steif und zögerlich. »Vielleicht ein ungarischer Graf. Oder ein französischer Herzog ... deren Titel sind ohnehin meistens nur Formalitäten.«

»Bitte, gehen Sie einfach«, sagte Mercy.

»Du lieber Himmel.« Ihr Ton war voller Empörung darüber, daß sie so knapp entlassen wurde. Mercy hörte die schweren Röcke der Witwe rauschen und hohe Absätze durch das Zimmer klicken.

»Ich werde Sie alleinlassen, damit Sie sich fassen können.« Schwere Kritik klang in ihrer Stimme mit.
Mercy mußte durch ihre Tränen hindurch fast lachen. Nein, sie benahm sich wirklich nicht wie eine Lady, überhaupt nicht. Aber eine Lady würde es wahrscheinlich nicht zulassen, daß ihr Herz an einer eisigen Fassade und einem ehrwürdigen Titel zerbricht.
»Ich werde sehen, was ich für Sie tun kann. Vielleicht kann ich es, wenn wir nach London zurückkommen, arrangieren, daß Sie einem der russischen Prinzen vorgestellt werden. Oder einem italienischen Grafen«, sagte die Herzogin. Die Tür öffnete sich zischend und schloß sich schnell wieder.
Mercy begrub ihr Gesicht in ihren Händen. Die Herzoginwitwe konnte bis in alle Ewigkeit Titel, Medaillen und Güter vor ihr aufmarschieren lassen. Sie wollte keinen Titel.
Sie wollte einen Waffenhelden.

Hart starrte aus seinem Fenster, als der Morgen zart und silbern am Horizont erschien. Er hatte nicht viel geschlafen. Das tat er ohnehin nie. Statt am Dinner teilzunehmen, war er gestern abend wieder nach London geritten. Dort hatte er den Distrikt von Soho durchkämmt auf der Suche nach einer Spur von William Coltrane.
Coltrane hatte er nicht gefunden, aber dafür einiges andere: verlorene Augen und zerbrochene Träume, Männer, die nach Vergessen dürsteten, und Frauen mit dem Hunger, zu überleben. Verzweiflung, Reue und Resignation. Er hatte schon ähnliches gesehen, in nordafrikanischen Zeltstädten und überbordenden östlichen Seehäfen, in

amerikanischen Rinder-Städten und in europäischen Hauptstädten. Und er sah ähnliches jedesmal, wenn er in den Spiegel schaute.
Schließlich hatte ihm ein Dandy mit glasigen Augen ein paar Stunden nach Mitternacht erzählt, daß er vor ein paar Tagen eine Pfeife mit Will Coltrane geteilt hatte. Hart hatte ihn bedrängt. Für einen Süchtigen ist ein Tag nicht mehr als ein Wort. Aber der Mann hatte darauf beharrt, daß er Will gut kannte.
»Ein charmanter Junge, trotz seines amerikanischen Akzents«, hatte der Mann gesagt. »Jammerschade, daß er bankrott ging. Das hatte seine Persönlichkeit ziemlich verändert. Er war unangenehm hartnäckig geworden.« Der Mann hatte innegehalten, um Hart verwundert anzublinzeln. »Warum nur«, hatte der Dandy laut gedacht, »hatte Wills Mentor ihn nicht aus seiner finanziellen Bedrängnis herausgeholt?«
Mentor? Das hatte Harts Aufmerksamkeit erregt. Was für ein Mentor? Wer war das? »Der Mentor« war diskret, sprachgewandt, Engländer. Wohl einigermaßen hochgewachsen, vielleicht eher kräftig, trug immer einen Schlapphut, an die Haarfarbe erinnerte er sich nicht mehr. Der Dandy konnte nicht mehr als das sagen, er hatte nicht allzu gut aufgepaßt.
Hart war mit rasenden Gedanken auf Actons Anwesen zurückgekehrt. Wer führte Will durch Londons schäbigste Gegenden? Und, noch wichtiger, wer war für Mercys Unfälle verantwortlich? Denn je mehr er darüber nachdachte, um so unerklärlicher wurden diese Unfälle. Und so sehr er sich auch anstrengte, es fiel ihm niemand ein, der mehr Interesse an Mercys Tod und ihrem Erbe haben

könnte, als ihr eigener Bruder. Hart wußte sehr gut, daß ein verzweifelter Mann zu jeder Art von Verrat fähig war.

Aber wie konnte Will Coltrane diese Unfälle verursacht haben? Konnte er sich vielleicht irgendwo auf Actons Grundstück aufhalten? Es schien unmöglich, daß seine Anwesenheit nicht bemerkt worden wäre.

Es gab nur eines, dessen Hart sich sicher war: er konnte Mercy von seinen Ahnungen nichts erzählen. Sie würde ihm nicht glauben, und so wie er sie kannte, würde sie dann nur Dinge tun, die ihr gefährlich werden konnten.

Als er schließlich erschöpft ins Bett gefallen war, war er von Träumen gejagt worden, die so erbarmungslos wie vertraut waren. Aber diesmal wurden all die anderen grauenhaften Visionen von Mercys geschundenem Körper überlagert. Er war schweißgebadet und fröstelnd in der kalten Dunkelheit aufgewacht und hatte auf das Morgengrauen gewartet.

Wahnsinn, dachte er und wandte sich schließlich von dem aschfahlen Anblick vor seinem Fenster ab. Wie hatte er es zugelassen, daß Mercy Coltrane sich so tief in sein Herz eingeschlichen hatte? Wann hatte er sie hinter die Mauer gelassen, die er so sorgfältig errichtet hatte?

Gelassen? fragte er grimmig. Sein Herz hatte nicht um Erlaubnis gefragt, Mercy lieben zu dürfen. Er war schlicht den einzigen Weg gegangen, der ihm offenstand. Sich selbst diese Liebe zu verweigern, wie unglücklich und aussichtslos sie auch immer sein mochte, wäre so, als ob man einen Blinden bitten würde, auf eine Stunde Augenlicht zu verzichten.

Aber wie bei dem Blinden gab es einen Preis, den er für das

jähe und schmerzhafte Erwachen seines Herzens zahlen mußte.

Denn es gab keine Möglichkeit, daß solch eine Liebe Ausdruck finden konnte. Nur durch bloße Willenskraft hielt er sich gerade noch am Rande des Wahnsinns, von nächtlichen Schrecken heimgesucht, aus denen er wie ein Hund jaulend erwachte, von namenlosen Gespenstern gejagt, die ihn tagelang zittern ließen.

Was konnte er ihr bieten? Einen Mann, dessen Hand manchmal so sehr zitterte, daß er kein Glas Wasser halten konnte, ohne es zu verschütten? Die Vormundschaft für einen Verrückten? Manchmal hielten ihn nur seine Wut und Abscheu über seine Schwäche davon ab, wie ein kleines Kind zu schluchzen. Gott, nicht einmal der Name, den er ihr geben konnte, gehörte ihm.

Und außerdem mußte er noch auf andere Rücksicht nehmen. Er griff die Decke vom Boden und warf sie aufs Bett. Es gab nur eines, was er für sie tun konnte: er konnte ihren verflixten Bruder finden.

Zwanzigstes Kapitel

»Es ist wunderbar, Sie auf den Beinen und anscheinend so gesund zu sehen, Miss Coltrane«, sagte Nathan Hillard am nächsten Tag, als er am Eingang zu den Stallungen der Milchkühe zu ihr trat. Es war später Vormittag, und Acton machte mit ihnen eine Besichtigungsrunde über die Farm, die zum Anwesen gehörte.

»Danke, Mr. Hillard. Und vielen Dank für Ihre Aufmerksamkeit gestern«, erwiderte Mercy. Offensichtlich war Hillard als erster bei ihr gewesen, nachdem sie zu Boden gefallen war. Er hatte sie – so war ihr berichtet worden – ins Haus getragen und Befehle zu ihrer sofortigen Behandlung erteilt. Jetzt lag in seinen ungewöhnlichen Augen ein sanfter, besorgter Glanz.

»Ich hoffe, Ihr unglücklicher Unfall gestern hinterließ keine dauerhaften Beeinträchtigungen?« fragte er.

»Nicht im geringsten.«

Sie hatte auf unzählige solcher Fragen geantwortet, seit sie zum Frühstück erschienen war. Im großen und ganzen waren sie besorgt gewesen. Das heißt, mit Ausnahme der unverkennbaren Spur von Befriedigung, die Annabelle Morelands Erkundigung färbte. Als ob sie es geahnt hätte, daß einer Frau, die in solch eine männliche Domäne wie das Jagen eindrang, irgend etwas Furchtbares passieren mußte, und nun froh war, daß ihr Verdacht sich bestätigt hatte.

Mercy blieb etwas abseits von den anderen Gästen und schaute verstohlen in den Stall. Hart stand nicht weit von ihr weg, Annabelles Hand ruhte in seiner Armbeuge, und seine strengen Gesichtszüge deuteten Interesse an. Die Whitcombes standen neben ihnen, Richard stützte die erhitzte Fanny zärtlich. Nur Henley und Beryl fehlten, um die Gruppe wie das perfekte Bild einer Familienidylle aussehen zu lassen, dachte Mercy und wünschte sich plötzlich heftig, daß Will hier bei ihr wäre.
Sie merkte, wie sie Harts angespanntes Gesicht betrachtete. Er wußte etwas, sie hätte es schwören können, und er verbarg es vor ihr. Den ganzen Vormittag war er ihr aus dem Weg gegangen, hatte mit den anderen Gästen höfliche Konversation betrieben, war friedlich seinen Schwestern auf den Fersen gefolgt – mit anderen Worten, er benahm sich ganz anders als sonst. Vielleicht hatte Lady Acton auch mit ihm *Eine Unterredung* gehabt. Der Gedanke schmerzte sie. Es tat ihr noch mehr weh, daß er sie sich offenbar zu Herzen genommen hatte.
Nun, er brauchte sich keine Sorgen machen, daß sie ihn in Verlegenheit bringen würde, indem sie in sein gestriges Erscheinen bei ihr irgend etwas hineininterpretieren würde. Sie wußte jetzt, was sie gesehen hatte: einen Mann, den sie genötigt hatte, ihr seinen Schutz zu gewähren, einen Mann, dem Verantwortung heilig war.
Sie brauchte seinen Schutz nicht. Sie brauchte ihn, um Will zu finden. Sie würde nur noch an ihren Bruder denken.
»Ich war so sehr besorgt um Sie«, unterbrach Nathan ihre Gedanken mit leiser und herzlicher Stimme. »Ihr Wohlbefinden bedeutet mir inzwischen sehr viel.«

Die Art, wie er eindringlich ihr Gesicht musterte, ließ Wärme ihren Hals hinaufschleichen.
»Miss Coltrane, ich kann nicht länger schweigen. Sicherlich sind Sie sich über meine Wertschätzung ...«
»Sir, bitte«, unterbrach sie ihn und erkannte reuevoll die Inbrunst in seinem Ton. »Ich bin nicht in der Lage, an irgend etwas anderes zu denken, als daran, meinen Bruder zu finden. Ich kann nicht an mich denken, solange er verschwunden ist.«
»Natürlich.« Nathan neigte seinen Kopf, um irgendeinen Affront oder einen Schmerz zu verbergen, den ihre Worte möglicherweise ausgelöst hatten. Er war ein so vollendeter Gentleman, auch ohne Titel und Geld. Er war genau die Sorte von Mann, die sich ihre Mutter für sie gewünscht hätte ... weltgewandt, liebenswürdig, wohlerzogen.
»Aber bald wird sein Verbleib geklärt sein und dann ...«
»Bald?« Sie stürzte sich auf dieses Wort.
»Ich habe die ersten Antworten auf meine Erkundigungen, die ich wegen ihres Bruders eingezogen habe, erhalten«, sagte Hillard ruhig.
»Tatsächlich?« Er mußte in der Morgenpost eine Nachricht erhalten haben.
»Sie waren ungezogen, meine Liebe.« Sein Blick war zärtlich. »Sie hätten mir sagen sollen, daß Ihr Bruder in zweifelhafte Angelegenheiten verwickelt ist.«
Bei dieser Andeutung von Bevormundung sträubten sich ihr die Nackenhaare. »Ach, tatsächlich?« fragte sie.
»Das sagen jedenfalls meine Freunde. Aber manchmal« – er lächelte charmant – »neigen die Leute zu Übertreibungen.«
»Wissen Sie, wo sich Will befindet?«

»Leider, nein. Ihr Bruder scheint verschwunden zu sein. Vielleicht ist er auf dem Kontinent.«
Sie machte ein bekümmertes Gesicht. Wenn sie Will hier schon nicht finden konnte, welche Chance hatte sie dann, ihn in Frankreich, Österreich oder Italien zu finden? Nein. Sie glaubte es nicht. Er hatte gesagt, er würde Ende der Woche wieder schreiben. Sie hatte noch drei Tage Zeit.
»Das glaube ich nicht, Mr. Hillard.«
»Nun, seien Sie versichert, daß ich alles in meiner Macht Stehende tun werde, ihn für Sie zu finden.«
»Ich auch«, sagte sie lächelnd mit einem leichten Schuldgefühl, weil sie so mürrisch war und er ihr doch offensichtlich nur helfen wollte. Sie erlaubte ihm, ihre Hand zu nehmen und sie ermutigend zu drücken.
»Ich muß Sie warnen, es wird Ihnen vielleicht nicht gefallen, was Sie finden.«
»Das Risiko gehe ich ein«, gab sie zurück. »Will ist kein schlechter Kerl. Er ist vielleicht zu leicht verführbar. Aber es muß irgend jemanden geben, der ihn verführt hat. Ich wünschte nur, ich wüßte, wer es ist«, sagte sie gepreßt.
»Vielleicht. Aber vielleicht hat er diesen Weg auch selber gewählt.«
»Das kann ich nicht glauben«, wehrte sie ab.
»Ganz wie Sie meinen, meine Liebe.«
»Miss Coltrane!« Acton rief sie plötzlich von der Spitze der Prozession. »Miss Coltrane, ich würde mich sehr freuen, wenn Sie Ihre Meinung zu meinen Kühen abgäben.«
Mercy grinste über Hillards Verblüffung. »Weil ich die Tochter eines Ranchers bin, glaubt Lord Acton, in bezug

auf Kühe sei ich nahezu allwissend. Wenn Sie mich entschuldigen, Mr. Hillard?«
Die anderen Gäste machten eine Gasse für sie frei. Er stand neben einer Schweizer Braunen, tätschelte sie unbeholfen und strahlte vor Stolz. Die Kuh rollte die Augen.
»Was meinen Sie?« fragte er, als Mercy neben ihm stand.
Lady Acton, auf der anderen Seite ihres Sohnes, war steif geworden vor Mißbilligung, und ihre Augen warnten kalt.
Zum Kuckuck mit Lady Acton! dachte Mercy, die plötzlich ärgerlich wurde. Zum Kuckuck mit ihrer Arroganz, ihrer mangelnden Sensibilität und ihren Rücksichten. Sie war es müde, als Mittel zum Zweck benutzt zu werden, um den Freunden Lady Actons die Langeweile zu vertreiben, als ein ungewöhnliches amerikanisches Sammlerstück, als widerspenstiges Gefäß für die Indiskretionen der Witwe – Vertraulichkeiten, die sie ihr nicht offenbarte, weil sie ihr vertraute, sondern weil niemand dem je Bedeutung zumessen würde, was sie weitererzählen könnte. Ihre Nationalität – und folglich auch ihr Mangel an vornehmer Erziehung – beraubte sie jeglicher Glaubwürdigkeit bei diesen Leuten. Und vor allem, zum Teufel mit Lady Actons »Verpflichtung«, sie vor ihrem Sohn zu warnen – und vor Hart.
Mercy drehte sich um, faltete die Hände vor ihrem Herzen und lächelte zu Acton hinauf. »Was *ich* meine? Nun, ich finde, daß diese Kühe, Sir, die schönsten sind, die ich je zu sehen das Vergnügen hatte. Ich habe noch nie so hübsche Rinder gesehen. Schauen Sie diese klaren Augen an, dieses glänzende Fell, diese fabelhaften Hufe!«
Acton warf sich vor Freude in die Brust.
Jemand lachte stillvergnügt in sich hinein, und Mercy

drehte sich um. Hart schaute grinsend zu Boden. Sie betrachtete ihn mißtrauisch. Sein Lächeln war so schön. Seine Zähne waren weiß und gleichmäßig. Ein großes Grübchen durchschnitt eine der mageren Wangen, und eine Strähne dichten, braunen Haares war ihm in die Stirn gefallen.

»Danke, Miss Coltrane«, sagte Acton. »Haben Sie ihre Euter bemerkt? Nicht daß ich viel über Euter wüßte, aber man sagte mir, daß diese hier reizende, kleine ...«

»Acton!« unterbrach Lady Acton. »Ich denke wir haben genug vom Stall gesehen.« Unter den faltigen Lidern durchbohrten ihre Augen Mercy mit einem Blick tiefster Verachtung. Unter Lady Actons herrischer Art konnte Mercy eine außergewöhnliche Verletzlichkeit sehen.

Ihr Blick löste sich von dem der alten Dame. Was für ein Recht hatte sie, für Lady Acton die Prioritäten zu bestimmen? Wenn die Reinheit ihrer Abstammung so wichtig für sie war, bitteschön.

Ganz offensichtlich sah die Herzoginwitwe Mercy als Bedrohung für alles an, was sie selbst wertschätzte, und in ihren schlimmsten Alpträumen sah sie schon, wie ihr Name an Dinnertafeln Gekicher auslöste, oder, noch schlimmer, Mitleid bei ihren Vertrauten.

Mercys Ärger verflog. Sie würde hier niemals dazugehören oder hinpassen. Und sie bestrafte Lady Acton dafür.

»Ah, äh, n-natürlich, Mutter«, stammelte Acton. Er bot Mercy seinen Arm an.

»Eure Hoheit«, sagte sie, »ich spüre immer noch einige der Nachwirkungen des gestrigen Unfalls und möchte Sie den Rest der Besichtigungstour nicht aufhalten. Sie ist viel zu interessant. Bitte, gehen Sie ohne mich weiter. Ich werde

einfach in meinem eigenen, gemächlichen Tempo hinterherkommen.«
»Sind Sie sicher?« fragte Acton und warf seiner Mutter einen besorgten Blick zu.
»Ganz sicher.«
»Mach weiter, Acton«, sagte die Herzogin kühl. »Wir werden ein frühes Lunch haben.«
Mit einem entschuldigenden Lächeln bewegte sich Acton weiter. Der Rest der Gruppe schlüpfte an ihr vorbei aus dem Stall hinaus. Da sie nicht wußte, was sie sonst tun sollte, fiel sie zurück, bis sie sich schließlich am Tor der Pferdekoppel wiederfand, nicht weit von den Morelands entfernt.
Annabelle warf ihr einen Blick zu und ging, leicht die Lippen zusammenkneifend, zur entgegengesetzten Seite.
Wenn meine Popularität sich so weiterentwickelt, dachte Mercy, *werde ich zu Actons Landhausball statt eines Abendkleids Teer und Federn tragen.*
»›Fabelhafte Hufe‹?« flüsterte Hart. Sie konnte sich nicht helfen, sie erschrak beim Klang seiner Stimme – leise, gedämpft und unglaublich sexy. Auch die Beschleunigung ihres Herzschlags konnte sie nicht verhindern.
»Sie sind wirklich unverbesserlich«, fuhr er fort, »Lady Acton so zu reizen.«
Ihre Wangen erwärmten sich an dem Lachen in seiner Stimme. Sie wollte ihn nicht ansehen. Er war viel zu anziehend, vor allem in dieser sanftmütigen, schmeichlerischen Laune.
»Ach, diese niedlichen ...« Fanny flog an ihr vorbei, rauschte zu einem Stapel Heuballen beim Zaun und schnappte sich ein winziges Fellknäuel aus einem Spalt. Mit Tränen in den

Augen hielt sie das kleine Kätzchen an ihr Gesicht und rieb ihre Wange an seinem Rücken auf und ab.
»Oh, der kleine Liebling!« sagte sie. »Es ist ein Baby! Ein winzig kleines Babylein! Ist es nicht das süßeste kleine Ding?« Bestätigung heischend hielt sie Mercy das Kätzchen ins Gesicht. Das Kätzchen holte mit einer winzigen Pfote aus, die mit kleinen Nadelspitzen bewehrt war.
»Wunderbar«, sagte Mercy.
»Ja, nicht wahr?« hauchte Fanny. »Es ist einfach ein kleiner, süßer Wonneproppen.« Sie drehte sich um die eigene Achse und hielt es ihrem Mann zur Begutachtung hin. Mercy schlich sich einen Schritt näher an Hart heran.
»Erzählen Sie mir bloß nicht«, sagte sie leise, »sie hätten Ihren Schwestern nie erlaubt, Katzen zu halten.«
»Katzen?« wiederholte er. »Natürlich hatten sie Katzen. Diese Geschöpfe sind eine Plage auf dem Lande. Drehen Sie einen Heuballen um, und Sie finden eine Katze.«
Aus irgendeinem Grund hatte ihre kritische Bemerkung einen Nerv bei ihm getroffen. Gut. Er hatte ihre Nerven mehr als strapaziert. Seine bloße Anwesenheit legte bei ihr jeden Nerv bloß und machte sie ihres eigenen Körpers, ihres Pulses, ihres Atems nur zu bewußt, und des stumpfen Schmerzes in ihren Lippen, den nur seine sanften Lippen lindern konnten.
»Wie kommen Sie auf den Gedanken, ich hätte sie keine Katzen halten lassen? Wirklich, Mercy, Sie haben die seltsamsten Vorstellungen von mir und was ich ...«
»Wenn Sie nicht bald etwas unternehmen«, unterbrach sie ihn ruhig, »wird es demnächst eine Katze weniger geben, die das gute, alte England plagt.«

»Was?« Er sah an ihr vorbei zu seiner Schwester. Fanny quetschte das Kätzchen an ihren Busen. Es fauchte und jaulte und kämpfte verbissen darum, nicht von Fannys Zuneigung erdrückt zu werden. »Ach, um Himmels willen, Fanny, laß das arme Tierchen los!« sagte er.

»Aber, Hart, ich will doch nur ...«

»Laß das Kätzchen los, Liebste«, gurrte Richard. »Es will zu seiner Mutter.«

»Oh!« Hastig bettete Fanny die kleine Katze zurück in den Heuballen.

Irgend etwas in ihrem betrübten Gesicht, in der zärtlichen Aufmerksamkeit, mit der Richard sie beobachtete, machte Mercy hellhörig. *Fanny ist schwanger,* wurde ihr klar. Sie hätte es wissen müssen. So reimte sich alles zusammen: Fannys Tränenergüsse, ihr aufgequollenes Gesicht, ihre Stimmungsumschwünge, ihre Abwesenheit bei den Mahlzeiten ...

»Komm mit, Liebste«, sagte Richard. »Wir gehen ins Haus zurück und holen uns eine schöne Portion Eiercreme.« Er schob die Hand seiner Frau durch seine Armbeuge und führte sie weg.

»Wissen Sie, Hart«, sagte Mercy nachdenklich, »für eine Frau in ihrem Zustand ist es wirklich nicht gut, so viele Süßigkeiten zu sich zu nehmen.«

»Entschuldigung?«

»Schwangere Frauen sollten nicht allzu dick werden. Und ich hoffe, sie hat aufgehört, ein Korsett zu tragen. Ich bin sicher, diese Dinger sind für jede Menge Komplikationen bei der Entbindung verantwortlich – Weswegen starren Sie mich so an?«

»Wegen gar nichts. Nur stehe ich normalerweise nicht mit

jungen, unverheirateten Frauen auf Pferdekoppeln herum und diskutiere die Fortpflanzungsgewohnheiten meiner Schwester. Natürlich würde keine echte Lady solch ein heikles Thema anschneiden, aber ...«

»Wir reden auch nicht von einer *echten Lady*«, vollendete Mercy den Satz für ihn, immer noch verletzt durch die Kritik der Herzoginwitwe.

Er begegnete ihrem Blick mit einem unerbittlichen Leuchten in seinen türkisfarbenen Augen. Er hob eine Hand. Eine Pause entstand, einen Herzschlag lang. Dann ließ er die Hand sinken. »Wenn *Sie* das sagen.«

»Machen Sie sich über mich lustig?« fragte sie und legte ihren Kopf in den Nacken.

»Ich versuche, Ihnen zu helfen«, antwortete er. »Lady Acton ist nur um Haaresbreite davon entfernt, sie nach London zurückbringen zu lassen.«

Er hatte sie unvorbereitet getroffen. Ihre Augen weiteten sich vor Schreck. Wenn sie Lady Actons Protektion verlor, dann hatte sie niemanden mehr, der ihr Zugang zur Gesellschaft verschaffen konnte. »Aber warum denn?«

Er zuckte die Achseln. »Weil Sie das Interesse ihres kostbaren Sohnes geweckt haben. Oder wegen Hillard, der Ihnen öffentlich hinterherläuft, oder weil Sie ihre mögliche Schwiegertochter im Vergleich fade aussehen lassen, oder weil Sie sich weigern, ein gehorsamer und anbetungswürdig dankbarer kleiner Hausgast zu sein«, erklärte er mit ständig kälter werdender Stimme. »Oder meinetwegen, weil ich in Ihr Zimmer gestürmt bin, ohne irgendein Recht dazu zu haben.«

Er machte eine Pause, als ob er sich stählen wollte für das, was er als nächstes sagen würde. »Oder weil Sie ihre Gäste

belästigen mit Fragen nach Ihrem lasterhaften Bruder. Lassen Sie davon ab, Mercy. Er ist süchtig. Der Beweis ist unbestreitbar.«
Sie war von seinen Worten verletzt, von seiner Geringschätzung gestochen. »Will ist nicht süchtig! Sie wissen es nicht. Haben Sie ihn gesehen? Mit ihm gesprochen? Nein, das kann ich sehen. Sie stellen Mutmaßungen an. Sie raten. Nun, ich werde Will nicht vergessen. Ich habe es meiner Mutter versprochen. Und ich werde alles tun – alles! –, um Will zu finden. Ich werde Lady Acton benutzen, ihren Sohn benutzen, Hillard – oder Sie benutzen!«
Er nagelte sie mit einem harten, undurchdringlichen Blick fest. »Das haben Sie bereits deutlich gemacht. Aber wenn Sie hierbleiben wollen und mich benutzen wollen, um nach Ihrem verdammten Bruder zu suchen, dann benehmen Sie sich lieber.« Er lehnte sich vor, seine mageren, raubtierhaften Züge waren gespannt. »Und erzählen Sie mir keineswegs, Sie könnten es nicht. Wenn Sie nur wollen, dann verfügen Sie über jede Art von tugendhaftem Betragen. Aber Sie haben entschieden, daß die englische Gesellschaft albern und belanglos ist, und daß Sie ihr eine lange Nase machen wollen.«
Sie schickte sich an, sich abzuwenden, aber er ergriff ihre Hand, wirbelte sie herum und hielt ihre Handgelenke so zwischen ihr und ihm fest, daß es niemand sehen konnte. Sie konnte nichts tun, außer eine Szene zu machen, um sich zu befreien.
»Kommen Sie zur Vernunft, Mercy«, fuhr er mit leiser, angespannter Stimme fort. »Lady Acton wird es nicht zulassen, daß ihr Sohn sich mit Ihnen einläßt. Und sie ist eine weit stärkere Gegnerin, als Sie ihr zutrauen. Wenn

sie Sie vernichten muß, um ihren Sohn von seiner Vernarrtheit zu entwöhnen, dann wird sie das tun. Und sie kann es. Hören Sie auf meine Worte.«

Sie wandte ihren Kopf von ihm ab. Er sah zu viel, zu klar. Sie konnte nicht zulassen, daß er noch mehr sah.

Abrupt ließ er ihr Handgelenk los. Sie hörte seine Schritte und atmete den Duft von abgeknicktem Heu ein, als er ging. Ihre Haltung fiel in sich zusammen. Sie hatte gelogen.

Sie hatte gar nicht daran gedacht, Hillard oder Acton oder ihn zu benutzen. In seiner Gegenwart hatte sie an nichts anderes gedacht als an den Glanz seines nerzbraunen Haares, die Müdigkeit, die seine klare Haut stumpf machte, seinen mageren, großen, maskulinen Körper. Nach all ihren Versprechungen hatte sie Will vergessen.

Noch schlimmer, Hart hatte ihn nicht vergessen.

Einundzwanzigstes Kapitel

Das Abendprogramm, die Vorstellung einer Truppe von Schauspielern aus London, war zu Ende. Die Akteure hatten die zeitweilige Bühne verlassen, die im Ballsaal aufgebaut worden war, und die Gäste warteten geduldig auf das kalte Büfett, das in einem Vorzimmer vorbereitet wurde.

Hart konnte nicht sagen, ob die Vorführung gut gewesen war – er hätte kaum sagen können, was überhaupt gespielt worden war. Die Stunden in dem schwach beleuchteten Ballsaal hatte er damit verbracht, Mercy zu beobachten.

Sogar aus dieser Entfernung war ihre Anziehung fast körperlich spürbar. Ihre schlanke Gestalt war in ein leicht antik wirkendes goldenes Gewand gehüllt. Eine Kette schmiegte sich in das süße, schattige Tal zwischen ihren Brüsten.

Sie versuchte, sich gesittet zu benehmen, bemerkte er leidenschaftslos, offensichtlich hatte sie sich seine Ermahnungen zu Herzen genommen. Sie verteilte ihre Konversation, ihre Aufmerksamkeit und ihr beherrschtes Lachen unparteiisch auf all die, die um sie herum gruppiert waren. Sie widmete keinem Mann zu lange ihre Aufmerksamkeit. Mit gesenkten Augen lächelte sie bescheiden in ihren Schoß, ein Abbild jungfräulicher Tugend.

Nathan Hillard war der einzige, der länger in ihrer Nähe

war, als strenggenommen angemessen gewesen wäre: ihre Köpfe steckten zu nahe zusammen, während sie in gedämpftem Ton sprachen, ihre Blicke vernünftig und ernst, ihr Gesprächsthema war offensichtlich ernsthafter Natur. Es machte ihn rasend.

Außerdem, dachte er, würde es nichts nützen. Mercy hatte sich ihre Gastgeberin zur Feindin gemacht. Sie hatte sich nicht an Lady Actons Regeln gehalten. Sie hatte der Herzogin gezeigt, wie verletzlich ihre alten Abstammungslinien waren, und noch schlimmer, sie hatte Lord Acton bewußt gemacht, daß sie eine begehrenswerte Frau war, vielleicht sogar eine Heiratskandidatin. Lady Acton würde ihr niemals verzeihen.

Mercy sah auf, und ihre Blicke trafen sich über den Raum hinweg. *O nein, meine Liebe,* dachte er in Erwiderung auf ihre stumme Frage. Er würde ihr nicht erzählen, was er über Will herausgefunden hatte ... oder über seinen Verdacht, daß er mit ihren Unfällen zu tun haben könnte. Nicht bevor er genau wußte, wer ihr Bruder war oder geworden war. Er würde es heute nacht wieder versuchen und jede Nacht, bis er es herausfand.

Den ganzen Nachmittag lang hatte sie nach einer Gelegenheit gesucht, mit ihm allein zu sprechen. Er hatte dafür gesorgt, daß es keine gab. Er wußte, daß sie ihre Unterhaltung im Stall für unvollständig hielt. Sie wollte alles hören, was er wußte, jedes Indiz, das ihn zu der Annahme bewogen hatte, ihr Bruder sei ein Drogensüchtiger. Aber wenn sie sich seine Warnungen wegen Lady Acton zu Herzen genommen hatte und sich alle Mühe gab, diesen Leuten eine makellose Fassade zu präsentieren, dann mußte er das gleiche tun. Niemand würde sie beide allein vorfinden. Zum Kuckuck, er würde sie vor ihrem ungestümen Herzen retten.

»Hart.« Das scharfe Schnappen eines sich öffnenden Fächers zog seine Aufmerksamkeit auf sich. Annabelle stand neben ihm, und der Luftzug, den ihr Fächer verursachte, bewegte eine Fülle blasser Löckchen.

»Annabelle«, begrüßte er sie, bestürzt darüber, daß ihr Erscheinen nicht mehr wie früher eine Welle von Stolz in ihm auslöste. Das war ein bißchen zu viel Weiß. Weiße Spitzen, weiße Blumen, weiße Volants, weiße Federn. »Hast du jemals daran gedacht, ein indigoblaues Kleid zu tragen?«

Sie blinzelte ihn erstaunt an.

»Nicht daß ich viel über Damenmode wüßte«, fuhr er fort, »aber ich glaube, du würdest in etwas Dunkelblauem sehr gut aussehen. Vielleicht Samt.«

Sie atmete tief ein. »Ich verstehe dich wirklich nicht, Hart. *Kleider*, um Himmels willen. Mir wird von meiner Londoner Putzmacherin versichert, ich sei äußerst *à la mode*.«

»Du hast eine Putzmacherin in London?« Die nächste Rechnung würde er nicht bezahlen. Annabelle so aufzutakeln, daß sie wie ein riesiges Frühlingslamm aussah. All diese übertrieben gekräuselten Locken ...

»Ich bin nicht gekommen, um mit dir über Mode zu diskutieren, Hart«, sagte sie. »Ich muß mit dir reden – allein.« Es gab eine entschlossene Note in ihrer sonst so melodischen Stimme.

Er nickte und folgte ihr in das angrenzende Gewächshaus. Drinnen drehte sie sich um.

»Es wird beim Ball keine Ankündigung einer bevorstehenden Vermählung geben«, sagte sie. »Bitte, laß mich ausreden. Ich weiß, daß das eine große Enttäuschung für dich bedeutet, und es tut mir sehr leid, daß du umsonst nach England zurückkehren mußtest, aber ich habe dich nicht leichtfertig gerufen. Ich« – ihre Stimme bebte – »ich hatte ehrlich geglaubt, Acton würde mir einen Antrag machen.«

»Ich bin nicht enttäuscht, Belle«, sagte er und betrachtete sie aufmerksam. »Mach dir um mich keine Sorgen.«

Ihr kleiner Mund kräuselte sich, als ob sie einen tiefsitzenden Ärger zurückhielt.

»Belle, es geht mir nur um dich«, sagte er.

»Nun, dann hast du aber eine nette Art, mir das zu zeigen«, schnappte sie plötzlich. »Ich habe dich ein Jahr lang nicht gesehen, und wenn wir uns endlich treffen, dann benimmst du dich wie ein Fremder.«

Er war verblüfft über die Heftigkeit ihres Tons. Sie bebte vor ... *Ärger,* wurde ihm überrascht klar, sie war nicht verletzt, wie er erwartet hatte.

»Anstatt dich deiner Familie zu widmen«, fuhr sie mit leiser und wütender Stimme fort, »trägst du stolz deine Verliebtheit in diesen amerikanischen Eindringling zur Schau!«

Sie hätte ihm genausogut eine Ohrfeige geben können.

Sie sprach weiter, ohne auf seine starrer werdende Haltung zu achten. »*Du* hast dafür gesorgt, daß ich erzogen wurde, wie es unserer Klasse und sozialen Position angemessen ist«, sagte sie. »Warum hast du *jetzt,* so kurz vor der Regelung meiner Zukunft, alle Grundsätze außer acht gelassen, die du mich gelehrt hast, und dieser vulgären Laune nachgegeben?«

»Laune?« Seine Stimme war vorsichtig und gefaßt.

»Ja. Was kann es denn sonst sein? Du bist der Earl of

Perth, du würdest doch nicht ernsthaft eine Verbindung mit dieser Person in Erwägung ziehen.«

»Das würde ich nicht?« Gott, wie wenig sie ihn kannte.

»Nein«, sagte sie rundheraus. »Ich bin vielleicht jung, aber nicht naiv. Beryl hat mir die Art von ... Impulsen erklärt, die Männer dazu bringen, eine bestimmte Art von Frau zu verfolgen. Deine niederen Neigungen sind mir egal. Aber daß sie meine Zukunft beeinträchtigt haben, ist mir nicht gleichgültig.«

»Aha«, sagte er und unterdrückte andere Worte, entsetzt und verzweifelt. Denn letzten Endes hatte sie recht.

Er hatte sie erziehen lassen und darauf vorbereitet, die vollkommene englische Lady zu sein. Er hatte die besten Gouvernanten und Lehrer angestellt. Er hatte sich sogar einen Titel gestohlen, um ihr Zugang zur erlesensten Gesellschaft zu verschaffen und das Leben für sie – für sie alle – zu sichern, das das Weggehen ihres Vaters fast unmöglich gemacht hatte.

Er sah sie an, sie erschien fast königlich in ihrem Ärger. Sie hatte jeden Maßstab erreicht, den er für sie gesetzt hatte. Sie war ganz und gar sein Geschöpf.

Sein Magen krampfte sich zusammen. Sie war auch unausstehlich, arrogant, geringschätzig und voller Verachtung, und sie versteckte alles unter einer höflichen Maske hübscher Gleichgültigkeit.

Er lächelte bitter. Er hatte sie geschaffen ... oder vielmehr dafür bezahlt, daß sie so wurde. Er konnte seine Errungenschaft jetzt nicht schlechtmachen.

»Was möchtest du, daß ich tue?« fragte er angespannt.

»Ich habe darüber nachgedacht.« Ihre seidenen kleinen Augenbrauen kräuselten sich. Er bemerkte, daß sie keinen

Augenblick daran gezweifelt hatte, daß er tun würde, worum sie ihn bat. Er fügte Manipulation zu der Liste von Fähigkeiten hinzu, die sie erworben hatte. Ihr Bedauern darüber, daß sie ihn »enttäuscht« hatte, hatte sie mit der Absicht zum Ausdruck gebracht, in ihm ein entsprechendes Schuldgefühl hervorzurufen.

Sehr nett, dachte er. *Sehr wirksam.* Er konnte nicht anders, er mußte ihr subtiles Taktieren mit Mercys offenkundiger Erpressung vergleichen.

»Ich glaube, wenn Mercy Coltranes Aufmerksamkeit auf einen einzigen Mann konzentriert wäre, dann würden die anderen Gentlemen das Interesse an ihr verlieren. Acton könnte sich wieder der Aufgabe widmen, eine Ehefrau zu wählen, und vergessen, sich eine Mätresse zuzulegen.«

Sein Kopf schnellte hoch. »Du glaubst, daß er dabei ist, das zu tun?«

»Hart«, sagte sie unwillig, »die einzige Eigenschaft, die ich dir nie zugeschrieben hätte, ist Naivität. Natürlich. Das ist es, was all die Herren machen. Sie hat Geld, ja. Und sieht gut aus. Aber um Himmels willen, sie ist die Tochter eines amerikanischen Ranchers.«

Er starrte sie an. Er hatte nie die Möglichkeit in Erwägung gezogen, daß diese anderen *Herren* Mercy als mögliche Mätresse umwarben. Das war naiv gewesen, tatsächlich.

»Du bist den anderen weit voraus, was das Gewinnen ihrer Aufmerksamkeit betrifft, Hart. Das einzige, worum ich dich bitte, ist, daß du sie noch ein paar Tage mit Beschlag belegst. Es ist zu spät, um noch etwas für den Verlobungsball zu tun, aber vielleicht kann meine Zukunft noch gerettet werden.«

»So sehr liebst du Acton?« Er konnte sich diese Frage nicht verkneifen.
»Ich werde eine vorbildliche Herzogin abgeben«, erwiderte sie. »Und außerdem, Hart, wenn du wirklich eine Art von Zuneigung für Miss Coltrane entwickelt hast, dann wirst du ihr einen Dienst erweisen.«
»Wie das?«
»Nun, wenn du sie nicht selbst zur Mätresse willst, dann wird sie wenigstens nicht von denen belästigt, die das wollen.«
Sie lächelte. Die fromme, liebenswürdige Annabelle. »Bitte, Hart.«
Er hatte allen Grund, zuzustimmen. Er konnte nicht ändern, was aus Annabelle geworden war, und er konnte sich nicht weigern, ihr beim Erreichen der Ziele zu helfen, die zu pflegen er beigetragen hatte. Er würde nicht den Ausdruck *Träume* gebrauchen. Er bezweifelte, daß Annabelle in solch wirklichkeitsfremder Weise an ihre Ziele denken könnte.
Und – wenn das wahr war, was Annabelle sagte – dann könnte er vielleicht Mercy vor möglicher Beleidigung bewahren. Seine Kiefermuskeln spannten sich. Er würde verdammt noch mal allen Interessierten klarmachen, daß sie nicht leichtfertig benutzt werden konnte.
Und außerdem kannst du bei ihr sein.
»In Ordnung, Annabelle.«
»Danke, Hart.« Mit Befriedigung atmete sie aus. »Ich wußte, ich kann mich auf dich verlassen, trotz deines außergewöhnlichen Verhaltens in den letzten Tagen. Wir haben uns *immer* auf dich verlassen, liebster Bruder.« Und nun, da sie ihr Ziel erreicht hatte, ließ sie ihn stehen.

Er stand lange da und versuchte, sich an die neue Wahrnehmung seiner süßen, kleinen Schwester als mitleidsloser, herzloser Manipulatorin zu gewöhnen. Er dachte an all die Dinge, die er so verzweifelt seinen Schwestern hatte geben wollen, all die Dinge, die sein Vater ihnen weggenommen hatte, als er sie verließ: Geld, gesellschaftliche Stellung, Sicherheit.

Er hatte versucht, all das zurückzubekommen. Und wohin hatte es geführt? Beryl fühlte sich elend und bemühte sich, den äußeren Schein zu wahren, während ihr abwesender Ehemann wer weiß was trieb. Annabelle war eine schreiend ehrgeizige, habgierige Puppe geworden, und Fanny bestand aus einer Pfütze mütterlicher Tränen. Gott, wie war er gescheitert.

»Lord Perth?« Lady Jane Carr sprach ihn aus der Nähe an und schreckte ihn aus seinen Gedanken auf. Er sah hinunter – ihr kleines Gesicht schaute ihm entgegen. »Tatsächlich, Sie sind es, Sir!« rief sie aus.

»Lady Jane«, grüßte er.

Sie sah sich um und betrachtete all die Pflanzen und Blumen, die in das Mondlicht getaucht waren, das durch das Glasdach hereinströmte. »Sie sind hierhergekommen, um einen Moment Ruhe zu haben? Das verstehe ich. Es kann ermüdend sein, die ganze Zeit mit so vielen Menschen zusammenzusein«, sagte sie.

Was tat sie bloß hier? fragte sich Hart. Jetzt, da sie seine Identität festgestellt hatte und bemerkte, daß sie mit einem unverheirateten Mann allein war, sollte sie besser gehen. Aber statt dessen sah sie sich ohne irgendwelche Eile um.

»Neulich abends erzählten Sie mir von all den Wundern,

die Sie auf Ihren Reisen gesehen haben«, sagte sie und kam näher. »Ich bin mein ganzes Leben lang in England gewesen. Ich fürchte, ich werde nie die Freiheit haben, meinem Sinn für das Exotische nachzugehen.« Sie legte ihre rundliche, kleine Hand auf seinen Arm. »Ich hätte so gerne ... ein Abenteuer«, gurrte sie.
Müde sah er in ihr verzücktes kleines Katzengesicht. Auch das hatte er nicht kommen sehen. All seine Gedanken waren bei Mercy Coltrane. Immer noch. Er spürte nicht den Hauch einer Erregung, als Jane einen Arm durch den seinen hakte und ihre kleine Brust an ihn drückte.
»Vielleicht können Sie Ihren Gemahl dazu bringen, eine Reise mit Ihnen zu machen.«
Ihre Augen weiteten sich, mehr vor Bestürzung als vor Beleidigung. Fast mußte er lachen, wenn auch kläglich. Hielt man ihn für so leichte Beute?
Sie lächelte zweifelnd. »Ach, nein. Carr wird England nie verlassen. Er ist immer viel zu beschäftigt mit Regierungsangelegenheiten. Aber Ihr Schwager ist einer von Carrs Genossen, nicht wahr?« fragte sie. »Ich werde mit Carr über Wrexhalls Aussichten sprechen müssen.«
Hart betrachtete sie in kühlem Schweigen. Sie mußte bemerkt haben, daß ihr Köder nicht gewirkt hatte, denn ihr Gesicht verdüsterte sich.
»Ich sehe Carr allerdings nicht sehr häufig«, sagte sie, sich auf eine andere Masche verlegend. »Ich bin so oft auf mich selbst zurückgeworfen. Allein.«
»Das ist schade. Möchten Sie sich jetzt wieder der Gesellschaft anschließen, Lady Carr?« Er bedeutete ihr, vorauszugehen. Sie rührte sich nicht. Statt dessen legte sie eine Hand auf seine Brust. Die andere schlang sich um seinen

Hals und blieb dort liegen, während sie tief in seine Augen blickte.
»Auch Sie sind oft allein, nicht wahr, Lord Perth?«
»Ich genieße meine Abgeschiedenheit«, antwortete er und suchte nach einer Möglichkeit, diese Frau loszuwerden. Die Belustigung, die ihre Taktiken hervorgerufen hatten, war verschwunden. Er spürte nur einen leichten Widerwillen, eine unangenehme Langeweile.
»Vielleicht« – sie zog an seinem Hals und streckte ihren Mund dem seinen entgegen – »können wir die Abgeschiedenheit gemeinsam genießen?«
»Das glaube ich nicht.«
Sie machte ein finsteres Gesicht. Entschieden zog er ihre Arme weg und hielt sie von sich. Sie starrte ihn mit einem Gesicht an, das vor Peinlichkeit häßlich war.
»Sie haben einen Ruf als kalter, blutleerer Mann, Perth«, sagte sie. »Ich sehe, daß das stimmt. Ich wünsche Ihnen viel Freude bei Ihrer ... Abgeschiedenheit.«
Er trat zurück und verbeugte sich förmlich. »Guten Abend, Lady Carr.«
Sie rümpfte verächtlich die Nase und ließ ihn allein.

Ich halte nicht nach ihm Ausschau, dachte Mercy. *Nein, das tue ich nicht.*
Sie konnte nichts dafür, daß sie gerade in seine Richtung blickte, als er Annabelle in das Gewächshaus gefolgt war. Als Annabelle gegangen war, er jedoch nicht, hatte sie nur zufällig in diese Richtung gesehen. Und dabei mitbekommen, wie sich Lady Jane Carr in das dunkle Glashaus geschlichen hatte. Und als ... diese Frau ... wieder aufgetaucht war, mit rotem Gesicht und glänzenden Augen, ihr

Haar zurechtrückend und nervös ihre Lippen leckend ... *zum Kuckuck mit ihm!*

Ein paar Minuten später kam er, und Mercy blieb vor lauter Eifersucht und Verlangen die Luft im Hals stecken. Er war viel zu attraktiv. Das schwarze Abendjackett dehnte sich in starkem Kontrast zu seinem schneeweißen Anzughemd und dem gestärkten Kragen über seine breiten Schultern. Er sah vollkommen ruhig aus, selbst als er von seinem Stelldichein kam, vollkommen gefaßt und elegant – kurz, ein Aristokrat mit blauem Blut, das niemals in ihren Adern fließen würde.

Er bemerkte, wie sie ihn betrachtete, und sie wandte sich um, als Nathan Hillard mit einer Platte Delikatessen vom Büfett zurückkam.

»Ich empfehle die Pastete. Gänseherz, glaube ich. Oder den Lachs *en croûte*«, sagte er.

»Vielen Dank, Mr. Hillard.« Seine Fingerspitzen streiften sehnsüchtig über ihre Knöchel, als sie die angebotene Platte nahm.

»Kann ich irgend etwas für Sie tun, Miss Coltrane?«

»Wie ritterlich«, murmelte sie und war sich nur zu bewußt, daß Hart sie eingehend betrachtete. Sie wollte nicht, daß Hillard ihre Nervosität bemerkte. »Wären Sie so freundlich, mir ein Glas Punsch zu bringen?«

»Natürlich«, sagte dieser und eilte zurück in den Vorraum.

Wie konnte Hart es wagen, sie so anzusehen? dachte Mercy wütend, als sie bemerkte, wie das Interesse der anderen Gäste erwachte. Hatte er nicht schon genug angerichtet? Lady Acton hatte seit dem Nachmittag kein Wort mehr mit ihr gesprochen, Annabelle Moreland bebte vor

Feindseligkeit, und Acton schmollte wie ein Kind, weil sie es abgelehnt hatte, während des Theaterstücks neben ihm zu sitzen.

Den ganzen Tag lang hatte Hart vermieden, auch nur einen einzigen Moment mit ihr allein zu sein, und so ihre Absicht, zu erfahren, was er über Will herausgefunden hatte, vereitelt. Jetzt stand er an die Wand gelehnt mit den Armen über der Brust gekreuzt, und seine hellen Augen folgten jeder ihrer Bewegungen.

Sie hob ein Butter-Canapé von der Platte an ihren Mund, nur um zu sehen, wie seine Augenlider sich senkten und sein Blick nahezu gierig wurde, während er auf ihre Lippen starrte. Sie ließ das unschuldige Canapé fallen, als ob es ihr die Finger verbrannt hätte. Ein träges Lächeln ließ die Winkel seines breiten, sinnlichen Mundes nach oben wandern.

In Erwiderung auf seine entspannte Betrachtung stieg ihr die Röte in die Wangen. Das war doch nicht möglich. Schließlich konnte er sie nicht erst ignorieren und ihr dann im nächsten Moment öffentlich den Hof machen. Sie glaubte bereits ein vielsagendes Murmeln unter den anderen Anwesenden zu hören.

Ein dunkler Verdacht stieg in ihr hoch. Vielleicht war gerade das sein Plan – so viel Gerede heraufzubeschwören, daß Lady Acton sie bitten würde, abzureisen. Dann wäre er sie los, wäre ihre Forderungen, ihren Bruder zu finden, los und ebenso ihr Dazwischenfunken bei der Verlobungsabsicht seiner Schwester. Sie spann ihre dunklen Gedanken weiter: Vielleicht war er gar nicht in London gewesen, um nach Will zu suchen. Vielleicht hatte er Lady Carr oder irgendeine andere bemitleidenswerte, in ihn verliebte Frau getroffen.

Die Röte der sinnlichen Wahrnehmung wurde zu einer ärgerlichen Hitze. Sie *würde* eine Unterredung mit ihm haben, sie *würde* erfahren, was er herausgefunden hatte, und sie *würde* Will finden. Dann würde sie diesen Ort, diese Leute und ihn verlassen. Aber bis es soweit war, würde sie hierbleiben und ein Bild völliger Sittsamkeit abgeben.

Kurz nachdem das Büfett zu Ende war, verschwand Hart. So bald es der Anstand erlaubte, entschuldigte sich auch Mercy in der festen Absicht, ihm zu folgen. Sie wußte, wohin er wollte – wieder nach London.

Sie eilte auf ihr Zimmer, verkleidete sich wieder als Junge, schlich sich durch den Dienstbotenausgang und rannte zu den Ställen hinaus.

Zu spät. Der Stallbursche grinste sie frech an und sagte ihr, sie habe Perth um eine gute Stunde verpaßt.

Enttäuscht schlich sie sich zurück, zog sich einen Stuhl an das Fenster, von dem aus man das Fronttor einsehen konnte, und richtete sich darauf ein, zu warten. Wenn Hart zurückkäme, würde sie ihn abfangen. Aber Stunde um Stunde verging, das Feuer im Kamin brannte herunter, und ihre Augenlider wurden schwer.

Als sie aufwachte, war das Zimmer kalt und dunkel. Ein paar Scheite glühten noch in der Feuerstelle, und an den Fenstern hatten sich Eisblumen gebildet. Sie sprang auf.

Er mußte inzwischen zurück sein. Grimmig wickelte sie sich in eine Decke und schlich den stillen Flur entlang zu seinem Zimmer. Vor seiner Tür blieb sie stehen, hielt den Atem an und horchte.

Er war wach. Sie konnte seine Schritte durch das Zimmer

gehen hören. Sie öffnete die Tür und trat ein. Drinnen war es rabenschwarz, mit Ausnahme des glimmenden Feuers im offenen Kamin.

Sie sah sich um, glaubte dann, jenseits des Feuerscheins eine Bewegung wahrzunehmen, einen Schatten, der durch die Dunkelheit schlich. Dann sah sie ihn.

Er ging am Rande des Lichtscheins auf der anderen Seite des Raumes mit schnellen, mechanischen Schritten entlang, wie ein eingesperrter Panther seinen Käfig abschreitet, automatisch und blindlings, auf und ab.

Er hatte kein Hemd an, anscheinend nahm er die tiefe, durchdringende Kälte im Raum gar nicht wahr. Sie atmete scharf ein, und er hörte es. Er ließ sich in die Hocke fallen, während er sich umdrehte und seine rechte Hand an die Hüfte griff. Sie starrte ihn entgeistert an. Seine Augen glühten wild im Halbdunkel. Sie ließ die Decke fallen, erschrocken darüber, daß er sie offensichtlich nicht erkannte.

Langsam richtete er sich auf. Sein glühender und leidenschaftlicher Blick heftete sich auf ihr Gesicht und verschlang sie, sein Verlangen und seine Angst waren unerbittlich miteinander verwoben. Einen Moment lang stand er ohne Deckung da, ganz und gar verletzlich und ausgeliefert. Er machte einen verstörten, erschöpften und gejagten Eindruck. Schatten fielen über seine mageren Wangen und verhüllten seine Augen, und sie mußte zu ihm gehen.

Sie machte einen Schritt vorwärts, und er wich zurück, wandte sich, bebend vor einem ihr unbekannten Gefühl, von ihr ab. Sie kam näher, unsicher, was sie tun oder sagen sollte. Sie hatte noch niemals solch eine Qual gesehen.

Hilflos schaute sie sich nach einem Hinweis auf die Ursache dafür um.
Seine wenigen Gepäckstücke standen immer noch offen neben dem Bett auf dem Boden, immer noch gefüllt. Er hatte sich nicht einmal die Mühe gemacht, auszupacken. Sein Hemd lag auf der glatten Bettdecke, seine Stiefel standen beim Fußende des Bettes, und auf dem Boden, an der gegenüberliegenden Wand – sie starrte ungläubig –, lagen zerknüllte Decken. Das einzige Kissen zeigte immer noch die Mulde seines Kopfes.
Plötzlich begriff sie. Der Earl of Perth schlief auf dem Boden.

Zweiundzwanzigstes Kapitel

»Was ist denn mit Ihnen passiert?« hauchte sie.

Er wandte sich um, und sie wich zurück vor der Verletztheit in seinem gejagten Blick. Er hielt verwirrt inne und sah sie an, als ob er überlegte, wie er sie einordnen solle. »Mercy?«

»Ja, ich bin es, Hart.«

»Gott.« Er lachte, und ihr Herz erschrak über den bitteren Klang. Er hob die Hand, tastete nach dem Sims, und als er es gefunden hatte, lehnte er sich schwer vornüber. Sie starrte seinen nackten Rücken an, über den der Feuerschein hinwegflackerte, diesen breiten, maskulinen und so seltsam verletzlichen Rücken.

»Gehen Sie weg.« Seine Stimme war angestrengt und gedämpft. Er machte keine Anstalten, ihr ins Gesicht zu sehen.

Sie konnte nicht. Nichts auf der Welt hätte sie dazu bringen können, ihn zu verlassen, ihn dem zu überlassen, was ihn quälte, was es auch immer sein mochte.

»Hart, warum liegen diese Decken auf dem Fußboden?« Es gab etwas Schreckliches im Zusammenhang mit diesem zerknüllten, wollenen Haufen im Schatten.

»Gehen Sie!«

»Nein«, sagte sie, und Besorgnis ließ ihre Stimme beben. Seine Gefährlichkeit – so vielgerühmt, so wertvoll und so hochgeschätzt von ihrem Vater und von allen, die ihn benutzt hatten – war nie offensichtlicher gewesen. Irgendeine schreckliche innere Anspannung hielt seinen Körper gefangen. Sein Rumpf war in glitzernde Feuchtigkeit gehüllt, und dunkle Strähnen schweißgetränkten Haares klebten ihm am Nacken.

»Nein.« Ihre Stimme wurde lauter. »Nicht bevor Sie mit mir sprechen.« Sie trat vor und berührte seine Schulter. Sie war glühendheiß.

Er zuckte zurück. Nein. Er erschauerte – als ob ihre Berührung ganz besonders schmerzhaft wäre. Aber er drehte sich immer noch nicht zu ihr um. Er warf seinen Kopf zurück, wandte sein Gesicht der schwarzen, gewölbten Zimmerdecke zu und preßte die Augen zusammen, um sie nicht zu sehen.

»Hart«, bat sie, »bitte.«

Sie zupfte ihn am Arm, versuchte, ihn umzudrehen, ihn zu zwingen, sie anzuschauen, mit ihr zu reden.

»Mein Gott, sagen Sie mir doch, *warum schlafen Sie auf dem Boden?*«

Er drehte sich so schnell zu ihr um, daß sie zurücktaumelte. Er ergriff sie, um sie vor dem Fallen zu bewahren, und funkelte sie an, wütend darüber, daß sie ihn drängte, so ärgerlich, daß er ihren Rücken gegen die Wand drückte. Sie stolperte, und er grinste, wild und bitter.

»Wollen Sie es wissen?«

Himmel, wie hatte sie jemals glauben können, dieser Mann sei gefühllos? Seine Haut war stark durchblutet und dunkel und sah in diesem Licht wie heiße Bronze aus. Goldenes Glitzern in seinem Bartschatten ließ sein kantiges Kinn noch markanter erscheinen, und seine Augen glühten.

»Müssen Sie es wissen?« In der Frage lag ein schrecklicher Triumph.

»Ja.«

»Ich habe acht Jahre lang hier oder auf ähnlichen Fußböden geschlafen.« Nachdem er einmal begonnen hatte, überstürzten sich seine Worte, und sein leiser, gepreßter Monolog war voller Selbstzerstörung. »Ich habe Angst, in einem Bett zu schlafen.« Er atmete einmal lange und tief ein und aus, während sein Blick über sie wanderte, ihren Hals, ihr Haar, ihren Mund berührte ... alles, außer ihren Augen. »Ist das nicht amüsant? Der Revolverheld, der bezahlte Killer Ihres Vaters, der Earl of Perth, verkriecht sich jede Nacht feige in den Schatten!«

»Mein Gott.«

»Mein Gott, genau.« Wieder ein kurzes Lachen. »Wir müssen für alles bezahlen, Mercy. Die Vergeltung kommt in tausend Verkleidungen daher. Manchmal überhaupt nicht verkleidet, das ist vielleicht die schlimmste Art.«

»Aber warum sagen Sie ›feige‹?«

»Haben Sie noch nicht genug? Müssen Sie alles wissen? Na gut. Ich kann nur mit dem Rücken zur Wand schlafen. Das war immer so« – in einer verzagten Geste hob er die Hände – »seit Afrika.«

»Afrika?«

»Ja, Afrika! Diese Höhlen in der Wüste, die waren der einzig sichere Ort«, sagte er.

»Aber das hier ist England ...«, begann sie völlig verwirrt.

»Das weiß ich! Zum Kuckuck, glauben Sie, ich hätte nicht versucht, da drin zu schlafen?« Er zeigte auf das große Bettgestell, das wie ein Altar erhöht stand. »Da drin und in jedem anderen Bett ...«

Seine Stimme verlor sich. Er konnte nicht mehr klar sehen. Das Bild seines Kinderbettes überlagerte dieses hier, und dann sah er plötzlich eine verlauste Decke, von der afrikanischen Sonne ausgebleicht. Die Vergangenheit verwob sich wirr mit der Gegenwart, und er stöhnte.
Er packte Mercys Arm noch fester. Sie war ganz real und geschmeidig in seinem Griff, und ihre Zerbrechlichkeit war eine Lüge. Er hatte nie etwas Lebendigeres, Vitaleres, Stärkeres als sie gespürt. Sie war ein Rettungsanker, der ihn an die Gegenwart band, und, guter Gott, er brauchte sie.
Gott, laß sie nicht weggehen. Sie nicht.
»Ich konnte nicht. Ich kann nicht«, würgte er hervor. Er haßte sich selbst wegen dieser Aussage, aber er entdeckte auch, daß er alles tun würde, um sie hier zu halten, um sie berühren zu können. »Wenn ich auf diesem Bett liege, dann kann ich spüren, wie eine Gewehrkugel mein Rückgrat durchtrennt oder meinen Schädel zerspringen läßt. In den Höhlen, auf dem Boden, können sie einen nicht erschießen. Nicht einmal im Traum.«
Sie zitterte, und in ihrem Gesicht spiegelten sich Mitgefühl und Verständnis. Unmöglich, sie konnte es nicht verstehen. Sie würde nicht so dreinschauen, wenn sie verstünde.
»Verstehen Sie nicht? Ich bin ein *Feigling.*«
»Warum bestrafen Sie sich selbst so?« rief sie aus.
»Ich bestrafe mich nicht. Gott hat schon dafür gesorgt. Ich muß mit meiner Schwäche leben. Manchmal vergehen Monate, und ich glaube, ich hätte gewonnen. Dann glaube ich, ich sei stark genug gewesen, diese elende Feigheit zu besiegen. Aber dann passiert es wieder.

Ich habe es versucht, Mercy.« Er keuchte. »Gott, ich habe versucht, mir selbst einzureden, es sei nicht mehr als ein Alptraum, eine kindliche Angst vor der Dunkelheit. Es hilft alles nichts. Ich kann diese Empfindung nicht verscheuchen, egal, was ich mir selbst einrede. Ich bin verdammt noch mal zu schwach, meine eigenen Gedanken zu kontrollieren.«

»Schwach?« wiederholte sie erstaunt. »Sie sind der stärkste Mann, den ich kenne. Ich weiß noch, wie Sie dem Mann in der Zwischenstation entgegentraten. Sie haben nicht mit der Wimper gezuckt. Sie waren mutig. Unglaublich mutig.«

»Töten ist nicht schwer, Mercy. Sterben ist sogar noch leichter. Es ist das Leben, das eine einzigartige Herausforderung bietet.« Seine gespielte Sorglosigkeit wurde durch seine heisere Stimme zerstört.

»Warum, Hart?« fragte sie ruhig und konzentriert. »Was ist die Herausforderung?«

»Ich wache manchmal auf und weiß nicht, wo ich bin.« Jetzt sprach er nicht zu ihr. Die Worte, die er seit nahezu zehn Jahren zurückgehalten hatte, kamen leise, hart und verwirrt heraus. »Mein Herz schlägt so wild, daß ich glaube, es spränge aus meiner Brust. Ich würge an meinem eigenen Atem. Ich will davonrennen, aber ich weiß nicht, wovor. Ich weiß nicht einmal, wovor ich Angst habe. Es gibt kein Bild, kein Gesicht, keine Erinnerung. Manchmal glaube ich, es ist nur meine Seele, die vor ihrer eigenen Schwärze Angst hat.«

»Nein.« Eine Träne stahl sich unter ihren Wimpern hervor. Er beobachtete, wie sie über die Rundung ihrer Wange rollte, konzentrierte sich auf ihre Bahn, klammerte sich an sie wie an einen Rettungsanker gegen die innere Panik, die sich immer noch Luft machen wollte.

»Doch«, sagte er tonlos und mit starrem Blick. »Entweder das, oder ... oder ich bin näher am Wahnsinn als am gesunden Verstand.«

»Sie sind nicht wahnsinnig, Hart, Sie sind verletzt worden. Hier drin.« Mit ihren kühlen Fingerspitzen berührte sie sein Herz. »Wer wäre das nicht? Wer *könnte* nicht verletzt sein?« Ihr Mitgefühl war überwältigend.

Er wollte es glauben, so wie sie es glaubte. Er konnte es in ihren Augen sehen. Dieser Glaube entrang ihm fast ein Schluchzen. Er war überwältigt davon.

Sie hob ihre Hand und strich mit ihren Fingerspitzen über seine Wange, und er konnte nichts anderes tun, als sie anzuschauen und verzweifelt ihre Gedanken zu lesen versuchen.

Ihre Finger glitten in die Nähe seiner Schläfe, zögerten und fuhren wieder über seine Wangen und mit äußerster Zartheit über sein Kinn. Er sah gebannt zu, als sich ein Fünkchen Überraschung in ihren Blick schlich, eine Andeutung von Besorgnis, aber nicht von Angst. Noch nicht. Sie bewegte sich, und er wurde sich bewußt, wie nahe sie war und daß sein Körper ihr Ausweichen behinderte. Sie besaß eine wunderbare Figur, duftende Haut und glänzendes Haar, so äußerst feminin und geheimnisvoll, daß er sich plötzlich plump fühlte, zu groß und zu schwer.

Sie bewegte sich, und ihre Hüfte streifte seine Lenden. Über die zufällige Berührung schnappte er nach Luft, da sie ihn augenblicklich erregte. Sie sah ihn an, überrascht über seinen unwillkürlichen Laut der Freude. Ihre Hände bewegten sich an seinem Mund vorbei. Er schnappte danach und erwischte einen Finger zwischen seinen Zähnen, dessen salzige Spitze er leckte. Er hörte, wie sie scharf die Luft einsog, spürte, wie sie bis in die Fingerspitzen erschauerte. Sie zog ihre Hand zurück, über diese Intimität schockiert, und er ließ ihren Finger los. Sie starrte ihn an, verblüfft von etwas, was sie in seinem Gesichtsausdruck sah.

Er nützte die Situation aus.

Langsam nahm er ihr Gesicht in seine Hände, seine Daumen ruhten in der Nähe ihrer halb geöffneten Lippen, und seine Zeigefinger streiften ihre flaumigen Schläfen.

Hör auf. Jetzt, bevor du sie erschreckst. Aber er konnte nicht.

Ihre Augen weiteten sich. Im Feuerschein glänzten sie golden. Ihre Wimpern flatterten und streiften seine Fingerspitzen wie seidene Federn. Er kam vorsichtig näher, mit flachem Atem, um sie nicht zu erschrecken.

Es war so einfach.

Sie neigte ihren Kopf, und er beugte sich über sie und küßte sie. Es war so hinreißend, wie er es in Erinnerung hatte. Seine Lippen berührten eine seidene Augenbraue, ihre Lider, den Winkel ihres weichen, bebenden Mundes. Sie seufzte – welch ein süßer Klang, köstlich und erotisch –, und er wurde steinhart und voller Drängen, wie er es noch nie zuvor gespürt hatte. Er fand ihren Mund und war in irgendeinem Winkel seines Bewußtseins entsetzt darüber, daß seine Beherrschung verschwunden und er unfähig war, sich selbst zurückzurufen vom Rande der Leidenschaft, die ihn einschloß.

Sie war hier, und während er sie halten konnte, mit Hand und Mund und Atem verschlingen konnte, hielt sie die

Nacht zurück, bot ihr köstlicher Körper eine Zufluchtsstätte. Sein Herz raste, und seine Gedanken drehten sich schwarz im Kreis, die Panik verlor sich fruchtlos in den hintersten Winkeln seines Kopfes, während er ihre sanften Rundungen spürte, die salzige Träne kostete und ihren heißen, erregten Duft einatmete. Damit konnte die Panik nicht konkurrieren. Sie hatte nicht die leiseste Chance.

Sie begann zu sprechen, und er verschloß ihren Mund mit dem seinen. Er würde sie nicht sprechen lassen, würde sie nicht nein sagen lassen. Er hielt seinen Mund über dem ihren, vergrub seine Lippen in ihren, schmeckte, berührte und bewegte die nachgiebige Wärme, bis ihm schwindlig wurde.

Er bückte sich, griff ihr in die Kniekehlen und schwang sie hoch in seine Arme. Sie war leicht, und ihre Brüste, in dieses lächerliche Jungenhemd gehüllt, waren nicht verschnürt. Er konnte die üppigen Hügel an seiner Brust fühlen. Sie zitterte, und Lust torkelte durch seinen Körper. Sie klammerte sich an ihn, überwältigt von seiner Beharrlichkeit, ihrem eigenen Feuer und seiner Leidenschaft.

Mit ihr auf den Armen ging er zu dem großen Bett mit den dunklen Vorhängen, bettete sie auf die glänzende Tagesdecke und legte sich zu ihr. Einen Augenblick lang hing er über ihr, auf seine Arme gestützt, sein steifes Glied an ihrem Bauch, während sich die letzten Reste seiner Selbstbeherrschung verloren.

Er neigte den Kopf, öffnete mit dem Mund ihren Kragen, und seine Zunge fuhr über ihren Hals. Seine Finger suchten und fanden ihre Brust. Sie war weich und prall, und er wölbte seine Hand über sie, hob sie hoch, streichelte sie, drückte sie sanft und spürte erregt ihre Brustwarze.

Er zerrte das Hemd weg und legte ihren jungen, geschmeidigen Körper frei. Ihre runde, volle Brust wogte. Er stöhnte, senkte seinen Kopf, nahm die dunkle Brustwarze zwischen die Lippen und befeuchtete sie mit seiner Zunge. Sie schnappte nach Luft, bog ihren Körper hoch und schob so ihre Brust noch tiefer in seinen gierigen Mund. Ihre Hände flüchteten sich an seine Brust, seinen Hals, sein Gesicht, auf der Suche nach einer Bastion, an die sie sich klammern konnten.

Er saugte stärker und hielt ihre Schultern fest. Sie keuchte, und in jedem bebenden Ausatmen machte sich ihre überraschte Leidenschaft Luft. Er konnte die Lust auf ihrer Haut schmecken, heiße Erregung spüren. Sein Körper erbebte in einem unentwirrbaren Durcheinander von Scham und Jubel, als sich ihre Hüften in instinktiver Erwiderung auf die Leidenschaft minimal hoben.

Mit einem harten, triumphierenden Geräusch ging er zurück auf die Knie, ließ sich zwischen ihren Beinen nieder und riß ihre Reithose auf. Sie schrie erschrocken auf. Er ignorierte den Laut, er befand sich gänzlich im Hier und Jetzt, bei ihr, mit ihr. Der nächtliche Schrecken war nur ein Zuschauer, der draußen wartete, während der Räuber drinnen sich den Vorrang nahm.

Mit einem Ruck zog er ihr die Hosen aus, während sie ihn mit dunklen Augen anstarrte und mit leicht geöffneten Lippen dalag, ihre Hände zur Fäusten geballt auf beiden Seiten ihres Gesichts.

Er fuchtelte an seinen eigenen Hosen herum, bis er sie geöffnet hatte. Mit einem leisen Brummen sank er auf sie nieder und sog zischend die Luft ein, als er die seidenen Löckchen an seinem Glied spürte. Seine Stirn fiel gegen ihren Hals und sein Kopf drehte sich vor schierer Lust hin und her. Sie war so verflixt zart. Er war sich noch nie seines eigenen Gewichts, seiner eigenen Größe so sehr bewußt gewesen. Er würde sie ja zerdrücken, dachte er, und doch, und doch, Gott helfe ihm, er wollte nur tiefer auf sie niedersinken, in sie hinein, sie in sich aufnehmen. Sie nehmen. Sie an sich binden.

Sie bewegte sich, und jeder bewußte Gedanke wurde vom Instinkt verschlungen. Er war fast da. Seine Steife schob sich zwischen ihre Schenkel, eine glatte und warme Hülle umschloß seine äußerste Spitze – ein köstliches Gefühl. So nahe.

Ihre Beine breiteten sich weiter aus, sie öffnete sich ihm. Er vergrub seine Hände in ihrem Haar und fand ihren Mund wieder und stieß verlangend seine Zunge hinein, um sie Feuer fangen zu lassen; sie sollte ihn wollen und ... und Himmel! ... er war in ihr, von einer samtenen Faust umschlossen und gegen ein glattes, heißes Hindernis drückend.

Ihr Körper bog sich nach oben, sie wimmerte, und er schob seine Hände unter ihr Hinterteil – diese Weichheit in seinen Händen, intensivster Genuß. Und dann, Gott möge ihm helfen, dann spürte er sie. Verzweiflung und Wut durchpulsten ihn zu gleichen Teilen, während er sie still hielt und merkte, wogegen er gestoßen war. Ihre Jungfräulichkeit.

Sie bewegte sich, umklammerte seine Schultern, wand sich unter ihm. Er fluchte. Er war kurz davor, zu explodieren.

Er versuchte, sich zurückzuziehen. Gott, er würde schwören, daß er es versucht hatte. Aber sie umgab ihn, eng, heiß, und jede kleinste Bewegung, die er machte, ließ eine Welle durch ihren Körper gehen, die in einer Kontraktion um ihn herum endete und ihm Tränen der Anstrengung abrang. Er spannte sich über ihr an mit zusammengebissenen Zähnen, und die Lust ritt ihn, so wie er sie ritt, und spornte ihn mit tödlichen Sporen an. Nichts hatte sich jemals so angefühlt. Nichts war jemals so zwingend gewesen. Und er wollte es haben.

Mit einem lauten Stöhnen stieß er tief in sie hinein, durch das dünne Häutchen hindurch, trank das erschrockene Keuchen von ihren Lippen und gab seinen eigenen heiseren Schrei dafür. Er bewegte sich, schloß seine Augen, und seine Hüften wurden von der unglaublichen Lust jedes Stoßes erschüttert.

Das Blut pochte in seinen Schläfen, in seinen Lenden und wallte durch seinen Körper, und er spürte ihr Blut kreisen, spürte den rasenden Rhythmus ihres Pulses, die Anspannung ihres Körpers. Seine Sinne explodierten und zersprangen, hüllten ihn ein, erschütterten ihn mit schierer Intensität, fluteten durch ihn hindurch und ließen ihn ausgeweidet zurück.

Als es vorbei war, legte er seine Stirn an die ihre, verbraucht und erschöpft. Langsam wurde er sich ihres Herzschlags bewußt, der immer noch in schnellem Staccato ging. Ihr Atem ging leise keuchend. Ihre Haut war feucht und heiß. Ihr Körper fühlte sich erschreckend verletzlich und zerbrechlich unter ihm an. Er rollte sich von ihr herunter, und das Bewußtsein dessen, was er getan hatte, vertrieb die Lethargie. Reue stach ihn so scharf wie die Leidenschaft nur ein paar Sekunden vorher.

»Habe ich dir weh getan?«
»Ich bin mir nicht sicher.« Ihre Stimme klang verblüfft und schwach.
»Guter Gott.« Er starrte auf ihre hübschen Brüste, die ihre jungfräuliche Blässe verloren hatten und nun gerötet waren, wo sein Bart gescheuert hatte. Ihre Brustwarzen waren geschwollen und sahen gequetscht aus. Sein Blick glitt tiefer zu den Knabenhosen, die um einen Knöchel gewickelt waren und kehrte mit einem stechenden Gefühl der Bestürzung zu ihren Schenkeln zurück.
Auf ihrer zarten Innenseite prangten dunkle Flecken. Er rollte sich weg, stand mit dem Rücken zu ihr auf und zog seine Hosen an. Er hörte die Decke hinter sich rascheln und schloß die Augen.
»Was kann ich tun?« flüsterte er im Bewußtsein, daß es nichts gab, was er tun konnte. »Mercy, was kann ich tun? Was nur?«
Er wußte nicht, was er von ihr zu erwarten hatte und stellte zu seiner Überraschung fest, daß das sein größter Kummer war: er kannte sie nicht gut genug, um ihre Gedanken, ihre Gefühle vorauszuahnen.
Er wagte einen Blick über seine Schulter. Sie hatte sich auf die Seite gelegt und unter der Brokatdecke eingerollt. Ihre Hände drückten die Decke an ihre Taille, wie um sich vor weiterem Eindringen zu schützen.
Zu wenig, und viel, viel zu spät.
»Es tut mir leid. Gott, es tut mir so ...« Sie verdiente mehr als eine Litanei von Selbstbeschuldigungen, die so nutzlos wie scheinheilig war. »Mercy. Ich ... Gott, ich hoffe, ich habe Sie nicht verletzt. Soll ich nach der Magd schicken?«

»Nein!«
Natürlich nicht, du Narr! dachte er wild, drehte sich um und schaute in ihr betroffenes Gesicht hinunter, in ihre flehenden Augen. Natürlich würde sie keine solche Verkündigung wollen.
»Was kann ich tun?« fragte er bittend.
Sie schluckte, und es schien, als ob sie Schmerzen dabei hätte. Ihr Blick glitt von dem seinen weg. »Ich ... ich möchte nicht allein sein. Ich ... bitte.« Sie klang stolz und verletzlich und verloren. »Lassen Sie mich nicht allein.«
Er fuhr mit den Fingern durch sein Haar. Sie sollte in der zärtlichen Umarmung ihres Ehemannes liegen. Dies hier sollte ihre Hochzeitsnacht sein. Es sollte Spitzen und Vasen voller Blumen geben und Licht, viel Licht. Die Liebeskunst hätte ihr im Sonnenlicht beigebracht werden sollen, auf weißem irischen Leinen, mit offenen Fenstern und einem Windhauch voller Heidekrautduft, der sie liebkoste.
Sie sollte nicht unter einer dunklen Decke zusammengekauert in einem kalten Zimmer liegen mit einem Knabenhemd, das offen über ihre lieblichen, weichen Brüste hing, ihr Haar von seinen Händen zerwühlt, ihr gerötetes Gesicht von Tränen überströmt.
»Ich bleibe hier. Ich wache über Ihnen.« Er wollte sich gerade umdrehen, als ihre Hand herausschoß und sein Handgelenk ergriff.
»Bitte.«
»Könnten Sie ... würden Sie mich halten? So wie in der Kutsche?«
Das konnte sie doch nicht wollen. Nicht nach dem, was er

getan hatte, dachte er verwirrt. Aber – der bittere Gedanke folgte einer grausamen Logik – wen hatte sie denn sonst? Was hatte er ihr schon gelassen?

Er hatte sie schrecklich ausgenützt. Sie war allein, ohne Familie oder Freunde in einem fremden Land, und er hatte sie fast vergewaltigt. *Ja,* dachte er und zwang sich, dieses Wort auszuhalten. *Vergewaltigung.* Wann hatte er ihr die Möglichkeit zum Neinsagen gegeben? Wann hatte er irgend etwas anderes getan, als sie zu drängen, zu zwingen, sie zu übermannen?

Er setzte sich matt aufs Bett und zog sie, eingehüllt in diese verflixte Überdecke, an sich. Sie klammerte sich trostsuchend an ihn. An ihn! Und so ironisch es war, er würde auch Trost finden, den er ihr geben konnte.

Er lehnte sich mit ihr gegen das hohe Kopfende. Ihr Haar fiel über seine nackte Brust, kringelte sich in satingleichen Bändern seinen Brustkorb entlang. Ihr Atem zitterte an seinem Hals. Ihre Faust lag wie ein harter Stein auf seiner Brust. Sie bewegte sich nicht mehr.

Müdigkeit und eine seltsame, bittersüße Zufriedenheit machte seine Glieder schwer. Er atmete ein.

Sie roch vor Erschöpfung nach Moschus und Lavendelseife und nach dem zarten, erotischen Duft, den ihre Körper hatten entstehen lassen. Erschöpft schloß er die Augen.

Sie schmiegte sich näher an ihn. Ihr Atem wurde langsamer, wurde ein warmer Rhythmus. Ihre Faust entspannte sich, bis ihre Hand schlaff über seinem Herzen lag. Er fand selbst Trost, wo er beabsichtigt hatte, Trost zu spenden. Eingeschläfert von dem süßen Gewicht in seinen Armen und dem Gesicht auf seiner nackten Brust, von der un-

erwarteten Leichtigkeit, mit der sie schlummerte, gab er schließlich seiner eigenen Müdigkeit nach.
Und zum ersten Mal seit acht Jahren schlief der Earl of Perth ruhig und friedlich.

Dreiundzwanzigstes Kapitel

»Hart, um Himmels willen, wo bist du denn? Das Mädchen hier sagte, sie hätte geklopft, aber keine Antwort bekommen; Richard wartet darauf, abreisen zu können, und Fanny weigert sich, loszufahren, bevor du dich nicht verabschiedet hast – O mein Gott!«

Durch dunkle Schwaden von Lethargie kämpfte sich Hart nach oben. Benebelt suchte er nach dem Ursprung der Stimmen.

Zwei weibliche Gestalten standen in der Tür mit einem Heiligenschein aus frühem Morgenlicht. Er blinzelte und schüttelte den Kopf. Annabelle und irgendeine Magd. Bevor er ein Wort herausbrachte, hörte er seine Schwester nach Luft schnappen. Mit rauschenden Röcken verschwand sie.

»Entschuldigung, Sir!« flötete das Mädchen. Die Tür schlug wieder zu, und Mercy, die an ihn gekuschelt dalag, rührte sich.

Mit einem wachsenden Gefühl von Verzweiflung starrte Hart auf sie hinunter. Die Decke war in der Nacht verrutscht, und die Sonne, die tief am Herbsthimmel stand, ließ ihre Strahlen über das Bett strömen und tauchte Mercys nackte Brüste in ein goldenes Licht. Ihre Hand lag vertraulich auf seiner bloßen Brust.

Einen Moment lang schloß er seine Augen, drückte sie

fester an sich und genoß es, sie in seinen Armen zu halten, wie illusionär das auch immer sein mochte. Sie protestierte mit einem leisen Geräusch. Ein Lächeln huschte ihm übers Gesicht und verschwand wieder. Er würde seine Seele dafür geben, wenn er diese brummige Klage jeden Morgen bis ans Ende seiner Tage hören könnte.

»Mercy, wachen Sie auf.«

»Was?« Ihre Stimme war schlaftrunken. Sie hob ihr Gesicht. Ihre Haut war rosa. Sie sah so verflixt jung und frisch und unschuldig aus ... Er hätte heulen mögen. »Hart?«

»Ja.« Sie hatten keine Zeit zu reden. Jede Minute zählte bei der Rechtfertigung dieser Situation, die eigentlich nicht zu rechtfertigen war. »Mercy, Sie müssen auf ihr Zimmer zurückgehen. Die Leute stehen schon auf, sie werden bald in den Fluren sein.«

Sie stützte sich auf ihre Arme. Allmählich wurde ihr die Situation bewußt. Sie sah auf ihr offenes Hemd herunter, ihr Haar fiel nach vorne und verhüllte ihren Gesichtsausdruck vor ihm. Sie riß sich von ihm los und setzte sich auf ihre Fersen. Er sehnte sich schmerzlich danach, sie in seine Arme zurückzuholen. Mit unsteten Fingern begann sie, ihr zerknittertes Hemd zuzuknöpfen.

»Ich werde nach Ihnen schicken«, sagte er. »Innerhalb einer Stunde. Wir müssen reden, aber nicht jetzt. Annabelle war gerade hier und hat Sie gesehen.«

»Was für ein perfektes Timing!« Ihre Stimme bebte. »Es ist ein Wunder, daß sie keine Schauspielerin ist.«

»Verflucht noch mal«, murmelte er.

Sie wurde weiß.

Keine Zeit.

»Sie müssen sofort gehen, Mercy.« Er stand auf und zog sie neben sich auf die Füße. Sie entfernte sich von ihm, und zum erstenmal bemerkte er, daß ihre Füße immer noch in den weichen Lederstiefeletten steckten, und von allem, was er ihrem jungfräulichen Körper angetan hatte, erschien ihm das am ungeheuerlichsten: Er hatte sie entjungfert, während sie immer noch ihre Stiefel anhatte. Sie bewegte sich vorsichtig, und er fluchte, als er bemerkte, was sie mit jedem Schritt zusammenzucken ließ.

»Guter Gott, Mercy. Es tut mir so ...«

»Sagen Sie ja nicht, es täte Ihnen leid.« Sie drehte sich an der Tür um. »Ich könnte es nicht ertragen, wenn Sie sagen sollten, es tut Ihnen leid.«

»Aber ...«

»Sie sind kein Tier, das seinen Impulsen ausgeliefert ist, Hart«, sagte sie mit angespannter, aggressiver Stimme. »Sie wußten sehr wohl, was Sie taten. Sie hätten aufhören können. Sie hätten es gekonnt.«

Er wurde so starr, als ob er mit einer Rasierklinge geschnitten worden wäre.

Er hatte geglaubt, er hätte schon früher das höchste Maß an Qual ertragen; geglaubt, daß er eine komplette Portion an Verzweiflung geschmeckt hatte, als er seinen Verstand in Frage gestellt hatte. Er mußte fast lächeln. Die Pein hatte mit ihm nur getändelt. Aber jetzt, jetzt würde er ihre volle Wucht erfahren.

Sie haßte ihn. Und mit gutem Grund.

Irgendwie gelang es ihm, zu nicken. Sie hatte recht. Er hätte aufhören können, aber er hatte es nicht getan.

»Und verflixt«, sprach sie mit dieser leisen, wütenden

Stimme weiter, »ich bin auch kein Tier. Ich hätte nein sagen können. Ich hätte Sie aufhalten können. Also sagen Sie ja nicht, es täte Ihnen leid.«
Er starrte sie verwundert an.
»Jetzt nicht und auch später nie«, sagte sie. »Es ist zu spät, sich zu wünschen, Sie hätten Ihren Impulsen nicht so nachgegeben, und viel zu spät zu wünschen, ich hätte Sie aufgehalten.«
Sie riß die Tür auf, und ohne Hart, der wie gelähmt vor Unglauben dastand, noch eines Blickes zu würdigen, marschierte sie auf den Flur.

Die Uhr auf dem Marmorsims schlug achtmal, und Mercy, die darauf gewartet hatte, erhob sich von ihrem Fensterplatz in ihrem Zimmer. Lady Acton erwartete sie. Mercy hatte ihre Nachricht eine Stunde nach der Rückkehr in ihr eigenes Zimmer erhalten.
In gewisser Hinsicht war es eine Erleichterung. Nichts wäre quälender gewesen, als Stunden – oder gar Tage – zu warten auf die Nachwehen des, des ... Himmel, wie nannte man denn das, was letzte Nacht geschehen war? Strudel? Wirbelsturm? Orkan? Natürlich war es nicht die Erfüllung der geheimen und romantischen Wünsche gewesen, die sie genährt hatte. Das waren sanfte, zärtliche Vorstellungen gewesen. Was tatsächlich geschehen war, war Wildheit gewesen, ein Drängen, das sie nicht für möglich gehalten hätte. Leidenschaft. Sie hatten sich der Leidenschaft hingegeben.
Mit zitternden Fingern strich sie ihr Haar zurück und kniff etwas Farbe in ihre Wangen, die viel zu blaß waren. Im Bewußtsein eines stumpfen Schmerzes zwischen ihren

Beinen, der weniger mit ihrem Körper, als mit ihrer Erinnerung zu tun hatte, ging sie auf den Flur.

Hart war letzte Nacht *in* ihr gewesen. Sein straffer Körper hatte auf ihr gelegen, sie niedergedrückt, und dann war er in ihr gewesen – eine starke Nähe, die zunächst etwas unangenehm, doch dann unwiderstehlich und erschütternd intim gewesen war. Sie würde nie wieder die alte sein.

Sie lachte fast über dieses melodramatische Gefühl, als sie die unendlich lange Treppe hinunterging. Aber es stimmte. Die klügsten Argumente konnten nichts daran ändern – die letzte Nacht hatte ihr Leben verändert, ihren Körper und ihr Herz.

Und – sie biß sich heftig auf die Lippe, um die Tränen zu unterdrücken – das Höllische daran war, daß sie keine Ahnung hatte, was es für Hart bedeutete. Er hatte kein Wort gesagt, außer seiner angedeuteten Entschuldigung. Himmel, wie konnte er nur? Wollte er denn nicht wissen, was sie *fühlte?*

Vor dem Salon blieb sie stehen. Sie hob trotzig ihr Kinn und drückte die schwere Mahagonitür auf.

Sie war überrascht über die vielen Menschen in dem Raum. Meine Güte, dachte sie und spürte, wie die Bodenbretter sich unter ihr neigten, *sie war vor ein Tribunal gerufen worden.* War es wirklich nötig, daß Lady Acton ihr diese Rüge vor einem Publikum erteilte?

Die Herzoginwitwe thronte auf einem Stuhl in der Nähe des Feuers. Ihr Rücken berührte die Lehne nicht. Als ihr Blick Mercy traf, wurde er verkniffener, und Mercy verstand. Sie, die unverschämte Ansprüche auf den Actonschen Titel erhob, sollte ein für allemal als das schamlose

Geschöpf niederer Geburt enthüllt werden, das sie war. Es sollte für Lord Acton eine Lektion sein.
Der Herzogin zu Füßen saß Annabelle Moreland. Ihr Gesichtsausdruck war nicht zu sehen, da sie ihren Kopf geneigt hielt. Hinter den beiden Frauen, beim Kaminsims, stand Acton. Er sah auf, als Mercy eintrat. Vorwurf und Verlegenheit wechselten sich auf seinem breiten Gesicht ab.
Und vor ihr, mit geradem Rücken und dem Gesicht zu den anderen, stand Hart. Sein Haar war zu lang, bemerkte sie überflüssigerweise. Es kringelte sich über seinen äußerst weißen Hemdkragen. Es war kräftiges Haar. Sie wußte aus erster Hand, wie üppig es war. Wärme stieg ihr in den Hals.
Hart folgte Actons Blick und drehte sich um. Als sie seinen Mund sah – hatte dieser Mund sie so kühn, so intim berührt? –, öffnete er sich nur kurz, um sich sofort wieder zu schließen. Sein Gesichtsausdruck, der sonst schon unergründlich war, erschien jetzt noch abwesender. Aus seinen schönen Augen schien jede Farbe gewichen zu sein.
»Miss Coltrane.« Lady Acton winkte sie vorwärts.
Mercy erschrak. Die Stimme der Herzogin ließ nicht nur tiefe Abneigung erkennen, sondern auch widerwilliges Bedauern. Zum erstenmal wurde Mercy bewußt, wie die englische Gesellschaft sie sehen würde.
Ruiniert.
So würde es sein. Lady Actons flacher, überheblicher Blick, die Enttäuschung in Lord Actons Augen, sogar der verschämte Anflug von Neugier, mit dem Annabelle sie flüchtig betrachtete, würde ihr sehr vertraut werden, würde sich in zahllosen Gesichtern widerspiegeln.

»Kommen Sie herein, Miss Coltrane. Wir haben viel zu besprechen, wie es scheint.« Die Ringe der Herzogin glitzerten im Sonnenlicht, als sie zu dem Sofa deutete, das ihr gegenüber stand.

Mercy tat wie geheißen, nahm auf der Kante des Polsters Platz und verbarg ihre gefalteten Hände in ihren Röcken. Ihr Magen krampfte sich zusammen, und ihr Herz raste. Sie hatte Angst.

»Ich glaube, diese ... Situation sollte am besten mit Offenheit behandelt werden.« Mercy schaute verstohlen zu Hart. Er beobachtete still die alte Dame, und seine Haltung hatte eine seltsame, beherrschte Bereitschaft an sich.

»Es ist zu spät, um Schockiertheit zum Ausdruck zu bringen«, fuhr Lady Acton fort. »Der Respekt, der meinem Haus, meinen Gefühlen oder den Gefühlen meiner Gäste gebührt« – ihr Blick berührte Annabelles blonden Kopf –, »hat Sie offensichtlich nicht beeinflußt.«

Eine Sekunde lang schloß Mercy ihre Augen und kämpfte um Haltung. Hart trat einen Schritt vor, und Lady Acton begegnete seiner Bewegung mit einem bezwingenden Blick. »Sie auch nicht, Sir.«

»Es ist mir völlig egal ...«

»Offensichtlich«, schoß die Herzogin zurück.

»Kommen Sie, Perth«, warf Acton dazwischen und sprang seiner Mutter bei. »Ich möchte, daß Sie an Ihre Manieren denken, Sir.«

»Wenn er an seine Manieren gedacht hätte, dann hätten wir diese Unterredung nicht!« schnappte die Witwe. »Von seiner eigenen Schwester erwischt zu werden ... und dann noch auf dem Actonschen Anwesen!«

»*Manieren?*« Mercy starrte vor sich hin. *Ist das alles, was*

letzte Nacht passiert war, ein Vergehen gegen die Etikette?
War sie ruiniert, nicht weil sie ihre Jungfräulichkeit verloren hatte, sondern weil sie töricht genug gewesen war, sich erwischen zu lassen?
»Guter Gott«, sagte sie, während sie selbst die aufsteigende Hysterie in ihrem unterdrückten Lachen hörte, »ich muß sofort an Woolsey's ›Schule für außergewöhnliche junge Damen‹ schreiben!«
»Wovon reden Sie, Miss Coltrane?«
»Ich werde darauf bestehen, daß sie mehr Diskussionen über soziale Umgangsformen anbieten. Manieren! Wer hätte da einen Zusammenhang hergestellt? Zu glauben, daß mein ... *Fall* mit etwas begonnen habe, was anscheinend so unwichtig ist wie das Benutzen des Menümessers statt des Fischmessers!«
Ihr Spott traf auf absolutes Schweigen, bis Hart lachte. Es war ein volltönender, anerkennender Klang, der den stillen Raum erfüllte.
»Um meiner Freundin, Lady Timmons willen, will ich annehmen, daß Sie überreizt sind«, sagte Lady Acton, deren Haut um die Nasenflügel herum immer weißer wurde.
»Nett von Ihnen«, antwortete Mercy. Zum erstenmal, seit sie aufgewacht war, spürte sie sich selbst. Die Herzoginwitwe hätte sie brechen können. Wenn sie Mercy angeklagt hätte, ihre Familie entehrt zu haben, ihre Mutter oder ihre Erziehung, dann wäre sie so fügsam geworden, wie die Herzogin sich nur wünschen konnte.
Aber das, was zwischen Hart und ihr vorgefallen war, als einen gesellschaftlichen *Fehltritt* abzutun, deren schlimm-

ste Folge wäre, daß sie Lady Acton in unvorteilhaftes Licht setzen würde ...! Aber anscheinend waren gesellschaftliche Übertretungen die einzige Sünde für diese Leute.
Sie wußte, was sie zu tun hatte.
»Wie ich schon sagte«, sprach die Herzogin weiter, »ungeachtet des Versagens anderer kenne ich meine Pflicht, und ich werde sie erfüllen. Ihr Wohlergehen liegt in meiner Verantwortung, Miss Coltrane. Diese Verantwortung beschränkt sich nicht nur auf bloße körperliche Belange, sondern sie schließt auch Ihr soziales Wohlergehen mit ein.«
Hart sah die alte Dame mit zusammengekniffenen Augen an. Lord Acton räusperte sich. »Gut gesprochen, Mutter. Und ich ... bin mir voll meines eigenen Anteils an diesem ... Unglück bewußt.«
O Gott, dachte Mercy und versuchte, einen weiteren Lachanfall zu unterdrücken, *wie konnte er nur denken, daß er für die letzte Nacht verantwortlich war?* Das war absurd!
Es sei denn, dachte sie, er glaubte, sie habe sich so elend gefühlt über der Erkenntnis, daß er nicht um ihre Hand anhalten würde, daß sie sich dem nächsterreichbaren Titel an den Hals geworfen hatte? Oder besser ins Bett.
»Und welcher Anteil wäre das?« fragte der Titel selbst, und sie hätte schwören können, daß da ein vergnügtes Glitzern in seinen Augen war.
Acton räusperte sich wieder. »Mutter – und Miss Moreland – haben mir deutlich gemacht, daß ich beim Versuch, Miss Coltranes Selbstvertrauen zu stärken« – Hart gluckste, und Acton wurde puterrot – »nun, ich habe das Mädel ermutigt, eine übertriebene Vorstellung ihrer eigenen

Wichtigkeit zu nähren. Zweifellos war sie dazu gebracht worden, zu erwarten ...«
»Was zu erwarten?« fragte Mercy.
Acton lockerte mit einem Finger seinen Kragen. Er vermied es, ihr ins Gesicht zu sehen. »Ich habe sie ... möglicherweise ... dazu gebracht, sich für gesellschaftlich unantastbar zu halten. Es tut mir leid, Miss Coltrane. Letzten Endes gibt es doch Regeln.«
Diesen letzten Satz sagte er mit so viel Reue, daß Mercy merkte, wie sie ihn bedauerte. Hart teilte anscheinend dieses Gefühl nicht. Aller Humor war in seinem Gesicht erstorben. Er stürmte vorwärts, um plötzlich stehenzubleiben, so als ob er von einem unsichtbaren Band gehalten würde.
Annabelle schaute triumphierend zu ihr auf.
»Das ist nicht von Belang«, sagte die Herzogin. »Worauf es jetzt ankommt, ist, wie wir mit dieser Situation umgehen. Und wir werden mit ihr, so unangenehm es für alle Beteiligten sein mag, in der einzigen ehrenvollen Weise, die uns offensteht, umgehen.« Sie wandte sich Mercy zu, und in der ruckartigen Bewegung ihres Kopfes lag Antipathie. »Perth wird es gutmachen, Mädchen.«
»Wie freundlich von ihm«, sagte Mercy. Sie weigerte sich, Hart anzuschauen.
»Freundlichkeit hat damit nichts zu tun. Sie haben das Glück auf Ihrer Seite, daß Sie sich im Hause des Duke of Acton befinden. Das Glück oder die Hinterlist.«
Hart bebte, aber er schwieg. Mercy spürte, wie ihr kalt wurde. »Wie das, Madame?« fragte sie und hob ihr Kinn höher.
»Ich werde es nicht dulden, daß mein Haus, mein Name

oder meine Gäste mit einem Skandal in Verbindung gebracht werden. Das wußten Sie. Wir werden nicht erlauben, daß der Sitz unserer Vorfahren von liederlichen Menschen als Bordell benutzt wird.«
Mercy würde nicht als erste wegsehen. Die Genugtuung würde sie dieser Frau nicht gönnen. Ihre Hände zitterten in ihrem Rock, und immer noch hielt sie diesem herrischen Blick stand, in ihrer eigenen Art von Arroganz.
»Sie sollten lieber auf Ihre eigenen Manieren achtgeben, Madame.« Harts Stimme war leise, ruhig und tödlich. »Sie sprechen mit der künftigen Marchioness of Perth.«
Annabelles Kopf schnellte nach oben, und sie schnappte nach Luft.
Kleine Närrin, dachte Mercy. *Hatte sie es nicht kommen sehen? Es war von Anfang an offensichtlich gewesen, wie diese Unterredung enden würde.*
»Hart, das kannst du doch nicht tun! Unsere Familie ... der Titel ... Du bist der Earl of Perth!«
»Sei still, Annabelle«, sagte Hart kalt. »Du hättest die Folgen deiner ... Enthüllung voraussehen können. Hast du etwa gedacht, Lady Acton würde weniger *fordern?*« – es lag eine seltsame, fast höhnische Betonung auf dem Wort – »Gott, bist du töricht.«
»Nun, Perth ...«
Hart ignorierte Lord Acton. »Lady Acton ist Mercys Anstandsdame, die Platzhalterin ihres Vormunds, um Himmels willen.« Er hatte ein bissiges, humorloses Lächeln auf den Lippen. »Allerdings wird es dich zweifellos trösten zu wissen, daß Lady Acton, da bin ich mir sicher, noch viel mehr als du gekränkt ist von dem Umstand, der es nötig macht, daß ein Earl eine Amerikanerin heiratet.«

Er hat recht, dachte Mercy. Verflixt, sie konnte in dem harten, indignierten Gesichtsausdruck von Lady Acton sehen, wie wahr seine Worte waren.

»Vielleicht möchte Miss Coltrane ja gar nicht heiraten?« schlug Annabelle wild und verzweifelt vor. Alle schauten zu Mercy und warteten auf eine Antwort.

»Ach, doch, sie möchte, fürs erste«, sagte Mercy. Sie würde sich nicht töricht verhalten, wie sehr ihr Stolz das auch verlangte. Sie würde kein Kind ohne Namen in die Welt setzen. Sie würde diese Farce mitspielen, so lange es nötig war.

»Nun«, sagte Lady Acton, »dann nehme ich an, wir können die Hochzeit auf dem Ball verkünden. Obwohl solch eine eilige Verlobung Gerede verursachen wird.«

»Nein«, sagte Mercy.

»Wie bitte?« fragte die Herzogin mit verkniffenem Blick.

»Ich sagte nein. Sie haben recht, Lady Acton, eine Ankündigung auf Ihrem Ball wird keinem anderen Zweck dienen, als müßige Spekulationen zu erregen. Wir werden bis nächsten Monat warten.«

Lady Acton und Annabelle tauschten verwirrte Blicke aus. Hart betrachtete sie eine Sekunde lang, bevor sein Blick verriet, daß er begriff.

»Gut gemacht, Mercy«, sagte er.

»Das glaube ich auch, Sir«, sagte sie.

»Ich verstehe nicht«, sagte Annabelle und schaute umher, als ob sie irgendwelche weiteren schrecklichen Folgen erwartete. Sie war aschfahl im Gesicht, und Mercy wurde überrascht bewußt, wie sehr Annabelle erschüttert war von der Vorstellung, daß sie ihre Schwägerin würde.

»Nun, Annabelle, Miss Coltrane versucht nur, sich alle Möglichkeiten offenzuhalten.«

»Was zum Teufel – Entschuldigung, Mama, Miss Moreland – meinen Sie denn damit?« fragte Acton.

Mercy bemerkte, daß er ihren Namen ausgelassen hatte. Eine kleine, bedeutungslose Mißachtung, aber die Gesamtwirkung war zuviel, und verflixt, so sehr sie es auch versuchte, sie konnte ihre bebende Unterlippe nicht beherrschen. In drei großen Schritten war Hart bei Acton.

»Wenn Sie sich jemals wieder Miss Coltrane gegenüber auch nur die kleinste Mißachtung erlauben, dann werde ich dafür sorgen, daß Sie persönlich, und auch sehr, sehr körperlich, in einen Skandal verwickelt werden, über den die Gesellschaft noch jahrelang tuscheln wird.«

Acton hörte diese ruhige Warnung mit offensichtlichem Unbehagen und wich leise murmelnd zurück. »Ich wollte bestimmt niemanden beleidigen. Miss Coltrane, Entschuldigung.«

»Was meinte er mit ›alle Möglichkeiten offenhalten‹?« beharrte Annabelle.

Mercy betrachtete sie einen Moment. »Ihr Bruder vermutet, daß ich mir nicht sicher bin, ob dies das beste Angebot ist, das ich bekommen kann. Er hat recht.«

Annabelle schnappte entsetzt nach Luft.

»Aber«, fuhr Mercy, jetzt von Ärger getrieben, fort, »da ich noch nicht weiß, ob ich – wie soll ich das ausdrücken – etwas ausbrüte?« Annabelles Hand fuhr an ihren Mund. Lady Acton legte ihre Hand auf ihr Herz. Sie hielten sie für vulgär? Na gut, sie würde sie mit ihrer Vulgarität prügeln – »Ich werde einfach warten und sehen. Wenn ich, ähm ... kleine Kätzchen vorfinde? Ich denke, dann werde ich mich mit Seiner Lordschaft hier zufriedengeben. Aber wenn ich nicht, äh ... werfe? Nun, dann ist alles noch offen, und ich werde sicherlich auf Höheres zielen als auf einen bloßen Earl. Einen Monat, und ich werde zweifellos wissen, ob ich, hm ... trächtig bin. Die königliche Familie ist weitläufig, nicht wahr? Ich bin mir sicher, ich werde zahlreiche Gelegenheiten haben. Und jetzt, wenn Sie mich bitte entschuldigen, ich muß packen. Ich möchte nicht Lady Actons ehrwürdiges Haus mit meiner Anwesenheit beflecken. Ich werde heute nachmittag abreisen.«

»Sie können nicht abreisen, Miss Coltrane. Denken Sie doch, wie es aussehen wird ...«

»Das ist mir völlig egal. Doch, Madame, ich kann abreisen. Und ich werde abreisen.« Ohne auf eine Antwort zu warten, erhob sie sich und rauschte aus dem Salon.

Vierundzwanzigstes Kapitel

Hart bellte seiner Schwester und Acton einige Anweisungen zu und stürmte auf den Flur hinaus, entschlossen, Mercy zu folgen. Er sah sich um. Sie war bereits weg. Ihre Abwesenheit in dem dreißig Meter langen Flur bestätigte seinen Verdacht – ihre unerschrockene Haltung war zu neunzig Prozent gespielt gewesen. Sobald sie den Raum verlassen hatte, war sie gerannt, um Zuflucht zu suchen.

Aber sie würde keine finden, nicht vor ihm, noch nicht. Sie mußten reden. Als er am frühen Morgen Annabelle mit Lady Acton allein vorgefunden hatte, hatte er gefordert, nach Mercy zu schicken. Lady Acton hatte seine Absicht verstanden. Und obwohl sie es verabscheute, war sie ehrenhalber gebunden, seinen Antrag zu unterstützen. Annabelle, jedoch, war verblüfft und entsetzt gewesen.

Er trabte den Korridor entlang und die Treppen hinauf, wobei er die neugierigen Blicke der anderen Gäste ignorierte. Wenn er sich nur an der Vorstellung hätte festhalten können, daß es simples Begehren war, was er für Mercy empfand. Aber die letzte Nacht hatte die Hoffnung darauf erschüttert. Sie hatte das bißchen, das von seiner Seele übriggeblieben war, aufgespürt. Sie hatte ihn dazu gebracht ... etwas zu *fühlen* ...

Sie hatte ihm gesagt, er sei nicht wahnsinnig. Sie hatte

seinen zitternden Körper, sein Gesicht berührt. Gott, sie hatte ihn *angeschaut*, in ihn hineingeschaut. Und sie war nicht zurückgeschreckt.
Seine Finger krallten sich krampfhaft zusammen. Bisher hatte er nach ihrem Körper gelechzt – ein permanenter Zustand, and den er sich im Laufe der kurzen Woche schließlich gewöhnt hatte –, aber jetzt, jetzt wollte er das Unmögliche. Er wollte ihr Herz.
Seine Lippen kräuselten sich. Wie »zärtlich« er seine Achtung für sie gezeigt hatte. Er hatte sie überfallen, wie ein Verhungernder über ein Festessen herfällt, brutal in seiner Gier. Er hatte sie genommen, als ob er dadurch, daß er sich in ihren Körper drängte, einen Teil ihrer Seele in sich aufnehmen könnte. Und dann, noch nicht zufrieden mit dieser rücksichtslosen Handlung, hatte er ihren erschöpften Körper die ganze Nacht an seine Seite gebunden, sie in seiner Umarmung gefangengehalten, bei sich behalten ... bis sie entdeckt worden waren.
Es wäre leicht, sich zu sagen, er sei einfach eingeschlafen, aber er wußte, es wäre eine bequeme Lüge. Er war acht Jahre lang nicht »einfach eingeschlafen«. Nein, er hatte sich willentlich in einen bewußtlosen Zustand versetzt. Auf einer tiefen, verborgenen Ebene, hatte er alles in seiner Macht Stehende getan, um sie an ihn zu binden.
Denn er mußte sie haben. Er hatte sie haben wollen, seit er sie von weitem gesehen hatte, seit sie ihn an den Klang seines eigenen Lachens erinnert hatte, sein kaltes Herz mit ihrer Leidenschaft versengt und an ihn geglaubt hatte. Wie »freundlich« hatte er doch ihren Glauben erwidert, dachte er, als er sich ihrem Zimmer näherte.

Er blieb nicht vor der Tür stehen. Es gab zu viele, die neugierig gucken würden, um zu sehen, ob sie ihn einlassen würde und, wenn sie es ablehnte, zu viele Zeugen dafür, wie er Actons Tür eintreten würde.
Er war überrascht, ihre Tür nicht nur unverriegelt, sondern nur angelehnt vorzufinden. Er ging leise hinein und blieb stehen, während seine Augen sich an den sonnendurchfluteten Raum gewöhnten. Er entdeckte sie, wie sie vor einem riesigen, verzierten Spiegelschrank saß. Er erstarrte.
Sie hatte ihren schweren Knoten gelöst und war dabei, das dunkelrote Haar zu entwirren, während sie ihr Spiegelbild betrachtete. Wie konnte sie – wie konnte überhaupt jemand – so selbstverständlich mit etwas so Hübschem umgehen?
Er konnte sich nicht bewegen. So unerwartet mit ihrer Weiblichkeit konfrontiert, war er davon verwirrt. Er stand in dem schattigen Türrahmen, bedrückt und nicht weiterwissend in dieser erschlichenen Vertrautheit. In seinem ganzen Leben hatte er noch keine Frau ihr Haar kämmen sehen.
Ihre Finger hielten den Kamm so zart, wie ein Violinist seinen Bogen hält. Jede anmutige Bewegung, jedes sanfte Gleiten der Elfenbeinzähne, jede Sekunde, die sie dasaß und gedankenlos und unbekümmert ihr Spiegelbild betrachtete, überwältigte ihn.
Sie war auf eine ungekünstelte, sorglose und köstliche Weise feminin. Er konnte nur zusehen, stumm und sprachlos ...
»Was gibt's?« Sie überrumpelte ihn. Ihr Blick aus dem Spiegel traf den seinen. Er trat ins Helle hinter ihr. Ihre Blicke trafen sich in dem versilberten Glas.

»Wenn Sie gekommen sind, um sich zu entschuldigen, dann bringe ich Sie um«, sagte sie. »Vielleicht nicht heute, vielleicht nicht morgen, aber irgendwann, irgendwie, werde ich Sie erschießen.«

Seltsamerweise minderte ihre Aggressivität seine düsteren Empfindungen. »Dann werde ich mich nicht entschuldigen«, sagte er, »da ich keine Lust habe, Ihr Hochzeitskleid nach ihrer verflixten Pistole abzusuchen.«

»Ich bezweifle, daß das nötig sein wird.« Wie konnte sie nur so ruhig klingen? Ihm pochte das Blut in den Ohren. Er wollte auf die Knie sinken, seine Hände in ihrem Haar vergraben und ihren fraulichen, lieblich-warmen Duft einatmen, der ihre Haut umspielte. Wußte sie denn nicht, was sie mit ihm machte?

Nein. Denn wenn sie es wüßte, dann würde sie ihn nicht so erwartungsvoll anschauen. Kleine Närrin. Hatte er nicht bewiesen, wozu er fähig war?

»Warum das?« fragte er heiser.

»Ich war nicht in meiner richtigen Phase.«

»Phase.«

»Ja. Sie wissen schon, *Phase*. In meinem Zyklus. Schauen Sie mich nicht so an, als ob Sie keine Ahnung hätten, wovon ich rede.«

»Ich *habe* aber keine Ahnung«, gab er ehrlich zurück und sah überrascht zu, wie ihr Gesicht hellrot wurde.

»Es tut mir äußerst leid, anstößig zu wirken«, krächzte sie, »und ich bin sicher, Sie werden Ihre beeindruckende aristokratische Nase noch höher in die Luft recken, aber ich weiß nicht, wie eine *Lady* es ausdrückt, wenn sie läufig ist, also kann ich Ihnen nur versichern, ich war *es* gestern nacht nicht!«

»Aristokratische Nase?« wiederholte er.
Sie seufzte vor Ungeduld. »Wie kommt es nur, daß Männer unfähig sind, einer einfachen Unterhaltung zu folgen?«
»Sie sind diejenige, die meine Nase erwähnte.«
»Ja, ja, ja«, sagte sie in dem Ton, in dem man einem fordernden Kind nachgibt. »Ihre Nase. Es ist ein großes, kühnes Monster von Nase. Ganz entschieden aristokratisch, und ganz entschieden war sie vor ein paar Minuten zu aristokratischen Höhen erhoben. Aber, wie ich schon versucht habe, deutlich zu machen, Sie brauchen sich keine Sorgen zu machen, daß sie solch ein Musterexemplar meinen unwürdigen Nachkommen vermachen müssen, da *ich nicht glaube, trächtig zu sein!*«
»Oh.« Sie mochte seine Nase nicht. Er erstickte den Impuls, sich über ihre Schulter zu lehnen und seine Nase im Spiegel zu untersuchen. Es stimmte, sie war groß, aber sie hatte keine unansehnlichen Knicke oder ... Verdammt noch mal! Wie war er denn von Selbstkasteiung über schiere Lust dazu gekommen, sich über seine *Nase* Gedanken zu machen?
Ihretwegen, dachte er, weil sie das immer mit ihm machte. Von dem Moment an, in dem er sie zum erstenmal gesehen hatte, hatte sie ihn aus dem kalten, dunklen Ort befreit, wohin er sich zurückgezogen hatte, aus der Festung, in der er versucht hatte, seinen klaren Verstand zu behalten. Aber dem klaren Verstand war anscheinend besser gedient mit Feuer, Esprit und Leidenschaft.
Sie betrachtete sein Spiegelbild mit einer mitleidigen Krümmung in ihren samtenen Lippen. Nur ihre leicht geröteten Wangen verrieten, daß sie nicht so gefaßt war, wie sie ihn glauben machen wollte.

»*Oh?*« äffte sie ihn nach. »Ich hätte mir gedacht, Sie wären etwas enthusiastischer darüber, einer ›Exekution‹ zu entgehen. Und würden Sie es freundlicherweise unterlassen, sich selbst im Spiegel zu bewundern und sich mir zuwenden? Schließlich sind Sie hier hereingeplatzt.«
Die Anschuldigung war eine Lüge, dachte sie. Er war in ihr Zimmer geschlichen wie ein Schatten, der ihre Träume, ihre Gedanken heimsuchte.
»Es gibt bestimmt nichts, was ich lieber täte, als mich Ihnen zu widmen.« Er lächelte steif.
»Warum sind Sie hier?«
»Ich weiß, der dringendste Grund für Sie, mich zu heiraten, besteht darin, irgendwelche Nachkommen, die wir gestern möglicherweise gezeugt haben, zu legalisieren …«
»Ich habe es Ihnen schon gesagt, ich glaube nicht, daß dies der Fall ist.« Sie senkte Ihren Blick und begann, mit der silbernen Bürste zu spielen. Er griff über ihre Schulter, und seine Hand berührte ihr Schlüsselbein. Sie hätte genausogut nackt sein können. Seine Berührung elektrisierte sie. Sogar durch die vielen Schichten von Wolle, Baumwolle und Batist hindurch konnte sie eine starke körperliche Reaktion spüren. Er bemerkte es anscheinend gar nicht.
Er wand die Bürste aus ihren klammen Fingern. Seltsam zögerlich – sie konnte schwören, er hielt die Luft an – begann er, ihr Haar zu bürsten. Sie konnte nur auf ihre Hände starren. Ihr Atem war flach und ungleichmäßig vor lauter Angst, er könnte aufhören.
Was wollte er? Sie war sich so sicher gewesen, er sei gekommen, um sie mit Bedauern darüber in Kenntnis zu

setzen, daß er sein Angebot zurückziehen mußte, weil er sich nicht von Lady Acton manipulieren lassen würde.
»Es gibt allerdings noch andere Dinge zu berücksichtigen«, sagte er. Seine Hände bewegten sich beruhigend über ihren Kopf, und die Borsten prickelten auf ihrer Kopfhaut, bevor er die Bürste fest durch jede lange Strähne zog.
Seine Zärtlichkeit war hypnotisierend, und doch – und doch hatte er nicht gesagt, er *wolle* sie heiraten. »Nichts anderes zählt mehr«, sagte sie.
»Ich weiß, daß Sie nicht so denken, Mercy.« Seine Stimme war sanft und vernünftig. »Aber Sie sind verärgert. Und Sie haben jedes Recht dazu. Sie sind allein, verletzlich, und doch wurden Sie verführt und verraten, und jetzt werden Sie zu einer Heirat gedrängt, die Sie nicht wollen. Ich bin erstaunt, daß Sie Ihre Pistole nicht benutzt haben.« Er lächelte schief, und trotz der Tatsache, daß alles, was er sagte, wahr war und ihn verdammte, tat ihr die Trostlosigkeit in der Seele weh, die sie hinter seiner ruhigen Fassade sehen konnte.
»Glauben Sie nicht, ich hätte es nicht in Erwägung gezogen«, sagte sie mürrisch, um ihre Verwirrung zu verbergen.
»Mercy, bitte hören Sie mir zu. Ich schwöre, ich will versuchen, in Ihrem besten Interesse zu handeln. Ich werde versuchen, Ihnen einen objektiven Rat zu geben. Es steht eine Ehrenrettung zur Debatte. Ich will ehrlich sein. Nicht nur die Ihre, sondern auch die meine. Es steht sowohl Ihr Ruf als auch der meine auf dem Spiel. Ich weiß, Sie denken, mein Ruf ist nicht viel wert, aber für bestimmte Menschen … für meine Schwestern … ist es wesentlich, daß mein Ruf unversehrt bleibt.«

Sie hatte es doch erwartet, warum tat es dann so verflixt weh? dachte sie. Seine Hand berührte ihre Schulter, und sie entzog sich ihm mit einem Ruck. Nein, keine Freundlichkeit. Nicht von ihm. Er konnte seine Rücksichtnahme für seine verdammten Schwestern aufheben.

»Wie überzeugend. Zu schade, daß Sie letzte Nacht nicht auf Ihren eigenen Rat gehört haben. Aber ich bin voller Hoffnung, daß Ihre Schwestern sich irgendwie von *meinem* tiefen Fall erholen werden. Trösten Sie sie mit der Versicherung, daß ich die Abstammungslinien der Perths nicht besudeln werde.«

»Ich fürchte«, sagte er, »daß es einen weit größeren Skandal heraufbeschwören würde, wenn wir *nicht* heirateten, als im anderen Falle.«

»Ach, kommen Sie«, gab sie zurück, und er schloß die Augen.

Ihre Worte waren voller Bitterkeit. Er hatte nie Bitterkeit in ihrem Ton gehört. Was für ein schönes Hochzeitsgeschenk, dachte er.

Sie sprach weiter. »Es ist doch sonnenklar, daß Lady Acton, ihr Sohn und Ihre Schwestern eine Vereinigung zwischen uns genauso schätzen würden, wie wenn sie sich mit einem sprechenden Hund an einen Tisch setzen müßten. Also, warum vergessen wir nicht einfach, daß es passiert ist?«

»Könnten Sie ›einfach vergessen‹?«

Ihre Wangen brannten, und sie biß sich auf die Lippe. Nein, sie konnte nicht vergessen. Wie könnte sie? Sein Körper über dem ihren, seine Muskeln, wie sich sich unter ihren Händen bewegen, seine Haut, glänzend vor Hitze und Schweiß, das Drängen seiner rasenden Leidenschaft, das Gefühl stürmischer Erregung, die sich steigerte, dem Höhepunkt entgegen ...

»Ich werde es versuchen.«

Seine Blässe wurde offensichtlich, aber er wankte nicht.

»Nun, meine Liebe, leider hat die Gesellschaft weder Ihre Absicht noch Ihren Willen. Und was die Hoffnung anbelangt, es würde unbemerkt bleiben – ich bin sicher, daß innerhalb einer Woche die Hälfte der Gäste wissen wird, wo Sie die letzte Nacht zugebracht haben.«

»Wie denn?«

»Das Zimmermädchen. Sie war bei Annabelle. Die Gerüchte aus dem Untergeschoß finden schnell ihren Weg ins Obergeschoß. Nein. Ich fürchte, der einzige Ausweg, der die Gesellschaft befriedigen wird, ist, daß wir heiraten.«

»Ihre Gesellschaft ist mir völlig egal! Und ich meine, was ich sage. Brenna wird gleich da sein, um meine Koffer zu packen. Ich habe bereits nach einer Kutsche rufen lassen.«

»Täuschen Sie sich nicht, Mercy. Die englische und die amerikanische Gesellschaft kommen sich jedes Jahr näher. Wir tauschen Geld, Waren und Aristokraten aus. Sie werden bald die Konsequenzen der letzten Nacht zu spüren bekommen. Oder zumindest Ihre Familie.«

»Ach, jetzt ist es *meine* Familie.« Es war ihr alles zuviel. Sie wußte nicht mehr, was sie denken sollte. Mit jedem vernünftigen Argument drängte er sie, ihn zu heiraten. Seine vernunftmäßige Erklärung war ehrbar und klarsichtig und gut überlegt. »Wie komisch«, murmelte sie.

»Bitte?«

»Hier wird mir ein Titel angeboten, und der einzige

Mensch, der das wunderbar finden würde, ist tot. Sie wäre vielleicht endlich stolz auf mich gewesen.«
Abrupt hörte er auf, ihr Haar zu bürsten. Sie spürte seine Hand einen Augenblick über ihrem Kopf schweben, und dann beugte er sich über sie, um die Bürste sorgfältig neben ihresgleichen zu legen. »Ich möchte Sie nicht enttäuschen – und ebensowenig Ihre liebe, verschiedene Mutter –, aber ich fürchte, es gibt vielleicht keinen Titel.«

Fünfundzwanzigstes Kapitel

»Wovon sprechen Sie?«

Er drehte sich etwas und stand jetzt mit dem Profil zu ihr im Gegenlicht.

»Kurz nachdem meine Mutter gestorben war, bin ich nach Hause gekommen«, sagte er beiläufig.

So viel Selbstbeherrschung. Was für eine Tyrannei übte er über seine Gefühle aus, daß er so ruhig vom Tode seiner Mutter sprechen konnte?

»Einige Monate zuvor hatte ich Nachricht erhalten, daß mein Vater bei einem Schiffsunglück vor der Küste von Neuguinea umgekommen war. Ich kann nicht behaupten, daß ich von einem dieser Verluste übermäßig betroffen war. Er war zügellos und ein Verschwender. Nachdem er sie verlassen hatte, war meiner Mutter alles gleichgültig. Nichts und niemand kümmerte sie mehr.«

»Hart ...«

»Ich würde Sie damit nicht langweilen, Mercy«, sagte er, »aber da Sie zumindest in Erwägung ziehen müssen, mich zu heiraten, wenn auch unter Druck, sollten Sie Bescheid wissen.«

»Bei meiner Heimkehr erwarteten mich ein Haufen Papiere von Juristen und Geschäftsmännern und die Gläubiger meiner Verwandten und ...« Er hielt inne. »Entschuldigen Sie diese theatralische Szene. Es war alles furchtbar anstrengend, und ich fühlte mich nicht sehr wohl zu der Zeit.« Er warf ihr einen Seitenblick zu. »Aber Sie haben ja schon die Auswirkungen meiner Beeinträchtigung gesehen. Es genügt wohl, zu sagen, daß sie zu der Zeit schlimmer waren.«

Sie sah, wie er fast unmerklich zusammenzuckte, als er wegsah. *Schlimmer?* Der Gedanke, daß er so jung so viel hatte durchmachen müssen, tat ihr weh. Als er zurückgekehrt war, hatte es da jemanden gegeben, der ihn im Arm gehalten hatte? Eine Stimme, die ihn aus dem Spuk seiner Vergangenheit zurückgerufen hatte? Nein, es hatte nur weitere Verantwortung, weitere Forderungen gegeben.

»Das einzig Wertvolle, das mir vermacht wurde, war der Titel meines Großonkels. Sein Anwesen war verfallen, wie auch der klägliche, kleine Steinhaufen, in dem meine Schwestern damals leben mußten. Sie waren dazu erzogen worden, sich für Ladys zu halten, und ich hatte nicht einmal die Mittel dafür, ihnen Schuhe zu kaufen. Ich wußte nicht, was ich tun sollte.«

In einer unbewußten Geste der Entschuldigung hob er seine Hand. Sie nahm seine Hand in die ihre, und er sah sie freudlos an. Seine Finger ballten sich zur Faust, die an seiner Seite herabsank.

»Während meiner Zeit in der Armee entwickelte ich eine Fähigkeit. Ich erkannte, daß ich ein sehr, sehr guter Schütze war. Von einem meiner Kameraden hatte ich gehört, daß ein treffsicherer Schütze – einer, der nicht zu viel Gewissen hatte oder zu neugierig war – in den eher gesetzlosen Gebieten Ihres Landes gutbezahlte Arbeit finden konnte. Ich hatte nichts zu verlieren, aber ich hatte sicherlich alle Voraussetzungen. Und bevor Sie fragen:

nein, der Gedanke, Menschen zu töten, störte mich nicht. Im Krieg hatte ich viele getötet ... und es waren noch nicht einmal Männer gewesen. Wenn ich einen Jungen erschießen konnte« – seine Zähne knirschten um das Wort herum –, »warum dann nicht auch einen Dieb? Oder einen Mörder?«

»Ich habe nicht gefragt«, sagte sie. »Aber es klingt, als ob Sie sich selbst diese Frage gestellt hätten, immer und immer wieder.«

»Zum Kuckuck mit Ihren hübschen Augen«, sagte er kühl. »Machen Sie weiter.«

»Diesen Teil der Geschichte kennen Sie ja schon. Ich war mehr als gut – ich war der Beste. Ich forderte einen maßlosen Lohn für meine Dienste. Später wurde ich Teilhaber bei einigen Rindergeschäften. Ich wurde reich. Mehr als das, ich besitze dreimal soviel wie das Vermögen Ihres Vaters ausmacht, Mercy. Wenn Sie einwilligen, mich zu heiraten, wird es Ihnen also an nichts fehlen, was materielle Dinge betrifft.«

Das verlockte sie nicht im geringsten. Sie ging zu dem Punkt über, der sie interessierte. »Und was ist der ›andere Teil‹ der Geschichte?«

Er nickte. »Als ich nach England zurückkehrte, machte ich mich daran, meine Schwestern in die Gesellschaft einzuführen. Ich war entschlossen, Ihnen jeden Vorteil zu verschaffen, um den das Weggehen meines Vaters sie gebracht hatte. Jedes Familienerbstück, das er verpfändet hatte, kaufte ich zurück. Jedes Schmuckstück meiner Mutter, das er verkauft hatte, suchte und kaufte ich. Jedes Bankkonto, das er geschröpft hatte, füllte ich mit dem Zehnfachen wieder auf. Jede gesellschaftliche Kluft, die er mit seinem lasterhaften Leben und seiner Zügellosigkeit aufgerissen hatte, überbrückte ich mit meinem Titel, meinem Reichtum und meinem tadellosen Ruf.«

»Und dann ...?«

»Dann, etwa ein Jahr, nachdem ich zurückgekommen war, schrieb er mir einen Brief.«

»Ihr Vater.« Hart nickte.

»Wollen Sie etwas Amüsantes hören? Er war nie auf diesem verflixten Schiff gewesen. Er war in Afrika gewesen und hatte gerade erst von meiner Erbschaft erfahren, und war es nicht ein großartiger Witz, daß ich einen Titel angenommen hatte, den eigentlich er geerbt hatte?«

»Ich verstehe nicht.«

»Natürlich nicht, aber *ich* verstand es. Zu dumm, schrieb er, daß ich mir sowohl die Privilegien als auch den Titel angeeignet hatte. Ich würde sie sicher nur ungern aufgeben, aber er sei der rechtmäßige Erbe des Titels. Ich wäre der Earl of Perth nur, wenn er tot wäre.

Und was meine Schwestern betrifft, denken Sie nur an den Skandal! Aber andererseits hätten sie bald ihren Vater zurück, der sie durch die Gesellschaft führen konnte.« Harts Worte überschlugen sich, so als ob er sie nicht schnell genug aussprechen konnte.

»Mein Gott.«

»Natürlich wäre es vielleicht das beste, wenn er einfach in Afrika bliebe. Er war krank, wissen Sie, er hatte sich irgendeine Tropenkrankheit zugezogen, und eine Reise wäre sehr schwierig für ihn gewesen. Wenn er nur genug Geld hätte, dann könnte er ebensogut seinen Wiederauftritt in der Gesellschaft verschieben.« Sein Ton war sachlich. »Ich schickte ihm zehntausend Pfund. Viele Monate später bekam ich einen ähnlichen Brief. Noch einmal schickte ich Geld. Ich bekam weiterhin Briefe und gab ihm weiterhin Geld, bis ich schließlich seiner Schmähungen, Klagen und Drohungen so überdrüssig wurde, daß ich ein Konto für ihn eröffnete. Ich schrieb ihm, daß ich jährlich eine bestimmte Summe hinterlegen würde, und basta. Das habe ich die letzten vier Jahre so gemacht.«

»Und was sagt er jetzt?« fragte Mercy.

Hart zuckte mit den Schultern. »Das war der letzte Kontakt, den ich mit ihm hatte. Ich weiß nicht einmal, ob er noch am Leben ist, oder wie er, wenn überhaupt, das Geld verwendet, das ich ihm schicke. Es ist mir auch völlig egal. Sie verstehen also, Mercy, er könnte jeden Augenblick auftauchen und seinen Titel, sein Anwesen und seine Töchter zurückverlangen. Es gibt vielleicht gar keinen Titel für Sie.«

Plötzlich ergab die Sache einen Sinn. »Deshalb sagten Sie, Sie hätten schon ähnliches gesehen.«

»Wie bitte?«

»Der Brief von Will. Sie sagten, Sie hätten solche Briefe schon oft gesehen. Sie sprachen von Ihrem Vater. Sie glaubten, Will würde das gleiche mit mir machen, was Ihr Vater Ihnen angetan hatte. Erpressung.«

Er zog die Stirn in Falten, und sie konnte das Mitgefühl in seinem Gesicht nicht übersehen. »Genau das ist es auch, was Ihr Will tut, Mercy.«

»Nein.« Sie stand auf, weil sie ihm sagen mußte, daß er sich irrte. Sie zupfte ihn am Arm. »Will ist nicht so.«

»Er ist opiumsüchtig, Mercy.« Sein Ton war hart.

»Nein«, gab sie zurück, und als sie hörte, wie verzweifelt

ihr Widerspruch war, zwang sie ihre Stimme auf eine normale Tonlage. »Er macht nur Experimente. Das sagten Sie ja selbst. Junge Männer schlagen gern über ...«
Mit seinen großen Händen packte er ihre Schultern und schüttelte sie leicht. Seine blauen Augen sahen sie eindringlich an. »Das war, bevor ich wußte, wo er hinging, bevor ich wußte, was er tat. Mercy, er ist süchtig. Das Pfauenrad ist eine Opiumhöhle.«
»Nein!« Sie schnappte nach Luft. »Will ist nicht so. Er ist kaum mehr als ein Junge. Er ist in schlechte Gesellschaft geraten, aber sobald ich ...«
»Verstehen Sie denn nicht? *Sie* können gar nichts tun«, unterbrach er sie. »Sie konnten noch nie etwas tun. Sie tragen keine Schuld an dem, was Ihr Bruder tut. Jetzt nicht, und überhaupt nie.«
»Doch, ich bin schuld. Ich wollte nicht, daß Will und mein Vater miteinander zurechtkamen. Ich wollte nicht, daß sie sich mochten. Es ist alles meine Schuld, und ich muß es wiedergutmachen.«
»Mercy«, flüsterte er, während er mit seinen Knöcheln über ihre Wange strich, »Sie waren ein kleines Mädchen, das nach Bestätigung suchte. Sie messen sich selbst zu viel Bedeutung bei. Sie können nicht reparieren, was Sie nicht kaputtgemacht haben.«
»Meine Güte, ausgerechnet Sie sagen das! Sie haben zehn Jahre mit dem Versuch verbracht, die Fehler Ihres Vaters wiedergutzumachen, den Weg für Ihre Schwestern zu glätten!«
Er konnte diesem Vorwurf nicht widersprechen. »Dann haben wir uns beide geirrt. Lassen Sie ihn in Ruhe, Mercy, bevor Ihnen noch etwas zustößt.«

»Mir wird nichts passieren.« Sie versuchte, sich loszureißen, aber sein Griff war zu fest.
»Mercy, Will ist nicht mehr der Junge, den Sie einmal gekannt haben. Sie haben keine Ahnung, wozu er jetzt fähig ist.«
»Sie reden Unsinn«, sagte sie, und das Entsetzen machte ihre Stimme durchdringend.
»Ein Süchtiger hat kein Gewissen, er hat nur ein Tier in sich mit einem unstillbaren Hunger, das an der Stelle wohnt, wo einmal seine Seele war. Wenn es Appetit bekommt, dann kann der Abhängige es nicht beherrschen, er kann es nur füttern, mit welchen Mitteln auch immer.«
»Ich weiß nicht, wovon Sie sprechen.« Sie wollte sich die Ohren zustopfen und die Augen verschließen, aber seine Stimme sprach weiter.
»Will braucht Geld, Mercy. Opium ist teuer, und die Menge, die nötig ist, um das Tier zu befriedigen, wird ständig größer.«
»Was zum Teufel sagen Sie da?« forderte sie schrill.
»Wenn Sie sterben, wer erbt dann das Geld Ihres Vaters?«
Sie starrte in seine Augen. Sie konnte ihr eigenes Gesicht in seinen schwarzen Pupillen gespiegelt sehen. Ihr Mund war vor Angst verzerrt, ihre Lippen kalkweiß.
Er hatte ihr alles genommen, ihre Seelenruhe, ihren Körper ... verflixt, sogar ihr Herz, und er hatte nichts dafür zurückgelassen, um die Leere zu füllen ... außer seinem Verantwortungsbewußtsein und seinem verdammten Titel.
Und jetzt nahm er ihr auch noch Will weg.
Sie gab ihm eine schallende Ohrfeige. Er blinzelte nicht einmal. Er hielt sie nur mit seinem strengen, unerbittli-

chen Blick fest, während sie entsetzt auf den roten Abdruck ihrer Hand auf seiner Wange starrte.
»Sie können mich schlagen, so oft Sie wollen, es wird die Tatsachen leider nicht ändern. Ich wünschte, es wäre so.«
»Sie wissen nicht, wovon Sie sprechen. Sie kennen Will nicht«, keuchte sie mit steifem Rücken und glitzernden Augen. »Sie lügen.«
Er schüttelte den Kopf. »Nein. Auf Sie ist geschossen worden. Sie sind ganz knapp an einer ernsthaften, vielleicht sogar tödlichen Verletzung vorbeigekommen, als Ihr Gewehr explodierte.«
»Unfälle!« Das Wort kam ihr zu schnell von den Lippen und verriet, daß auch sie sich über diese Zwischenfälle Gedanken gemacht hatte. Daß irgendwo, in irgendeiner dunklen Ecke ihres Bewußtseins Wills Name im Zusammenhang mit ihnen aufgetaucht war. Die Qual umwölkte ihren Blick. Sie haßte ihn fast dafür, daß er sie dazu brachte, es sich selbst einzugestehen.
»Sie sind zehn Tage hier gewesen, Mercy«, fuhr er fort. »Zehn Tage und zwei ›Unfälle‹. Es gibt niemanden, der aus Ihrem Tod Nutzen ziehen könnte, außer Ihrem Bruder.«
»Annabelle«, flüsterte sie. »Lady Acton. Jede von ihnen würde alles tun, um ihren kostbaren Herzog vor mir zu beschützen.«
»Mercy, das glauben Sie doch selbst nicht«, gab er zurück.
»Ach, nein? Warum ist das so viel schwerer zu glauben, als Ihre Versicherung, daß mein Bruder ein kaltblütiger, herzloser Unhold ist?«
»Weil Will drogenabhängig ist.«
Sie fuhr sich mit den Fingern durch das Haar und wandte sich von ihm ab. »Ich werde es nicht glauben. Ich werde

nichts von dem glauben, was Sie sagen. Sie werden schon sehen. Wenn ich ihn finde ...«

»Nein!« rief er.

»Doch!« Dann begannen die Tränen zu fließen und nahmen ihr die Sicht.

»Mercy.« Mit seinen Fingern hob er ihr feuchtes Kinn hoch. »Versuchen Sie nicht, ihn zu finden.« Sie versuchte, sich wegzudrehen, aber er ließ es nicht zu. Seine Stimme war leise und drängend. »Ich werde suchen. Nein, warten Sie. Hören Sie mir zu. Ich schwöre, ich finde ihn für Sie und bringe ihn zu Ihnen. Aber riskieren Sie selbst nichts. Versprechen Sie es mir. Versprechen Sie es!« forderte er.

»Warum sollte Ihnen das etwas bedeuten?« warf sie ihm hin.

»Wenn Ihnen etwas zustößt, Mercy, dann ...« Er schloß Augen und Mund für einen Moment, um vor ihr zu verbergen, was in seinem Blick lag.

»Weil Sie der einzige sind, der mir etwas antun darf?«

Er riß die Augen auf und starrte auf sie hinunter, durch sie hindurch, und als er sprach, tat er es mit einer tödlichen Ruhe. »Ja, ich bin der einzige«, erwiderte er, drehte sich um und stürmte hinaus, als ob er von Teufeln gejagt würde.

Sechsundzwanzigstes Kapitel

»Um Himmels willen, Hart«, rief Beryl aus, als er sie in einen Vorraum zerrte und die Tür schloß, »was ist denn nur los? Ich komme gerade von Annabelle. Sie ist dabei, sich in einen Wutanfall hineinzusteigern.«

»Das ist unmöglich. Sie hat nicht einmal genug Gefühl für eine Verstimmung in sich, geschweige denn für einen Anfall.«

»Das gleiche hat man schon von dir gesagt, Hart«, gab Beryl zurück. »Und wie du hat sie in Wirklichkeit starke Emotionen. Sie zumindest verleiht ihnen gelegentlich Ausdruck. Wie jetzt. Sie behauptet, du seist dabei, sie zu ruinieren, indem du eine Mesalliance mit Mercy Coltrane eingehst.«

»Ich habe Mercy gebeten, mich zu heiraten«, sagte er. »Ob sie annimmt oder nicht, steht auf einem anderen Blatt.«

»Heiraten?«

»Ja, Beryl, *heiraten*.«

»Du meine Güte.« Beryl ließ einen tiefen Seufzer los und sank auf einen Stuhl. »Aus dem Theater, das Annabelle machte, hatte ich geschlossen, du wolltest dir das Mädchen als Mätresse halten. Aber eine Heirat ...«

»Du kannst dir den Protest für jemanden aufheben, der geneigt ist, zuzuhören. Annabelle hat bereits überdeutlich gemacht, wie katastrophal sich das nach ihrer Meinung auf euch alle auswirken wird.«

»O Hart ...«

»Nein«, unterbrach er sie, weil er ihre Bitten, es sich noch einmal zu überlegen, nicht hören wollte. »Du wirst zuhören. Und dann wirst du diese Information an Annabelle weitergeben, und danach wirst du dich mit Henley in das Hotel begeben – welches es auch immer ist –, zu dem Mercy gerade hinwegeilt, und als ihre verflixte Anstandsdame fungieren, ob sie es nun will oder nicht!«

»Ja, Hart.«

»Wenn ich Mercy davon überzeugen kann, mich zu nehmen, dann wird sie mich nehmen.«

»Liebst du sie, Hart?« fragte Beryl.

»Lieben?« Ihre Frage überrumpelte ihn. Er faßte das Wort nur mit spitzen Fingern an.

»Macht sie dich glücklich? Kannst du dir ein Leben ohne sie vorstellen?«

Er hielt inne, und einen kurzen Augenblick lang dachte er daran, ihr zu beschreiben, wie er sich ein Leben ohne Mercy vorstellte. Aber er hatte keine Worte für das, was er sich vorstellte, und da er ohnehin ein zurückhaltender Mensch war, behielt er diese qualvolle Vorstellung für sich.

»Wenn du fragst, ob ich ohne sie leben kann, ja.« *Ich kann überleben ohne sie.*

Beryl kräuselte die Augenbrauen. »Warum willst du dann so viel riskieren? Die Gesellschaft wird ein hartes Urteil fällen. Ja, natürlich würde es Leute geben, die sie akzeptieren, ganz einfach weil du der Earl of Perth bist, aber dann sind da noch die, die anders denken.«

»Zum Kuckuck mit der Gesellschaft«, sagte er. »Du oder

Fanny oder Annabelle, wenn ihr beschlossen habt, euer Glück von den Marotten und dem Diktat der Gesellschaft abhängig zu machen, dann seid ihr die größeren Narren. Ich habe versucht, euch alles zu geben, und dabei habe ich euch das geraubt, was letztlich von unschätzbarem Wert ist – die Wahrheit.«

Sie faltete die Hände in ihrem Schoß, und er fuhr fort, entschlossen, ihr alles zu erzählen. Hinterher würde Beryl jedes Stück der Vergangenheit, das sie direkt oder indirekt betraf, zur Verfügung haben und könnte dann ihre Handlungen selbst bestimmen.

Mercy hatte recht. Er hatte das Leben seiner Schwestern gelenkt; er hatte viele Fehler dabei gemacht, und er war fertig damit.

»Erstens, unser Vater ist nicht bei einem Schiffsunglück gestorben«, fing er an, und nachdem er nun schon einmal begonnen hatte, erzählte er über eine Stunde lang.

Mercy ging die große Treppe zur Lobby des Browne's Hotel hinab und mußte eine Aufwallung von Traurigkeit unterdrücken. Beryl Wrexhall erhob sich von ihrem Platz in der Nähe der Tür.

»Miss Coltrane?« Das vorsichtige Lächeln in dem düsteren Gesicht der anderen Frau machte Mercys Entschluß, sich beherrscht zu verhalten, fast zunichte. Was Hart auch immer gesagt oder getan hatte, um Beryl dazu zu bringen, jede ihrer Bewegungen zu beschatten, war wirkungsvoll gewesen, das mußte sie ihm zugestehen.

Sie konnte ihre Suite nicht verlassen, ohne Mrs. Wrexhall in die Arme zu laufen. Sobald sie auf der Hauptstraße erschien, hielt neben ihr eine glänzende Kutsche mit dem

Wappen der Perths an der Seite, und ein Fahrer in Livree sprang zu ihr und fragte sie, wohin sie fahren wolle. Wenn sie eine Strecke zu Fuß ging, dann ging Hart schweigend hinter ihr her, ausgerechnet von der Magd Brenna begleitet, wie lächerlich!

Hart konnte sie ignorieren, und das tat sie auch. Beryl, jedoch, mit ihrer besorgten und versöhnlichen Miene fing allmählich an, ihr Gewissen zu beunruhigen. Es war ja nicht Beryls Schuld, daß sie dazu gezwungen wurde, als Anstandsdame zu fungieren.

Mercy seufzte. »Mrs. Wrexhall.«

Das Lächeln der Frau erhellte sich so sehr bei dieser spärlichen Ermutigung, daß Mercys Gewissen sich wieder regte.

»Miss Coltrane, möchten Sie ... möchten Sie möglicherweise gerne Tee trinken?« fragte Beryl mit mitleiderregendem Eifer.

Mercy nickte und verwünschte Hart insgeheim dafür, daß er sie beide in solch eine lästige Lage gebracht hatte. Sie erlaubte Beryl, sie am Arm zu nehmen und zu einem diskreten Erker zu bringen, wo eine silberne Teekanne mit Schwanenhals und erlesenes Porzellan sie erwartete.

Sie nahmen Platz, und Beryl goß Tee ein, während ein Kellner schnell eine Platte mit Gebäck vor sie stellte und wieder verschwand. Unendlich lang scheinende Minuten saßen sie in angespanntem Schweigen da, knabbernd und sich verstohlen über ihre Teetassen hinweg betrachtend.

»Das ist völlig unnötig«, sagte Mercy schließlich.

»Entschuldigung?«

»Ich weiß nicht, was für ein Druckmittel Hart benutzt,

aber Sie brauchen sich wirklich nicht um mich zu kümmern.«

Beryl lächelte sanft widersprechend. »Miss Coltrane, Sie sind allein, ohne Begleitung, und Sie sind, nach dem, was Hart sagt, möglicherweise meine künftige Schwägerin. Es ist meine Pflicht, darauf zu achten, daß Sie nicht zum Gesprächsthema für die vornehme Gesellschaft werden.«

»Das ist mir völlig ...«

»Hart wußte schon, daß Sie das sagen würden. Aber, wenn ich hinzufügen darf, meine Pflicht ist mir auch ein Vergnügen.«

Mercy trommelte mit den Fingern auf den mit Leinen bedeckten Tisch. »Mrs. Wrexhall, seien wir doch offen. Ich bleibe nur aus einem einzigen Grunde in England, nämlich um meinen Bruder zu finden. Sobald ich damit am Ziel bin, werde ich nach Amerika zurückkehren, wo ich mich bemühen werde, London, die feine Gesellschaft und Ihren Bruder zu vergessen.«

»Wirklich?«

»Wirklich.«

Beryl sah verwirrt drein. »Sie werden Hart nicht heiraten?«

»Nein, das werde ich nicht. Es ist ... nicht nötig.« Sie spürte, wie ihr Gesicht warm wurde.

»Ach so.« Beryl lehnte sich in ihrem Stuhl zurück und betupfte ihre sauberen Lippen mit einer Serviette. »Nun, ich denke, ich kann Ihre Abneigung gegen eine Heirat mit ihm verstehen.«

»Wie aufmerksam von Ihnen.«

»Ich meine, nachdem er Sie angeschossen hatte und all das ...«

Mercy war völlig überrumpelt und starrte sie verblüfft an. »Sie wissen es?«

»O ja.« Beryl nickte und nahm sich eine weitere Scheibe Brot, die sie großzügig mit Butter bestrich. »Er hat mir alles erzählt. Auch über Vaters Erpressung, und den Titel. Ja«, fuhr sie fort, als sie Mercys Überraschung sah, »anfangs war es ziemlich schockierend, aber es gibt den Dingen, über die ich mir jahrelang Gedanken gemacht hatte, einen Sinn: warum Hart sich niemals niederließ, seine Isolation, seine Reserviertheit. Er hatte eine beträchtliche Last zu tragen, nicht wahr?«

»Ja«, schnappte Mercy, die sich nicht beherrschen konnte.

»Stellen Sie sich nur vor«, grübelte Beryl, »all diese Jahre, die er versucht hat, das Beste für uns zu tun und nie an sich gedacht hat.«

»Anscheinend kann er sich von dieser Angewohnheit nicht trennen.«

»Ich weiß nicht, ob ich Sie recht verstehe.«

»Er tut es schon wieder, diesmal mit mir. Darum geht es doch bei Ihrer Anwesenheit hier, verstehen Sie das nicht? Er möchte wieder einmal die Dinge in Ordnung bringen.«

»Wirklich?« Beryl neigte ihren Kopf und dachte über Mercys Bemerkungen nach. »Ich glaube, da kann ich nicht zustimmen. Ich glaube, Hart tut endlich einmal etwas für sich selbst. Wenn Sie ihn allerdings dafür hassen, daß er Sie angeschossen hat ...«

»Ich hasse ihn nicht dafür, daß er mich anschoß«, widersprach Mercy heftig, setzte sich auf die Stuhlkante und legte ihre Hände flach auf den Tisch. »Er hat mir das Leben gerettet.«

Beryl hob eine dunkle Augenbraue, was Mercy sofort ihre

kampflustige Pose bewußt machte. Sie setzte sich wieder entspannt hin und hob ihre Tasse an den Mund. Ihr Zittern brachte den Tee dazu, sich an der Oberfläche zu kräuseln. Sie knallte die Tasse auf den Unterteller zurück, wütend darüber, daß jemand es fertigbrachte, Harts Taten nicht als heldenhaft zu betrachten.

»Oh«, sagte Beryl erstaunt. »Und warum hassen Sie ihn dann, meine Liebe?«

Wann hatten sie den Übergang von »Miss Coltrane« zu »meine Liebe« gemacht? fragte sich Mercy einen Moment, bevor ihr klar wurde, was Beryl gefragt hatte.

»Ich hasse ihn doch nicht«, protestierte Mercy. »Überhaupt nicht.«

»Oh.« Wieder dieser leicht verwirrte Blick. Der wurde plötzlich verdrängt durch einen wissenden. »Ah! Dann liegt es daran, daß Ihr Herz nicht beteiligt ist. Das verstehe ich. Man kann keine Zuneigung erzwingen, wo keine ist. Bitte, erlauben Sie mir, fortzufahren. Ich muß gestehen, ich hatte gehofft, das Gegenteil sei der Fall. Wissen Sie, ich fragte Hart, ob er Sie liebe.« Sie warf ihr einen flüchtigen Blick zu.

Mercy hatte aufgehört zu atmen. Sie hätte nicht sprechen können, selbst wenn ihr Leben in Gefahr gewesen wäre. *Konnte es sein, daß Hart sie liebte?*

»Ich nehme an, Sie wollen nicht hören, was er sagte.«

Mercy blinzelte.

»Ich werde es Ihnen sagen. Vielleicht erweist es sich als aufschlußreich für Sie im Hinblick auf eine spätere Beziehung.« Sie lächelte. »Hart sagte, er wisse nicht, was das Wort bedeute.«

Eine dunkle und kalte Verzagtheit legte sich über ihre

Gedanken. Sie versuchte, ihre Teetasse aufzunehmen, aber ihre Hand versagte den Dienst. Sie lag schlaff in ihrem Schoß. Sie konnte nur betäubt und verzweifelt Beryl anstarren.

»Ich finde das ziemlich amüsant, Sie nicht auch?« fuhr Beryl munter fort. »Ich meine, da haben wir einen Mann, der Dinge ertragen hat, von denen ich bezweifle, daß er sie je erzählen wird, der seine Kindheit geopfert hat und auch ein Großteil seines Erwachsenenlebens, der sich abgemüht hat, um anderen so viel zu geben, und er sagt, er weiß nicht, was das Wort *Liebe* bedeutet. Wissen Sie, was ich glaube?« Beryl lehnte sich vertraulich vor.

Mercy gelang es, ihren Kopf zu schütteln.

»Ich glaube, Hart kann sehr wohl lieben. Ich glaube, Hart kann sich nicht lieben *lassen.*« Sie lehnte sich zurück und lächelte, als ob sie mit ihrer Einschätzung recht zufrieden wäre, als ob es nicht mehr als Neugier gewesen sei, die sie geplagt hatte und die jetzt befriedigt war, als ob das, was sie gesagt hatte, für Mercy nicht mehr bedeuten würde als jeder andere Satz, den sie hörte.

»Ich meine«, fuhr Beryl fort, schwatzend, als ob sie sich über ein Theaterstück oder ein Buch unterhielten und nicht über einen lebendigen Menschen aus Fleisch und Blut, »wann, glauben Sie, hat Hart zum letztenmal die Worte *ich liebe dich* gehört? Ich frage mich, ob er sie überhaupt jemals gehört hat ...« Sie schürzte ihre Lippen. »Mutter war immer so mit Vater beschäftigt – sie betete ihn an, sie haßte ihn, sie schalt ihn aus, und später betrauerte sie ihn. Wir Mädchen konnten uns gegenseitig aufbauen. Aber Hart ...« Sie schüttelte den Kopf. »Er war der Älteste und der Sohn. Er wurde zur Schule geschickt,

als er acht war, und danach zog er in den Krieg. Er war nicht mehr als ein Junge, als er sich beim Militär meldete, aber er war ein Mann, als er zurückkam.
Soweit ich weiß, hat es niemals eine Geliebte oder Mätresse gegeben, die so etwas zu ihm gesagt hätte. Und so wie ich Hart kenne, stelle ich mir vor, daß gekaufte Worte ihn abgestoßen hätten. Wissen Sie, ich glaube, Hart wüßte gar nicht, wie er um Liebe bitten sollte. Ich glaube, es käme ihm nicht einmal in den Sinn, danach zu fragen.«
Bitte, betete Mercy, *bitte laß das den Grund dafür sein, daß er nicht nach meinen Gefühlen gefragt hat: er hat vor meiner Antwort Angst gehabt*. Wenn ein Mann wie Hart seine Deckung so weit sinken läßt, daß er die Beherrschung über seine Gefühle verliert, dann wäre das und was er danach getan hatte, schrecklich für ihn. *Das* konnte der Grund dafür sein, daß er nichts zu ihr gesagt hatte in seinem Bett und in ihrem Zimmer. Er hatte angenommen, sie sei genau wie er entsetzt über seinen Mangel an Selbstbeherrschung.
Wenn es nur stimmte. Der Gedanke schlug Wurzeln und setzte sich in ihr fest. Wenn Hart sich nur ihre Liebe genausosehr wünschte wie sie sich die seine!
»Aber ich habe Sie lange genug gelangweilt. Bitte, sehen Sie es einer liebenden Schwester nach, wenn sie ihrem vernarrten Bruder nachgibt. Er möchte Sie beschützen, meine Liebe. Ist es eine Zumutung, wenn ich darum bitte, ab und zu in Ihrer Gesellschaft sein zu dürfen? Es ist kein so großes Opfer, nicht wahr?«
»Nein«, murmelte Mercy mitgenommen.
»Zweifellos werden Sie bald *Ihren* Bruder finden und abreisen.« Sie hatte ihr süßes, trauriges Lächeln im Ge-

sicht. »Ich habe gerade den meinen wiederentdeckt. Ich würde ihm gerne eine kleine Freude machen, auch wenn es nur für kurze Zeit wäre.«

Hart wartete in dem dunklen Inneren der Droschke, die er sich gemietet hatte, und beobachtete die Tür des Freudenhauses. Es lag in einer sehr angesehenen Mittelklassegegend der Stadt, in der man kaum ein teures Bordell vermuten würde. Aber das machte gerade den größten Teil seiner Anziehung aus.

Hart hatte bereits einen Richter, einen Ratsherrn und zwei konservative Lords an der Eingangstür gesehen. Die interessierten ihn allerdings überhaupt nicht. Er wartete auf einen anderen, den er gesehen hatte, wie er das Browne's Hotel verließ, und dem er gefolgt war, zunächst nur aus purer Neugier, die sich aber später in Ärger verwandelt hatte. Er lehnte sich in seinem Sitz zurück.

Inzwischen mußte es auf Mitternacht zugehen, bemerkte er, während seine Gedanken unfehlbar zu Mercy gingen. So sehr er es auch versucht hatte, so viele Privatdetektive er angeheuert hatte, er hatte sein Versprechen ihr gegenüber noch nicht einlösen können, er mußte immer noch ihren Bruder finden. Bis dahin würde er keine Ruhe haben in dem Wissen, daß Mercys Bruder und ihre Unfälle irgendwie miteinander zu tun hatten.

Allerdings war er müde. Drei Tage lang hatte er dafür gesorgt, daß sie nie alleine war, nie ohne Schutz – entweder war er selbst bei ihr oder einer der Männer, die er angestellt hatte, um sie zu beobachten. Und drei Tage lang hatte er ihren schönen Rücken gesehen, dachte er mit einem Lächeln.

Sie behandelte ihn, als ob er nicht existierte. Sie weigerte sich, seinen Gruß zu erwidern. Er konnte es ihr nicht verübeln. Schließlich hatte er ihr ihre Jungfräulichkeit genommen und dann auch noch die verzweifelte Illusion bedroht, ihr Bruder sei immer noch der liebenswürdige Junge, den sie einmal gekannt hatte. Er wußte, daß sie sich an dieser Illusion festgehalten hatte. Die brauchte sie, um irgendeine alte Schuld zu begleichen. Nun, er wußte alles über Schuld und auch alles über Sühne.

Eine Bewegung an der Tür des Bordells erregte seine Aufmerksamkeit. Der Mann, der herauskam, sah ziemlich erschöpft aus, bemerkte Hart angewidert. Er torkelte, als er die eisigen Stufen hinunterging und seinen langen Mantel mit einer Hand zuhielt.

Hart stieg aus dem Wagen, ging auf die andere Straßenseite und wartete unter dem orangefarbenen Schein der Gaslampe, bis der Mann an ihm vorbeigehen wollte.

»Guten Abend, Henley. Seltsame Gegend, die sich deine Wähler für ein Treffen aussuchen.«

Henley Wrexhall blieb stehen und guckte verschwommen zu ihm auf. Der Geruch von Alkohol und Zigarrenrauch war unerträglich, und Harts Nase kräuselte sich vor Abscheu.

»Hart!« polterte Henley völlig verblüfft und schwankte auf seinen Füßen. »Was tust du denn hier?«

»Das könnte ich dich auch fragen, da mir erst vor drei Stunden deine Frau versicherte, du seist bei einem Bürgertreffen.«

»Zum Kuckuck mit dir!« Plötzlich kam Kampfeslust in ihm auf, von einem Mut gespeist, der durch Alkohol inspiriert war. »Wie kannst du es wagen, mir nachzuspionieren! Hat Beryl dich dazu angestiftet?«

»Nein.«
Henleys Lippen kräuselten sich bitter. »Ich hätte es wissen sollen«, murmelte er ungläubig. »Immer, wenn sie irgend etwas will, muß sie zu dem großen Earl of Perth rennen. Ein Haus, einen Ehemann ... eine Karriere für den Ehemann.«
»Du bist betrunken.«
»Ja«, stimmte Henley zu, »ich bin betrunken. Ich kann vielleicht nicht selbst entscheiden, wo ich wohne ... zum Teufel, wir mußten wegen deiner Launen sogar die Actons verlassen. Aber laß mich doch wenigstens meine Laster selber aussuchen.«
Der Mann war nicht ganz bei Vernunft. Er sah so aus, als ob er jeden Augenblick umkippen konnte. Hart griff seinen Arm und riß ihn vorwärts.
»Komm mit mir, Henley. Wir erörtern das morgen früh.«
»Wir können es genausogut jetzt erörtern«, sagte Henley und versuchte, Hart abzuschütteln. »Ich hatte nicht den Schneid, dir das in nüchternem Zustand zu sagen, aber« – er atmete tief ein – »ich will deine Hilfe nicht und dein Haus auch nicht. Ich will mein eigenes Leben zurück, ohne dauernd auf irgend jemanden Rücksicht nehmen zu müssen, vor allem nicht auf dich.«
»Ach, Henley, um Himmels willen, wenn du Bentwood nicht magst, dann zieh doch um«, sagte Hart widerwillig. »Es ist mir völlig egal, wo du wohnst.«
Henley blinzelte verwundert. »Tatsächlich?«
»Ja.«
»Und was ist mit dem Rest?« fragte er.
»Welcher Rest?«
»Das Geld. All das zusätzliche Geld, das Beryl ausgibt für

die Soireen, die Sammelaktionen und die politischen Partys.«

»Henley, du mußt doch besser wissen als ich, was das Gut einbringt. Ich habe Beryl kein zusätzliches Geld gegeben.«

»Doch«, beharrte Henley, »wo käme es denn her, wenn nicht von dir?«

»Wer führt die Bücher für die Farmen? Wer führt die Geschäfte des Anwesens?« fragte Hart.

»Beryl macht das«, antwortete Henley schmollend. »Sie sagt, sie macht es gerne.«

»Dann denke ich, du kannst dich bei Beryl für irgendwelche zusätzlichen Einkünfte bedanken. Sie konnte schon immer gut mit Zahlen umgehen.«

»Das hat sie mir nicht gesagt.« Henleys Augenbrauen bildeten eine breite Linie. »Aber was ist mit meiner Karriere – mit deiner Einmischung dabei?«

»Ich weiß nicht, was du daherredest.«

»Beryl sagt das. Sie sagt immer, daß du den richtigen Leuten was ins Ohr flüsterst, daß du deinen Einfluß geltend machst, um sicherzugehen, daß ich von denen da oben bemerkt werde. Du weißt schon, all diese stillschweigenden, hilfreichen Kleinigkeiten, die du für meine Karriere getan hast.«

»Ich habe absolut überhaupt nichts für oder gegen deine Karriere getan, weder jetzt noch früher.«

Ohne ein warnendes Wort holte Henley aus. Hart wich dem Schlag mühelos aus und hatte das Gefühl, als ob die Situation die grotesken Züge einer Varieté-Posse annähme. Er griff Henleys Arm und drehte ihn auf seinen Rücken.

Henley wand sich und schlug wild mit seinem freien Arm

um sich. »Laß mich los! Wie kannst du es wagen, meine Frau eine Lügnerin zu nennen!«

»Hör mir zu, du Volltrottel«, zischte Hart zwischen seinen Zähnen hervor. »Wenn du nicht aufhörst, Henley, dann schlage ich dich. Und ich schlage sehr, sehr hart zu. Das würde zweifellos Spuren hinterlassen, und dann wird Beryl sehr, sehr ärgerlich auf mich sein.«

Seine Worte wirkten Wunder. Henley sackte unter Harts Griff zusammen, und sein schmollender Gesichtsausdruck wurde von einem trauernden abgelöst. »Warum sollte ihr das etwas ausmachen?«

»Weil sie dich liebt, obwohl nur der Himmel weiß, warum.«

»Sie liebt mich nicht«, widersprach Henley. »Sie glaubt, ich könnte nicht einmal meine Schuhe ohne Hilfe zubinden.«

Hart ließ ihn los, und Henley stand einfach schwankend da und starrte auf seine Stiefel.

»Henley«, sprach Hart weiter auf ihn ein, während er den Wagen heranwinkte, »ich glaubc, es ist höchste Zeit, daß du mit Beryl sprichst. Ich verstehe nicht einmal andeutungsweise ihre Gründe dafür, dir zu erzählen, ich hätte deinem politischen Aufstieg nachgeholfen, aber ich weiß, daß sie dich liebt. Vielleicht wollte sie sich unentbehrlich für dich machen und gebrauchte mich als Mittel dafür.«

»Das verstehe ich nicht. Beryl *ist* doch unentbehrlich für mich. Und das war sie schon immer.«

Der Wagen hielt neben ihnen, und Hart öffnete die Tür.

»Hast du ihr das jemals gesagt?«

Henley kletterte mühsam hinein, und als er saß, starrte er Hart wie aus Eulenaugen an. »Ich hätte nicht geglaubt, daß das nötig sei. Ich dachte, das war offensichtlich. Eine schöne, geistreiche und ehrgeizige Frau wie Beryl ... sie könnte jeden haben, den sie will. Ich hatte immer Angst, wenn ich mir nicht einen eigenen Namen machen würde, könnte sie es bereuen, ihr Los mit einem Niemand ohne Titel wie mir zu teilen.«

Hart schüttelte den Kopf. »Sag es ihr.«

Er schloß die Tür und klopfte daran, um dem Kutscher das Zeichen zum Abfahren zu geben. Er stand noch eine ganze Weile da, sah dem Wagen nach und wünschte sich, er könnte jemand anderem das sagen, was er seinem Schwager gerade geraten hatte.

Siebenundzwanzigstes Kapitel

Mercy betrat zögernd die Lobby, zum ersten Mal seit sie denken konnte, fühlte sie sich schüchtern und unsicher. Selbst nach ... nach jener *Nacht* war sie nicht schüchtern oder zaghaft gewesen. Überwältigt, aufgeregt und enttäuscht, aber nicht zaghaft. Wenn Hart in der Lobby war – und sie rechnete fest damit, denn bisher war er jeden Morgen dagewesen, seit sie sich in diesem Hotel niedergelassen hatte –, dann mußte sie mit ihm reden. Sie atmete tief ein und sah sich um.

Hart war nicht da, und Beryl auch nicht. Aber eine Nachricht von Nathan Hillard wartete auf sie.

Er hatte Will gefunden.

Sie rannte in ihr Zimmer zurück, zog ihren Mantel und ihre Handschuhe an, steckte ihren Colt in die Manteltasche und ging ohne Hut zum Ausgang des Hotels. Nathans Nachricht hatte angekündigt, er würde sie um neun Uhr vor dem Hotel treffen.

Es war fast soweit. Wie versprochen wartete Nathan draußen.

»Miss Coltrane.« Er nahm seinen Hut ab und verbeugte sich, als sie an ihm vorbei zu der wartenden Kutsche eilte. Wortlos half er ihr hinein, bevor er dem Kutscher eine Adresse zurief und selbst einstieg.

»Ich war überrascht und bestürzt, als Lady Acton mir

mitteilte, daß Sie Acton Hall verlassen hatten«, sagte er und legte ihr eine Decke über die Beine.
»Wo ist mein Bruder?«
»Nicht weit, meine Liebe«, antwortete er, und sein Lächeln war ein wenig zögerlich. »Ohne Ihre entzückende Anwesenheit hatte die Gesellschaft ihren Reiz verloren. Ich bin gestern von dort abgereist.«
»Oh.« Sie zupfte am Fensterrouleau und guckte hinaus.
»Seitdem habe ich alle mir zur Verfügung stehenden Mittel eingesetzt, um Ihnen in irgendeiner Weise dienlich zu sein. Ich habe jeden, den ich kenne, ausgefragt und, wie ich fürchte, belästigt, auf der Suche nach Ihrem Bruder.«
Sie versuchte, sich aus ihren Gedanken loszureißen. Nathan verdiente mehr, als sie nur im Profil zu sehen. »Ich kann Ihnen gar nicht sagen, wie sehr ich Ihre Bemühungen schätze.«
»Es ist mir ein Vergnügen, alles, was ich kann, für Sie zu tun.«
In seiner Stimme gab es ein Feuer, das sie nicht ignorieren konnte. Seine leuchtenden Augen klebten an ihrem Gesicht.
»Ich habe Andeutungen gehört … Man sagt, eine Indiskretion hat Ihre Abreise bei den Actons verursacht«, sagte er deutlich verlegen. »Miss Coltrane, wenn Sie von irgend jemandem beleidigt wurden, dann werde ich …«
»Nein. Niemand hat mich beleidigt. Sind wir schon fast da?«
»Bald.« Eine Spur von Ungeduld färbte die weiche Stimme. »Ihr Wohlbefinden bedeutet mir inzwischen sehr viel, Miss Coltrane. Mehr als ich so ohne weiteres zum Ausdruck bringen kann.«

»Ich danke Ihnen.« Sie wollte sich jetzt nicht damit beschäftigen. Sie war zu sehr von dem Gedanken abgelenkt, daß sie bald, sehr bald ihren Bruder wiedersehen würde. Aber Hillard hatte Will gefunden. Sie schuldete ihm sehr viel. Zumindest Freundlichkeit. »Sie müssen mich entschuldigen. Vielleicht kann ich mich Ihnen zu einem anderen Zeitpunkt richtig widmen. Im Augenblick kann ich es nicht.«

Er errötete. »Natürlich. Verzeihen Sie. Ich habe mich von meinen eigenen Gefühlen mitreißen lassen und nicht an die Ihren gedacht.«

»Bitte«, beeilte sie sich zu sagen und lehnte sich vor, um seine behandschuhte Hand mit ihrer zu berühren, »glauben Sie nicht, ich sei undankbar. Ich bin sehr, sehr dankbar für Ihre Hilfe.«

Er nickte und wandte sein Gesicht ab. Sie lehnte sich etwas entspannter zurück, erleichtert über sein Verständnis. Sie würde Will sehen. Angst und Freude wirbelten durcheinander und führten ihre Gedanken zu einem Strudel von Emotionen. Sie starrte aus dem kleinen Fenster und sah, wie elegante Häuserfassaden allmählich rußgeschwärztem Sandstein wichen und breite Straßen zu dichtbevölkerten Gassen wurden.

»Ich muß Sie warnen, meine Liebe«, brach Nathan schließlich das lange Schweigen. Beim Klang seiner Stimme fuhr sie zusammen. »Ich glaube, Ihrem Bruder geht es nicht gut.«

»Was?«

»Ich glaube, Ihr Bruder ist ein sehr kranker junger Mann. Ich ... ich zögere, ihn Ihnen in diesem Zustand zu präsentieren, aber ... aber nach dem, was mir erzählt wird, hatte ich Zweifel, ob es noch einmal eine Gelegenheit dazu geben würde.«

»Was meinen Sie?«

Er sah ihr mit äußerstem Mitgefühl in die Augen und nahm ihre Hand in die seine. »Manchmal gibt ein Mensch sich seiner Begierde mehr hin, als sein Körper verkraften kann. Es gibt einen Punkt, an dem es unmöglich ist, die Folgen von solcher Ausschweifung rückgängig zu machen.«

»O Gott ...« Dann hatte Hart also recht gehabt. Will war tatsächlich süchtig.

»Es wird zu einer Spirale, die nach unten führt«, fuhr er mit seiner milden, bedauernden Stimme fort. »Ich fürchte, Ihr Bruder hat den kritischen Punkt bereits überschritten.«

»Nein, das kann nicht sein!«

»Ich bete darum, daß Sie recht haben«, sagte er.

»Wenn er mich sieht ...« Sie brach ab. Wenn er sie sieht, was tut er dann? »Weiß er, daß ich komme?«

Nathan schüttelte den Kopf. »Ich wollte ihn nicht aufschrecken. Ich habe von seinem Aufenthalt an diesem Ort nur von jemand anderem gehört, der es wiederum von einem anderen weiß. Ich ließ meinen Diener gestern nacht dort hingehen, um herauszufinden, ob das Gerücht wahr ist oder nicht.«

Der Wagen kam ruckend zum Stehen, und die Pferdehufe schlugen hart auf das Kopfsteinpflaster. Mercy stieg vor einem häßlichen alten Gebäude aus. Seine geschwärzten Fenster starrten wie blinde Augen auf die enge, verlassene Straße herunter.

»Wir sind da«, sagte Nathan.

»Guten Morgen, Hart«, begrüßte Beryl ihn vor dem Hoteleingang. Der eisige Wind riß an ihrem Zobelkragen und blies Farbe in ihr schmales Gesicht.

»Beryl«, erwiderte Hart müde den Gruß, während er dem Kutscher sein Fahrgeld gab. »Was tust du denn um diese Zeit draußen?«

»Ich bin spazierengegangen«, antwortete sie. »Ich hatte über vieles nachzudenken.« Ein melancholischer, aber gefaßter Zug hatte die angespannte Angst in ihrem Gesicht verdrängt.

»Aha. Henley?«

»Ja.«

Mitgefühl zerrte an ihm, als sie ihm ein schwaches Lächeln schenkte. Gestern nacht hätte er nichts lieber getan, als Henleys Gesicht blutig zu schlagen wegen des Kummers, den er Beryl bereitet hatte. Aber er selbst hatte – wenn auch völlig unvermutet – bei diesem Kummer eine Rolle gespielt, und auch Beryl selbst war nicht ganz schuldlos. Was für eine Entscheidung sie auch getroffen haben mochte, er würde hinter ihr stehen.

»Wo ist Mercy?« fragte er nach einer Weile und sah zu den Zimmern hinauf, wo sie wohnte.

»Es ist erst halb zehn, Hart. Sie ist noch nicht heruntergekommen.«

»Entschuldigung«, sagte der Türsteher, ein Mr. Phipps.

»Ja?« fragte Hart. »Mr. Phipps hält mich über Mercys Aktivitäten auf dem laufenden«, erklärte er auf Beryls fragenden Blick hin.

»Und er wird seine Stelle verlieren, wenn der Geschäftsführer jemals Wind davon bekommt«, sagte der Mann unbehaglich und sah sich um.

»Er wird nichts davon erfahren. Nun, was gibt es? Hat jemand nach Miss Coltrane gefragt? Der junge Amerikaner, von dem ich Ihnen erzählt hatte?«
»Nein, Sir, der nicht. Ich wollte gerade sagen, daß Miss Coltrane mit einem englischen Gentleman das Hotel verlassen hat.«
Hart zog die Stirn in Falten. »Mit wem?«
»Keine Ahnung. Irgendein feiner Herr, vor ungefähr einer halben Stunde.«
»Hart, es tut mir so leid«, sagte Beryl bestürzt. »Ich hatte nicht erwartet, daß sie so früh ...«
»Es macht nichts«, gab Hart ungeduldig zurück, und ein ängstlicher Schauder durchfuhr ihn. »Wissen Sie, wohin sie gegangen ist?«
Phipps nickte. »Ich habe gehört, wie der feine Herr dem Kutscher Rector Street vierundfünfzig zurief.«
»Rector?« fragte Hart nach. Das war in einer der verrufensten Ecken Sohos ... eine Gegend, die bekannt dafür war, daß man dort verbotene Vergnügungen leicht bekommen konnte. Der einzige Grund dafür, daß Mercy dort hinging, wäre, um Will zu finden. Vielleicht, dachte er mit wachsender Sorge, hatte Will sogar einen seiner Freunde nach ihr geschickt, damit er ...
Hart schob sich an dem Türsteher vorbei und raste ins Hotel und die Treppe hinauf zu seinen Räumen. Drinnen hob er die lederne Reisetasche auf das Bett und öffnete sie. Er grub sich durch die Kleider hindurch und fand das sorgfältig eingepackte, ölige Wollbündel darunter.
Er riß die Lederriemen des Bündels auf. Der 44er Colt glänzte tödlich und erwartungsvoll, als Hart die Tasche nach Munition durchsuchte.

Er streute die Patronen in seine Handfläche, nahm den Revolver, schob die Patronen hinein, schloß das Magazin und rannte die Treppe hinunter, durch die Lobby und hinaus auf die Straße.

»Taxi!« rief er, während die Angst wie Feuer durch seine Adern brannte. Wenn Will sie zu sich gelockt hatte, konnte er sie töten, ohne Zeugen. Niemand könnte ihr helfen.

Eine Droschke rollte an den Randstein. Noch bevor sie hielt, riß er die Tür auf und sprang hinein. »Vierzig Schilling, wenn Sie mich in einer Viertelstunde zur Rector Street bringen!«

Nathan führte Mercy um das Gebäude herum und einen schmalen Fußweg entlang. Da sie fortwährend im Schatten von hochaufragenden Gebäuden lagen, waren die uralten Pflastersteine glitschig von dem dunklen, brackigen Moder. Er winkte sie zu einer ungleichmäßigen Treppe, die an einer schweren, verschrammten Tür endete. Er klopfte dreimal.

Kreischendes Metall gab einen winzigen Schlitz im Holz frei. Einen Augenblick später ging quietschend die Tür auf, und ein gebrechlich aussehender Orientale, von dessen hagerem Gesicht dünne, weiße Schnurrbartsträhnen wippend herabhingen, winkte sie hinein.

Nathan nahm ein seidenes Taschentuch aus der Jackentasche und gab es ihr. »Bedecken Sie Ihren Mund, meine Liebe. Der Gestank ist abscheulich.«

Mercy gehorchte stumm und sah sich entsetzt um, während Nathan mit dem Orientalen ein paar Schritte zur Seite trat und flüsternd mit ihm sprach.

Sie befanden sich in einem dämmrigen, niedrigen Flur. Ein paar Kerzen standen auf ungehobelten Borden in Pfützen ihres eigenen Wachses. Sie gaben einen übelriechenden Rauch von sich, der die rotgefärbten Wände hinter ihnen schwarz befleckte.
Von ihrem Standpunkt aus konnte Mercy unzählige kleine Räume sehen, die durch niedrige Torbogen mit dem Flur verbunden waren. Hinter ihnen gab es noch mehr Räume, manche durch Vorhänge abgeschlossen, andere offen. In jeder dieser Nischen stand ein einfaches Bett, und zwischen den Nischen befanden sich krakenartige Wasserpfeifen, denen Röhren aus den geschwollenen Blechbäuchen wuchsen.
Das Zischen, Blubbern und Gurgeln von Wasser kam von einem Dutzend verschiedener Quellen. Ihre verschmutzten, in Seide gehüllten Schläuche wanden sich wie Schlangen unter den schweren Vorhängen, die unzählige Schlupfwinkel bedeckten. Stöhnen und Murmeln durchsetzte das leise, unaufhörlich blubbernde Geräusch, und noch unheimlicher war das gelegentliche Lachen, einsam und freudlos.
Es war eine Katakombe. Eine Katakombe für Lebende.
Und Will befand sich hier.
»Miss Coltrane, bitte.« Nathan Hillard ließ sie vorangehen, und sie folgte dem alten Orientalen. Es dauerte nicht lange, und er blieb stehen und zeigte auf eine unverhüllte Nische.
Eine niedrige Pritsche stand an der Wand, und eine Kerze flackerte unregelmäßig an ihrem Kopfende. Eine Gestalt lag seitlich eingerollt und mit abgewandtem Gesicht auf der Pritsche.

»Er nix rauchen, zwei Tage jetzt«, klagte der alte Mann. »Kein Geld. Kein Rauchen. Geht nicht.« Er schüttelte den Kopf, wandte sich um und ließ sie stehen. Sie starrte auf die Gestalt, so fremd und doch so vertraut. Nathan berührte ihren Arm.

»Ich warte hier drüben, meine Liebe«, sagte er. »Bitte, machen Sie schnell. Ich traue dem Chinesen nicht.«

Sie nickte, dankbar für seine Aufmerksamkeit, und trat näher an die Pritsche heran.

»Will?«

Keine Bewegung, nicht einmal ein Zucken. Nathans Warnung wirbelte durch ihre Gedanken. Lieber Gott, er konnte doch nicht tot sein!

»Will?« Ängstlich hob sich ihre Stimme. Der Mann drehte sich um.

»Oh«, sagte sie. »Oh, Will ...«

Ihr Herz krampfte sich zusammen. Er war hager und bleich, und seine Augen waren so dunkel, daß sie schwarz aussahen. Er blinzelte sie wie ein alter Mann an.

»Mercy?« fragte er mit einem weichen, fragenden Lächeln in dem heiseren Flüstern. Ihr brach schier das Herz.

»Ja, Will, ich bin es, mein Lieber.«

Er setzte sich auf und stöhnte dabei vor Schmerz. Er schlang die Arme um seinen Oberkörper und beugte sich vornüber. Sie fiel neben ihm auf die Knie und umarmte ihn.

Er zitterte. Kleine Krämpfe liefen in Wellen durch seinen Körper, seine Augen rollten hin und her, und seine Lippen verzerrten sich zu einer Grimasse. Sie klammerte sich noch fester an ihn. Sein Schmerz ging vorüber, und er schaute sie an. Er legte seinen Kopf auf die Seite, als ob er

den Schmerz schon vergessen hätte, der ihn nur ein paar Sekunden vorher gequält hatte.
»Bist du es wirklich, Mercy?« Er klang so glücklich wie ein Kind. Sein Lächeln war genauso einnehmend, genauso ansteckend. Seine blonden Locken waren auf einer Seite seines Kopfes verfilzt. Gleich würde sie weinen müssen.
»Ja, mein Lieber. Es wird alles gut. Ich nehme dich jetzt mit nach Hause.«
Die Freude über das Wiedersehen erstarb auf seinem Gesicht. *»Nach Hause?«*
»Ja«, sagte sie und strich ihm das schmutzige Haar aus der feuchten Stirn. »Nach Texas zurück.«
Er faßte ihr Handgelenk und hielt es von seinem Gesicht weg. Seine schlanken Finger waren überraschend stark. »Ich gehe nicht heim. Ich bleibe hier.«
»Dir geht es nicht gut, mein Junge«, redete sie ihm zärtlich zu. »Du mußt heimkommen. Du brauchst jemanden, der sich um dich kümmert.«
»Sie ist nicht mehr da.« In seiner Stimme lag so viel Schmerz und Verlust, daß Mercy aufschluchzte.
»Ich kümmere mich um dich. Vater und ich werden uns um dich kümmern.«
Der Kummer verschwand so schnell, wie er gekommen war, und er hatte ein humorloses Lächeln auf den trockenen Lippen. »*Vater* und du?« fragte er. »Das glaube ich nicht, Mercy. Vater und ich – falls du dich nicht daran erinnern solltest – sind nicht gerade die dicksten Freunde.«
»Ich weiß, aber das wird sich ändern.« Tränen rollten ihre Wangen hinunter. »Es wird sich alles ändern. Welche Schwierigkeiten ihr beide auch habt, ich werde dafür sorgen, daß ihr das klärt. Ich habe es Ma versprochen.«

Eine Sekunde lang starrte er sie an, und dann fing er an zu lachen. Er lachte und lachte, bis der Schmerz den schrecklichen, zerrissenen Klang durchdrang und ihn mit einem Hustenanfall beendete. Mit dem Ärmel wischte er sich den Mund ab und schüttelte den Kopf, während er sie betrachtete, amüsiert und fürchterlich matt zugleich.

»Du solltest keine Versprechen abgeben, die du nicht halten kannst, Mercy«, sagte er. »Warum in Gottes Namen glaubst du, daß du in Ordnung bringen könntest, was zwischen Vater und mir stand?«

»Weil ich die Mauer zwischen euch aufbauen half!« Na also, sie hatte es ausgesprochen. »Verzeih mir, Will, aber es ist so. Ich war froh, daß er ... daß er ...«

»Mich nicht mochte?« Ergänzte Will, eher interessiert als schockiert.

Stumm nickte sie.

Plötzlich stöhnte er und sank gegen die schmuddelige Wand. Verzweifelt suchte sie nach einer Möglichkeit, seine Schmerzen zu lindern. »Was kann ich tun?« fragte sie.

Seine Augen waren zusammengekniffen. »Geld für eine Pfeife.«

»Nein, Will!«

»Nein? Dann geh weg.«

»Ich werde nicht gehen.«

Er öffnete die Augen. »Doch, du wirst gehen, ich komme nämlich nicht mit. Ich gehöre nicht nach Texas. Du gehörst nicht hierher, aber ich. Jetzt geh, Mercy.«

»Aber ich habe es doch versprochen!« jammerte sie.

»Wie ich schon gesagt habe, du kannst nicht reparieren, was du nicht kaputtgemacht hast«, sagte er angestrengt und mit Schweiß auf der Stirn. »Du überschätzt dich. Meine Beziehung zu Vater hatte mit dir überhaupt nichts zu tun, egal, was du denkst. Die einzigen Gelegenheiten, bei denen er und ich miteinander auskamen, waren die, wenn wir drei zusammen waren, beim Reiten und Schießen ... Schießt du immer noch so gut, Mercy?« Er wandte sich ihr zu, und sie konnte Tränen in seinen Augen schimmern sehen – Tränen des Schmerzes? Des Kummers?

»Ja, ich glaube schon.«

»Gut. Ich war immer irgendwie stolz darauf.« Der Dämon streckte ihn heftiger auf der unsichtbaren Folterbank. Jeder Muskel seines Körpers spannte sich an, und der Schweiß tropfte von seiner Stirn. Er wandte sich von ihr ab, rollte sich auf der Seite zusammen und klemmte die Hände zwischen die Knie. »Bist du sicher, daß du kein Geld bei dir hast, Liebes? Nur ein bißchen?«

»Nein.« Sie wischte sich mit dem Handrücken über die feuchten Wangen. Dieses Tier würde sie nicht füttern. Sie würde ihm Will entreißen.

»Oh, ich muß mich ausruhen«, sagte er.

»Bitte, Will, komm mit mir!«

»Noch nicht.« Seine Stimme klang schwach und weit weg. »Vielleicht irgendwann. Geh nur, Mercy. Da gibt es nichts für mich.«

»Aber du fehlst mir. Ich will dich zurückhaben.« Sie weinte. »Ich will meinen Bruder wiederhaben.« Jenseits der Vorhänge stimmten andere, unsichtbare Klagende mit ein. Die Kakophonie ihrer zerbrochenen Träume hallte durch die gewundenen Gänge.

Sie legte ihren Kopf an Wills Schulter und schluchzte. Es stimmte, hinter all dem Schuldgefühl, der Pflicht und dem Versprechen, war das schließlich die tiefste Wahr-

heit: sie vermißte ihren Bruder. Sie wollte ihn wiederhaben.
Er reagierte nicht. Sein Atem war flach, sein Blick ging ins Leere.
»Miss Coltrane«, drängte Nathan leise. »Wir müssen gehen. Dieser Ort hier ist nicht ungefährlich. Es gibt hier Männer, die würden Sie für ein Paar Stiefel umbringen, ganz zu schweigen für den Preis einer Pfeife. Es ist gefährlich, sehr gefährlich. Wir müssen gehen.«
Sie hob ihr tränenüberströmtes Gesicht. Nathan Hillard beugte sich über sie.
»Aber Will …«
Er schüttelte den Kopf. »Wenn wir jetzt versuchten, ihn herauszuholen, würde er sich nur gegen uns wehren. Wir können nichts tun, zumindest jetzt nicht. Wir müssen später mit Verstärkung wiederkommen.«
Als ob er Nathans Worte bestätigen wollte, begann Will neben ihr um sich zu schlagen und zu stöhnen. Er riß die Augen auf und schaute sich um. Entsetzen durchdrang langsam seinen dunklen Blick. Er griff nach ihrem Arm und zog sie zu sich heran, während er wild an ihr vorbeistierte.
»Mercy, hat *der* dich hergebracht?« keuchte er mit glasigen Augen.
»Wer denn, Will?«
»Der da«, flüsterte er und leckte seine trockenen Lippen. »Dieser Teufel.«
Sie schüttelte den Kopf und biß sich auf die Lippe, um ein Schluchzen zu unterdrücken. »Es gibt keine Teufel, Will.«
Er lachte, bitter und leicht hysterisch. »O doch, die gibt es. O doch.« Er sagte es immer wieder, sogar nachdem er die

Augen geschlossen hatte, murmelte er es weiter und fiel in einen halb bewußtlosen Zustand.
Nathan nahm ihre Hand und zog sie hoch. »Bitte, kommen Sie. Ich traue diesem Chinesen nicht. Während wir hier sprechen, könnte er eine Bande von Schlägern zusammenrufen, um uns auszurauben.«
»Wir können ihn doch nicht einfach so hierlassen!«
»Wir müssen ihn hierlassen. Ich verspreche Ihnen, daß wir später wiederkommen.«
»Sobald wir Polizei auftreiben können? In weniger als einer Stunde?« forderte sie.
»Ja, ja«, versicherte ihr Nathan und schaute sich nervös um.
»Eine Sekunde noch«, bat sie und ging noch einmal zu Will. Sie holte den kleinen Revolver aus ihrer Manteltasche. Sorgfältig verstaute sie die Waffe unter der zerknüllten Decke. Sie schob ihm ein paar Patronen in die Tasche. »Will«, flüsterte sie ihm zu, »ich lasse dir meine Pistole da, damit du dich verteidigen kannst. Ich komme wieder, ich werde dich nicht verlassen. Ich bleibe nicht lange weg.«
Sie stand auf, und Nathan führte sie am Arm aus der Opiumhöhle und in den milchigen Dunst der Seitengasse.

Achtundzwanzigstes Kapitel

»Verflixter Kutscher«, murmelte Nathan mürrisch. »Ich habe ihm doch gesagt, er solle warten.«

Mercy sah sich in dem verlassenen Hinterhof um. Sie mußte Will hier herausholen. »Wo sind wir?« fragte sie. »Ich muß zum Hotel zurück und Hart finden.«

»Hart?«

»Hart. Lord Perth«, sagte sie und sah von einer Seite zur anderen. Ein Stapel halbverfaulter Fässer stand herum und versperrte etwas, was wie ein Ausgang zu einer größeren Straße aussah. In der entgegengesetzten Richtung wurde der kleine Hof von einer Mauer abgeschlossen, in deren Ecke sich ein kleiner Torbogen duckte. Darüber flatterte ein alter, zerfetzter Handzettel gegen die rußfleckigen Ziegelsteine. Mercy ging darauf zu.

»Warum wollen Sie Perth finden?« fragte Nathan. Mercy sah über ihre Schulter. Er folgte ihr nicht, sondern stand in einer Haltung unnatürlicher Aufmerksamkeit da.

»Er wird uns helfen«, erklärte sie. »Ist das der Weg nach draußen?«

»Ich kann Ihnen helfen. Schließlich bin ich derjenige, der Ihren Bruder gefunden hat.« Sein Ton war etwas gereizt.

»Ja, natürlich«, beruhigte sie ihn.

»Wissen Sie« – er trat auf sie zu mit bestürztem und finsterem Gesicht –, »als ich Lady Acton verließ, gab es eine Andeutung, daß zwischen Ihnen und Perth etwas passiert ist, was nicht ganz schicklich war. Ich habe es als boshaftes Gerede eifersüchtiger Leute abgetan, aber jetzt muß ich Sie fragen ... gab es da etwas?« Er sah auf. In seinen allzu hellen Augen gab es nichts Lässiges mehr. »Gab es da etwas, Mercy?«

Sie war beleidigt und fühlte sich von seinem betrübten Gesichtsausdruck leicht bedroht. »Das geht Sie nichts an, Sir.«

»Da bin ich anderer Meinung. Wenn ein Gentleman beabsichtigt, eine Lady zu heiraten, dann sollte er in ihre ganze Vorgeschichte eingeweiht sein.«

Sie schnappte nach Luft.

»Oh!« Er schürzte mißbilligend die Lippen und schnalzte verärgert mit der Zunge, während er seine Wildlederhandschuhe auszog, die weiße Hände mit gepflegten Nägeln freigaben. »Ich habe das nicht sehr geschickt angestellt, nicht wahr?« Er legte einen Handschuh auf den feuchten Boden und benutzte ihn als Unterlage, als er auf ein Knie ging. »Miss Coltrane, wollen Sie mich heiraten?«

Er beobachtete sie mit seinem liebenswürdigen Lächeln, seine Augenbrauen waren etwas selbstironisch hochgezogen, und seine Augen glänzten vor Erwartung. Er glaubte tatsächlich, daß sie ja sagte, hier und jetzt. Er mußte verrückt sein.

Sie suchte nach Worten. »Ich ... bin mir der großen Ehre, die Sie mir erweisen, voll bewußt, Sir, aber ich kann leider nicht annehmen.«

Er starrte sie an, als ob er in großer Verwirrung sei. »Ist es Perth?« fragte er.

Was wollte er hören? Was würde diese schrecklich unpas-

sende Vorstellung beenden? Die Wahrheit? »Ja«, antwortete sie.
Er nickte so, als ob sein Verdacht bestätigt worden sei und die Enthüllung, obwohl eine Enttäuschung, keine große Überraschung darstellte. Er stand auf und klopfte mit dem Handschuh sein Knie ab. Sie atmete auf und wollte gerade wieder auf die hintere Mauer zugehen.
»Zu schade«, murmelte er. »Die Vorstellung, mit Ihnen verheiratet zu sein, hatte mir wesentlich besser gefallen, als die, mir das stinkende Wrack da unten aufzuhalsen.«
Sie blieb stehen. Bei seinem sanften, enttäuschten Ton kroch ihr eine Gänsehaut über Arme und Bauch.
»Entweder Sie oder er, meine Liebe. Sie können nicht behaupten, Sie hätten keine faire Chance gehabt.«
»Chance?« Sie drehte sich um. Lächelnd zielte er mit einer Pistole auf sie.
»Ja, eine Chance.« Er nickte. »Eine Chance, am Leben zu bleiben. Einer von euch beiden wird sterben müssen. Ihr Vater mag reich sein, aber *so* reich ist er nun auch wieder nicht. Zumindest wäre sein Besitz nicht groß genug, wenn er geteilt würde. Nicht genug für meinen ... Bedarf.«
»Für Ihren Bedarf«, wiederholte sie und tastete sich mit einem Fuß rückwärts. Ihre einzige Chance war wegzulaufen.
»Rechnungen«, sagte Nathan Hillard düster. »Rechnungen und Schulden und Wechsel und, ach Gott, ich will Sie nicht mit den Einzelheiten langweilen. Es genügt zu sagen, daß ich sehr erfreut war, die Bekanntschaft Ihres lieben Bruders zu machen. Er war so reif für die Ernte. Wirklich« – er grinste wieder –, »ich kann ehrlich sagen, ich habe noch niemanden gesehen, der das Laster mit

solchem Enthusiasmus angenommen hätte wie ihr Bruder.«

Ihr kam eine grauenhafte Erkenntnis. Er hatte Wills Sucht verursacht. Dieser freundliche, lächelnde, heitere Mann ... *er* war Wills Monster.

»Mein Gott, Sie haben das von Anfang an geplant!«

»O nein, nein, nein.« Er schnalzte mit der Zunge. »Anfangs nicht.« In seiner Stimme klang eine scheußliche Bescheidenheit mit. »Zuerst war der alte Will lediglich jemand, der die Zeche bezahlte. Aber sein Appetit wurde immer größer, und seine Rechnungen, und damit auch die meinen. Wir bekamen Probleme.

Ich wußte, daß er aus einer wohlhabenden Familie stammte. Es schien nur gerecht zu sein, daß er bekommt, was ihm zusteht, aber Sie wissen ja, wie Will ist.« Er schüttelte den Kopf mit etwas, was wie Zärtlichkeit aussah. »Allzu dickköpfig. Er wollte nicht um Geld bitten. Er wollte einfach nicht, und als er erfuhr, daß Sie in England waren, gab sich der alberne Junge einem ekelhaften Anfall von Selbstanklage hin. Er wollte mich im Stich lassen. Nach all dem, was ich für ihn getan hatte. Mich im Stich lassen!« Er hob seine Hände und appellierte an ihren Gerechtigkeitssinn.

Sie schauderte.

»Das konnte ich nicht zulassen. Also gaben wir ihm eine stärkere Form von Opium. Das machte diesem Unsinn ein Ende, das sage ich Ihnen. Ja, Willyboy liebt sein Laster.«

Ihr blieb die Luft im Halse stecken.

»Ach, das tut mir leid, Sie mögen keine Laster, nehme ich an? Na, dann wollen wir uns mal nicht damit belasten, nicht wahr?«

»Und wenn Sie mich umbringen, wie kommen Sie dann

an das Geld meines Vaters?« fragte Mercy, um Zeit zu schinden. Zentimeter um Zentimeter schoben sich ihre Füße, von ihren Röcken verborgen, zurück und auf die Gasse zu. Er schien es nicht zu bemerken.
»Sie haben ihn gesehen«, sagte Nathan und wedelte mit dem Pistolenlauf in Richtung Treppe. »Er ist ganz und gar mein Geschöpf, seit ich ihm die Pfeife in den Mund gesteckt habe und er wie ein Kind an der Mutterbrust sog.«
»Himmel, Sie sind abstoßend.«
»*Ts, ts.* Sie klingen wie Ihr Bruder in seinen lichteren Momenten – nicht, daß es viele von denen gäbe.« Er spreizte die Finger und machte eine Geste, die Kapitulation parodierte. »Ich war immer von den seltsamen Prinzipien fasziniert, an die Will sich klammert. Wissen Sie, daß er nicht einmal Ihren Vater um Geld bat? Nein. *Ich* mußte diese Nachrichten schreiben. Erstklassige Fälschungen, muß ich doch sagen.
Und als Sie ankamen … das war gut. Sie waren so freigebig mit Ihrem Geld. Ich brauchte nur eine Notiz zu kritzeln, und es war, als ob ich Geld auf dem Konto hätte. Zumindest eine Zeitlang. Und dann, nun, dann beschloß ich, ich könnte genausogut das ganze Vermögen an mich nehmen, wenn mir schon zwei Möglichkeiten offenstanden.«
»Wie das?« fragte sie atemlos.
»Will oder Sie«, antwortete er überrascht. »Und ich gebe gern zu, daß es mir genauso lieb gewesen wäre, wenn Sie mich geheiratet hätten. Sie sind so verflixt hübsch.« Sein Lächeln war erschreckend normal und liebenswürdig. Seine hellen Augen wurden trübe. »Dann beschlossen Sie,

nachzuforschen. Aber ich konnte Sie Will noch nicht finden lassen. Er war noch nicht ganz formbar.«

»Sie waren für meine Unfälle verantwortlich.«

Nathan nickte ernst. »Ich wollte Sie nie umbringen, verstehen Sie. Warum auch? Ich umwarb Sie ja. Nur ein Schwachsinniger würde die Braut *vor* der Hochzeit zu töten versuchen. Nein. Ich wollte Sie nur außer Gefecht setzen. Ich wollte nicht, daß Sie Ihren Bruder vor dem richtigen Zeitpunkt finden.«

Es war alles geplant gewesen, schon seit ihrer Ankunft.

»Leider bin ich nicht annähernd so ein guter Schütze wie Sie, meine Liebe«, bedauerte Nathan. »Wenn ich es wäre, dann hätte ich sie schön sauber am Arm getroffen, und Sie hätten wochenlang im Bett gesessen und dem alten Will Geld geschickt.«

»Die Fasanenjagd. Wie haben Sie das hingekriegt?«

»Nur ein Erdklumpen im Lauf. Nichts wäre einfacher gewesen.«

Sie war schon fast beim Ausgang. Sie konnte die naßkalte Luft spüren, die ihr Haar zerzauste. Wenn sie sich schnell umdrehte und rannte ... Noch einen Meter.

»Ich verstehe es nicht. Wenn ich nun eingewilligt hätte, Sie zu heiraten ...«

»Dann hätte ich Willyboy getötet. Er wäre praktischerweise heute nachmittag gestorben. Ich sagte Ihnen ja, wie schlecht er aussah.« Er seufzte. »Jetzt muß ich ihn für die Überfahrt in Ordnung bringen. Wir werden Ihre wunderschöne Leiche an den verdammten Ort zurückbringen, wo Sie herkommen. Der arme Daddy Coltrane wird zweifellos bald nachgeben ...«

Sie wirbelte herum und stürzte vorwärts. Eine große,

schwarze Gestalt erschien in der Gasse, mit einer Hand einen Revolver schwingend, die andere nach ihr ausstreckend.
»Hart!«
Peng!
Ein Schmerz explodierte in ihrem Kopf. Sie drehte sich um und schwankte. Ihre Augen weiteten sich vor Erstaunen und ...
Er fing sie auf, als sie zusammenbrach.
»Nein!« Dieses Wort brach wie Lava aus ihm heraus. Mit tiefer und heiserer Stimme heulte seine Seele auf, voller Qual und Auflehnung. Der Klang hallte von den glatten Wänden zurück und die Gassen entlang.
»Nein!« Er preßte ihren schlaffen Körper an sich, und seine freie Hand schnellte hoch. Er feuerte und Hillard fiel zu Boden.
Nicht genug.
Er warf seinen Kopf zurück, brüllte rasend vor Pein und schoß noch einmal. Selbst als Hillards Körper hinter den Fässern in sich zusammenfiel und aus seiner Sicht verschwand, feuerte Hart. Wieder und wieder, und noch einmal drückte er ab, schoß das Magazin leer, und das verfaulte Holz zersplitterte und zersprang, Kugeln prallten von der dreckigen Ziegelmauer ab, Funken sprühten, und der Lärm donnerte die gewundenen, dunklen Korridore entlang. Und immer noch schoß er. Selbst als die Munition zu Ende war, drückte er ab und ließ den Hammer wiederholt gegen das leere Magazin klicken.
Schließlich hörte er auf und ließ die Pistole sinken. Mit der kostbaren Last schlaff in seinen Armen sank er auf die Knie. Blut bedeckte die linke Seite ihres Gesichts und das eine Auge und strömte wie hochrote Tränen über ihre Wange.

»Mercy.«
Er betete. Unwillkürlich und ohne Worte betete er. Jedes Zittern seiner Finger über ihr blutbenetztes Gesicht war eine flehende Bitte. Jedes Beben seines Körpers, während er sich anstrengte, irgendein Lebenszeichen zu entdecken, war ein Stoßgebet.
Und seine Gebete wurden erhört.
Plötzlich zuckte sie zusammen. Ihm stockte der Atem. Sie bewegte sich in seinen Armen und schielte mit ihrem freien Auge zu ihm hoch.
»Autsch.«
Er lachte heiser. Sie guckte ihn an. Tränen strömten ihm übers Gesicht.
»Ich bin froh ... daß Sie das amüsant finden.«
»O Gott, Mercy«, sagte er und tupfte mit seiner Manschette das Blut von ihrem Auge. Eine tiefe Furche durchschnitt ihre Schläfe und verschwand unter ihrem Haar. »Ich dachte, daß Sie ...« Die Worte kamen nicht über seine Lippen.
Er tat ihr leid. Er sah so verloren und tragisch aus, wie er sie so trostlos und hilflos anstarrte. Seine Augen sagten ihr alles. In ihnen lag all das tragische Wissen eines Mannes, der die Verdammnis geschmeckt hatte.
»Sie sind wahrscheinlich verärgert ... daß mich jemand anders ... angeschossen hat«, flüsterte sie heiser. »Vor allem, nachdem Sie gesagt hatten, Sie seien der einzige, ... der das dürfe.«
Er nickte sprachlos.
»Aha.« Sie lächelte. Die Bewegung ließ sie zusammenzucken, aber sie mußte einfach das gequälte Gesicht, das über ihr schwebte, berühren. Er riß seinen Kopf herum, drückte

seine Lippen in ihre Handfläche und küßte sie ehrerbietig.
»Ich verspreche, es kommt nicht wieder vor«, sagte sie.
»Tut mir leid, aber ich muß Sie leider Lügen strafen.«
Krampfhaft schloß sich Harts Griff enger um Mercy. Nathan Hillard stand neben den zertrümmerten Fässern und hielt lächelnd seine Pistole auf die beiden. Hart riß seinen Revolver hoch. Aber der war ja leer.
»Sie haben daneben geschossen«, lachte Hillard, und es war ein grausiger Klang – so menschlich und warm und ehrlich amüsiert. »Wenn Sie keine Maschinenpistole haben, tja, Lord Perth, dann fürchte ich, ist *Ihnen* die Munition ausgegangen.« Lässig zielte er auf Mercy.
Hart warf sich über sie und schützte sie mit seinem Körper, als der Schuß losging. Er wappnete sich gegen den Einschuß. Nichts. Er wandte seinen Kopf.
Hillard starrte auf einen kleinen roten Fleck auf seiner weißen Hemdbrust. Während er zusah, wie der Fleck größer wurde, brach er zusammen.
Ein Husten zog Harts Aufmerksamkeit auf sich. Dort, auf der Treppe, die in die Opiumhöhle führte, stand Will Coltrane gegen den Türpfosten gelehnt, und die 38er in seiner Hand rauchte noch.
»Aber mir ist sie noch nicht ausgegangen«, flüsterte er.

Neunundzwanzigstes Kapitel

Eine Woche später stand Hart in einem Strahl späten Morgenlichts in seiner Suite im Browne's Hotel. Noch einmal überflog er den Brief, den er von der südafrikanischen Bank erhalten hatte. Es war eine kurze Nachricht, klar und lapidar.

Der Herr, der als Francis Jonathan Miller bekannt war, hatte über sechsundzwanzig Monate lang nichts mehr von seinem Konto abgehoben. Hart faltete das Blatt zusammen und schob es wieder in den Umschlag. Es gab nur einen einzigen Schluß, den er aus dieser Information ziehen konnte – sein Vater war tot. Hart war nun tatsächlich der Earl of Perth.

Er und seine Schwestern konnten weiterleben wie zuvor, der drohende Skandal war abgewendet. Aber es gab immer noch ein Gefühl von Verlust, von unverarbeiteten Gefühlen.

Er richtete sich auf. Er würde lernen, damit zu leben. Er hatte gelernt, mit so vielen Dingen zu leben. Es gab nur eines, ohne das er nicht leben konnte.

Abrupt ging die Tür zu seinem Zimmer auf. Einen Moment lang stand sie da, warm und lebendig, und die Sonnenstäubchen, die ihr Eintreten aufgewirbelt hatte, tanzten wie winzige Feendiener um ihre Königin herum. Ihr helles Kleid schimmerte in dem schräg einfallenden

Licht, und ihr Haar glänzte in dunklem Kontrast zu der weißen Gaze des Verbandes an ihrer Schläfe.

»Sind es nur meine Räume, über die Sie dieses unerklärliche Gefühl von Besitzrecht haben?« fragte er. Den anderen Worten würde er keine Stimme geben. Er fürchtete zu sehr, daß sie ihn verlassen könnte, wenn sie wüßte, wie sehr er sie brauchte.

»Meine Güte, nein«, sagte sie, trat vor und schloß die Tür hinter sich. »Ich habe das Gefühl, auf alles an Ihnen ein Anrecht zu haben.«

Er ging nicht auf ihr Necken ein. Später würde er sich irgendeine schlagfertige Erwiderung einfallen lassen. Jetzt wollte er sie nur anschauen, ihren Anblick mit seinen Augen aufsaugen.

Eine Woche lang hatte er an ihrer Tür Wache gestanden, während die Ärzte sich Sorgen machten und von Gehirnerschütterung und geschädigtem Sehvermögen sprachen. Er war fast verrückt geworden. Und als sie eingeräumt hatten, daß es ihr gutgehen würde, daß sie vollkommen wiederhergestellt sein würde mit Ausnahme einer Narbe, die über ihre linke Schläfe lief, da war er gegangen.

Und jetzt ... während ihre Blässe ihn noch bekümmerte, war doch ihr grüngoldener Blick klar und hell, und ihre langen und dichten Wimpern flatterten flirtend. Sie lächelte.

»Sie haben hier viel mehr Licht als ich in meinem Zimmer«, sagte sie. »Die Ärzte hier scheinen eine ausgesprochene Abneigung gegen Licht zu haben.«

Beryl hatte ihm gesagt, daß Mercy nicht schwanger war. Jetzt gab es nichts mehr, was sie an ihn binden konnte. Nichts. Mercy würde wegen einem dünnen, zerrissenen

Häutchen nicht gleich heiraten. Sie bräuchte einen viel stärkeren Anreiz. Sie mußte den Mann lieben, den sie heiraten würde.

Aber, Gott stehe ihm bei, er wußte nicht, wie er ohne sie leben könnte.

Mit wiegenden Hüften schlenderte sie langsam durch den Raum, und ihr mit Volants besetzter Rocksaum schwang. Sie pickte sich eine zerfranste, hellgelbe Chrysantheme aus einer Vase und ging auf Armeslänge entfernt an ihm vorbei – törichtes Mädchen. Sie sah sich um und setzte sich schließlich ans Fußende seines Bettes.

»Haben Sie irgend etwas von Will gehört?« fragte sie.

Ah. Deshalb war sie gekommen. Jetzt konnte er ausatmen.

»Nein, Mercy. Ich habe es versucht. Glauben Sie mir, ich habe jede Quelle genutzt, die mir in den Sinn kam, aber ich habe noch keinen Erfolg gehabt. Aber, wenn wir lange und gründlich genug suchen, werden wir ihn bestimmt finden.«

Sie beugte sich vornüber und sah in ihren Schoß.

»Mercy«, sagte er und wählte sorgfältig seine Worte, »Wills Verschwinden könnte unter Umständen das Beste sein.«

»Wie könnte es das?« fragte sie und schaute auf. Er war erleichtert, daß ihre Augen nicht mißtrauisch, nur sehr nachdenklich waren.

»Wenn man ihn findet, wird er wegen Mordes angeklagt werden.«

»Aber er hat uns das Leben gerettet«, protestierte sie.

»Ich weiß. Aber Will war in einer Opiumhöhle, und er hat ein ... ehrenhaftes Mitglied der Gesellschaft getötet. Von hinten. Wenn er untertaucht, bleibt Will wenigstens frei.«

Sie schwieg, und er fuhr fort. »Ich schwöre, wenn wir ihn finden, werde ich dafür sorgen, daß er den besten Anwalt Englands bekommt, aber ich kann nicht schwören, wie sein Prozeß enden würde.« Er machte eine Pause. »Mercy, was wollen Sie, das ich tue?«

Sie atmete tief ein. »Hören Sie auf zu suchen.«

Er nickte, und ein paar angespannte Augenblicke lang schwiegen sie. »Ich nehme an, Sie werden nach Amerika zurückkehren«, sagte er endlich und sehnte sich danach, sie in die Arme zu nehmen, sie zu halten und nie wieder loszulassen, und wußte doch, daß es unmöglich war.

»Oh. Amerika. Ja, ich denke schon.«

»Es tut mir leid, daß Ihr Aufenthalt hier so unglücklich verlaufen ist.«

Sie sah ihn erschreckt an, und er verwünschte sich selbst dafür, daß er so unglaublich untertrieben hatte.

»Na ja«, gab sie zurück, und ihr Mundwinkel zuckte – nicht einmal jetzt verließ sie ihr Humor – »Ihr Aufenthalt in meinem Land war auch nicht besonders angenehm.«

»Das stimmt.«

Wieder fielen sie in Schweigen. Die Uhr auf dem Kaminsims schlug die Viertelstunde an, und Mercy blickte sie finster an. Sie stand auf und strich ihren Rock glatt. Sie würde abreisen. Diesmal vielleicht für immer.

Er hielt an seinem Entschluß fest, zwang sich dazu, still zu stehen wie der Fels, mit dem sie ihn manchmal verglichen hatte, obwohl er sich fühlte, als ob er an den Knien abgesägt würde und als ob sein Herzblut aus ihm herausströmte, und der Himmel wußte, er hatte noch nie so sehr gespürt, wie schmerzhaft und grausam lebendig er war oder wie unendlich lange ein Menschenleben dauern konnte.

»Wie viele Männer haben Sie in Amerika getötet?«
Die Frage überrumpelte ihn, und er antwortete: »Drei.«
»Waren es faire Kämpfe?«
Er wußte nicht, wonach sie suchte, aber so sehr er auch etwas anderes wollte, er konnte sie nur die Wahrheit herausfinden lassen. »Nein, das waren sie nicht. Das konnten sie gar nicht sein. Ich war ein besserer Schütze als sie. Viel, viel besser.«
Die glatte Haut zwischen ihren dunklen Augenbrauen kräuselte sich vor Mißfallen, und der Verband rutschte über ihr Auge. »Sie haben sie von hinten erschossen?« fragte sie und zog den Verband herunter. Eine rosige gezackte Linie zog sich über ihre wie Perlmutt glänzende Schläfe.
»Nein.«
»Sie haben zuerst gezogen?«
»Nein.«
»Warum war es dann unfair?«
Er sah sie hilflos an. »Ich schieße nie daneben.«
»Niemals?«
»Niemals.«
»Aha.« Sie faßte sich in den Nacken und machte sich an dem Verschluß der Bernsteinkette zu schaffen, die ihr Dekolleté zierte. Die Kette mußte die Wärme ihrer Haut und die Hitze der Sonne in sich tragen.
»Aha«, wiederholte sie. »Sie haben es nicht nur unterlassen, eine Erklärung über Ihre Fähigkeiten abzugeben, sondern haben es auch noch versäumt, die Warnung unter der allgemeinen Bevölkerung zu verbreiten. Und natürlich hätten Sie in alle Zeitungen eine Anzeige setzen müssen mit der Erklärung ›Ich verfehle nie mein Ziel‹.«

Er lächelte zynisch. »Das hätte die Dinge nur verschlimmert. Es gibt immer irgendeinen Narren, der seine Fähigkeiten testen will.«

»Aha!« Sie stürzte sich auf diese Einräumung und lehnte sich vor, wie ein Rechtsanwalt vor den Geschworenen. »Was hätten Sie tun können, damit die Kämpfe fair gewesen wären?«

»Ich hätte nicht da sein sollen.«

Er hörte es in seiner eigenen Stimme, das Bedauern, den tief aufwallenden Kummer. Kein Schuldgefühl. Er war zu weit gegangen für ein Schuldgefühl. Aber Bedauern. Ja. Das war es. Das würde immer da sein.

Sie hatte ihn einen zeitlosen Moment lang betrachtet. Er hatte sich niemals verletzlicher gefühlt, niemals. Nicht in den flachen Schützengräben von Nordafrika, wo tausend Gewehre auf ihn gerichtet waren, und auch nicht in einem Saloon in Texas, wo er mit dem Rücken zur Tür stand und einen Pistolenlauf im Spiegel sah. Diese Frau wußte jetzt alles. Sie kannte jeden Teil von ihm.

Sie nestelte wieder an ihrer Kette herum.

»Eigensinnig, störrisch ... Wenn Sie nicht dagewesen wären, wäre ich tot.« Sie nahm die Kette ab und ließ sie aufs Bett fallen. Mit beiden Händen griff sie wieder hinter sich. Diese Haltung ließ ihren Busen hervortreten, die süßen Rundungen quollen über die enger werdende Umarmung ihres Mieders. Hart schluckte.

»Was zum Kuckuck machen Sie da?« fragte er und war geblendet vom hellen Morgenlicht, verwirrt von ihrem würzigen Duft und von dem langsamen Ticken der Uhr.

»Ich ziehe mich aus«, sagte sie.

Diese verflixten Knöpfe wollten nicht aufgehen, und ihr Mut wollte immer mehr von ihr weichen. Sie mußte es tun, und sie mußte es jetzt tun. Hart stand vollkommen reglos vier Meter von ihr entfernt. Sein Gesichtsausdruck war versteinert, ausdruckslos, abwesend. Nur seine Augen waren lebendig, verzweifelt und flehend.
Er liebte sie.
Sie hatte nicht den geringsten Zweifel mehr, daß er sie liebte. Beryls Worte gingen ihr durch den Kopf. Er konnte lieben, aber er konnte sich nicht lieben lassen.
Sie würde es ihm zeigen. Wenn er diesen Raum verlassen würde, sollte er auch nicht den Hauch eines Zweifels an *ihrer* Liebe haben.
Ihre tauben Finger arbeiteten sich durch die kleinen Perlmuttknöpfe. Jede Sekunde wurde es quälender für ihn, dazustehen und ihr mit ruhigem Gesicht und brennenden Augen zuzuschauen. Plötzlich griff sie mit einem entnervten Laut die Ränder ihres Mieders und riß sie auseinander. Winzige Knöpfe flogen durch die Luft und sprangen geräuschvoll über den Fußboden.
»Schau«, sagte sie ruhig und schob die Ärmel über ihre Bluse hinunter. Er hatte sich immer noch nicht bewegt.
Es reichte noch nicht. Sie konnte sich ihm darbieten, als ob ihr Körper ein Geschenk sei, aber sie wußte, er würde ihn auch wie ein Geschenk annehmen. Dieser Mann brauchte mehr. Er hatte es nötig, umworben zu werden.
Sie schob den schweren Stoff über ihre Hüften hinunter, wand sich heraus und ließ ihn auf den Boden fallen. Sie trat aus dem Ring von Satin heraus und hakte das Korsett auf. Sie zog es von sich und hielt es ihm wie zur Inspektion hin, ließ es von ihren Fingerspitzen baumeln. Dann ließ

sie auch das fallen. Warum zum Teufel sagte er denn nichts?

»Mercy.«

Sie hörte ihn kaum, konnte nicht unterscheiden, ob das eine Beschwörung oder eine Bitte war. Sie sah auf.

Was immer sie auch erwartet hatte – das nicht. Er kam langsam auf sie zu, als ob er fürchtete, sie könnte plötzlich davonlaufen oder lachen. Seine schönen Augen glühten vor Leidenschaft. Er blieb nur eine Handbreit von ihr entfernt stehen. Seine Brust hob und senkte sich hastig.

»Sie brauchen das nicht zu tun«, sagte er, und seine Augen schweiften suchend über ihr Gesicht.

»Brauchen?« fragte sie mit verwirrt gekräuselten Augenbrauen. »Doch, ich muß es tun. Ich will dich. Ich weiß keinen anderen Weg. Ich will deinen Körper ganz nahe an meinem spüren. Ich will dich in mir haben.«

Sie nahm sein kantiges Kinn in beide Hände. Sein Bart kratzte auf ihrer Handfläche. Wie lange hatte sie sich schon danach gesehnt, ihn zu berühren, die Oberfläche seiner starken, ruhigen Gesichtszüge kennenzulernen? Sie seufzte vor Begehren.

Sie ließ ihre Finger sachte über sein Gesicht wandern. Sein Kiefer war stark und angespannt, die Haut über der Bartgrenze war unerwartet glatt. Er hielt sie lediglich mit seinen Augen fest, versunken und fragend.

Er war der gefährlichste Mann, den sie je kennengelernt hatte. Alles an ihm war straff, kraftvolle Körperbeherrschung. Tödlich und elastisch. Und er erschauerte, weil sie ihn berührte.

Sie öffnete die ersten Knöpfe seines Kragens und legte seinen starken Hals frei. Sie ignorierte den Impuls, ihn an

der Stelle zu küssen, und knöpfte statt dessen den Rest des Hemdes auf. Sie sah zu ihm auf, und ihre Finger hielten kurz inne.
Er beobachtete sie wachsam, fast ängstlich. Nur die Anspannung der Haut um seine Schläfen herum und seine Kiefer entlang machten deutlich, daß er sich an die Wand gedrückt fühlte und sich als letzte Verteidigung an seine selbstauferlegte Reglosigkeit klammerte.
Die letzten Knöpfe lösten sich, sie zog das steife, weiße Leinen vorsichtig auseinander und legte seine muskulöse und glatte Brust frei. Sie reichte hinauf und streifte den Stoff von seinen Schultern.
Er bebte. Sie legte ihre Hände auf seine breiten Schultern und ging auf die Zehenspitzen. Sein Blick nagelte sie einen Moment lang fest, bevor seine Augenlider sanken und sie ihn küßte. Sein Mund öffnete sich stöhnend. Seine Lippen waren voll und fest und warm unter den ihren. Sie knabberte sehnsüchtig an seiner Unterlippe, wartete darauf, daß er ihren Kuß erwiderte.
Er berührte sie immer noch nicht. Er hob nicht einmal einen Arm, um sie abzuwehren oder sie an sich zu ziehen. Er stand einfach da, sein Körper war wie von einer unsichtbaren Macht gehalten, und nahm ihren Kuß an.
Ihr Kuß war so ungemein zart. Eigentlich gar kein Kuß. Ihre Lippen strichen über seinen Kiefer, schwebten offen über seinem Mund, und ihr Atem vermischte sich mit dem seinen. Sie spürte die glatte Innenseite seiner Unterlippe und das warme, feste Polster der Oberlippe. Sie spürte seine schnellen, warmen Atemzüge auf ihrer Wange, während sie sein Gesicht mit zärtlichen Küssen bedeckte, seine Wangen, seinen Nasenrücken, seine Augen-

lider, seine Schläfe ... und kehrte immer wieder zu seinem Mund zurück. Er roch nach gebleichtem Leinen, nach Rauch und nach einem vollen, unbeschreiblichen, maskulinen Moschusduft.

Sie fuhr mit ihren Fingern durch sein Haar – es war kühl, kraus und seidig. Er legte seine Wange in ihre Hand und rieb sein Gesicht an ihrer Handfläche, und tief aus seinem Inneren kam ein Laut, der dem Schnurren eines Pumas ähnelte. Solch unglaubliche Sanftheit.

Gefallene Frau? Der Gedanke flimmerte durch ihren benommenen Kopf. Eine Frau *fällt* nicht, sie ertrinkt in betäubenden, heißen Küssen. Er hob seinen Kopf, und sie protestierte.

»Ich werde nichts tun«, flüsterte er rauh. »Nichts, außer Sie zu küssen. Ich möchte Sie nur küssen«, sagte er in einem Ton, der zu überzeugen suchte – wen überzeugen, sie? Ihn selbst? »Bitte.«

»Ja«, antwortete sie. »Ja.« Sie fuhr mit ihren Finger durch das dichte, braune Haar in seinem Nacken und zog ihn zu sich herunter.

»Küß mich, Hart«, flüsterte sie.

»Ja.« Er klang sehnsüchtig und drängend. Er bedeckte ihren Mund, und dieses Mal wallte Lust unter der Zärtlichkeit auf. Er neigte sich über sie und umfaßte mit dem Arm ihre Taille. Er nahm eine breitbeinige Haltung ein und zog ihre Hüften fest gegen seinen Körper.

Sie spürte ihn. Er war hart an der Stelle, eine dicke Schwellung drückte gegen ihren Schoß, und er bewegte sich, sein Unterleib wiegte sich gegen den ihren, eine große Hand umfing ihren Hinterkopf, die andere hielt ihr Gesäß. Sie hätte schockiert sein sollen. Statt dessen wollte

sie nur mehr davon. Sie kam seiner Bewegung entgegen, und er brummte.
Seine Zunge befeuchtete den Saum ihrer Lippen in einem fordernden Streicheln. Sie gab nach. Seine Zunge glitt tief in ihren Mund. Sie klammerte sich an ihn, während seine Zunge mit der ihren spielte, mit jedem Stoß tiefer, feuchter und heißer. Ihre Knie begannen nachzugeben. Er fing sie nicht auf. Er sank mit ihr hinunter auf den Stapel von sonnendurchglühtem Satin, Spitzenstoff und Leinen, und seine Schultern wölbten sich über ihr.
Sie bog sich sehnsüchtig dem festen, angespannten Körper entgegen. Sie wollte es. Wollte ihn über ihr und in ihr. Er stemmte sich auf seine Arme. Die Muskeln an seiner Brust und seinen Oberarmen zeichneten sich reliefartig ab, bronzen und bebend.
»Ich will dich, Hart«, sagte sie. Er schloß die Augen. Seine Gesichtszüge waren konzentriert. Das Licht floß wie ein geschmolzener Schleier über seinen angespannten Körper. »Ich will dich.«
»Du weißt es nicht«, sagte er wild mit immer noch zusammengekniffenen Augen. »Ich kann es nicht beherrschen. Ich kann das Tempo nicht bestimmen.«
»Dann versuch es gar nicht erst.«
»Ich will dir nicht wieder weh tun«, sagte er und atmete durch seine zusammengebissenen Zähne. Sie berührte seine flache, kupferfarbene Brustwarze. Er fiel schwer vornüber auf seinen Unterarm, und mit seiner anderen Hand hielt er ihr Handgelenk umklammert. Eine Sekunde lang zögerte er, dann drückte er ihre Hand flach auf seine Brust und hielt sie dort fest. »Ich will dich nicht verletzen.«

»Du hast mich nicht verletzt.«
»Warum hast du dann geweint?« fragte er, und seine Augen glühten vor brutaler Selbstverurteilung.
»Weil du *aufgehört* hast. Weil du mich an diesen Punkt gebracht hast und dann aufgestanden bist!« Ein unauslöschliches Feuer hatte sie ergriffen, und sie mußte ihm folgen, wo immer es sie auch hinführen würde. Von Lust ergriffen zerrte sie die Bluse von ihren Schultern und hob eine Brust an, so daß ihre Brustwarze die seine streifte. Er fuhr zusammen wie nach einem Schlag.
»Lieber Himmel.«
Sie lehnte sich vor und berührte seine Brust mit ihrer Zungenspitze. »Bitte«, sagte sie und leckte so gierig, wie er damals an ihrer Brustwarze geleckt hatte. Er zog stürmisch ihren Kopf an sich und hielt sie fest.
»Bitte«, flehte sie wieder.
»Ja«, flüsterte er, »ich werde dich befriedigen ... oder ich werde sterben beim Versuch, es zu tun.«
Er legte sie nieder und zog ihr die weiße Bluse ganz aus. Das Sonnenlicht überflutete warm ihre nackten Brüste. Seine dunklen und aufmerksamen Augen trafen die ihren.
»Ich werde dich verwöhnen.« Es war eine Drohung und ein Versprechen. Sie versuchte, sich auf ihre Ellbogen zu stützen, um seinen Mund wieder einzufangen, aber er drückte sie nieder. Das starke Drängen war von ihm gewichen und hatte einer lässigen, wundervollen sexuellen Sicherheit Platz gemacht.
»Ich werde jeden Teil von dir küssen«, schnurrte er. »Hier.« Er fuhr mit seinem Finger über ihre Unterlippe, schob ihn hinein und ließ seinen Zeigefinger an der feuchten, glatten und weichen Innenseite entlanggleiten. Sie

schloß ihren Mund um seine Fingerspitze und saugte sanft.

Seine Augen wurden schwarz. Seine Nasenflügel weiteten sich, als ob er ihre Reaktion riechen konnte, ihren Duft nach Bereitschaft testete. Er zog seinen Finger zurück und berührte mit der feuchten Spitze ihr Kinn. Er zog eine gemächliche Spur über ihren Hals, ihr Schlüsselbein hinunter zu ihren Brüsten.

»Hier.« Er malte langsam Kreise um die dunklen Warzenhöfe und reizte sie mit quälender Langsamkeit. Dann beugte er sich nieder und sog – so sanft, so leicht –, fuhr mit seiner Zunge über jede Brustwarze, bis sie stöhnte und sich aufbäumte, ihre Brust voller in seinen Mund schiebend, sich windend in der Bemühung, ihm näher zu kommen.

Er hob seinen Kopf. Sein Atem ging rauh, sein Gesicht war angespannt und beherrscht. »Noch nicht.«

»Habe ich gebettelt?« fragte sie. Ihre Schamgegend fühlte sich voll und angeschwollen und unbequem an, voller bloßliegender Nervenenden, übermäßig sensibel, und alles, was er mit ihr tat, machte es nur schlimmer, ließ sie noch wilder werden, noch gieriger, noch sehnsüchtiger. Nur die Steife, die sie vorhin gespürt hatte, konnte das schreiende Verlangen stillen, aber er hatte sie weggenommen.

»Bettle«, sagte er. »Es wird nichts nützen. Ich werde dich verwöhnen, in meinem eigenen Tempo. Es gibt noch mehr Stellen, die ich küssen muß.« Seine Fingerspitzen fuhren auf ihrer sanften und zarten Reise fort, liebkosten sachte wie eine Feder ihren Bauch, zeichneten ihren vorspringenden Hüftknochen nach, und schoben den spitzenbesetzten

Bund ihres langen Schlüpfers zur Seite und legten noch mehr von ihrer Haut frei.

»Hier.« Er berührte die kleine Mulde ihres Bauchnabels, und sie spannte sich. Er lächelte, es war ein lässiges Raubtierlächeln, und seine Hand glitt hinunter über die äußerst sensible Innenseite ihres Oberschenkels. Ein Schauer überlief sie, und sie umklammerte seinen festen Bizeps. »Bitte.«

»Ja«, murmelte er. Seine Hand wanderte aufwärts, und ihre Hüften schnellten in einer reflexartigen Reaktion hoch. Sie würde ohnmächtig werden. Ihr Herz raste. Er teilte die weichen Lippen und streichelte sie mit einem langen, einfühlsamen Finger, immer und immer wieder, bis er schließlich die pulsierende Perle der Lust fand. Er rieb sie sanft zwischen Daumen und Zeigefinger.

»Bitte, Hart, hab Erbarmen.« Sie kam seiner Berührung keuchend entgegen.

»Ja.« Er hob seine Hand an sein Gesicht, und sie beobachtete mit sinnlicher Faszination, wie er ihren Duft an seinen Fingern tief einatmete und dann langsam seine Fingerspitzen leckte und sie schmeckte, während seine Augen ihren Blick festhielten. »Und da. O Gott, ja. Besonders da.«

Sie hielt es nicht mehr aus. Sie schob ihre Hände zwischen sich und ihn und nestelte an seinen Hosen. Er hielt sie nicht zurück. Er versuchte es nicht einmal. Seine Brust hob und senkte sich wie ein Blasebalg, er setzte sich auf die Fersen zurück, ihre Hüften zwischen seinen Knien, und beobachtete ihre Hände an seinem Schritt. Sein Gesicht war mit dem Glanz der Selbstbeherrschung überzogen.

Sie fand den Verschluß und zerrte ihn auf, und dann

spürte sie ihn, ein dünner, heißer Mantel samtener Glätte, der einen steinharten Schaft umschloß. Sie nahm ihn in beide Hände und streichelte ihn.

All seine Beherrschung verflog. Er ließ sich mit einem Stöhnen auf sie nieder, und sein Mund folgte seiner Hand auf ihrer Reise, sie schmeckend und küssend, und zog sie noch tiefer in einen Wirbel von Lust und Leidenschaft. Und nachdem er ihren ganzen Körper geküßt hatte und sie im warmen Sonnenlicht bebte, gespannt wie die Saite einer Violine, sich am Übergang zwischen schmerzhafter Erwartung und höchster sinnlicher Erfüllung befindend, liebkoste er sie weiter mit Fingern, Worten und Seufzern, bis ihr Körper erhitzt und so empfindsam war, daß sie die Berührung eines Schmetterlingsflügels wie Schmirgelpapier empfunden hätte.

Er ließ seinen angespannten Körper über dem ihren nieder, legte seine Hände unter ihr Gesäß und hob sie hoch. Gierig begegnete sie dieser Bewegung mit ihrer eigenen. Sie wollte ihn in sich haben, wollte, daß er sie ausfüllte und dehnte. Er nahm sie mit einer tiefen Bewegung.

Sie strich mit ihren Händen über seinen Rücken. Seine glatte, reine Haut spannte sich über den straffen Muskeln. Er keuchte heiser in ihr Ohr, und sie stemmte sich gegen ihn, versuchte, ihm näher zu kommen. Sie hielt seine Hüften mit ihren Schenkeln fest, klammerte sich mit den Händen an seine festen Gesäßbacken, und er stöhnte tief auf und begann ... ja, o ja, der Rhythmus, tiefes Eindringen, Zurückziehen, hart und erfüllend, gleitende Hitze, männliche Potenz, bis sie auf einer Welle reinster Lust ritt.

Sie schrie auf vor jäher Intensität, und dann warf er seinen

Kopf zurück und ließ einen tiefen, heiseren Schrei der Erfüllung los, der den ihren begleitete.

Hart berührte ihr Gesicht und tupfte die einzelne Träne ab, die aus ihrem Augenwinkel rollte. »Habe ich dir weh getan?«
»Nein«, wehrte sie spontan ab. »Es war einfach ... es war ... es war das tiefste ... es war das stärkste ...« Sie gab auf. »Oh, Hart, ich liebe dich. Ich liebe dich so sehr.«
Er zog sie zu sich, aber nicht bevor sie seinen Blick geblendeter Ungläubigkeit gesehen hatte. Er barg sie an seiner Brust, wiegte sie in seinen Armen, und sein Herz donnerte an ihrem Ohr.
»Sag es noch einmal«, bat er schwach.
»Ich liebe dich.«
Er streichelte ihr Haar. »Lieber Gott, von dir zu hören ...« Und dann, plötzlich und ängstlich: »Lieber Himmel, Mercy, du mußt wissen, daß ich ...«
»Ich weiß, daß du mich liebst. Ich habe keinerlei Zweifel daran.«
»Ich liebe dich wirklich«, sagte er ehrfürchtig. »Ich liebe dich, seit du in mein Schlafzimmer spaziert bist und mich erpreßt hast. Ich wollte es nicht, aber ich konnte nicht anders.«
»Hart ...«
»Laß mich dir etwas sagen. Gott, ich *will* es dir sagen. Beryl fragte mich einmal, ob ich ohne dich leben könnte. Ich bejahte es. Es stimmt, weißt du ... ich könnte es. Aber für den Rest meines Lebens würde ich es bereuen. Was auch immer mich erfreuen würde, ich wüßte, daß es eine größere Freude wäre, wenn du bei mir wärst. Was auch

immer mir Schmerz bereiten würde, es wäre nur ein harmloser blauer Fleck, weil ich bereits den größten Kummer ertragen hätte.« Er beobachtete sie gespannt, versuchte, sie mit seiner Willenskraft dazu zu bringen, seine Worte zu verstehen. »Und wenn ich schließlich sterben würde, Mercy, egal, wie viele Jahre dann vergangen wären, was auch immer geschehen wäre, du wärst bei mir, du wärst mein letzter Gedanke.

Gott weiß, daß ich dich liebe, Mercy. Ich habe versucht, es zu verbergen. Ich habe es so sehr versucht.«

Sie lehnte sich ihm entgegen und küßte seine Augenlider, seinen Mund und seinen Hals, bis die Verzweiflung aus seinem gejagten Blick wich. »Du hast auch ziemlich viel Erfolg dabei gehabt«, sagte sie schließlich mit gespielt mürrischer Stimme und lächelte. »Du warst so abwesend, so reserviert. Ich war mir sicher, du verabscheutest es, mit mir im selben Zimmer zu sein. Und später, als ich den Verdacht hatte, daß du vielleicht meine Gefühle erwiderst, ja, sogar dann wäre ich womöglich nicht ganz sicher gewesen, wenn da nicht ein Zeichen gewesen wäre.«

»Was denn?«

»Du hast danebengeschossen.«

»Danebengeschossen?« fragte er.

»In der Gasse hast du danebengeschossen. Du triffst doch sonst *immer*. Das hast du selbst gesagt. Nur ein sehr starkes Gefühl konnte einen gefährlichen, kaltherzigen Mann wie dich dazu bringen, ein so leichtes Ziel zu verfehlen. Ich bin davon überzeugt, daß es Liebe war.«

Er protestierte nicht. Statt dessen rollte er sie auf den Rücken. »Kaltherzig?«

»Ja«, schnurrte sie und spürte, wie sein Körper wieder anschwoll. »Und gefährlich.«
»Ich würde nicht kaltherzig sagen«, bemerkte er. »Aber was das Gefährliche anbelangt, der größten Gefahr, meine Liebe, wirst du begegnen, wenn du, falls überhaupt jemals, dieses Zimmer verläßt.«

Epilog

»Irgendwas Interessantes?« fragte Hart und ließ sich seiner Frau gegenüber in den Ledersessel fallen.

Mercy deutete auf die Briefe, die sie bereits gelesen hatte. »Beryl schreibt, daß Annabelle Acton endlich einen Sohn geschenkt hat«, sagte sie.

»Treffer«, gab Hart zurück.

»Also, Hart, sie ist deine Schwester. Und du mußt zugeben, die Entschlossenheit, mit der sie auf ihre Ziele hinarbeitet, ist ... erstaunlich.«

Hart schnaubte, nicht überzeugt. »Sie ist erstaunlich, ja. Aber zumindest gibt es eine ausgleichende Gerechtigkeit. Nachdem sie sich ihren Herzog geangelt hat, ist sie gezwungen, jeden Morgen mit ihrer Schwiegermama am Frühstückstisch zu sitzen. Ich bezweifle ernsthaft, daß die Herzoginwitwe jemals ihren Titel voll abtreten wird.«

»Mit der Zeit wird sie ihn ihr schon übergeben«, meinte Mercy.

»Und ihren Anspruch auf ihren Sohn aufgeben? Das bezweifle ich.«

Mercy lachte. »Irgendwann werden wir Annabelle besuchen müssen. Sie bittet schon so lange darum.«

Hart zuckte mit den Schultern. Er hatte seiner Schwester immer noch nicht verziehen, daß sie sich geweigert hatte, zu seiner Hochzeit mit Mercy zu kommen. Mercy wirkte

auf ihn ein, aber sie erwartete für die nächsten zehn Jahre keine greifbaren Resultate.
Hart hatte eine sehr beschützende Ader, wenn es sie betraf. Nicht, daß sie etwas dagegen hätte, dachte sie sich. Er sah kraftvoll und entspannt und männlich aus, wie er lässig im Sessel saß mit gespreizten Beinen und den großen Händen auf den Knien. Die Alpträume aus seiner Jugend quälten ihn noch manchmal, aber jetzt war sie da und hielt ihn im Arm, wenn er aufwachte. Und sie schliefen in einem Bett ... meistens jedenfalls, dachte sie, und ihr Interesse schwenkte von den häuslichen Angelegenheiten zu anderen Dingen.
»Noch etwas?« fragte er und lenkte sie ab.
»Oh«, grinste sie, »Vater hat geschrieben und gefragt, wann wir unser Versprechen einlösen und für ein Jahr nach Texas kommen.«
»Ach, Mercy ...«
»Ich weiß. Aber du hast es versprochen. Zwei Jahre in Texas, zwei in England. Das ist eine viel vernünftigere Lösung, als du verdienst.«
»Hm.«
»Außerdem hat Vater dir ein Geschenk geschickt.« Sie warf ihm ein braunes Päckchen zu. Er fing es mit einer Hand auf. »Deine jüngsten Heldentaten.«
»Was zum Kuckuck ...« Hart riß das Päckchen auf. Ein kleines Buch mit gelbem Einband fiel in seinen Schoß. Er drehte es um und rief widerwillig: »Können wir den Verleger nicht verklagen? Um Himmels willen, das sind jetzt drei Bücher in den letzten zwei Jahren.«
Sie lächelte unschuldig. »Das glaube ich nicht, Hart, mein Lieber. Wer hätte denn, als du beschlossen hast,

deine Geschichte zu enthüllen, ahnen können, daß die Gesellschaft – mit Beryls und Henleys unschätzbarer Hilfe – deine Vergangenheit als angenehm aufregend empfinden und so bereitwillig aufnehmen würde. Du selbst hast gesagt, daß die amerikanische und die englische Gesellschaft sich auf inzestuöse Weise nahestehen. Es leuchtet doch ein, daß die Amerikaner gespannt sind auf den neuesten Klatsch von ihren Verwandten jenseits des Ozeans.«

»Das sind keine Neuigkeiten, das ist Verunglimpfung.« Er machte eine abfällige Geste. »*Der gedungene Marquis*, um Gottes willen.« Er prustete vor Abscheu. »Die bringen nicht einmal einen ordentlichen Titel zustande.«

»*Das* allerdings wäre Verleumdung«, sagte sie und bemerkte die Farbe auf seinem männlich schönen Gesicht. »Sei doch nett. Schließlich bist du eine gefährliche und faszinierende Persönlichkeit«, sagte sie und senkte ihre Stimme zu einem melodramatischen Flüstern. »So kühl. So kontrolliert und so …« Sie begann zu kichern, als er von seinem Sessel aufsprang. Mit ein paar großen Schritten war er bei ihr und riß sie vom Stuhl und in seine Arme. Sie hielt sich an seinem Hals fest und kuschelte sich näher an ihn.

»Ich werde dir zeigen, wie gefährlich ich bin«, versprach er bedeutungsvoll.

»Eure Ladyschaft«, rief eine verzweifelte Stimme aus dem Korridor. Hart fluchte, aber er machte keine Anstalten, Mercy abzusetzen. Eine atemlose junge Frau mit verrutschter Haube und erhitztem Gesicht erschien in der Tür.

»Was gibt es, Brenna?«

»Das Nachbarmädchen.«
»Viscount Sheridans Mädel?« fragte Hart ungeduldig. »Was ist mit ihr?«
»Sie weint.«
»Ist sie verletzt?« fragte Mercy besorgt.
»Ich glaube nicht, Mylady. Aber sie ist rasend wie eine Hornisse und schreit, daß sie es ihrem Vater sagt.«
»Was sagt sie ihrem Vater, Brenna?« fragte Hart, während seine Hand sich unschicklich Mercys Brust näherte.
»Daß der junge Herr William sie angeschossen hat.«
»Was?« riefen Mercy und Hart einstimmig.
»Mit der Schleuder, die Ihre Ladyship ihm gemacht hat. Er hat ihr direkt auf den Hintern geschossen.«
»Oh«, sagte Mercy und sah Hart an. Sie gluckste in sich hinein, und Hart antwortete auf ihre Heiterkeit mit einem herzhaften Lachen.
»Sie haben gut lachen, aber wie soll ich Lord Sheridan beibringen«, fragte Brenna, »daß Herr Will seine Tochter angeschossen hat?«
»Sagen Sie ihm, er soll am besten schon mal die St. George's Church reservieren lassen«, schlug Mercy vor.
»Wie bitte?«
»Das Anschießen ist die Masche, mit der die Earls of Perth die Brautwerbung beginnen.«